Steffi Kugler
Der Herzschlag des ganzen Universums
Der vierte Fall des Redaktionsteams der RA

Mehr Informationen über Steffi Kugler: http://www.steffikugler.de

Bisher veröffentlichte Fälle des Redaktionsteams der RA, erhältlich als ebook und Taschenbuch:

> Ent-Täuschung, Der erste Fall
> Es war nicht die Sylter Royal, Der zweite Fall
> Falsche Sylter Freunde, Der dritte Fall
> Der Herzschlag des ganzen Universums, Der vierte Fall
> Mord, Mörder, Sylt, Der fünfte Fall
> Ein kunstvoller Mord auf Sylt, Der sechste Fall
> Mord macht sychtig, Der siebte Fall

Zusätzlich zu dieser erfolgreichen ersten Serie von Kriminalromanen startete 2024 eine neue Krimi-Reihe von Steffi Kugler.

Titel des ersten Bands: ‚Der Rinderbaron von Sylt‘
Titel des zweiten Bands: ‚Ein Bulle auf Sylt‘

Steffi Kugler

Der Herzschlag des ganzen Universums

Der vierte Fall des Redaktionsteams der RA

Bibliografische Information der Deutschen Nationalbibliothek:
Die Deutsche Nationalbibliothek verzeichnet diese
Publikation in der Deutschen Nationalbibliografie;
detaillierte bibliografische Daten sind im Internet
über http://dnb.dnb.de abrufbar.

Die automatisierte Analyse des Werkes, um daraus
Informationen insbesondere über Muster, Trends und
Korrelationen gemäß §44b UrhG („Text und Data Mining")
zu gewinnen, ist untersagt.

© 2025 Steffi Kugler

Verlag: BoD · Books on Demand GmbH, Überseering 33,
22297 Hamburg, bod@bod.de
Druck: Libri Plureos GmbH, Friedensallee 273,
22763 Hamburg

ISBN: 978-3-8192-3103-2

*Ich bedanke mich bei meinen unermüdlichen Lektoren,
die mich erneut dabei unterstützt haben,
ein Buch der Öffentlichkeit vorzustellen.*

Autobahn A57 kurz vor Köln

Ruben Bertrams Verwirrung war nicht die Ursache seines baldigen Unfalls. Ratlos kreisten seine Überlegungen um die Fragestellung, wie weit der individuelle Fahrstil tatsächlich von den Genen vorbestimmt war. Überspitzt formulierte er in seinem Kopf einen gewagten Aufmacher für seine monatliche Kolumne über Verkehrsrowdys: ‚Nur autonomes Fahren kann Unbeteiligte zuverlässig vor der Echse am Steuer schützen'.

War es vorstellbar, dass die Justiz bald regelmäßig nicht mehr von schuldhaftem Verhalten sprechen konnte, wenn jemand vorsätzlich die Verkehrsregeln missachtete? Würde es zukünftig Rasern leichter möglich sein, mit einem passenden psychologischen oder sogar medizinischen Gutachten ungestraft davonzukommen, selbst wenn sie mit voller Absicht und unter Inkaufnahme von gravierenden Unfällen Verkehrsregeln und Geschwindigkeitsbeschränkungen ignorierten? Mit dem Verweis auf die persönliche Veranlagung? Die Gene?

Ruben befand sich auf dem Rückweg von einem Vortrag, der ihn mit dem Titel ‚Was für ein Autofahrertyp bin ich und warum?' an diesem Montagabend in den Festsaal eines teuren Düsseldorfer Hotels gelockt hatte. Ungewollt überließ er das Autofahren dem Teil seines Gehirns, das, wie er gerade dargestellt bekommen hatte, von Hirnforschern das limbische System oder auch ‚Reptilienhirn' genannt wurde. Bei Ruben führte dieses Vorgehen zu einem eher ‚balanceorientierten Fahrstil', der in verkehrsreicheren Zeiten sicher zu einem langen Stau geführt hätte. Jetzt, etwa eine Stunde vor Mitternacht, behinderte der gemütlich vor sich hin fahrende Citroën nur noch wenige andere Verkehrsteilnehmer.

Das limbische System war also eine bereits Millionen Jahre alte Entwicklung der Natur, die der Mensch von den Echsen geerbt hatte. Dieses ‚Reptilienhirn' steuerte mit einem angeborenen Verhaltensmuster unbewusst vermeintlich rationale Entscheidungen und eben auch den individuellen Fahrstil. Spannend! Zumal Echsen, genauso wie Ruben, wohl kaum jemals daran dachten, mit 200 km/h über eine Asphaltpiste zu rasen. Laut dem vortragenden Professor hatte die Hirnforschung drei emotionale Ur-Impulse identifiziert: Der erste war der Wunsch nach Sicherheit oder Balance; der zweite Ur-Impuls war das Streben nach Macht, also die Dominanz; als drittes blieb die Suche nach Stimulanz, nach neuen Reizen. Das Profil jedes einzelnen Menschen setzte sich zu individuell unterschiedlichen Prozentsätzen aus diesen drei Ur-Impulsen zusammen.

Seine eigenen Vorfahren mussten sich aus einer Reihe von eher genussorientierten, nach Balance und Sicherheit strebenden Echsen rekrutiert haben, scherzte Ruben innerlich und grinste unbewusst. Wirklich ausgeglichene Echsen mussten es gewesen sein, fern aller Aggressionen. Er selbst empfand sich als sicheren, moderaten Fahrer. Da er ein Fan jüngerer Oldtimer war, spielte bei seinem Auto die Motorleistung eine weniger große Rolle als ein gewisser Stil, eine Hingabe zu Tradition und handwerklicher Präzision. Er schätzte, dass sein eigenes limbisches System ein Profil besaß, das wenig Dominanz zeigte und nur gelegentlich nach Stimulanz gierte.

Noch ganz in Gedanken nahm Ruben wahr, dass weit vor ihm ab und zu der Kölner Dom in Sicht kam. Einer seiner Artikel aus dem letzten Jahr fiel ihm ein, in dem er die Weitsicht des letzten Oberbürgermeisters Kölns gelobt hatte, der noch die Regel befolgte, dass der Blick auf den Dom durch kein Hochhaus verstellt sein durfte. Leider hatte sich diese Einstellung zum Wahrzeichen der Stadt geändert. Auf der A57 von Norden auf die Stadt zufahrend, musste man mittlerweile die wenigen

Streckenabschnitte suchen, auf denen noch eine ungetrübte Sicht auf das Wahrzeichen der Stadt gegeben war.

Seine Gedanken schweiften wieder von seiner Autofahrt ab und kamen zurück zu dem gerade gehörten Vortrag. Er lachte einmal kurz auf, während er sich vorstellte, wie in der Urzeit eine stimulanzorientierte Echse den Kampf mit einer dominanten Echse gesucht hatte. Nach allem, was er heute Abend gelernt hatte, hätte die angreifende Echse das nicht getan, um die andere Echse zu besiegen, sondern einfach des Kicks wegen. Sie hätte Spaß dabei empfunden, eines der wenigen Lebewesen, die es zu der Zeit bereits auf der Erde gab, zu provozieren und damit der Langeweile zu entrinnen. Die dominante Echse allerdings hätte den begonnenen Kampf als eine Frage von Sieg und Niederlage angesehen. Jedes persönliche Risiko wäre sie eingegangen, um ihren Angreifer zu vernichten. Wahrscheinlich, so schloss Ruben schmunzelnd, hatten die stimulanzorientierten Echsen nur überlebt, weil sie im richtigen Moment die Lust an der Provokation verloren hatten und nicht zu stolz dafür gewesen waren, ihren Schwanz abzuwerfen und sich aus dem Staub zu machen.

Welche Mischformen wohl dafür verantwortlich waren, dass Menschen mit ihren aufgemotzten Autos an illegalen Straßenrennen teilnahmen und dabei alle Gefahren für sich und die weiteren Verkehrsteilnehmer ignorierten? War für ein solches Verhalten die Dominanz der ausschlaggebende Faktor oder die Suche nach Stimulanz?

Der Hirnforscher hatte ernstgemeinte Ansätze dargestellt, mit denen man aktuell versuchte, das jeweilige Profil des limbischen Systems eines Individuums gezielt anzusprechen und zu nutzen. Beispiele kamen aus der Arbeitswelt oder der Werbung. Für Ruben hatte das sehr nach unkontrollierbarer Beeinflussung geklungen. Wenn der Kern seines unbewussten Handelns bewusst von jemand anderem angesprochen wurde, löste dies bei ihm selbst doch eine Reaktion aus, die er bewusst nicht steuern konnte. Das war Manipulation der übelsten Art, keine Frage.

Das limbische System bot also eine Art Hintertür, durch die Menschen gegen ihren Willen zu etwas verführt werden konnten. Sie wurden dazu manipuliert, etwas zu tun, das sie bewusst vielleicht nicht getan hätten. Leider schaffte man es offenbar bislang nicht, diese Hintertür zur positiven Veränderung der individuellen Veranlagung zu nutzen. Oder man hatte auf dieses Ziel einfach noch nicht genug Energie verwendet. Die im Vortrag skizzierten, bisher existierenden Lösungsansätze, das Profil des limbischen Systems zu verändern und damit den Menschen umzuprogrammieren, hatten für Ruben nicht sehr überzeugend geklungen. Ein solches Vorgehen müsste ideal dafür geeignet sein, Raser, illegale Autorennfahrer und andere Verkehrsidioten rechtzeitig unschädlich zu machen; sie so rechtzeitig umzuprogrammieren, dass nicht erst jemand zu Schaden kam; Prophylaxe statt Bestrafung – davon hatte auch Hauptkommissar Pelker gesprochen. Die Erforschung solcher Ansätze müsste oberste Priorität haben, Vorrang vor jeder Manipulation, die nur darauf ausgerichtet war, die Menschen im Job oder im Supermarkt zu versklaven. Aber sie hatte es offensichtlich nicht. Wahrscheinlich fanden sich für solche Forschungsansätze keine Investoren. Welches kommerzielle Unternehmen wollte Geldgeber für einen Ansatz sein, der nicht dabei unterstützte, mehr Umsatz und Gewinn zu erwirtschaften, sondern lediglich dabei, Verkehrstote zu verhindern? Die Welt zu verbessern? ,Warum musste immer erst etwas passieren, bevor man solche Echsen – im wahrsten Sinne des Wortes vom Instinkt getriebene Urwesen – aus dem Verkehr ziehen konnte?', fragte sich Ruben und bemerkte, dass er bereits den Kölner Autobahnring gequert hatte. Sein Reptilienhirn hatte ihn sicher über die letzten zwanzig Kilometer der Autobahn Richtung Süden gelenkt. Gleich würde er in den Stadtverkehr abbiegen und da wäre es bestimmt besser, wenn sein Stammhirn sich ebenfalls wieder auf das Fahren konzentrierte.

Ruben nahm sich vor, in den nächsten Wochen den Gedanken der bewussten Beeinflussung des limbischen Systems weiter zu verfolgen. Ein wenig Recherche würde ihn hier vielleicht zu etwas motivierteren Gesprächspartnern führen, als es der heutige Hirnforscher gewesen war. In Rubens monatlicher Kolumne, die er seit Anfang des Jahres schreiben durfte, hatte er jetzt oft genug auf die Dummheit und Rücksichtslosigkeit bestimmter Teile der Bevölkerung geschimpft. Es war Zeit für einen Lösungsvorschlag, egal wie visionär sich dieser vielleicht zum heutigen Zeitpunkt noch darstellte.

Das zufriedene Lächeln, das sich bei dem letzten Gedanken auf seinen Lippen ausgebreitet hatte, verschwand sofort, als er den Schlag spürte, der erst durch den Wagen ging und dann seinen eigenen Körper erschütterte. Ein schwerer Gegenstand hatte die Windschutzscheibe durchschlagen und ihn mit großer Wucht im Gesicht und anschließend auf der Brust getroffen. Sofort verlor Ruben die Kontrolle über das Lenkrad. Der Citroën schoss über den rechten Fahrstreifen auf die Leitplanke und den Anfang der Tunnelwand zu. Sein geliebter Wagen, der noch aus der Zeit vor den standardmäßig verbauten Airbags stammte, raste im neunzig Grad Winkel auf die Betonwand zu und traf sie ungebremst. Rubens Kopf wurde hart gegen die A-Säule geschleudert. Er verlor sofort das Bewusstsein. Das Kreischen des sich zusammenschiebenden Blechs, das Klirren der zerbrechenden Seitenscheibe, der Gestank nach heißem Gummi und verbranntem Öl, das zerstörerische Chaos um ihn herum nahm Ruben bereits nicht mehr wahr, auch nicht das Blut, das kontinuierlich aus der Wunde an seinem rechten Arm quoll und langsam im Polster des Vordersitzes versickerte.

Der Mitarbeiter der Tunnelleitzentrale der Kölner Verkehrsüberwachung brauchte einen Atemzug, bis er glauben konnte, dass die gerade übertragenen Aufnahmen aus dem Herkulestunnel Wirklichkeit waren. Die Kameras logen nicht: In der letzten Minute war am nördlichen Ende des Tunnels ein Wagen nahezu frontal gegen die seitliche Tunnelwand gerast. Was die Ursache dieses Unfalls gewesen sein konnte, hatte er nicht beobachtet – immerhin war der Herkulestunnel ja nicht der einzige Tunnel, den er im Blick behalten musste – aber in jedem Fall sah das Ergebnis des Aufpralls erschreckend aus. Die Insassen des zerstörten Fahrzeugs würden rasche Hilfe benötigen. Mit leicht zitternden Händen griff er zum Telefon, informierte die Polizei und forderte einen Notarztwagen an.

Bereits wenige Minuten nach seinem Anruf konnte er beobachten, wie sich der Tunnelanfang mit Einsatzfahrzeugen füllte. Die Polizei sperrte die Unfallstelle großräumig ab und der Notarzt lief, gefolgt von zwei Sanitätern und mehreren Einsatzkräften der Feuerwehr, auf den Unfallwagen zu. Der Winkel der Kamera gestattete es dem Mann vor den Monitoren der Tunnelleitzentrale nicht, das genaue Geschehen im Wagen zu verfolgen. Enttäuscht entschied er nach kurzem Zögern, sich wieder auf die Überwachung der anderen Tunnel seines Verantwortungsbereichs zu konzentrieren.

Ruben erwachte davon, dass er zitterte. Erst im zweiten Moment meldete sich der Schmerz. Er versuchte, sich zu bewegen, aber es gelang ihm nicht. Außer Schmerz und Kälte schien nichts in ihm und um ihn herum zu existieren.

„Bleiben Sie ganz ruhig liegen, Herr Bertram", hörte er eine weibliche Stimme, die so klang, als stamme sie aus einer anderen Welt. „Ich bin bei Ihnen und kümmere mich um Sie."

Ruben versuchte seine Augen zu öffnen, aber irgendetwas hinderte ihn daran. Er stöhnte und versuchte ein weiteres Mal, die Arme zu heben.

„Herr Bertram", drang wieder die sanfte Stimme zu ihm, „bleiben Sie ganz ruhig liegen und machen Sie sich keine

Sorgen. – Sie haben sich den Kopf verletzt, deshalb mussten wir einen Verband anlegen, der auch einen Teil Ihres Gesichtes bedeckt. Sie können im Moment also nichts sehen, aber das liegt nur an dem Verband. Ihren Augen ist nichts passiert. Sie müssen sich keine Sorgen machen."

Ruben stöhnte. Gern hätte er etwas gesagt.

„Bitte bewegen Sie sich nicht", wiederholte die angenehme Stimme, „und versuchen Sie auf keinen Fall, zu sprechen. Sie müssen sich um nichts Sorgen machen. – Ihr Kiefer und Ihre Halswirbelsäule sind von uns fixiert worden. Wir möchten Sie zuerst im Krankenhaus röntgen, um sicherzugehen, dass alles in Ordnung ist, bevor Sie Ihren Kopf bewegen dürfen. – Bitte bleiben Sie ruhig liegen. Sie sind in guten Händen bei uns. Wir kümmern uns um Sie."

Erneut entwich Ruben ein leichtes Stöhnen. Jeder Versuch, seine Lippen oder seine Zunge zu bewegen, verursachte eine Schmerzexplosion. Sein Mund schien weit aufgerissen zu sein. Sein Kiefer fühlte sich an, als hätte man ihn gewaltsam auseinandergerissen und in einem Winkel fixiert, der von der Natur so nicht vorgesehen war.

„Sie sind in guten Händen bei uns, Herr Bertram", beruhigte ihn die Stimme ein weiteres Mal. „Bitte bleiben Sie ganz ruhig liegen und versuchen Sie, sich etwas zu entspannen."

Durch den Schmerz und seine Verwirrung hindurch nahm Ruben langsam wahr, dass er unbequem auf dem Rücken lag und viele Menschen um ihn herum beschäftigt zu sein schienen. Er war verwirrt und fragte sich, was mit ihm passiert war.

„Wir müssen Sie noch eine Weile wachhalten, aber Sie bekommen jetzt etwas, das Ihre Schmerzen lindert", drängte sich erneut die sanfte Stimme in sein Bewusstsein. „Sie hatten einen Autounfall und werden gleich ins Krankenhaus gebracht. Ich bleibe die ganze Zeit bei Ihnen. Sie können sich auf uns verlassen. Wir helfen Ihnen."

Es war schön, dieser warmen, weichen Stimme zuzuhören. Der Sinn der gesprochenen Worte war gar nicht wichtig. Ruben fühlte ein angenehmes Gefühl durch seinen Körper fließen und entspannte sich tatsächlich ein wenig. Wenn nur die Person, die zu der Stimme gehörte, weiter bei ihm blieb! Er wollte nicht allein sein. Auf keinen Fall wollte er jetzt allein sein, so hilflos und blind. Es war gut, dass die Stimme nicht aufhörte, ihn sanft zu umhüllen. Ruben meinte, ein leichtes Seufzen zu hören, und nahm an, dass es von ihm selbst stammte.

„Sie machen das sehr gut, Herr Bertram. Versuchen Sie, ganz ruhig zu atmen und entspannt liegen zu bleiben. Ihre Schmerzen sollten jetzt etwas nachlassen. Bleiben Sie wach und denken Sie einfach an nichts. Wir helfen Ihnen und versuchen, es Ihnen so angenehm wie möglich zu machen. Sie sind bei uns in guten Händen. Ich werde so lange bei Ihnen bleiben, bis wir im Krankenhaus angekommen sind.“

Ein Auszug aus der Unfallberichterstattung

Stuttgarter Tagesblatt
Erneuter Raserunfall auf der A81
Treibt das Schweizer Gesetzespaket ‚Via sicura' immer
mehr Schweizer Raser auf deutsche Autobahnen?

Was ist gestern vorgefallen? *Auf der Autobahn A81 zwischen Schweizer Grenze und Stuttgart haben sich zwei Sportwagen mit Schweizer Kennzeichen ein Rennen geliefert, laut Zeugenaussagen über eine Strecke von mehr als fünfzig Kilometern. Dabei sollen die Fahrer weder auf Geschwindigkeitsbeschränkungen noch auf andere Verkehrsteilnehmer Rücksicht genommen haben. Eine siebenundzwanzigjährige Frau aus Balingen, die mit dem Mercedes ihrer Eltern zur Zeit des Rennens auf der Strecke unterwegs war, hat für die Raser offensichtlich nicht schnell genug die linke Spur freigemacht; sie wurde von beiden Sportwagen gleichzeitig rechts überholt und dabei in die Mittelleitplanke der A81 gedrängt. Mit einem gehörigen Schrecken und einem Blechschaden kam die Siebenundzwanzigjährige glimpflich davon. Weitere Unfälle während der Zeit des illegalen Autorennens wurden nicht gemeldet. Die beiden ‚Rennfahrer' und ihre Wagen konnten noch nicht identifiziert werden.*
Wie hätte die Strafe ausgesehen, wenn die beiden Wagen von der deutschen Polizei gestoppt, die Fahrer identifiziert und wegen ihrer Geschwindigkeitsübertretung verurteilt worden wären? *In Deutschland gilt nach wie vor ein viel zu lasches Gesetz. Wer auf deutschen Straßen außerorts zwischen 41 und 60 km/h zu schnell fährt, muss maximal 240 Euro zahlen, erhält zwei Punkte in Flensburg und muss seinen*

Führerschein für einen Monat abgeben. Bei einer Geschwindigkeitsübertretung von mindestens 70 km/h kann sich die Strafe auf 600 Euro und ein dreimonatiges Fahrverbot erhöhen — wenn man keinen guten Anwalt hat.

Wie hätte die Strafe ausgesehen, wenn den beiden Fahrern auch noch die Durchführung eines illegalen Rennens nachzuweisen gewesen wäre? *Straßenrennen sind in Deutschland grundsätzlich verboten. Das ist die gute Nachricht. Jetzt kommt die schlechte: Die maximal mögliche Strafe kann niemanden abschrecken. Die Organisation oder Teilnahme an einem illegalen Straßenrennen stellt eine Ordnungswidrigkeit dar, solange kein Mensch zu Schaden kommt. Wer ein unerlaubtes Straßenrennen veranstaltet, muss lediglich mit einem Bußgeld in Höhe von 500 Euro rechnen. Wer an einem solchen Rennen teilnimmt, ohne Veranstalter zu sein, hat mit einem Bußgeld in Höhe von 400 Euro und einem Monat Fahrverbot zu rechnen. Hinzu kommen zwei Punkte in Flensburg. Das ist alles! Erst wenn es bei einem Rennen zur Gefährdung von Personen oder Sachen von bedeutendem Wert kommt, ist überhaupt eine Ahndung als Straftat möglich.*

Wie hätte die Strafe ausgesehen, wenn die beiden Verkehrsrowdys auf Schweizer Straßen ein Rennen gefahren und von der Polizei gestoppt worden wären? *Die Schweizer Justiz hat im vergangenen Jahr neue Regeln an die Hand bekommen. Seit Anfang 2013 gilt in der Schweiz das Gesetzespaket ‚Via sicura‘, übersetzt heißt das so viel wie ‚sichere Straße‘. Diese neuen Gesetze definieren den Straftatbestand des Rasens genau. Wer auf Schweizer Straßen in einer 30er-Zone mit 70 km/h, innerorts mit 100 km/h, außerorts mit 150 km/h oder auf der Autobahn mit 200 km/h unterwegs ist, gilt als Raser und macht sich damit strafbar. Ebenso ein Raserdelikt ist es, durch vorsätzliche Verletzung elementarer Verkehrsregeln das hohe Risiko eines Unfalls mit Schwerverletzten oder Todesopfern einzugehen, namentlich durch waghalsiges Überholen oder* die Teilnahme an einem illegalen Auto- oder Motorradrennen. Bestraft werden Raser mit mindestens einem Jahr Freiheitsstrafe, die normalerweise zur Bewährung ausgesetzt wird. Hinzu kommen zwei Jahre Führerscheinentzug. Außerdem droht die Beschlagnahmung des Autos. Was mit einem beschlagnahmten Kraftfahrzeug passiert, entscheidet ein Gericht. Ein in der Schweiz verurteilter Raser kann also alles verlieren, das ihm wichtig ist: Seine Freiheit, seinen Führerschein und sogar sein Auto.

Ist es da nicht deutlich reizvoller in Deutschland zu rasen statt in der Schweiz? Ist das der Grund, dass in den letzten Monaten gerade hier in Süddeutschland ein erhöhtes Aufkommen Schweizer Renntouristen zu vermerken ist?

Die Redaktion des Stuttgarter Tagesblatts fordert die Politik erneut zu einer Verschärfung des deutschen Verkehrsrechts auf. Unsere Nachbarn haben Fakten geschaffen und auch für uns ist keine Zeit mehr zu verlieren!

Hamburger Nachrichten
Verkehrsunfall mit Todesfolge am frühen Sonntagmorgen – sogar die Straßen der Innenstadt werden nicht mehr verschont von hochmotorisierten Fahrzeugen in den Händen rücksichtsloser Fahrer

Die Wucht des Aufpralls lässt sich auch noch Stunden nach dem Unfall erkennen. Ein umgestürzter Ampelmast zeigt anklagend auf die Spuren der Zerstörung: Rote und weiße Glasscherben, die abgerissene Ecke einer Kunststoffstoßstange und weitere Reste der mittlerweile abtransportierten Autowracks gesellen sich zu einer langen Reihe zersplitterter Begrenzungssteine, welche am Fahrbahnrand den Rest des demolierten Fußgängerwegs säumen. Über eine mehrere Meter lange Strecke hat die Feuerwehr ausgelaufenes Öl und Benzin mit Sand bedeckt.

Das Ufer der Binnenalster liegt dem Unfallort direkt gegenüber. Nur wenige der frühen Sonntagsspaziergänger folgen ihrer Neugier und überqueren die Straße, um die verbliebenen Trümmer der Unfallwagen näher in Augenschein zu nehmen. Die meisten der Flanierenden wenden ihren Blick ab und sind dankbar, nicht Augenzeuge des mörderischen Zusammenpralls der zwei Fahrzeuge geworden zu sein.

Der Verkehrsunfall mit Todesfolge ist laut Auskunft der Polizei gegen 1:00 Uhr am frühen Sonntagmorgen passiert. Zwei junge Fahrer von Sportwagen sind mit überhöhtem Tempo auf dem Ballindamm die Binnenalster entlanggefahren und haben dabei einen Kleinwagen gerammt, der wahrscheinlich an einer roten Ampel gewartet hat. Die junge Fahrerin dieses Kleinwagens, ihre Beifahrerin und der Fahrer des verunglückten Sportwagens verstarben noch an der Unfallstelle. Der Fahrer des zweiten Sportwagens konnte unerkannt mit seinem beschädigten Fahrzeug vom Unfallort fliehen.

Recherchen der **Hamburger Nachrichten** haben ergeben, dass es sich deutlich unterscheidende Zeugenaussagen zum Verlauf des Unfalls gibt. Zwei ältere Ehepaare, die zu Fuß auf dem Heimweg von einer Theaterpremiere waren und dabei Zeugen des Unfalls wurden, gaben übereinstimmend an, die beiden Sportwagen hätten auf sie den Eindruck gemacht, als Rennwagen genutzt worden zu sein. Die Autos seien kurz vor 1:00 Uhr nebeneinander über die mehrspurige Uferstraße Richtung Fußgängerzone gerast. Dabei hätten sie bereits vor dem Unfall einige rote Ampeln überfahren. An der Unfallstelle sei schließlich einer der Sportwagen in den Kleinwagen geknallt, der darauf gewartet habe, dass die Ampel an der Kreuzung vor ihm auf Grün umspringe. Die Sportwagen waren nach Aussage dieser Zeugen sehr schnell, möglicherweise weit schneller als 100 km/h gefahren. Der am Rennen nicht beteiligte Kleinwagen wurde durch die Wucht des Aufpralls viele Meter über die Straße geschleudert und blieb dann auf der Seite liegen. Der zweite Sportwagen hatte noch ausweichen können, war aber von einer kleinen Begrenzungsmauer abgeprallt und auf den Gehweg geschleudert worden. Offenbar war dem Fahrer nichts passiert. Trotz sichtbarer Beschädigung seines Fahrzeugs raste er nach einem kurzen Moment des Schreckens noch vor dem Eintreffen der Polizei davon. Eine Gruppe von sechs jüngeren Beobachtern des Unfalls wich in ihrer Zeugenaussage erheblich von der zuvor genannten Schilderung ab. Die jungen Leute gaben an, gerade auf dem Weg in einen Club gewesen zu sein und so ebenfalls zufällig Augenzeugen geworden zu sein. Die beiden Sportwagen seien zwar zügig nebeneinander hergefahren, aber sicher nicht in der Absicht, ein Rennen auszutragen. Erst durch das plötzliche und für die Fahrer nicht vorhersehbare Anhalten des Kleinwagens auf der Uferstraße sei es nach ihrer Überzeugung zu dem Unfall gekommen. Die beiden Sportwagen hätten keine Chance gehabt, noch rechtzeitig auszuweichen.

Für die Redaktion der **Hamburger Nachrichten** besteht kein Zweifel an der Glaubwürdigkeit der älteren Zeugen. Die Ursache des tragischen Unfalls während der gestrigen Nacht war ein illegales Autorennen. Wer zu Protokoll gegeben hat, etwas anderes beobachtet zu haben, war möglicherweise nicht zufällig, sondern als Fan illegaler Autorennen an der Unfallstelle anwesend. Allein die Geschwindigkeit, die für die jetzt noch erkennbare Zerstörung notwendig war, weist auf ein Rennen hin. Die sich widersprechenden Zeugenaussagen und Schuldzuweisungen würden es dem zuständigen Richter allerdings nicht leicht machen, mit einer Verurteilung des bislang noch flüchtigen Unfallfahrers unserer Einschätzung zu folgen.

Bleibt die Hoffnung, dass dieser überlebende Sportwagenfahrer den Anstand besitzt, zu seinem Handeln zu stehen. Dass er sich freiwillig bei der Polizei meldet und die Wahrheit sagt. Sonst *müssten wir auch bei diesem Vorfall wieder hilflos zusehen, wie ein rücksichtsloser Raser, der die öffentlichen Straßen für uns alle unsicher macht, ohne Strafe davonkommt.*

Rheinische Allgemeine
Nächtliche Raserei im Kreisverkehr des Bonner Verteilers

Nun ist es amtlich: Raser und Verkehrsrowdys sind nicht nur rücksichtslos, sie scheinen auch absolut hilflos zu sein, wenn es darum geht, eine sinnvolle Strecke für ihr PS-geschwängertes Imponiergehabe auszuwählen!

In der vergangenen Nacht, etwa zwischen Mitternacht und 0:30 Uhr morgens, hat sich eine Gruppe von vier Verkehrsrowdys mit ihren aufgemotzten Pseudo-Rennwagen einen Geschicklichkeitswettbewerb auf dem Verteilerkreis zur Autobahn am südlichen Ende der Bonner Straße geliefert. Rote Ampeln wurden vollständig ignoriert. Das Rennen nicht erkennende und in den Kreisverkehr einfahrende, unbeteiligte Fahrer wurden drangsaliert und von der Straße gedrängt. Weder Zeugen noch Polizei zweifeln daran, dass ein illegales Autorennen ausgetragen wurde. Die Ortswahl für das Rennen lässt die Redaktion der Rheinischen Allgemeinen allerdings am Verstand der beteiligten Fahrer zweifeln.

Der Bonner Verteiler ist ein Verkehrsknotenpunkt im Süden Kölns, den man auch nachts nur selten vom Straßenverkehr befreit vorfindet. Ein Autorennen auf einer derart stark frequentierten öffentlichen Straße kann nicht unbeobachtet ablaufen. Entsprechend gibt es ausreichend viele Zeugen, welche die Gruppe aufgemotzter Wagen dabei beobachtet haben, wie sie mehrfach mit hoher Geschwindigkeit im Kreis gefahren ist. Bis die hinzugerufene Polizei dem Spuk ein Ende machen konnte, sollen die Autos während ihrer Kreisfahrt immer wieder stark beschleunigt und sich gegenseitig überholt haben. Bei Ankunft der Streifenwagen am Austragungsort des Rennens haben drei der beteiligten Fahrer versucht, mit ihren Fahrzeugen über die angrenzenden Autobahnen zu flüchten. Sie konnten nach kurzer Fahrt gestoppt werden. Der vierte Fahrer entkam unerkannt in Richtung Innenstadt, wo er sein Fahrzeug, einen gestohlen gemeldeten Audi S6, stehen ließ und zu Fuß flüchtete. Verletzt wurde glücklicherweise niemand.

Dummheit ist nicht strafbar. Ohne die notwendige moralische und intellektuelle Reife einen Führerschein zu erwerben, ein PS-starkes Auto zu kaufen oder zu leihen und damit herumzufahren, ebenfalls nicht. Aber private Autorennen auf öffentlichen Straßen zu veranstalten, ist verboten. Die vier Beteiligten am Rennen der letzten Nacht können auch dann dafür belangt werden, wenn das Rennen spontan zustande gekommen ist. Man muss ihnen nicht nachweisen, dass sie sich vorher abgesprochen haben. Allein die offensichtliche Teilnahme reicht für eine Geldbuße aus. Außerdem kann wegen gefährlichen Eingriffs in den Straßenverkehr ein Fahrverbot ausgesprochen werden.

Dass die vier Fahrer ein Rennen ausgetragen haben, war eindeutig. Damit ist also für jeden von ihnen eine Geldbuße von maximal 400 Euro denkbar. Vielleicht gelingt es sogar noch, ihnen die Fahrerlaubnis für einen Monat zu entziehen. Aber werden solche Feigenblatt-Maßnahmen die Teilnehmer dieses Rennens davon abhalten, beim nächsten Wettstreit wieder dabei zu sein? Nein, wahrscheinlich wohl nicht. Die Abschreckung ist zu gering und mit Einsicht darf man in diesen Fällen wohl nicht rechnen.

Es bleibt also nur zu hoffen, dass die Diskussionen über eine Verschärfung der Strafen in nächster Zeit zu einem Ergebnis führen, das der Justiz einen größeren Strafspielraum einräumt. Strafe muss abschrecken und zum Umdenken führen, sonst ist sie sinnlos. Was hält die Politik eigentlich davon ab, wenigstens

Wiederholungstätern lebenslang die Fahrerlaubnis zu entziehen?

Düsseldorf

Hauptkommissar Thomas Pelker haderte mit seiner angeblichen Beförderung. Seit kurzer Zeit leitete er eine Sonderermittlungskommission und unterstand direkt dem Düsseldorfer Polizeipräsidenten, eigentlich sogar dem Düsseldorfer und dem Kölner Polizeipräsidenten zugleich, denn seine Position entsprang einer bisher einmaligen Kooperation der beiden Städte. Wahrscheinlich hätte er sich geschmeichelt fühlen sollen, aber stattdessen empfand er seine neue Aufgabe als Degradierung. Für ihn sah es so aus, als hätte man ihn zurück zur Verkehrspolizei versetzt, einem Bereich, den er vor mehr als zwanzig Jahren mit seiner Entscheidung, bei der Kriminalpolizei tätig zu werden, hinter sich gelassen hatte.

Der Düsseldorfer Polizeipräsident hatte ihm seine Berufung auf die neu geschaffene Position mit seiner Beliebtheit in der Öffentlichkeit erklärt. Darüber hinaus sei neben dieser Popularität auch seine Kompetenz für die Entscheidung ausschlaggebend, hatte er dann nachgesetzt. Es habe in ganz Deutschland in den vergangenen Monaten zu viele Vorfälle mit Rasern gegeben, zu viele illegale Autorennen, die nicht zweifelsfrei nachweisbar waren, zu viele Tote, ganz besonders auch im Rheinland. Die Oberbürgermeister der Städte Köln und Düsseldorf wollten nicht länger zusehen. Man benötige einen erfahrenen Ermittler, der in der Lage sei, die Ressourcen beider Städte sinnvoll zusammenzuführen und ihre Präventions- und Aufklärungsrate zu erhöhen. Wenn dieser starke Mann dann auch noch der Presse und den Bürgern glaubhaft machen könne, dass die Polizei alles tue, um den Auswüchsen der Cruiser-Szene Herr zu werden, war er der ideale Leiter und

Repräsentant der neu gegründeten Sonderkommission. Man brauche eine Persönlichkeit wie Hauptkommissar Thomas Pelker; er solle stolz auf das Vertrauen sein, das beide Städte in ihn setzten.

Ein Aushängeschild sollte er also sein. Ein angesehener Polizist, welcher der Presse und der Öffentlichkeit zum Fraß vorgeworfen wurde. Falls kurzfristig keine Erfolge vorzuweisen wären, würde sein Kopf rollen und nicht der des Kölner oder des Düsseldorfer Polizeipräsidenten.

Ein Klopfen riss ihn aus den trüben Gedanken. Seine neue Assistentin öffnete die Tür seines Büros und kündigte einen Besucher an. Bevor Pelker sich vom Schreibtischstuhl erheben konnte, stand bereits Ruben Bertram vor ihm.

Skeptisch sah Pelker sein Gegenüber an. Auch wenn er jetzt bereits seit vielen Jahren sporadisch mit diesem Bengel zusammenarbeitete – als erfolgreiches Team meistens, wie er zugeben musste – war er nie ganz schlau aus ihm geworden.

Ruben Bertram, der ‚Bengel‘, war ein erfahrener Journalist von knapp vierzig Jahren. Er arbeitete bei der angesehenen Kölner Tageszeitung Rheinische Allgemeine als Feuilletonist und suchte seine Themen oft auch weit jenseits von Klatsch und Kultur.

„Ich freue mich, Sie als bewährten Mitstreiter zu einem neuen Thema an meiner Seite zu wissen", scherzte er als Begrüßung. „Herzlichen Glückwunsch zur Beförderung und vielen Dank, dass Sie mich so kurzfristig empfangen."

Als Antwort forderte Pelker ihn lediglich mit einer Geste auf, sich zu setzen.

„Ich hoffe, es geht Ihnen gut in Ihrer neuen Position", versuchte Ruben, das Gespräch noch einmal etwas höflicher zu beginnen.

„Ja, vielen Dank. Ihnen sind die letzten Monate ebenfalls gut bekommen, wie ich sehen kann", erwiderte Pelker und spielte mit der Bemerkung auf das kleine Bäuchlein an, das sich deutlich abzeichnete, nachdem Ruben auf dem Besucherstuhl vor Pelkers Schreibtisch Platz genommen hatte.

„Zu gut", antwortete er, „aber was will man machen als alternder Bürohengst. Von nun an werden Sie diese Erfahrung vielleicht auch machen."

Ruben wusste, dass ihm gegenüber alles andere als ein alternder Bürohengst saß. Pelker war während seiner Zeit bei der Kriminalpolizei einer der Beamten des höheren Dienstes gewesen, die jeden Tatort noch selbst in Augenschein nahmen, persönlich mit den Zeugen sprachen und sich niemals allein auf die Berichte ihrer Mitarbeiter verließen. Diese Einstellung zu seinem Beruf hatte ihm sicher nicht nur Freunde eingebracht. Und wahrscheinlich hatte sie auch dazu geführt, dass seine beiden Ehefrauen ihn jeweils nach kurzer, gemeinsamer Zeit verlassen hatten.

Pelker blieb stumm. Offenbar verspürte er heute keine Lust auf weitere Frechheiten.

Ruben setzte sich gerade hin und konzentrierte sich auf den Grund seines Besuchs. „Ich bin Ihnen wirklich sehr dankbar, dass Sie sich als frisch ernannter Leiter der städteübergreifenden Sonderkommission zu einem Interview mit der Rheinischen Allgemeinen bereitgefunden haben", setzte er das Gespräch förmlich fort.

„Das ist doch selbstverständlich. Gerade in meiner neuen Verantwortung lege ich großen Wert darauf, mit Ihnen und dem Rest der interessierten Presse gut zusammenzuarbeiten."

„Das höre ich gern."

Ruben nahm sein Handy aus der Tasche, sah Pelker fragend an und startete nach einem kurzen Nicken seines Gegenübers die Aufnahme.

„Es ist Dienstag, der 4. November 2014. Ich spreche mit Hauptkommissar Thomas Pelker, dem Leiter der neu gegründeten Sonderkommission ‚Illegale Autorennen'."

Ruben sah auf. „Herr Pelker, können Sie unseren Lesern bitte erklären, wie es zu der Gründung einer gemeinsamen SoKo der Städte Köln und Düsseldorf kam?"

„Ziel dieser Sonderkommission ist es, gegen gefährliche Tendenzen in der Cruiser-Szene vorzugehen, ganz speziell gegen illegale Autorennen, deren Organisatoren, Teilnehmer und auch Zuschauer. Bei der Analyse der Cruiser-Szenen der beiden Nachbarstädte sind wir zu dem Ergebnis gekommen, dass es deutliche Überschneidungen der Teilnehmer gibt und getrennte Ermittlungen nicht länger sinnvoll sind. Wenn sich unsere Sonderermittlungsgruppe bewährt, plädiere ich sogar für eine deutschlandweite Zusammenführung aller Ermittlungen, da auch die Cruiser-Szene nicht mehr regional organisiert ist. Vermehrt stellen wir fest, dass Ankündigungen für legale Veranstaltungen im Internet stattfinden und deutschlandweit Zuschauer und Teilnehmer anlocken."

„Sie wissen also im Vorhinein, wie und wo Rennen stattfinden werden?"

„Leider trifft das nur in Ausnahmefällen zu, lediglich wenn jemand aus der Szene unvorsichtig agiert und auch eine illegale Veranstaltung im Internet ankündigt. In diesem Punkt besser zu werden, ist eines unserer Ziele; nur so können diese Rennen verhindert werden. Ein weiterer Schwachpunkt der bisherigen Arbeit lag darin, stattgefundene Rennen auch belastbar als solche zu überführen; nur dann ist eine Bestrafung der Teilnehmer möglich."

„Wie hoch war denn bislang die Quote der bestraften Teilnehmer an illegalen Straßenrennen."

„Viel zu oft sind uns die Cruiser einen Schritt voraus. Sie sind gut organisiert, zum Beispiel in WhatsApp Gruppen. Sie warnen sich, sobald uniformierte Beamte oder Zivilpolizisten in der Nähe gesehen werden."

„Ich verstehe. Nach einer solchen Warnung finden natürlich keine Rennen mehr statt."

„So ist es. Und unsere Kollegen vor Ort haben dann keine andere Handhabe, als die versammelten Wagen nach nicht zugelassenen Umbauten zu untersuchen oder einen Platzverweis auszusprechen, wenn es der öffentlichen Ordnung dient.“

„Auf welchen Teil der Bevölkerung treffen Sie denn bei solchen Cruiser-Treffen? Gibt es ein bestimmtes psychologisches oder soziales Profil für die Teilnehmer an illegalen Autorennen?“

„Leider gibt es das nur zu einem kleinen Teil, nämlich dem der aktiven Rennteilnehmer. Die meisten der Fahrer sind männlich, knapp neunzig Prozent sind jünger als dreißig Jahre. Aber das ist es auch schon mit den Gemeinsamkeiten. Die Gruppe der Renninteressierten, also der Zuschauer, die wahrscheinlich nie bei einem der Rennen mitfahren werden, stellt sich fast als Querschnitt unserer Gesellschaft dar. Sie bilden die notwendige Kulisse für die Egos der Fahrer und sind deshalb wichtig. Hier erleben wir immer wieder Überraschungen: Frauen und Männer, Fahranfänger und Senioren ohne Führerschein, wohlsituierte, einflussreiche Menschen, einfache Arbeiter und Arbeitslose.“

„Ist es das Auto als Statussymbol, das diese Anziehungskraft besitzt?“

„Ja, in gewisser Weise kann man es so definieren. Aber es geht weniger um den materiellen als um den sozialen Status im animalischen Sinn. Poser, die einen großen Teil der Rennszene ausmachen, bilden sich ein, ihre persönliche Macht, ihre Potenz durch ihr Fahrzeug darzustellen. Für mich ist es so etwas Ähnliches wie das Rad des Pfaus, die Mähne eines Löwen oder das Geweih eines Hirsches. Und die aktiven Teilnehmer eines illegalen Autorennens gehen eben noch einen Schritt weiter. Sie präsentieren sich nicht nur, sie wollen ihre Dominanz auch im Kampf beweisen.“

„Also ist es eine Art Männlichkeitswahn?“

„Nein, so einfach sollte man es sich mit der Klassifizierung nicht machen. In vielen Bereichen des Lebens regiert der Wunsch nach Dominanz und bringt sogar positive Effekte hervor. Denken Sie an die Politik. Wer wird Parteivorsitzender, Minister oder Bundeskanzler, ohne seine Dominanz zu demonstrieren? – Bei illegalen Autorennen kommen noch kriminelle Energie und ein erhebliches Desinteresse an der Unversehrtheit anderer Menschen hinzu. Genauso wie die Fahrer das Leben Unbeteiligter in Gefahr bringen, riskieren sie natürlich auch ihr eigenes Leben und das ihrer Gegner, wahrscheinlich, ohne sich dies wirklich vor Augen zu führen.“

„Und wenn dann jemand bei einem solchen Rennen stirbt? Läutert das die Szene?“

„Ganz offensichtlich nicht. Leider.“

„Wie können Sie es dann schaffen, die Szene zukünftig von solchen Wettfahrten auf öffentlichen Straßen abzuhalten?“

„Höhere Strafen wären gut. In der Schweiz werden wir uns Ende dieses Jahres anschauen können, was mit den neuen Gesetzen gegen Raser erreicht wurde. Sie gelten dann bereits zwei Jahre und sollten ihre Wirkung gezeigt haben. Ich gehe davon aus, dass damit ausreichend Abschreckung erreicht wurde, um auch die Diskussion in Deutschland anzuregen. Aber Bestrafung kann nur ein Baustein unseres Vorgehens sein. Die Sonderkommission ist angetreten, zukünftig illegale Autorennen zu verhindern. Wir werden vermehrt Präsenz zeigen und es mit Prävention versuchen.“

„Können Sie mir bitte ein Beispiel für die geplanten Präventionsmaßnahmen nennen?“

„Wir arbeiten noch daran, vor allem an unseren Prioritäten.“

„Also soll ich als Überschrift meines Artikels schreiben: ‚Der Leiter der Sonderkommission möchte lieber illegale Autorennen verhindern als sie zu bestrafen‘?“

„Wenn Ihnen nichts Besseres einfällt, Herr Bertram.“ Pelker sah zu ihm hinüber und lächelte.

Ruben beendete die Aufnahme und steckte sein Handy wieder in die Jackentasche. „Herr Pelker, habe ich es verlernt, die richtigen Fragen zu stellen?"

Pelker sah ihn stumm an.

„Sie kennen mich. Ich nehme nicht gern ein Blatt vor den Mund. Ihre Antworten hätte ich mir auch selbst geben können. Und ich wundere mich, dass Sie Ihren Schwerpunkt auf die Verhinderung von Rennen legen, statt die Jungs, die Wettfahrten durchführen, zu erwischen."

„Welche Antworten haben Sie erwartet, Herr Bertram?"

„Antworten, die mir verraten, was Sie wirklich vorhaben. Ich bin auf Ihrer Seite."

„Meine Aufgabe ist es, für mehr Sicherheit auf deutschen Straßen zu sorgen. Und Ihre Aufgabe ist es, möglichst exklusive Informationen zu veröffentlichen. Ich kann Ihnen nicht mehr sagen."

„In Ihrer Sonderkommission sind doch alle Polizisten zusammengefasst worden, die bereits vor der Gründung des gemeinsamen Bereichs gegen illegale Autorennen tätig waren, auch die Zivilfahnder."

„So ist es, Herr Bertram."

„Wollen Sie mir weismachen, dass diese Polizisten jetzt nicht mehr versuchen, rechtzeitig und unerkannt am Ort des Geschehens zu sein. Dass sie jetzt nicht mehr die Rennen filmen, Geschwindigkeiten messen, Fahrer identifizieren und der Justiz zuführen sollen?"

Pelker blieb stumm.

„Keine Zivilfahnder mehr? Kein Versuch mehr, die Fahrer auf frischer Tat zu erwischen?"

„Wie ich Ihnen bereits dargelegt habe, liegt unser Schwerpunkt darin, zukünftige Rennen zu verhindern. Nur so können wir zuverlässig die Sicherheit auf deutschen Straßen erhöhen."

„Herr Pelker, Sie erstaunen mich." Ruben sah den Hauptkommissar zweifelnd an.

„Bleiben Sie bei der von Ihnen genannten Überschrift für Ihren Artikel, Herr Bertram. Die Hauptaufgabe der neuen Sonderkommission ist es, die Sicherheit auf öffentlichen Straßen zu erhöhen." Pelker war aufgestanden.

„Vielen Dank für das offene Gespräch", erwiderte Ruben sarkastisch und erhob sich ebenfalls. Frustriert verabschiedete er sich.

Berlin

Henry Schneider hasste seinen Chef. Er hatte sich van de Bergh und seine Firma ganz anders vorgestellt, als er sich damals bei ihm beworben hatte. Der Mann war eine Art Idol für ihn gewesen. Erstaunlich, dass er sich so hatte täuschen können.

Van de Bergh schien immer genau in dem Moment durch ihr Großraumbüro zu stolzieren, in dem Henry gerade erst seinen Schreibtisch einrichtete, weil er wieder einmal zu spät zur Arbeit gekommen war. Was hatte der Typ eigentlich so oft bei ihnen zu suchen? Er sollte doch froh sein, einen Haufen Nerds gefunden zu haben, die das realisieren konnten, von dem er lediglich träumte.

Und warum erlaubte dieser Schnösel seinen Spezialisten nicht, von zuhause aus zu arbeiten? Dieses ewige Wegschließen aller Unterlagen, bevor man das Büro verließ. Alle Daten durften nur auf zentralen Servern gespeichert werden. Als würden sie hier Programme für die Zerstörung der Welt erstellen, dabei ging es doch lediglich darum, ein paar neue Algorithmen und Grafiken in Programmcode umzuwandeln und van de Bergh um ein paar weitere Millionen Euro reicher zu machen.

Austausch mit den Kollegen! Sich als kreativer Teamplayer beweisen! Was sprach gegen einen ruhigen Schreibtisch zuhause und ein virtuelles Team, weit weg vom eigenen Arbeitsplatz und ausgeschlossen aus der eigenen Gedankenwelt?

Henry wusste, dass er in seiner heimischen Umgebung wesentlich schneller und ungestörter gearbeitet hätte. Seine Kollegen, die mit ihm das Großraumbüro teilten, konnten ihm sowieso alle nicht das Wasser reichen. Mit wem also sollte er sich hier kreativ austauschen? Wenn er Pause machte, dann spielte er eines der Spiele, die er unerlaubt auf seinem Laptop installiert hatte, am liebsten eines von der Konkurrenz. Online-Spiele waren sein Element, deshalb arbeitete er doch überhaupt nur hier. Was sollte er mit einem abteilungseigenen Kickertisch oder einer firmeneigenen Kartbahn? Er war doch kein Kleinkind mehr!

Sein Job war nicht besonders anspruchsvoll, wurde aber gut bezahlt. Die meisten der Kollegen hatten mittlerweile verstanden, dass sie ihn am besten einfach in Ruhe ließen. Das war gut so, dann konnte er sich beherrschen. Henry wollte nicht schon wieder gekündigt werden. Wütend sah er van de Bergh hinterher und dachte über eine Ausrede nach, die er benutzen konnte, falls er auf sein heutiges verspätetes Eintreffen angesprochen wurde.

Nein, er wollte nicht schon wieder irgendwo anders neu beginnen müssen, nur weil jemandem sein Arbeitsstil nicht gefiel. Auch wenn dieser Jemand der Chef der Firma war. Gerade van de Bergh gönnte er es nicht, ihn zu entlassen. Wenn Henry hier wegging, dann nur, weil er es selbst wollte! Er erledigte doch alle seine Aufgaben zur allgemeinen Zufriedenheit. War es da nicht egal, wann er es tat? Und wie er sich dabei kleidete? Wer außer van de Bergh störte sich daran, dass Henrys Bike neben ihm an den Schreibtisch gelehnt stand? Er konnte sich dieses Wunder der Fahrradtechnik draußen doch nicht stehlen lassen. Warum war es relevant, ob ihn die Kollegen mochten? Ob er seine Pausen mit ihnen verbrachte oder es grundsätzlich unterließ? Ob er sich an Rennen auf der Kartbahn beteiligte? Ob er Einladungen des Chefs zu irgendwelchem Unsinn ausschlug?

Van de Bergh hatte sich als eine herbe Enttäuschung herausgestellt. Als Henry sich bei der Firma ‚Play IT!' beworben hatte, war ihm sein neuer Chef noch nicht unangenehm aufgefallen. Damals war er verblendet, er hatte unbedingt ein Teil dieser Spieleschmiede werden wollen. ‚Play IT!' war der Anbieter seines absoluten Lieblingsspiels, des Online-Autorennens ‚Cannonball IT', eines Spiels mit grandioser Grafik, bei dem jeder Spieler möglichst schnell einen fiktiven Kontinent durchqueren musste. Die Rennstrecke wurde dabei von öffentlichen Straßen gebildet, Hindernisse durch andere Verkehrsteilnehmer und Polizeisperren mussten natürlich möglichst ohne Unfall überwunden werden. Gut, dass er sich mittlerweile unerlaubt Zugriff auf eine der letzten Versionen des Programmcodes verschafft hatte. Es war nicht der finale Code, der vor fast einem Jahrzehnt den schnellen Erfolg van de Berghs gebracht hatte, aber gut genug, um genutzt und möglicherweise heimlich weiterentwickelt zu werden. ‚Cannonball IT' wurde bereits seit Jahren von van de Bergh und seiner Firma nicht mehr weiterentwickelt und aktiv vertrieben. Es war ein Spiele-Klassiker mit einer kleinen, verschworenen Fan-Gemeinde, die online immer noch regelmäßig Rennen gegeneinander austrug. Aber für ‚Play IT!' war es eben kein Umsatzbringer mehr.

Henry versuchte, sich auf den Programmcode zu konzentrieren, den er für das neue Spiel erstellen sollte, einem Ego-Shooter. Irgendwo hakte es noch, aber während der letzten zwei Tage im Büro war er nicht dahintergekommen, welchen Fehler er versehentlich eingebaut hatte. Eine letzte Möglichkeit war ihm gestern nach einer langen, erfolgreichen Spielenacht am Computer eingefallen. Dank der Paranoia seines Chefs war ihm von zuhause aus der Zugriff auf seinen Code verwehrt, sonst hätte er seine Idee sofort umsetzen und testen können. Dafür hätte er sogar seinen Schlaf geopfert; er hatte sowieso noch voller Adrenalin gesteckt von den gewonnenen Online-

Matches. Aber so! Scheiß-Sicherheitsvorschriften! Scheiß-Groß-raumbüro! Vielleicht würde er langsam anfangen müssen, sich über unsinnige Regeln hinwegzusetzen. Sollte van de Bergh ihn doch entlassen. Dann würde das neue Spiel definitiv nicht mehr rechtzeitig zur avisierten Markteinführung fertig.

Erleichtert registrierte Henry, dass die nach der gestrigen Idee geänderte Programmsequenz fehlerfrei durchlief. Er versuchte ein paar Tricks, aber es gelang ihm nicht mehr, sie zum Absturz zu bringen.

Maximilian van de Bergh zeigte sich in seiner Firma selten emotional. Er war ein guter Chef. Für seine Mitarbeiter, die ihn alle bereits seit ihrem Einstellungsgespräch kannten, war er immer erreichbar und meistens ein verständiger Ratgeber. Viele der Aufgaben, die er ihnen übertrug, hätte er auch selbst noch mit dem notwendigen Fachwissen und Geschick durchführen können. Manchmal bedauerte er, dass ihm mittlerweile die Zeit dazu fehlte. Seitdem seine kleine Software-Firma ‚Cannonball IT', das Spiel, das noch größtenteils von ihm selbst entwickelt worden war, auf den Markt gebracht hatte, hatte sich Max vom Programmierer zum Eigentümer und alleinigen Geschäftsfüh-rer des international erfolgreichen Spieleherstellers ‚Play IT!' wandeln müssen. Diese Position nahm er nun bereits seit fast zehn Jahren ein, ohne für seine Mitarbeiter erkennbare Emoti-onen zu zeigen.

Begeisterung kam bei Maximilian van de Bergh auf, sobald er abends in einen seiner Boliden stieg. Er liebte schnelle Autos. Das war auch der Grund, warum sein erstes Spiel Autorennen simulierte, damals hatte er sich selbst noch keinen Sportwagen leisten können. Mittlerweile war er dazu in der Lage und seine schnellen Autos bildeten nun den Ausgleich für die Verantwor-tung, die der unerwartete Erfolg seiner Spiele mit sich gebracht hatte; exklusive Sportwagen und jede Möglichkeit, ihr Poten-zial auszutesten. Max war intelligent genug, um zu erkennen, dass seine Fahrzeuge einen ungewöhnlich großen, vielleicht zu großen Stellenwert in seinem Leben eingenommen hatten. Aber er konnte nicht anders, die Faszination war zu groß. Auch wenn er bereits älter als vierzig Jahre war, hatte er noch keine eigene Familie gegründet. Nicht, dass Frauen ihn nicht ebenfalls begeistern konnten, aber irgendwie weniger dauerhaft als seine Sportwagen. Mit seiner schlanken Statur, etwa 1,80 Meter groß, dem vollen blonden Haar, seinem zurückhaltenden, höflichen Auftreten und – nicht zuletzt, wie ihm klar war – seinem Vermögen fiel es ihm leicht, Frauen kennenzulernen. Aber so schnell wie er sich verlieben konnte, verlor er auch die Begeisterung für das aktuelle weibliche Modell an seiner Seite. Bei seinen Wagen passierte ihm das nie. Auch wenn sich immer wieder neue Fahrzeuge zu seinem Fuhrpark hinzugesellten, hatte er sich bisher von keinem der Wagen getrennt, die er zuvor erworben hatte. Bei seinen Autos fühlte er sich glücklich und frei.

Ärger verursachte bei Maximilian van de Bergh jede Form von Trägheit oder Bewegungslosigkeit. Regelmäßig musste er um Fassung ringen, wenn ihn eine Spritztour mit einem seiner schnellen Wagen in einen Stau führte und er nach seinem nervenaufreibend langsamen Vorankommen eine absolut banale Ursache für die Verzögerung erkannte. Genauso aber ärgerten ihn Mitarbeiter, die ihr Potenzial nicht ausschöpften, das Potenzial, das er bei ihren Vorstellungsgesprächen erkannt und für sein Unternehmen als gewinnbringend eingeschätzt hatte. Er zahlte gute Gehälter und erwartete dafür auch Bestleistungen und verlässlichen Einsatz. Henry Schneider war einer dieser Mitarbeiter, die ihn enttäuschten und verärgerten. Sobald Henry die dringend benötigten Komponenten für das neue Spiel fehlerfrei abgeliefert hatte – und Maximilian van de Bergh war sich sicher, dass Henry Schneider dies bereits vor Tagen hätte tun können, wenn er sein Potenzial ausgeschöpft hätte – würde er ihn entlassen.

Hamburg

Zufrieden schaute Antonio Biondi auf den Tross aufgemotzter Autos. Es würde für ihn ein weiterer lohnender Abend werden, trotz oder gerade wegen des Vorfalls am frühen gestrigen Morgen.

Antonio war der Pächter einer Tankstelle im Hamburger Süden, die sich in den letzten Wochen als abendlicher Treffpunkt für die Mitglieder der norddeutschen Cruiser-Szene etabliert und bewährt hatte. Seine Tankstelle war verkehrstechnisch gut angebunden und bisher noch nicht in den Fokus der Polizei geraten. Die Cruiser mit ihren zum Teil abenteuerlich zurechtgemachten Wagen konnten aus allen vier Himmelsrichtungen leicht zu Antonio finden und fühlten sich bei ihm sicher. Sollte die Polizei doch einmal zu aufdringlich werden, mussten seine Kunden dank der großzügig geplanten Flächen rund um seine Tankstelle keinen Engpass für eine schnelle Abfahrt aller Fahrzeuge erwarten. Die Wege zu den üblichen Rennstrecken auf der A1, B5 oder einigen bevorzugten innerstädtischen Straßen waren nicht weit und seine Tankstelle bot ausreichend ungenutzte Fläche, um die aufgemotzten Wagen vor jedem Rennen großzügig parken und präsentieren zu können.

Seitdem die Cruiser seine Tankstelle als Treffpunkt auserkoren hatten, sorgte Antonio stets für ein umfangreiches Angebot an Energy-Drinks, Alkohol und Zigaretten sowie ordentliche Toiletten. Seine Tankstelle sollte möglichst lange der Anlaufpunkt der norddeutschen Cruiser-Szene bleiben. Antonio hatte in den Cruisern und Posern eine neue Klientel erkannt und hütete sich davor, diese zu vernachlässigen oder die Ordnungskräfte auf sich und seine zahlungskräftige Kundschaft aufmerksam zu machen.

Auch an diesem Abend hatten sich gegen 19:30 Uhr bereits etwa zwanzig Fahrzeuge eingefunden, einige optisch auffällig, aber wahrscheinlich technisch nicht überzeugend, andere eher dezent modifiziert und unauffällig zurechtgemacht für einen Uneingeweihten. Ab und zu ließen die Fahrer der Fahrzeuge ihre Motoren aufheulen und verkündeten damit lautstark, dass sie, zumindest von der Motorleistung ihrer Schmuckstücke her, bereit waren für ein Rennen.

Normalerweise bildeten sich schnell ein bis zwei Paarungen von Wagen heraus, die als nahezu gleichwertig beurteilt wurden und deren Fahrer sich so lange gegenseitig provozierten, bis beide bereit waren, gegeneinander anzutreten. Wie lange es dann noch dauerte, bis die Rennen vereinbart waren und die Beteiligten aufbrachen, hing von vielen Faktoren ab, vor allem aber vom Zuspruch der Zuschauer.

An diesem Abend war es anders. Kontinuierlich füllte sich der Platz mit neuen Fahrzeugen, bis die zuletzt angekommenen Wagen begannen, die Zapfsäulen zu blockieren. Antonio musste zwischen den Fahrzeugen herumlaufen und die Fahrer auffordern, wenigstens einen der Tankplätze für weitere Kunden freizuhalten. Offenbar wollte keiner der Cruiser an diesem Abend selbst ein Rennen fahren und niemand provozierte andere Anwesende dazu. Es schien, als seien alle lediglich hergekommen, um sich mit Gleichgesinnten auszutauschen und weitere Details über den Unfall der vorletzten Nacht zu erfahren. Jede Information, die über das hinausging, was bereits die letzten beiden Tage in den Tageszeitungen und über die Lokalsender verbreitet wurde, schien es wert zu sein, von Wagen zu Wagen und von Fahrergruppe zu Fahrergruppe weitergegeben zu werden.

Kay Christiansen fühlte sich nicht wohl in seiner neuen Rolle als Chef des Hamburger Cruiser Clubs. Erst seit dem Vortag hatte er diese Position inne und eigentlich auch nur, weil sich kein Gegenkandidat gefunden hatte. Ihr bisheriger Chef stand unerwartet nicht mehr zur Verfügung und sie waren sich alle einig gewesen, dass umgehend jemand aus ihrer Gruppe seine

Nachfolge antreten müsse. Kay war einstimmig gewählt worden, auch wenn einige der Cruiser mehr oder weniger deutlich den Einwand geäußert hatten, er besitze bei weitem nicht das Format von Curt Schubert.

Ein Autorennen in der Nacht zu gestern hatte Curt das Leben gekostet. Gegen 00:15 Uhr war er mit einem Unbekannten an der Tankstelle erschienen und kurz danach bereits zu einem Rennen in die Innenstadt aufgebrochen. Der Fremde hatte den Austragungsort gewählt, ungewöhnlich öffentlich und weit entfernt von ihrem Treffpunkt im Hamburger Süden. Kurz nachdem Kay zusammen mit Curts treuesten Fans am Austragungsort angekommen war, prallte der rote Mazda ihres Idols bereits mit einem Kleinwagen zusammen, der auf der ausgewählten Rennstrecke an der Binnenalster vor einer roten Ampel angehalten hatte. Curt musste direkt nach dem Zusammenstoß tot gewesen sein. Sechs Rippen waren durch die Wucht des Aufpralls gebrochen und hatten diverse innere Organe zerfetzt, wie Kay später aus der Zeitung erfahren hatte. Die beiden jungen Insassen des Kleinwagens waren ebenfalls noch am Unfallort verstorben. Curts Herausforderer war nach dem Unfall noch nicht einmal aus seinem Wagen ausgestiegen, obwohl auch sein Fahrzeug beschädigt worden war. Nach einem kurzen Zögern, wahrscheinlich ausreichend, um sich mit einem Blick in den Rückspiegel zu vergewissern, dass Zuschauer sich um die Verunglückten kümmerten, war er davongerast. Keiner der Cruiser kannte den Namen des Fremden. Das Nummernschild seines Wagens war teilweise zugeklebt gewesen, wie sich später herausstellte. Verwertbare Aufnahmen gab es nicht. Auf das genaue Modell des gegnerischen Wagens angesprochen, beschrieben die Beobachter des unglücklichen Rennens ein Fahrzeug, das eine Mischung aus einem in Tarnfarbe und mit Camouflage-Muster beklebten Jaguar und einem dunkelfarbigen amerikanischen Flitzer gewesen sein musste.

Kay selbst war zu einer besseren Beschreibung fähig. Er wusste, dass der Wagen eine Corvette gewesen war, genau so ein Auto wie sein eigenes. Aber der Schock über den plötzlichen Tod Curt Schuberts hatte jede weitere Erinnerung verdrängt. Ein unscharfes Handyfoto, auf dem sich Curt und sein Gegner, noch auf dem Tankstellenparkplatz vor dem bald todbringenden Mazda stehend, nach finaler Absprache der Rennkonditionen die Hände schüttelten, ließ wenig Rückschlüsse auf das Aussehen des Herausforderers zu. Curt schaute auf dem Bild selbstsicher zu seinen Fans; der Unbekannte drehte sich nach hinten um, als würde er den roten Sportwagen, gegen den er gleich fahren wollte, noch einmal in Augenschein nehmen. Aber selbst, wenn Kay den Namen oder das Nummernschild des Fremden gekannt hätte, er hätte beides niemals der Polizei mitgeteilt. Es gab ein ungeschriebenes Gesetz in der Cruiser-Szene, dass man nicht mit den Bullen zusammenarbeitete. Kay würde dieses Gesetz nicht ohne Not brechen. Auch er war bereits ein paar Mal Nutznießer der Verschwiegenheit seiner Poser-Clique gewesen.

Als die Polizei an der Unfallstelle ankam, waren nur noch wenige Zeugen anwesend gewesen. Keiner von Curts engsten Fans und Freunden hatte das Bedürfnis verspürt, über das verbotene Rennen Auskunft zu geben. Nachdem sie sich vom Ableben ihres Idols und seines durch viele gewonnene Rennen berühmt gewordenen Mazdas überzeugt hatten, waren sie in ihre eigenen Fahrzeuge gestiegen und möglichst unauffällig in alle Himmelsrichtungen davongefahren. Als die Polizei Curts Ehefrau vom tödlichen Unfall ihres Mannes unterrichtete, hatte noch keiner seiner Rennfreunde den Anstand besessen, ihr Bescheid zu geben und sein Beileid auszudrücken, auch Kay Christiansen nicht.

Curt Schubert war allen bekannt gewesen, die sich an diesem Abend an der Tankstelle im Hamburger Süden trafen. Als Gründer der Hamburger Szene war er auch gleichzeitig derjenige gewesen, der ihre Organisation im Netz präsentierte. Bis zu seinem gerade heftig diskutierten letzten Rennen war er einer der schnellsten PS-Junkies aus ihrer Runde gewesen. Ihm war es zu verdanken, dass längerfristig Rennen organisiert werden konnten, ohne dass die Polizei etwas dagegen hatte tun können. Es war sein Verdienst, dass die Hamburg Szene deutschlandweit einen so guten Ruf hatte. Immer wieder hatte er Wettkämpfe mit Cruisern anderer Cliquen organisiert und dafür sichere Austragungsorte zur Verfügung gestellt. Sein letzter Zweikampf war, soweit Kay Christiansen es nachvollziehen konnte, über das Internet verabredet worden.

An diesem Punkt seines Gedankengangs war der neue Chef der Hamburger Cruiser auch schon wieder bei seinen drängendsten Problemen angekommen: Seiner Sorge, als Chef der Hamburger Cruiser-Szene zukünftig stärker durch die Polizei beobachtet zu werden, und seinem Unwissen über die unauffällige Nutzung des Internets. Bis gestern hatte er sich nie Gedanken darüber gemacht, wie Curt es geschafft hatte, die Rennen zu organisieren, ohne dass sofort die Ordnungshüter bei ihm vor der Tür standen. Wieso war die Polizei bisher nie rechtzeitig an den Plätzen erschienen, auf denen die Wettfahrten stattfanden? Bis gestern war Kay absolut ahnungslos gewesen. Für ihn selbst hatte der Treffpunkt an der Tankstelle immer das einzige Informationsportal dargestellt. Das würde sich jetzt ändern, ändern müssen, wenn er Curts Nachfolge wirklich antrat. Nur wenige Stunden nach seiner Ernennung hatte er eine E-Mail von einem für ihn nicht zu entschlüsselnden Absender erhalten, in der ihm Unterstützung angeboten wurde. Auch wenn Kay nicht wusste, woher die Nachricht kam, hatte er zugestimmt. Er brauchte dringend Hilfe, wenn er die erfolgreiche Arbeit Curt Schuberts fortführen wollte. Für morgen war ihm eine weitere E-Mail mit genauen Anweisungen angekündigt worden.

Kay unterdrückte eine neue Angst, die nach der Kontaktaufnahme durch den Unbekannten in ihm herangewachsen war. Vielleicht war sein anonymer Helfer ein Spitzel der Polizei. Möglicherweise nutzten die Ordnungshüter den Tod von Curt, um die Hamburger Cruiser-Szene mit diesem Mann zu unterwandern. Wie konnte er sichergehen, dass dieser Fremde nicht beabsichtigte, ihn der Organisation illegaler Autorennen zu überführen und anzuzeigen?

Er bereute bereits, dass er sich dazu hatte überreden lassen, der neue Chef zu werden. So scharf er auf die Rennen war, es gab doch keinen Grund deshalb auch die Organisation und Verantwortung zu übernehmen. Natürlich faszinierten ihn aufgemotzte Autos und die Zweikämpfe mit ihnen, sein eigener Wagen war ja auch gechipt und aufgemotzt, ein echtes Kraftpaket. Es war ein tolles Gefühl, die anderen Verkehrsteilnehmer das Potenzial seines Gefährts spüren zu lassen und natürlich auch sein eigenes fahrerisches Können hinter dem Lenkrad seiner getunten Corvette unter Beweis zu stellen. Außerdem wollte er die Gemeinschaft an der Tankstelle auch nicht mehr missen. Aber verdammt, er musste jemand anderen für die Organisation finden.

Vereinzeltes Aufheulen getunter Motoren stimmte Antonio Biondi optimistisch. Die örtliche Cruiser-Szene schien sich schnell von ihrem Verlust zu erholen. Er würde auch weiterhin nicht auf diese verlässlich gute Kundschaft verzichten müssen.

Es dauerte lediglich fünf Tage, bis am Tankstellentreffpunkt zwischen den Cruisern spontan die nächsten Rennen vereinbart und auf der B5 Richtung Innenstadt ausgefahren wurden. Niemand kam dabei zu Schaden.

Als einer der Cruiser auf dem Rückweg vom Austragungsort wegen zu schnellen Fahrens von der Polizei angehalten wurde, versammelten sich innerhalb kürzester Zeit die restlichen Zuschauer des Rennens drohend um ihn und die Beamten herum. Die Polizisten sprachen daraufhin lediglich einen mündlichen Verweis aus und kehrten zur Wache zurück.

Die Hamburger Cruiser-Szene hatte den tödlichen Unfall von Curt und seinem roten Mazda unbeschadet überstanden.

Kay Christiansen erhielt Zugriff auf die Anwendung, über die sein Vorgänger zuvor alle organisatorischen Aufgaben für den Club erledigt hatte. Nach einem ersten Blick auf sein neues Tool verstand er nicht mehr, warum er sich solche Sorgen gemacht hatte; die Bedienung war kinderleicht, fast wie bei einem Computerspiel. Lediglich die stärkere Aufmerksamkeit der Polizei blieb als Konsequenz, mit welcher der neue Club-Chef und der Rest seiner Autonarren umzugehen lernen würden.

Kay begann, sich in seiner neuen Rolle wohlzufühlen.

Berlin

Für einen Nerd sah Pascal gut aus, auch wenn ihm das wahrscheinlich egal war. Ada Brandt schlang ihrem um zwei Minuten älteren Bruder den linken Arm um die Taille. Eng nebeneinanderstehend, lächelten sie sich aus dem großen Garderobenspiegel im Haus ihrer Eltern zu.

„Warum ziehst du nicht zu mir in die WG?", fragte sie Pascal. „Hier muss dir doch die Decke auf den Kopf fallen."

Das Wort ‚Hier' bezog sich auf ein bescheidenes Einfamilienhaus im Bezirk Reinickendorf, gerade weit genug entfernt vom Flughafen Tegel, um nur geringfügig durch Fluglärm belastet zu sein.

Pascals schüchternes Lächeln verschwand.

Bei seiner Antwort drehte er sich nicht zu ihr; stattdessen sah er sie ernst aus dem Spiegel heraus an. „Hier geht es mir gut", sagte er. „Ich glaube nicht, dass ich wirklich mit dir zusammenziehen sollte. Wir haben uns doch ständig gestritten, als du noch zuhause gewohnt hast."

Diese Erinnerung hatte Ada verdrängt. Auch wenn sie lediglich zweieiige Zwillinge waren, fühlte sie sich mit Pascal eng verbunden.

„Am besten sollte ich hier wohnen bleiben, bis ich mit meinem Studium fertig bin", setzte er seine ablehnende Antwort fort. „Erst wenn ich weiß, was ich mit meinem Abschluss anfangen kann, suche ich mir eine eigene Wohnung."

Pascal war eindeutig der Sohn ihrer Eltern, befand Ada. Glücklicherweise war sie selbst aus der Art geschlagen. Sowohl ihr Vater als auch ihre Mutter arbeiteten in der Softwareentwicklung und hatten sonst kaum andere Interessen. Sie schienen vor allem dann glücklich zu sein, wenn sie sich gegenseitig ihre neuen Prozeduren und Codes erklären konnten. Ihre beiden Kinder hatten sie manchmal tagelang kaum zu Gesicht bekommen. An den einmaligen Versuch eines gemeinsamen gesellschaftlichen Lebens erinnerte sich Ada ungern zurück; es war eine Feier anlässlich des zehnten Geburtstags der Zwillinge gewesen, die damit endete, dass sich ihre Eltern vollständig überfordert in ihre Arbeitszimmer zurückzogen und eine mitleidige Nachbarin alle anwesenden Kinder zu sich einlud. Pascal und sie hatten noch wochenlang den Spott der Nachbarskinder ertragen müssen.

Wahrscheinlich waren es solche Erlebnisse, die den Grund für Pascals Menschenscheu bildeten. Allerdings hatten sie bei ihr selbst eher die gegenteilige Entwicklung bewirkt. Ada liebte es, viele Freunde zu haben, mit ihnen zu feiern und in den Berliner Clubs die Nacht zum Tag zu machen. Natürlich litt der Erfolg ihres Studiums ab und zu etwas darunter, aber ob sie ihr Kunststudium nun ein Jahr früher oder später abschloss, würde die internationale Kunstszene wohl nicht wirklich interessieren. Über ihre Aussichten, kurzfristig eine berühmte Malerin zu werden, hegte Ada Brandt keine Illusionen.

Früher hatte sie versucht, ihren Bruder in ihren Freundeskreis einzubinden, aber es war nicht gutgegangen. An ihre Freundinnen schien er sich nicht heranzutrauen und ihren männlichen Freunden war seine Anhänglichkeit schnell lästig geworden. Pascal hatte den Hang, die wenigen Menschen, denen er sein Vertrauen schenkte, vollständig zu vereinnahmen. Auch bei ihr hatte er das versucht, als sie noch zuhause gewohnt hatte. Jetzt fiel ihr wieder ein, warum sie zum Schluss so häufig aneinandergeraten waren: Immer wieder hatte er sich als ihr Beschützer aufgeführt. Eigentlich war das sogar der Hauptgrund dafür gewesen, dass sie direkt nach ihrem Abitur das Elternhaus verlassen hatte.

Mittlerweile schien sich ihr Bruder am wohlsten zu fühlen, wenn er die Tür seines kleinen Zimmers unter dem Dach des elterlichen Einfamilienhauses hinter sich verschließen konnte, um allein und in Ruhe irgendetwas am Computer zu tun. Ada war sich nicht sicher, was es war, das ihren Bruder immer wieder vor die Bildschirme zog. Die Chance, dass er auf diese Art eine Frau kennenlernte, mit der er sein Leben verbringen konnte, schätzte sie als gering ein. Aber man konnte natürlich nie wissen: Immerhin waren ja auch ihre Eltern irgendwie zusammengekommen.

Pascal stand immer noch dicht neben ihr und schien über irgendetwas nachzudenken. Mit seinen 1,85 Metern war er fast einen Kopf größer als sie, wog aber wahrscheinlich kaum mehr. Eigentlich süß, dass er sie hatte beschützen wollen, seine Taille konnte sie problemlos mit einem Arm umfassen. Sie ließ ihn los und Pascal trat wortlos einen Schritt von ihr weg.

„Vielleicht würde es dir aber guttun, wenn du bei uns in der WG einzögest. Irgendwann musst du es lernen, entspannt mit anderen Menschen umzugehen. Und viel Geld bräuchtest du auch nicht. Das, was die Eltern dir während deiner Ausbildung zahlen müssen, reicht absolut, wenn du keine großen Ansprüche stellst. Glaub mir. Darüber hinaus würdest du bei deinem

Geschick mit Computern auch sofort irgendwo einen Studentenjob bekommen."

Ada wusste, dass ihr Bruder nie auf ihr Angebot eingehen würde, vielleicht hätte sie es sonst auch gar nicht ausgesprochen. Und wahrscheinlich würde er sogar noch nach seinem Uniabschluss weiter bei den Eltern wohnen, wenn es ihr nicht doch gelang, ihn an eine verständnisvolle Frau in ihrem Umfeld zu verkuppeln.

Dank ihrer erwartungsvollen Stimmung schaffte es Sophie Renger problemlos, die akustische und körperliche Zudringlichkeit ihres Sitznachbarn zu ignorieren. Endlich saß sie wieder in einem Flugzeug. Als erfahrene Reisende hatte sie bereits alle Kontinente und mehr als einhundert Länder der Erde besucht und kennengelernt. Sie führte sogar eine Liste, in der sie festhielt, welche Länder sie noch nicht bereist hatte und welche sie ein weiteres Mal besuchen wollte, um ihr Verständnis der Menschen und ihrer Kultur zu vertiefen. Im vergangenen Jahr war diese Liste um keinen Eintrag kürzer geworden. Die letzten beruflichen Einsätze waren überaus enttäuschend gewesen, sie hatten Sophie lediglich zu Orten geführt, die bereits seit langer Zeit nicht mehr Bestandteile ihrer Aufstellung waren. Aber nun war sie unterwegs in ein Land, das sie bisher noch nie betreten hatte. Ihre Vorfreude hatte sie die letzte Nacht kaum schlafen lassen. Stattdessen hatte sie bis in den frühen Morgen das Internet nach allen verfügbaren Informationen durchsucht und sich einen ersten Eindruck darüber verschafft, was sie erwartete.

Glücklich lehnte sie sich in ihrem Sitz zurück. Die Sicherheitseinweisungen der Stewardessen waren bereits beendet, das Flugzeug würde gleich abheben. Während des Fluges wollte sie das Dossier studieren, das ihr Chef, Ludger Friedrich, ihr über die lokalen Gegebenheiten, die verfügbaren Kontaktleute und ihre eigene Aufgabe vor Ort hatte zusammenstellen lassen. Ihre Reise würde gut zwei Tage zuzüglich der Reisezeit dauern, damit hatte sie genau fünfzig Stunden vor Ort zur Verfügung, von denen sie höchstens zwanzig im Hotel verbringen wollte. Es bleiben also dreißig Stunden, um Land und Leute kennenzulernen und ihre Recherche durchzuführen. Die Kollegen vom Innendienst hatten für sie vier Treffen mit Informanten vereinbart. Vielleicht würden sich daraus weitere Termine mit vielversprechenden Gesprächspartnern ergeben, die bisher nicht im Dossier aufgeführt waren. Falls dies nicht klappen sollte, wollte Sophie sich einfach durch die Stadt und deren Cafés und Bars treiben lassen und auf diese Art neue Kontakte knüpfen. Warum nicht die Arbeit mit etwas Vergnügen verbinden? Flirtend konnte sie viel eher erfahren, was die Menschen um sie herum beschäftigte. Sie sprach perfekt Spanisch, die offizielle Sprache des Landes, in das sie reiste; eine Sprachbarriere musste sie also nicht überbrücken. Bei dem Gedanken an die zu erwartenden wortreichen Komplimente, die sie angesichts ihres vorsorglich eingepackten Partyoutfits ernten würde, lächelte sie selbstbewusst.

Mit Enttäuschung und Zurückweisung konnte Lars Voigt nicht umgehen. Wütend hatte er reagiert, als er erfuhr, dass Sophie Renger die Reise antrat, auf die er selbst spekuliert hatte.

Er verstand Friedrichs Entscheidung nicht. In dem Flugzeug, das gerade gen Südwesten unterwegs war, hätte er sitzen müssen, nicht sie. Das Dossier, welches jetzt wahrscheinlich in ihrer Reisetasche lag, war auf seine Anforderung hin erstellt worden, nicht auf ihre. Seit er von diesem Einsatz erfahren hatte, war er sicher davon ausgegangen, die Reise selbst zugeteilt zu bekommen. Die ganzen letzten Tage hatte er sich darauf vorbereitet. Welche Zeitverschwendung, wie er jetzt wusste!

Bei ihm hatte Friedrich eine Standardrecherche in Auftrag gegeben, die zwar auch mit einer Reise verbunden war, ihn aber schon jetzt langweilte, obwohl er Berlin überhaupt noch nicht verlassen hatte. Es lag kein Abenteuer in der Luft bei diesem Einsatz; nichts, das auch nur die geringste Adrenalinausschüttung versprach. Sobald er wieder in die Zentrale zurückgekehrt war, würde er Ludger Friedrich auf dessen Fehlentscheidung ansprechen. So etwas durfte sich nicht wiederholen!

Lars Voigt war nicht bereit, ein weiteres Mal hinter dem offensichtlichen Protegé seines Chefs zurückzutreten. Sollte trotz eines offenen Gesprächs eine solche Zurücksetzung seiner eigenen Pläne noch einmal vorkommen, würde er Friedrichs Verhalten bis in die obersten Etagen der Hierarchie hinterfragen.

Köln

Der Cognac, den Richard Achtelik servierte, war reiner Luxus. Die Farbe des Getränks erinnerte an flüssigen Bernstein; sie changierte zwischen dunklem Gold und Kupfer, je nachdem, wie das Licht sich in den bauchigen Tulpengläsern brach. Der Duft des Getränks umspannte fruchtige Aromen, einen Hauch von Holz und eine helle, verführerische Note, die Richard den Anblick einer Wildblumenwiese vor Augen führte.

Keiner der Anwesenden im Büro des Verlegers und Eigentümers der Rheinischen Allgemeinen sprach ein Wort, bis alle drei einen ersten Schluck des edlen Getränks getrunken hatten.

„Ein wunderbarer Tropfen", bestätigte Peter Hamann die lobenden Worte, die dem Einschenken des Cognacs vorangegangen waren.

Richard sah ihn zufrieden an und nickte.

„Wie ich dich kenne, gibt es einen Grund, weshalb du uns so verwöhnst." Hamnn lehnte sich in dem schmalen Ledersessel zurück, der dem Schreibtisch des Verlegers gegenüberstand, und sah seinen Chef auffordernd an.

Ohne Richards Antwort abzuwarten, stellte Harry Winter sein Glas sanft auf dem Schreibtisch vor sich ab und stand auf. Er hatte noch kein einziges Wort gesagt, seitdem er zusammen mit Peter den Raum betreten hatte, und auch jetzt blieb er stumm. Mit vier Schritten erreichte er die Glasfront, die hinter dem Schreibtisch die komplette Breite des Raumes einnahm, und blieb mit dem Rücken zu den beiden Männern stehen.

Richard forderte Hamann mit einer Geste auf, ruhig sitzen zu bleiben.

Ein paar Minuten lang war es still im Raum, dann drehte sich Winter wieder um und sagte mit trauriger Stimme: „Peter, ich werde die Rheinische Allgemeine verlassen. – Richard habe ich es auch erst heute Morgen mitgeteilt."

Harry Winter, Jahrgang 1956, war einer der Mitarbeiter der Rheinischen Allgemeinen, die noch zusammen mit Richards Vater den Grundstein für den Erfolg der in Köln erscheinenden Rheinischen Allgemeinen gelegt hatten. Fast seine gesamte Journalistenkarriere hatte er dieser Tageszeitung gewidmet. Die letzten Jahre leitete er als Chefredakteur das Wirtschaftsressort und war damit der direkte Kollege Peter Hamanns, der für die Ressorts Sport und Feuilleton die Verantwortung trug.

„Ich werde die Rheinische Allgemeine verlassen", wiederholte Winter. „Ihr beiden solltet es als erste wissen."

„Harry, bitte setz dich wieder zu uns", forderte Richard ihn auf. „Da ich dich nicht umstimmen kann, möchte ich gern mit euch beiden besprechen, wie wir die Lücke am besten schließen, die du bei uns in der Redaktion hinterlässt."

„Zuerst einmal möchte ich wissen, was dich zu diesem Entschluss gebracht hat", wandte Hamann ein. „Irgendetwas muss passiert sein, dass dich dazu veranlasst hat, eine solche Entscheidung zu treffen."

„Peter, ich verlasse euch alle und die Zeitung nur ungern." Winter machte eine Pause. „Aber ich denke, dass ein Neuanfang Gundi und mir guttun wird. Gerade jetzt, jetzt endlich, nach so vielen Jahren. Seit der Tod unseres Sohnes aufgeklärt ist, geht es Gundi besser, sie macht sich keine Vorwürfe mehr. Sie hat nun die Gewissheit, dass Matze nicht freiwillig gestorben ist. Er war das Opfer eines kranken Menschen, der ihn im Affekt getötet hat. Dieses Wissen macht den Verlust unseres einzigen Kindes für uns zwar nicht erträglicher, aber wir wissen, dass wir es nicht hätten verhindern können. Wir haben diesem Menschen vertraut, alle haben ihm vertraut. Niemand hätte ihm eine solche Tat zugetraut, aber er hat sie dennoch begangen. Das ist vielleicht der einzige Vorwurf, den wir uns machen müssen: Wir haben dem falschen Menschen vertraut und unseren Sohn mit ihm seine Zeit verbringen lassen."

Hamann schien eine Weile über die Worte seines Kollegen und Freundes nachzudenken. „Müsst ihr für diesen Neuanfang wirklich Köln verlassen?"

„Ja, das müssen wir. Leider."

„Ich dachte immer, wir wären Freunde und die Redaktion eine Familie für dich."

„Das wart ihr und werdet es immer sein."

Erneut trat eine kurze Pause ein.

„Was willst du tun, wenn du nicht mehr für die Rheinische Allgemeine arbeitest?", setzte Hamann seine Fragen fort. „Du wirst dich doch noch nicht zur Ruhe setzen?"

„Nachdem der Entschluss eines Neuanfangs in mir gereift war, habe ich ein wenig meine Fühler ausgestreckt. Ein Verlag hat mir angeboten, ein Buch über die Mechanismen der Börse und des Aktienhandels zu schreiben. Ein Ratgeber für Kleinanleger."

„Wenn jemand einen solchen Börsenratgeber für Laien lesbar und hilfreich schreiben kann, dann du."

„Als freier Autor bin ich nicht mehr an Köln gebunden. Ich kann es meiner Frau überlassen, uns ein neues Zuhause zu suchen."

Wieder trat eine Pause ein.

„Lassen wir ihn so einfach gehen?", wandte sich Hamann an Richard.

„Ich denke, das sind wir ihm schuldig nach den vielen Jahren, die er erst für meinen Vater und dann für mich ein zuverlässiger Mitarbeiter der Rheinischen Allgemeinen war."

„Wie lange können wir noch mit dir rechnen, Harry? Wann willst du uns verlassen?"

„Ich stehe euch noch bis Ende des Jahres zur Verfügung, aber danach nehme ich meinen Urlaub der letzten Jahre und mache mich langsam auf den Weg in mein neues Leben."

„Dann müssen wir schnell einen Nachfolger für dich finden."

„Auch wenn ich deine Kündigung akzeptiert habe, weißt du hoffentlich, dass du es dir jederzeit wieder anders überlegen kannst, Harry", machte Richard einen letzten Versuch, seinen Mitarbeiter zu halten. „Wir werden für dich immer einen Schreibtisch in der Redaktion frei haben."

Verlegen trank Winter den letzten Schluck seines Cognacs und schüttelte dann stumm den Kopf.

„Wen schlägst du als deinen Nachfolger vor?", fragte Hamann und vertrieb die betretene Stille.

„Darüber denke ich jetzt schon ein paar Tage nach, aber ich habe noch keine Lösung gefunden."

„Leo Marx? Er arbeitet schon seit ein paar Jahren in deinem Ressort und hat damals bei den Recherchen rund um Bengt Konradsson einen guten Eindruck bei mir hinterlassen."

„Diese zusätzliche Verantwortung käme für ihn zu früh. Ich kann ihn mir gut als meinen Nachfolger vorstellen, aber erst in ein paar Jahren. Er ist ein exzellenter Wirtschaftsjournalist, der beste in meinem Bereich. Seine junge Familie würde ihm aber aktuell einfach den zusätzlichen zeitlichen Aufwand nicht ermöglichen, den mein Job mit sich bringt."

„Hast du ihn gefragt?"

„Indirekt. Ich wollte noch niemandem sagen, dass wir einen Nachfolger für mich suchen."

„Wen stellst du dir dann vor?", fragte Richard. „Ich würde nur ungern einen Fremden einstellen, um deine Position zu besetzen. Es ist seit jeher eine Tradition der Rheinischen Allgemeinen, ihre langjährigen Mitarbeiter zu fördern und freie Führungspositionen innerhalb der eigenen Mannschaft zu besetzen. Ich möchte auch in diesem Fall nicht davon abweichen."

„Was haltet ihr von Anna Lauberg? Vielleicht können wir sie zurückholen."

„Den Ehrgeiz dafür hätte sie sicher, aber sie hat gerade erst Robert Wächter geheiratet und ist Mutter geworden. Ich glaube nicht, dass dies der richtige Moment für ein solches Angebot ist."

„Gibt es sonst keinen Mitarbeiter in deinem Bereich, der bereit wäre, dir nachzufolgen, Harry? Du scharrst doch einen Haufen guter Journalisten um dich herum." Richard wurde langsam ungeduldig.

„Wenn wir ein paar Monate Zeit für eine Übergabe hätten, könnten wir aus einem der Jungs wohl einen verantwortungsbewussten Ressortleiter und Chefredakteur machen, aber bislang sind das alles Einzelkämpfer, die auf den Pulitzerpreis hinarbeiten."

„Ruben Bertram wäre so weit", mischte sich Hamann wieder in die Überlegungen ein. „Bisher habe ich ihn immer als meinen Nachfolger gesehen. Das notwendige journalistische Rüstzeug und Standing für einen Chefredakteur und Ressortleiter hat er. Allerdings befürchte ich, dass Wirtschaft noch weniger sein Thema ist als meines. Da bräuchte es wohl etwas Überredungskunst und fachliche Nachhilfe."

Richard schenkte sich und seinen beiden Chefredakteuren etwas Cognac nach und hob sein Glas. „Dann haben wir doch eine Lösung. Lasst uns darauf anstoßen."

Hamann und Winter sahen sich fragend an und ließen ihre Gläser wieder sinken, ohne etwas getrunken zu haben.

Richard schmunzelte. Offenbar hatten seine beiden erfahrenen Mitarbeiter seinen Gedankengang so schnell nicht nachvollzogen. „Peter, du bist ein so alter Hase als Chefredakteur, dass dir ein kleiner Themenwechsel nur guttun kann", erklärte er. „Die Wirtschaft wird ab dem nächsten Jahr von dir übernommen. Deine bisherigen Ressorts Sport und Feuilleton geben wir in die Hände von Ruben Bertram. Dann müssen wir nur noch einen erfahrenen Journalisten finden, der Bertrams bisherige Aufgaben als Reporter übernimmt. Diese Suche kann ich wohl euch überlassen."

Berlin

Trotz ihres tief verwurzelten Optimismus erwartete Sophie Renger von diesem Abend nichts als Langeweile. Bisher hatte sie es nie als notwendig erachtet, die Weihnachtsfeiern ihres Arbeitgebers zu besuchen, aber dieses Jahr hatte Ludger Friedrich sie dazu eingeteilt, bei der Organisation zu unterstützen; ihre Teilnahme bei der Veranstaltung war damit obligatorisch.

Wie jedes Jahr fand die gesellige Zusammenkunft in der kleinen Kantine unter dem Dach des Gebäudes statt, in dem sich ihre Büros befanden. Das Haus war alt, ein abhörsicheres Relikt aus den Zeiten des kalten Krieges. Die Räumlichkeiten waren weder komfortabel, noch entsprachen sie in ihrer Ausstattung den Anforderungen moderner Büros. Aber die fast bodentiefen Fenster der Kantine boten einen weiten Blick auf die Spree und den dahinterliegenden Tiergarten. Bald würde Sophies Dienststelle in den neuen Gebäudekomplex in direkter Nähe des Regierungsviertels umziehen, somit fand wahrscheinlich in diesem Jahr die letzte Weihnachtsfeier vor dieser grandiosen Kulisse statt.

Sophie zwang sich, ihren Blick wieder in den Raum zu richten, und bemerkte, dass Lars Voigt in ihrer Nähe stand und sie beobachtete. Seit Wochen hatte er keine Gelegenheit ungenutzt verstreichen lassen, sie zu provozieren. Seine anfänglich traurige Melodie einer sanft angeblasenen Klarinette hatte sich in ihrer Nähe mittlerweile in harte, schrille Einzeltöne verwandelt. Sophie wusste, dass Lars sich bei Friedrich beschwert hatte, weil dieser vor ein paar Wochen einen Einsatz ihr übertragen hatte, auf den er selbst Anspruch erhoben hatte. Aber die Ergebnisse, die Sophie mitgebracht hatte, waren gut. Lars' Einspruch war ins Leere gelaufen. Seit diesem Vorfall hatten sie kein Wort miteinander gewechselt.

Gerade wollte sie sich wieder dem Blick über das nächtliche Berlin zuwenden, als Lars auf sie zutrat. „Ich glaube, ich sollte mich bei dir für mein Verhalten während der letzten Wochen entschuldigen."

Sophie sah ihn erstaunt an.

„Ich war gekränkt, weil Friedrich dich auf eine Reise geschickt hat, die ich übernehmen wollte. Ich war der Meinung, als Einziger das Anrecht auf diese Reise zu besitzen, als Einziger die richtigen Informationen beibringen zu können."

Die Klarinette in ihrem Kopf klang weniger aggressiv. Langsam formten sich die Töne wieder zu einer Melodie. Sophie sah Lars abwartend an.

„Mittlerweile ist mir klar geworden, dass ich mich getäuscht habe. Du warst sehr erfolgreich bei dem Einsatz und hast Insider-Wissen mitgebracht, an das ich vielleicht nie herangekommen wäre."

„Dann fühlst du dich von Friedrich nicht mehr ungerecht behandelt?"

„Nein, ich war im Unrecht. Es hat zwar etwas gedauert, aber nun habe ich eingesehen, dass meine Vorwürfe dir und auch Friedrich gegenüber unberechtigt waren." Lars' zerknirschte

Miene ging in sein berüchtigtes Lächeln über. „Wirst du mir verzeihen?"

„Die vorbereiteten Unterlagen waren dein Dossier, nicht wahr?"

„Nicht wirklich. Ich hatte es nicht selbst zusammengestellt, lediglich den Kollegen vom Innendienst Vorgaben gemacht, welche Informationen ich benötige. Das Dossier stammte von ihnen."

„Es war auf jeden Fall sehr hilfreich für meinen Einsatz."

„Und die Informationen, die du mitgebracht hast, waren es ebenfalls, wie ich diese Woche festgestellt habe. Außerordentlich hilfreich sogar."

Sophie lächelte jetzt auch. Unmerklich hatte die Klarinette in ihrem Inneren wieder angefangen, eine verführerische, melancholische Melodie zu spielen. Als Lars Sophie zum Tanzen aufforderte, folgte sie ihm bereitwillig auf die improvisierte Tanzfläche.

Timo Rommerskirch und Linus Büsicke blickten ungeduldig zu Pascal Brandt. Es war Zeit, in die Uni zu gehen, aber Pascal schien sich nicht von seinem Laptop losreißen zu können. Die ganze letzte Nacht hatten sie abwechselnd kleine Hacks durchgeführt und nebenbei unterschiedliche Computerspiele ausprobiert. Jetzt war Timo nur noch müde und wollte die eine Pflichtveranstaltung des Tages hinter sich bringen, um dann endlich den ausgefallenen Schlaf nachzuholen.

„Wir gehen jetzt, egal, ob du mitkommst", kündigte er an. „Zieh die Tür hinter dir ins Schloss, wenn du abhaust. Ich möchte nicht, dass die Nachbarn an mein Equipment gehen."

Als einziger der drei Freunde besaß Timo Rommerskirch eine eigene Wohnung. Pascal und Linus schienen den Zustand, noch bei ihren Eltern zu wohnen, gar nicht in Frage zu stellen. Pascals Eltern waren im Bezirk Reinickendorf zuhause und damit nicht weit entfernt vom Institut für Informatik der Berliner

Universität, aber Linus' Wohnsituation zwang ihn dazu, jeden Tag zweimal mehr als fünfzig Kilometer zu fahren, um Veranstaltungen an der Universität zu besuchen oder Zeit mit seinen Freunden zu verbringen.

Timo war das einzige Kind wohlhabender Eltern; seine Mutter hatte mit viel Geschmack und Geld für ihn die Penthouse-Wohnung in Berlin-Wilmersdorf eingerichtet, die seit Beginn seines Studiums sein Zuhause war. Wahrscheinlich hätte sie ihre Bemühungen bereut, wenn sie jetzt, knapp drei Jahre nach seinem Einzug, den Zustand der Wohnung in Augenschein genommen hätte. Im Laufe der letzten Jahre hatte sich Timos Wohnung zum selbstverständlichen Zufluchtsort der drei Freunde etabliert, wann immer sie ihre Zeit außerhalb der Uni gemeinsam verbrachten. Hätte nicht eine von Timos Eltern bezahlte Putzfrau regelmäßig dem Chaos Einhalt geboten, wäre seine Wohnung in leeren Getränkedosen, Fastfood-Schachteln und Süßigkeiten-Verpackungen untergegangen. Das Einzige, mit dem Timo sorgsam und penibel umging, war die technische Ausrüstung, die es ihm ermöglichte, über Tage und Nächte in den Tiefen des Internets und virtuellen Welten von Spielen und Chatrooms abzutauchen.

Linus war der ruhigste der drei Freunde. Ihn interessierten weder die wenigen Kommilitoninnen, für die Timo sich immer wieder erwärmte, noch die Computerspiele, von denen Pascal so fasziniert war. Er begeisterte sich für Rätsel und nahezu unlösbare Probleme der Informationstechnologie. Die meisten der Hacks, welche die drei Nerds ausprobierten, stammten aus seiner Tastatur. Linus war glücklich, wenn ein Computer und ausreichend schwarzer Kaffee in seiner Nähe standen. Die Freundschaft mit Pascal und Timo war eher eine Zweckgemeinschaft für ihn, da einige der Veranstaltungen ihres gemeinsamen Informatikstudiums Gruppenarbeit voraussetzten und er so wenigstens halbwegs ebenbürtige Partner hatte.

Düsseldorf

Die beiden Zivilfahnder der Düsseldorfer Polizei konnten ihr Glück kaum fassen. Als sie in Volmerswerth um die letzte Kurve der Abteihofstraße bogen, sahen sie auf einer Strecke von etwa einhundert Metern vierzig bis fünfzig Personen auf der Erhöhung des Rheindeichs stehen.

Die beiden Beamten benachrichtigten per Funk die Einsatzsteuerung und parkten dann ihr Zivilfahrzeug auf dem Grünstreifen der letzten Hauseinfahrt vor dem Deich. Möglichst unauffällig schlossen sie sich den Schaulustigen an. Zwölf Autos warteten, in Zweierreihen auf der Straße ‚Volmerswerther Deich' stehend, auf ihren Einsatz. Direkt davor stand ein untersetzter Mann mit einer Fahne in der Hand. Die beiden Ermittler zückten ihre Handys. Als der Starter die Fahne schwenkte, gaben die ersten zwei Fahrer Vollgas und beide Beamte hielten möglichst unauffällig das Rennen mit den Kameras ihrer Mobiltelefone fest. Um einen Blick auf die Gesichter der auf das nächste Startsignal wartenden Fahrer zu erhaschen, arbeitete sich einer der Zivilermittler langsam den Deich entlang bis zu der mit weißer Kreide gezeichneten Startlinie vor, auf welcher der Untersetzte stand und im Minutenabstand jeweils das nächste Autopaar abfahren ließ. Das Ende der Rennstrecke war von der Startlinie aus nicht zu sehen. Es konnte sich entweder direkt hinter der nächsten Kurve oder an einem ganz anderen Punkt der Stadt befinden.

Fieberhaft bemühte sich der jüngere der beiden Beamten, die letzten Fahrer und die Nummernschilder der wartenden Autos zu fotografieren, während sein Kollege unauffällig die Gesichter der Zuschauer aufnahm. „Ohne Publikum würde mindestens die Hälfte der Rennen nicht stattfinden", hatte der Kriminalpsychologe behauptet, der seit ein paar Tagen das Team ihrer SoKo verstärkte. Also hatte Hauptkommissar Pelker ihre Jagdgründe erweitert und sie aufgefordert, Bilder der Besucher und Fans aufzunehmen. Von den in Nordrhein-Westfalen ansässigen, mutmaßlichen oder bereits mindestens einmal überführten Fahrern unerlaubter Wettbewerbe hatte die Sonderkommission ‚Illegale Autorennen‘ mittlerweile eine umfangreiche Kartei. Nun galt es, ihre Bewunderer zu identifizieren und abzuschrecken.

„Illegale Autorennen sind Profilierungsfahrten“, hatte ihnen der Kriminalpsychologe eingeschärft. „Sie werden von einem ganz bestimmten Personenkreis durchgeführt, meistens Mitgliedern der Tuningszene. Wir haben in Köln und Düsseldorf etwa dreihundertfünfzig von ihnen identifiziert. Diese potenziellen Rennfahrer wollen imponieren: Ihren Mädchen auf dem Beifahrersitz, ihren Freunden oder möglichen Rivalen, beliebigen Menschen vor Kneipen und Cafés oder am Rand einer potenziellen Rennstrecke. Darüber hinaus drehen einige auch Videos ihrer Fahrten, um sie im Internet zu präsentieren und den Kreis ihrer Fans damit beträchtlich zu vergrößern. Viele der Zuschauer würden es ihnen gern gleichtun, ihnen fehlt aber der Mut. Sie fahren ihre Rennen mit der Playstation und befriedigen ihre Sucht nach realer Gefahr bei den Rennen ihrer Vorbilder der lokalen Cruiser-Szene. Ohne diese Fans und Zuschauer würde mindestens die Hälfte der Rennen nicht mehr stattfinden. Deshalb muss ein Teil unserer Prävention bei ihnen ansetzen.“

Als sich die ersten Streifenwagen mit ihren Sirenen ankündigten, waren bereits alle Fahrer gestartet. Scheinbar entspannt und ohne Sorge wegen der nahenden Ordnungshüter zerstreute sich das Rennpublikum. Auch wenn die Handyaufnahmen als Beweismittel anerkannt würden, hatten weder die aktiven Rennteilnehmer noch ihre Zuschauer mit spürbaren Strafen zu rechnen, wie beide Zivilfahnder aus der Erfahrung der letzten Monate wussten.

Berlin, wenige Kilometer außerhalb der Stadt

Es kam ihm so vor, als seien die schrillen Geräusche der Zerstörung nach wie vor hörbar. Fred Blanke, erfahrener Hauptbrandmeister der örtlichen freiwilligen Feuerwehr, stand neben dem jungen Polizisten, der eine Bestandsaufnahme für sein Protokoll notierte. Immer noch fassungslos blickte er auf das nur wenige Meter von ihnen entfernt stehende – oder besser gesagt hängende – Wrack eines rotlackierten BMWs. Es schien einen der wunderschönen, alten Alleebäume der Landstraße auf einer Höhe von etwa einem Meter über dem Straßenniveau zu umarmen. Während seiner gesamten Laufbahn hatte Fred Blanke noch keinen Zusammenstoß von Baum und Kraftfahrzeug gesehen, der eine solche Zerstörungskraft freigesetzt hatte, auch wenn zu Beginn seiner Tätigkeit, kurz nach der Wende, viele Alleebäume zum Verhängnis für zu schnell fahrende Autos und ihre Besitzer geworden waren. Aber keiner der Unfälle hatte Fred Blanke und seine Kollegen der freiwilligen Feuerwehr so ratlos auf das Wrack starren lassen wie dieser, bevor sie zu ihren Werkzeugen griffen und begannen, sich Zugang zu den Unfallopfern zu verschaffen.

Sie hatten die junge Fahrerin des Sport-Coupés nur noch tot bergen und an den Notarzt und die Sanitäter übergeben können. Das Opfer war durch die Wucht des Aufpralls fest hinter dem Lenkrad eingeklemmt worden und einer der Brandmeister hatte die Lenksäule durchtrennen müssen, bevor die Tote überhaupt bewegt werden konnte. Die Airbags hatten die Fahrerin wahrscheinlich ausreichend vor dem verbogenen Blech und dem splitternden Glas geschützt; vielleicht hätte sie ihren Unfall überlebt, wenn nicht ihr Unfallgegner, der Baum, gewesen wäre. Scheinbar erzürnt darüber, angefahren und beschädigt worden zu sein, hatte dieser einen langen, stabilen Ast durch die zersplitterte Windschutzscheibe in das Wageninnere gebohrt. Ein Rest des durch die Feuerwehr abgesägten,

knorrigen Armes der alten Eiche zeigte noch immer auf die
Stelle des Wagens, welche die etwa dreißigjährige Autobesitze-
rin beherbergt hatte. Jetzt sah Blanke dort nur noch auf Glas-
splitter, zerstörtes Blech, die Reste der Airbags und den bluti-
gen Fahrersitz.

Die hintere Hälfte des Wagens schien unversehrt zu sein.
Blanke war es ohne jede Gewalt gelungen, die hintere Tür der
Fahrerseite zu öffnen, als er als erster am Unfallort angekommen war. Durch diese Öffnung war der Notarzt in das Innere
des Wagens gelangt und hatte sehr schnell feststellen müssen,
dass keine besondere Vorsicht bei der Bergung der Verunglückten zu walten hatte. Nichts und niemand hätte die junge
Frau wieder ins Leben zurückrufen können. Wenn sie nicht der
eigentliche Aufprall getötet hatte, dann das bösartige Stück Ei-
chenholz, das sich tief in ihren Hals gebohrt hatte. Das Unfallopfer war bereits verblutet, während die Feuerwehr noch auf
dem Weg zur Unfallstelle gewesen war.

„Ein schöner Wagen", konstatierte der Polizist herzlos und
ging ein paar Schritte zurück in Richtung des Kofferraums.
„Wenn ich es der TÜV-Plakette richtig entnehme, ist der BMW
erst vor sechs Wochen zugelassen worden. Kein Wunder, dass
er noch so glänzt, als wäre er gerade erst der Fabrik entsprun-
gen."

Der junge Beamte strich sanft über den Lack der Koffer-
raumhaube. Unbeeindruckt von der Zerstörung der vorderen
Hälfte des Wagens, reflektierte dieser die Strahlen der schräg
einfallenden Sonne und offenbarte dabei ein in die einzelnen
Lackschichten eingearbeitetes, unterschwelliges Camouflage-
Muster.

„Das ist eine ganz ungewöhnliche Sonderlackierung", setzte
der junge Polizist bewundernd hinzu. „Es werden nacheinander mehrere Teilschichten Lack aufgetragen, aber am Ende ist
die Oberfläche vollkommen eben. Der Wagen kann noch nicht
lange auf der Straße gefahren worden sein, wenn er wirklich

erst vor ein paar Wochen zugelassen wurde. Eine solche Arbeit braucht ein bis zwei Wochen und ist das Werk eines echten Künstlers. So etwas bekommt man nicht vom Hersteller direkt ab Fabrik."

Fred Blanke sah irritiert auf den jungen Mann neben ihm. „Geholfen hat der Fahrerin ihr Speziallack aber nicht gerade."

„Nein, da haben sie recht. – Aber bestimmt freut sich der Fotograf der Spurensicherung darüber. So etwas hat er nicht oft vor der Linse. Bei dem Winkel, in dem die Sonne jetzt darauf fällt, sieht man die ganze Pracht perfekt, nicht wahr?"

Angewidert von so viel Gefühllosigkeit machte Franke einen Schritt zurück. Mit dieser Bewegung hatte er sich aber noch nicht weit genug entfernt, um die nächsten bewundernden Worte des Polizisten nicht mehr hören zu müssen: „Tolle Felgen hat der Wagen auch. Und die Reifen sehen so aus, als wäre das ihre erste Fahrt auf öffentlichen Straßen gewesen. Vielleicht kann ich die Schlappen ja später billig bekommen."

Blanke wandte sich von dem Wagen ab und sah die Straße entlang. Die Unfallstelle hatte weiträumig abgesperrt werden müssen, um eine vollständige Aufnahme aller Spuren zu ermöglichen. Zwei Feuerwehreinsatzwagen waren jeweils in etwa zwanzig Metern Abstand vom mörderischen Baum schräg über die ganze Breite der Landstraße abgestellt worden und hielten jeglichen Straßenverkehr auf. Die Erfahrung der letzten Jahre hatte gezeigt, dass nur auf diese Art die an der Unfallstelle arbeitenden Menschen zuverlässig abgesichert werden konnten.

„Wie lange brauchen Sie uns hier noch? Ich würde den Kollegen gern bald die Gelegenheit geben, zur Wache zurückzukehren. Die Unfalltote hat einen schlimmen Anblick geboten und niemand von uns wird das so schnell wegstecken. Ich kann mir vorstellen, dass die meisten gern ihre Familien in den Arm schließen würden, um die Bilder zu vertreiben. Außerdem ist heute Samstag, Wochenende."

Der Polizist schüttelte den Kopf und hob seine Schultern leicht an. „Keine Ahnung, wie viel Zeit die Spurensicherung noch braucht. Sie und Ihre Kollegen müssen leider bis zum Schluss bleiben. Der Fahrer des Abschleppwagens bekommt den BMW sowieso nicht ohne Ihr schweres Gerät vom Baum auf seine Ladefläche."

Die Ermittlung der Unfallursache hatte keine zusätzlichen Erkenntnisse gebracht; das Ergebnis stand damit eigentlich fest. Hauptwachtmeister Wedel, der nur mit Mühe die handschriftlichen Notizen seines jungen Kollegen hatte entziffern können, war trotzdem noch nicht dazu bereit, sich der vorherrschenden Meinung anzuschließen, zu hohe Geschwindigkeit und die Unaufmerksamkeit der jungen Fahrerin hätten den Unfall verursacht.

Der Kollege hatte keine Zeugen gefunden, die den Unfallhergang gesehen hatten, nicht direkt nach dem Unglück und ebenfalls nicht während der anschließenden Ermittlung. Auch die umgehend nach dem Unfall gesicherten Spuren ließen keinen Rückschluss auf die Beteiligung eines weiteren Verkehrsteilnehmers zu. Aber dennoch ...

Schon einmal hatte Wedel im Computer die Akte geschlossen. Nach wenigen Sekunden hatte er seine Eingabe wieder rückgängig gemacht; so schnell, dass er hoffte, niemand würde seinen Sinneswandel bemerkt haben und ihn darauf ansprechen. Auch ohne gegenteilige Hinweise fiel es ihm schwer, das einhellige Urteil zu übernehmen, dieses junge Leben sei nur aus Leichtsinn und Selbstüberschätzung in Sekundenbruchteilen ausgelöscht worden. Er hatte die junge Tote gekannt. Ihre Familie wohnte in der Nachbarschaft der Polizeiwache und Wedel hatte das Mädel aufwachsen gesehen. Sie war wild gewesen und hatte so einigen Unsinn angestellt, aber was man ihr nicht nachsagen konnte, war, dass sie leichtsinnig oder rücksichtslos gewesen war, eher im Gegenteil. Noch vor ein paar Monaten hatte sie ihn auf der Wache besucht und Fragen bezüglich der örtlichen Cruiser-Szene gestellt, sehr kritische Fragen nach seiner Einschätzung. Dass sie jetzt in einem so auffällig zurechtgemachten Gefährt an einem Baum endete, verwunderte ihn. Ihre Fragen hatten bei ihm eher den Eindruck erweckt, dass sie gegen die Cruiser-Szene eingestellt war. Sie arbeitete beim Rundfunk in Berlin; vielleicht war sie für eine Reportage über die örtliche Cruiser-Szene unterwegs gewesen und hatte zu diesem Zweck einen entsprechenden Wagen gefahren. Aber der BMW war auf sie selbst zugelassen; Wedel hatte sich versichert, dass hier kein Fehler vorlag.

Lange würde er die Untersuchung nicht mehr ausdehnen können. Sein Vorgesetzter hatte ihm am Vortag unmissverständlich mitgeteilt, dass er jegliche weitere Ermittlung für Zeitverschwendung hielt. Die Unfallursache sei nach seinem Verständnis zweifelsfrei festgestellt. Wedels Kollegen gingen davon aus, dass die junge Frau zu schnell gefahren war und ohne Beteiligung weiterer Verkehrsteilnehmer die Gewalt über ihr neues Auto verloren hatte. Tragisch, aber kein Einzelfall in ihrem Alter. Wedel war dennoch nicht geneigt, sich dieser Überzeugung anzuschließen.

Schnell war der Wagen in jedem Fall gewesen, bevor er von der standhaften Eiche gestoppt worden war; für diese Tatsache sprach der Grad der Zerstörung. Sehr schnell war er wahrscheinlich sogar gefahren worden. Und in jedem Fall zu schnell für das Unfallopfer.

Es gab keinerlei Spuren, die auf eine andere Unfallursache hinwiesen, keinen technischen Defekt am Fahrzeug, keine auffällige Verschmutzung der Fahrbahn, kein angefahrenes Tier, keinen weiteren Verkehrsteilnehmer. Keine Spuren, aber eine dubiose Zeugenaussage. Es gab einen Zeugen, der zwar den Unfall selbst nicht gesehen hatte, allerdings behauptete, ein UFO sei von der Unfallstelle kommend die Landstraße entlang gerast. Das unbekannte Flugobjekt sei fast mit ihm zusammengestoßen, kurz nach dem lauten Knall. Dieser Knall sei bestimmt durch die Landung auf der Erde verursacht worden. Es sei ein langgestreckter, dunkler Flugkörper gewesen, wunderbar anzusehen, aber gleichzeitig beängstigend. Natürlich sei er sich sicher, knapp über der Straße sei das UFO geflogen. Der Zeuge gab an, befürchtet zu haben, dass man ihn jetzt mitnehmen und für Versuche von der Erde entführen werde. Deshalb habe er sich im Straßengraben versteckt, bis die Polizei ihn entdeckt habe. Laut Protokoll hatte der Zeuge geweint, während er seine Aussage machte.

Ausweispapiere hatte der Zeuge laut den Kollegen, die mit ihm gesprochen hatten, nicht dabeigehabt. Seine Unterschrift war für Hauptwachtmeister Wedel nicht zu entziffern. Aber sie hatten im Nachhinein trotzdem die Daten des verwahrlosten Mannes im Computer gefunden: Wedels einziger Hinweis auf eine Fremdeinwirkung kam von einem verwirrten, obdachlosen Quartalssäufer.

Köln, März 2015

Unzufrieden verzog Ruben Bertram seinen Mund. Die Ergebnisse der Recherche für seine neue Artikelreihe schafften es immer wieder, seine nur noch geringen Erwartungen an den Anstand seiner Mitmenschen zu unterbieten. Langsam verlor er die Lust daran, ständig nur Anklagendes schreiben zu können.

Seit seinem abgeschlossenen Journalistik-Studium arbeitete Ruben als Feuilletonist, mittlerweile als Chefredakteur der Ressorts Sport und Feuilleton der Rheinischen Allgemeinen. Er beschäftigte sich bereits seit fünfzehn Jahren mit Kultur, Gesellschaft, Klatsch und Tratsch im Rheinland und schrieb fast täglich über Skandale und Fehlverhalten mehr oder weniger berühmter Personen und Persönlichkeiten. Ihm hätte also keine menschliche Schwäche mehr fremd sein sollen; die manchmal mit einer unglaublichen Selbstverständlichkeit begangenen Rücksichtslosigkeiten spezieller Charaktere hatten ihn über die Jahre aller Illusionen über seine Mitmenschen beraubt. Vor allem wenn es um Macht und Einfluss, Sex oder Geld ging, konnten Menschen jeden Respekt vor dem Wohlstand, dem Ansehen oder sogar der körperlichen Unversehrtheit ihrer Mitmenschen verlieren. Und nun zeigte sich, dass einige Verkehrsrowdys diesem Verhalten noch die Krone aufsetzten.

Anfang Januar hatte sich ein für zwei Radfahrer tödlich verlaufener Unfall auf den Kölner Ringen ereignet. Diesen hatte Ruben zum Anlass genommen, in der folgenden Samstagsausgabe der Rheinischen Allgemeinen eine sehr emotionale und kritische Auseinandersetzung mit der Psyche von ‚Verkehrsrowdys' zu veröffentlichen. Seine Analyse basierte vorwiegend auf seinem eigenen Empfinden; bestätigt wurde sie lediglich durch Gespräche mit Polizisten und Verkehrspsychologen.

Offensichtlich hatte er damit einen Nerv getroffen. Die durchweg positiven Rückmeldungen seiner Leser ermutigten ihn dazu, aus dem einzelnen Artikel eine Serie werden zu lassen. Seit der ersten Samstagsausgabe des Februars gönnte er sich und seinen Fans nun monatlich einen Blick auf das Thema ‚Verkehrsrowdys', jedes Mal auf einen bestimmten Teilaspekt fokussiert, faktenorientiert und sehr kritisch. Langsam wurde Ruben ein Experte zu diesem Thema und unfreiwillig zum Kämpfer für ein Umdenken in der Politik. Kriminalhauptkommissar Thomas Pelker, mit dem er sich seit dessen Ernennung zum SoKo-Leiter wiederholt getroffen hatte, musste ihm bestätigen, dass gefährliche Eingriffe in den Straßenverkehr in den letzten Jahren in Großstädten wie Köln und Düsseldorf deutlich häufiger geworden waren. Ihren schlechten Start als gemeinsame Kämpfer für die gleiche Sache hatten sie längst überwunden. Aufeinander abgestimmt arbeiteten sie nun daran, die Menschen für das Thema zu sensibilisieren. Nur durch den Druck der Öffentlichkeit konnte man die Politik und das Rechtswesen der Bundesrepublik Deutschland zu einem strengeren Umgang mit gemeingefährlichen Verkehrssündern zwingen.

Im Moment bereitete Ruben den Artikel vor, der in der ersten Samstagsausgabe des Monats Juni erscheinen sollte. Er handelte ausschließlich von illegalen Autorennen auf öffentlichen Straßen, dem Hauptanliegen der Sonderkommission, der Thomas Pelker vorstand. Rubens Recherche hatte ergeben, dass sich die Cruiser-Szene längst über die Stadtgrenzen Kölns und Düsseldorfs hinaus organisiert hatte, auch ihr illegal operierender Teil. Verbotene Straßenrennen wurden deutschlandweit vereinbart. Es gab sogar einen europaweiten Renntourismus. Die Szene war der Polizei in ihrer Organisation weit voraus.

Aber es waren gar nicht einmal diese langfristig organisierten Rennen, welche die größte Gefahr darstellten. Spontane Rennen, die durch Provokationen an Ampelkreuzungen entstanden oder an den Treffplätzen in den Innenstädten vereinbart wurden, fanden nach wie vor vielfach statt und brachten das größere Gefahrenpotenzial mit sich. Bei diesen Wettfahrten regierte das Testosteron. Ruben war zwar schon Zeuge eines solchen ‚Instant-Rennens‘ geworden, aber selbst noch nie dazu aufgefordert worden. Wahrscheinlich lag es an seinem wenig beeindruckenden Youngtimer, seinem heißgeliebten Citroën DS, dass sich nie jemand an einer roten Ampel in einem Wettstreit mit ihm messen wollte. Thomas Pelker hatte ihm berichtet, dass man in Köln und Düsseldorf täglich Ziel solcher Provokationen werden konnte, auch als Fahrer, der nicht der Cruiser-Szene angehörte. Ein PS-starkes oder auffällig getuntes Auto konnte für eine Aufforderung zu einem spontanen Ampel-Rennen bereits ausreichen.

Allein im Rheinland hatte es in den letzten Jahren mehrere tödliche Unfälle gegeben, bei denen die Polizei davon ausging, dass sie durch illegale Autorennen verursacht worden waren. Der strafrechtlich verwendbare Nachweis eines solchen Straßenrennens war bei der Untersuchung der Unfallhergänge allerdings keinmal gelungen, auch der Sonderkommission Thomas Pelkers nicht. Objektive Tatzeugen gab es so gut wie nie und die Unfallbeteiligten, so sie nicht flüchtig waren, stritten jede Geschwindigkeitsübertretung ab. Ruben fragte sich, wann die in den modernen Fahrzeugen standardmäßig verbauten Steuersysteme und Speichermedien endlich so verlässlich ausgewertet werden konnten und durften, dass die Fahrer durch ihre eigenen Fahrzeuge überführt wurden. Er lächelte bei der Vorstellung, dass zukünftig nicht nur Autos ausplaudern würden, welche Ordnungswidrigkeit ihre Fahrer begangen hatten. Was wäre, wenn sich eine Schusswaffe nach ihrem Einsatz automatisch ins Internet einwählte und Tatzeit, Tatort und die Fingerabdrücke ihres Benutzers an die Polizei schickte. Eine schöne Vorstellung für die waffenliebenden Vereinigten

Staaten von Amerika. Technisch machbar war es bestimmt schon lange.

Ruben stand auf, streckte sich und warf einen Blick in das angrenzende Großraumbüro, in dem er bis vor vier Monaten selbst noch gesessen hatte. Mit seiner neuen Rolle als Chefredakteur und Ressortleiter hatte er sich noch nicht wirklich arrangiert. Ihm fehlte der unbeschwerte Umgang mit den Journalisten: Seitdem er ihr Chef war, hatte sich ihr Verhalten ihm gegenüber verändert.

Er setzte sich wieder und konzentrierte sich auf seinen angefangenen Gedankengang. Nach dem, was er über die elektronischen Spielereien moderner Fahrzeuge wusste, war er sich sicher, dass die neuzeitlichen Steuersysteme alle Daten zur Verfügung stellen konnten, die ein Rennen belegen würden. Was genau wurde festgehalten und konnten es nur die Hersteller selbst abrufen und auswerten? Er nahm sich vor, die nächste große Automobilmesse dazu zu nutzen, das Thema weiter zu vertiefen.

Die Autos waren aber nur die Waffe. Jemand musste sie nutzen, damit sie zur Gefahr wurden. Welche Eigenschaft prädestinierte einen Menschen dazu, an einem illegalen Autorennen teilzunehmen? Gab es charakterliche Unterschiede zwischen denen, die sich im Internet als Teilnehmer anmeldeten, und jenen, die sich spontan provozieren ließen? Wie musste man gestrickt sein, um gegen alle Vernunft und ohne Rücksicht auf mögliche Konsequenzen ein Rennen in einer stark frequentierten Innenstadt auszutragen? In seinem ersten Artikel über sogenannte Verkehrsrowdys war Ruben noch davon ausgegangen, dass diese durchaus auch Frauen sein konnten. Männer und Frauen aus allen sozialen Schichten und unabhängig von ihrer Bildung, ihrem Verdienst oder ihrem Familienstand. Aber Pelker hatte ihn eines Besseren belehrt. Die ‚rennaktive‘ Cruiser-Szene setzte sich fast ausschließlich aus Männern zusammen, jungen Männern, die versuchten, andere Verkehrsteilnehmer zu dominieren und ihr Publikum zu beeindrucken.

Auf seinem Schreibtisch lag eine stetig länger werdende Liste der wahrscheinlich durch illegale Autorennen verursachten Unfälle mit Todesfolge. Bei ihrer Erstellung hatte Ruben feststellen müssen, dass die Durchführung dieses illegalen Freizeitvergnügens keineswegs auf Deutschland beschränkt war, oder auf Europa. Auch in den USA fanden verbotene Rennen statt, gerade dort. Die USA waren mit ihren Cannonball Rennen der Siebziger Jahre das Mutterland der verbotenen Straßenrennen. Allerdings fanden dort die illegalen Autorennen vielfach nachts und auf abgelegenen, kaum genutzten Straßen statt. Damit gerieten weniger Unbeteiligte in Gefahr, wenn auch tödliche Unfälle mit dieser Taktik nicht vollständig verhindert wurden. In Europa zogen es die Rennrowdys vor, ihre illegalen Autorennen tagsüber und in belebten Innenstädten oder auf stark frequentierten Autobahnen durchzuführen. Die Gefährdung anderer Verkehrsteilnehmer wurde von ihnen also nicht nur in Kauf genommen, sie schien einen Teil des Reizes solcher Rennen auszumachen.

Ruben kam auf seine anfängliche Frage zurück, welche Charaktere sich derartig gleichgültig dem Leben gegenüber verhielten. Welcher Teil der Psyche brachte einen Menschen dazu, unbeteiligte Mitmenschen leichtfertig in Gefahr zu bringen? Und waren sich diese Täter der Gefahr wirklich bewusst? Oder waren sie nicht eher davon überzeugt, ihr Fahrzeug auch unter Rennbedingungen so sicher zu beherrschen, dass weder sie selbst noch Andere verletzt werden konnten? Wie konnte man diese Menschen eines Besseren belehren? Sie zu einem verantwortungsvollen Verkehrsverhalten erziehen? Mit Hauptkommissar Pelker hatte Ruben bereits mehrfach darüber diskutiert, ob härtere Strafen eine echte Abschreckung bewirken konnten. Wenn nicht, wem wäre dann damit geholfen, solche Täter durch Gefängnisaufenthalte vielleicht noch ganz anderen

Verbrechen zuzuführen? Auch dieses Thema war es wert, weiter vertieft zu werden. Ruben notierte sich, dass er einen kompetenten Wissenschaftler oder Therapeuten suchen musste, der sich mit dem Thema der Psyche von illegalen Rennfahrern beschäftigte.

Kannte er selbst vielleicht jemanden, dem er zutraute, sich auf verbotene Wettfahrten einzulassen? Hatten solche Rennen bereits während seiner Jugend stattgefunden? Vielleicht, ohne dass er selbst es mitbekommen hatte? In seinem Freundeskreis gab es durchaus Motorsport-begeisterte Männer, die großen Wert auf einen präsentablen fahrbaren Untersatz legten. Möglicherweise sprachen sie mit ihm nur nicht darüber, weil sie seine Einstellung zu Motorsport und schnellen Autos kannten.

Was taten denn junge Männer, die sich keine teuren, renngeeigneten Boliden leisten konnten, aber dennoch den dringenden Zwang verspürten, ihre männliche Dominanz im Straßenverkehr auszuüben? Ruben hatte von teuren Autos gehört, die in Familienverbünden oder Cliquen gemeinschaftlich angeschafft wurden, damit jeder wenigstens einmal pro Woche oder Monat mit einem repräsentativen Fahrzeug die Kölner Ringe entlangfahren und die Passanten damit beeindrucken konnte. Waren auch dies Fahrzeuge, die für Rennen genutzt wurden? Wie standen denn eigentlich die Versicherungen zu Schäden, die durch vermeintliche illegale Rennen verursacht worden waren?

Laut seiner Recherche war es bereits vorgekommen, dass sich junge Männer Neuwagen zu einer Probefahrt ausgeliehen und diese bei einem Rennen zerstört hatten. Warum nicht am besten generell Leihwagen dafür nutzen? Es gab doch Unternehmen, die sich auf das Vermieten teurer, hochmotorisierter Fahrzeuge spezialisiert hatten. War ihnen die Gefahr bewusst?

Hing der Mut des Fahrers vielleicht davon ab, ob das genutzte Fahrzeug ihm selbst gehörte? Oder gab es womöglich ein ungeschriebenes Gesetz in der Cruiser-Szene, dass man nur mit eigenen Fahrzeugen zu Rennen antreten durfte?

„Ich muss wirklich dringend Kontakt zu jemandem aus der Szene knüpfen", murmelte Ruben und runzelte die Stirn. Hätte er Anna noch an seiner beruflichen Seite, stünden seine Chancen dafür sicher besser. Sie hätte er als Spitzel in die Szene einschleusen können. Sobald er in seinem nächsten Artikel das Verhalten von Rennteilnehmern öffentlich verurteilt und diese als geistig und moralisch unreife, rücksichtslose Verkehrsrowdys beschimpft hatte, würde mit ihm niemand mehr sprechen wollen. Seine bereits mehrfach gedruckte Forderung nach härteren Strafen würde ihm dabei auch nicht helfen.

Je länger er darüber nachdachte, umso deutlicher wurde Ruben, dass das Thema der illegalen Autorennen mehr als nur einen Artikel füllen würde. Aber war es das nicht wert, wenn er damit auch nur einen einzigen tödlichen Unfall verhinderte? Dass er mit seinen Worten sicher nicht in der Lage sein würde, diese Raser zu erreichen und ihnen ihr Verhalten vor Augen zu führen, war ihm klar. Aber Politik, Polizei und die Gerichte mussten ebenfalls einen anderen Blick auf das Thema entwickeln. Sie sollte er mit seiner Kolumne doch ansprechen können.

Ruben stand erneut von seinem Schreibtisch auf, ging in das angrenzende Großraumbüro und ließ seinen Blick über die fast ausnahmslos leeren Schreibtische seiner Mitarbeiter gleiten. Es war mittlerweile 21:00 Uhr, die meisten Journalisten der Rheinischen Allgemeinen saßen wahrscheinlich mit ihren Familien zusammen am Abendbrottisch oder vor dem Fernseher. Auf Ruben wartete niemand. Er war neununddreißig Jahre alt, in zwei Monaten würde er seinen vierzigsten Geburtstag feiern. Seine um zwei Jahre jüngere Schwester war schon lange verheiratet und hatte einen Sohn, Rubens Patenkind, der bereits auf ein Gymnasium ging. ‚Was war bei ihm selbst schiefgelaufen?', fragte er sich, während er sein Spiegelbild in den Fenstern vor dem dunklen Kölner Himmel musterte. Innerlich fühlte es sich für ihn immer noch so an, als wäre er gerade erst dreißig Jahre alt geworden. Und für sein von der Außenwelt wahrgenommenes Alter von fast vierzig Jahren sah er doch eigentlich noch ganz gut aus. Vielleicht war er nicht mehr so schlank wie zu Schulzeiten, als unattraktiv konnte man ihn aber dennoch nicht bezeichnen. Und sportlich war er auch, immerhin traf er sich jeden Monat einmal mit seinen alten Kumpeln aus dem Bergischen Land zum Fußballspielen. Trotz seines kleinen Bäuchleins, das irgendwie nicht mehr verschwinden wollte, hielt er die neunzig Minuten Hin- und Herlaufen besser durch als mancher Andere seines Jahrgangs. Außerdem besaß er noch volles Haar, mittelblond, aktuell fast schulterlang – naja, vielleicht sollte er es mal wieder schneiden lassen.

Ruben ging zurück in sein Einzelbüro und setzte sich ein weiteres Mal an seinen Schreibtisch. Den Vorsatz des baldigen Friseurbesuchs hatte er bereits wieder vergessen. Der Bildschirm seines Laptops war in den Ruhemodus übergegangen. Als Ruben die Tastatur berührte, erinnerte ihn nur noch der blinkende Cursor an den angefangenen Artikel. Was wäre, wenn er selbst Opfer eines Straßenrennens würde? Was würde von ihm bleiben? Er war sicher nicht dumm, immer gut informiert und unterhaltsam. Vielleicht kam er manchmal ein wenig zu direkt auf den Punkt, auch bei Diskussionen innerhalb seines großen Freundes- und Bekanntenkreises. Aber er meinte es ja nie böse, auch wenn er sich vielleicht manchmal selbst zu sehr darin gefiel, sarkastisch auf die Schwächen in den Gedankengängen seiner Gesprächspartner hinzuweisen. Ob es ausgerechnet diese Angewohnheit sein würde, die in Erinnerung bliebe? Gerade Frauen reagierten oft mit Unverständnis darauf, auch die, die ihn schon länger kannten. ‚Was würde von ihm bleiben?‘, stellte er sich ein weiteres Mal die Frage.

Er dachte an seine Schwester, die es noch immer nicht aufgegeben hatte, ihm Blind Dates zu organisieren. Dabei schaffte sie es, durchaus sehenswerte weibliche Exemplare für ihn zu interessieren. Es war aber nie eine wirklich lange Beziehung aus einem dieser Arrangements entstanden. Nur eine Frau hatte es gegeben, bei der er vom ersten Augenblick an gehofft hatte, sie würde ihn lange genug ertragen, um über seine Marotten lachen zu lernen, Clara. Clara war gestorben, bevor er sie wirklich gut genug hatte kennenlernen dürfen. Ihren tragischen Tod hatte er auch nach Jahren noch nicht überwunden.

Ruben gab sein Passwort ein und versuchte, seine Gedankengänge von vorhin wieder aufzunehmen. Über das vergangene Jahr wollte er nicht nachdenken, nicht hier und nicht jetzt. Seine Schwester behauptete, dass er sich mit Claras Tod beschäftigen und über sie hinwegkommen müsse, um einer anderen Frau überhaupt eine ernsthafte Chance zu geben. Aber jetzt war nicht der richtige Zeitpunkt dafür. Noch nicht.

Berlin, März 2015

Lars Voigt entspannte sich. Die Überwachungsgeräte der Aufwachstation zeigten an, dass Sophie aus der tiefen Bewusstlosigkeit der Narkose in einen leichten, natürlichen Schlaf hinüberglitt. Unbewusst ließ er ihre Hand los, die er während der letzten halben Stunde mehr aus einem Gefühl der Verpflichtung heraus als aus echter Sorge festgehalten hatte. Rasch aufstehend, konnte er sich endlich aus der grasgrünen Kunststoffschale des Krankenhausstuhls befreien, in der er sich bereits nach wenigen Minuten wie festgeklebt gefühlt hatte. Ohne einen weiteren Blick zum Krankenbett zu werfen, zupfte er seinen dezenten, grauen Anzug zurecht und verließ schnellen Schrittes den Raum.

„Sie wird gleich aufwachen", sprach er in sein Handy, nachdem sich am anderen Ende der Telefonleitung eine energische Stimme gemeldet hatte. Seinem Gesprächspartner war sein höheres Alter nicht anzuhören, aber Lars wusste, dass dieser die Siebzig bereits überschritten hatte.

„Für die gute Nachricht bedanke ich mich herzlich bei Ihnen, Herr Voigt", antwortete Sophies Vater erleichtert. „Und ganz besonders dafür, dass Sie die letzten Stunden bei unserer Tochter im Krankenhaus verbracht haben." Nach einer kurzen Pause setzte Konrad Renger etwas weniger energisch hinzu: „Ich stünde tief in Ihrer Schuld, wenn ich Sie auch noch bitten dürfte, so lange bei Sophie zu bleiben, bis wir Sie ablösen. Es wird meine Frau sehr beruhigen, zu wissen, dass im Moment immer jemand bei unserer Tochter ist."

Gern hätte Lars die Bitte abgelehnt und sich mit dringenden geschäftlichen Aufgaben entschuldigt. Der stundenlange Aufenthalt in einem Krankenhaus war bereits eine große Qual für ihn, ein persönliches Zusammentreffen mit Konrad Renger würde diese nicht lindern. Aber er kannte und fürchtete den Einfluss, den Sophies Vater auch einige Jahre nach seiner Pensionierung noch ausüben konnte, und sagte deshalb nach einem kaum wahrnehmbaren Zögern zu: Natürlich werde er weiter im Krankenhaus ausharren und die geliebte Tochter nicht allein lassen.

Warum ausgerechnet er nach der Nachricht über Sophies Unfall von ihrem gemeinsamen Chef Ludger Friedrich dazu aufgefordert worden war, Wache im Krankenhaus zu halten, war ihm schleierhaft. Niemand im Büro konnte von ihrer Affäre wissen, da war er sich sicher. Sophie hatte genauso wenig Interesse daran gehabt, diese bekannt werden zu lassen, wie er selbst. Für mindestens einen von ihnen wäre es das Ende der Karriere gewesen, wenn es öffentlich geworden wäre, dass sie enger miteinander verkehrten. Persönliche Beziehungen innerhalb der Agentur wurden ausnahmslos unterbunden.

Lars Voigt trug konservative, dezente Kleidung, einen sehr korrekten, kurzen Haarschnitt und war, wie immer, glattrasiert.

Trotz seiner unauffälligen Erscheinung und seiner zweiundvierzig Jahre hätten ihn die meisten Menschen wohl als gut aussehenden Mann beschrieben, wenn sie ihn überhaupt beschreiben konnten. Er war etwa 1,80 Meter groß, schlank und durch regelmäßigen Ausdauersport durchtrainiert, was der etwas zu großzügig geschnittene Anzug allerdings weitestgehend verbarg. Kinn, Mund und Wangenknochen vermittelten einen harmonischen, männlichen Eindruck, eine schmale Brille mit einem dünnen, mattsilberfarbenen Stahlgestell saß auf einer nicht zu großen, dennoch ausdrucksstarken Nase. In Summe war seine Erscheinung zurückhaltend männlich attraktiv. Sein Auftreten war stets angemessen höflich. Sein bewusst eingesetzter, leicht melancholischer Blick eroberte fast jedes weibliche Herz, wann immer Lars Voigt es beabsichtigte. Seine vertrauenerweckende Ausstrahlung war wahrscheinlich der Grund, weshalb kaum jemand, der ihm nur flüchtig begegnete, später in der Lage war, eine nachvollziehbare Beschreibung seines Äußeren abzugeben. Eine von Lars Voigts Begabungen lag darin, einen sympathischen ersten Eindruck zu hinterlassen, Menschen schnell dazu zu bringen, ihm zu vertrauen, und nach seinem Verschwinden ebenso schnell wieder in Vergessenheit zu geraten. Darüber hinaus war er intelligent, zielstrebig und, wann immer es darauf ankam, kaltblütig genug, sich aus brenzligen Situationen weitestgehend gewaltlos herauszuwinden. Lars Voigt war die ideale Besetzung für seinen Job. Wenn er selbst nicht den Wunsch äußerte, würde sicher keiner seiner Vorgesetzten auf die Idee kommen, ihn in den Innendienst zu versetzen – solange er sich keinen Fehler erlaubte.

Erneut in einem bunten Kunststoffstuhl sitzend, dieses Mal innerhalb von Sekundenbruchteilen mit einer grellorange eingefärbten Sitzschale verklebt, dachte er über seine Kollegin und aktuelle Geliebte Sophie Renger nach. Mittlerweile hatte man sie, in ihrem Krankenbett liegend, von der Aufwachstation in ein Einbettzimmer der Privatstation verlegt. Sophie war bereits dreimal wach geworden und hatte ihn stumm angelächelt, nachdem sie ihn erkannt hatte. Danach war sie immer wieder schnell eingeschlafen, wofür er ihr und ihren Medikamenten überaus dankbar war.

Sie sah schlecht aus, blass und hager im Gesicht, ungeschminkt, unfrisiert. Ohne ihr freches Blitzen in den Augen und das stets auf ihren Lippen lauernde Lächeln wirkte die Frau im Krankenbett deutlich älter und unattraktiver, als er Sophie sonst wahrgenommen hatte.

Lars kannte sie bereits seit mehreren Jahren. Als er sie zum ersten Mal gesehen hatte, war ihm sofort ihre unbemühte, natürliche Schönheit aufgefallen. Damals trug sie ihre dunkelbraunen, fast schwarzen Haare sehr lang. Das Gewicht der Haare erzwang einen klar gezogenen Mittelscheitel, die vorderen Strähnen rahmten ihr Gesicht eng ein und betonten ihre schmale Nase, das vielleicht etwas zu energische Kinn und ihren langen Hals. Ausgeglichen wurden diese strengen vertikalen Linien durch einen wohlgeformten Mund mit vollen Lippen und große, weit auseinanderstehende Augen. Diese Augen hielt Sophie jetzt gerade wieder geschlossen. Sie waren grün, wie Lars wusste. Damals, bei ihrem ersten Kennenlernen, hatte Sophie den intensiven Grünton ihrer Augen noch durch ihr Makeup verstärkt. Es hatte ihr gut gestanden, genauso wie die schmalen, langen Kleider, die sie zu der Zeit oft trug. Sophie war hochgewachsen, fast so groß wie er selbst. Ihre Schultern waren für seinen Geschmack etwas zu breit und sportlich. Ihre Hüfte und Taille glichen dies in ihrer Jungenhaftigkeit allerdings wunderbar aus, zumal ihr Hintern und ihre Brüste für ihn keine Wünsche offenließen. Trotz dieser körperlichen Vorzüge hatte es Jahre der Zusammenarbeit gebraucht, bis Sophies scheinbar unerschütterlicher Humor und ihr mutiger Charakter ihn so in den Bann gezogen hatten, dass Lars verdrängt hatte, dass sie Konkurrenten waren und keine Freunde werden durften. Kurz nach dem Weihnachtsfest des letzten Jahres hatten sie den einen Schritt zu weit zurückgelegt: Sophie und er hatten noch vor Silvester 2014 eine Affäre miteinander begonnen, eine für beide zufriedenstellende Liebesbeziehung, die bisher keiner von ihnen in Frage gestellt hatte. Bisher.

Ohne Zuneigung, ja sogar ohne Mitleid sah er jetzt auf die schlafende Frau vor ihm im Bett. Sex mit einer Kollegin zu haben, war ein Fehler gewesen, noch mehr, weil sie im selben Bereich tätig waren und an denselben Chef berichteten. Er hatte es von Anfang an gewusst, aber dennoch nicht widerstehen können. Sophie war die erste Frau aus der Truppe, der er so nahegekommen war. Die letzten Wochen zusammen mit ihr waren aufregend gewesen, vielleicht auch wegen der Heimlichkeit. Sie hatten eine angenehme Zeit zusammen verbracht, aber trotzdem war es ein Fehler. Je länger er auf das Krankenbett blickte, desto mehr tendierte er dazu, Sophies Unfall als ein Zeichen anzusehen. Er würde ihre Affäre beenden. Sofort. In jedem Fall noch, solange Sophie im Krankenhaus lag.

Mittlerweile wusste er, wie es um ihre Gesundheit stand. Die Schwestern hatten ihm nichts sagen wollen, aber der Chirurg, der Sophie operiert hatte, war dazu bereit gewesen, ihm ein paar Details zu ihren Verletzungen zu erklären. Lars hatte ihn mit drohenden Worten dazu bringen müssen, aber daran war der Arzt doch selbst schuld. Zum Schluss hatte der Mediziner sogar die Prognose geäußert, seine Patientin werde sicher wieder vollständig genesen, sie müsse sich aber wahrscheinlich für die Zukunft mit einem leichten Hinken abfinden. Damit war Sophie für jeden weiteren Außeneinsatz disqualifiziert, dieser Rückschluss stand für Lars außer Zweifel. Sie würde sich mit einem Arbeitsleben im Büro abfinden müssen.

Die schlafende Frau vor ihm konnte also nicht länger seine direkte Kollegin sein. Sie würde nie wieder Aufträge erhalten, die er für sich erhofft hatte. Sie war keine Konkurrentin mehr. Möglicherweise wäre eine Beziehung zwischen ihnen dann doch möglich. Vielleicht hätte Ludger Friedrich unter diesen

Bedingungen kein Problem damit, wenn er von ihrer Affäre erführe. Aber Lars' Entschluss, Sophie zu verlassen, stand fest. Ihre gesundheitliche und berufliche Prognose änderte nichts daran, vielleicht bestärkte sie ihn sogar eher in seiner Entscheidung. Während der nächsten Monate würde Sophie mit ihrer Genesung und den Rehabilitationsmaßnahmen beschäftigt sein – sicher hatte sie Verständnis dafür, dass er ihr dabei nicht zur Seite stehen konnte. Wie sollte das auch gehen, ohne ihre Beziehung publik werden zu lassen? Und das wollte er auf keinen Fall.

Sogar wenn Sophie tatsächlich nie wieder einen Außeneinsatz zugeteilt bekäme, er selbst wollte kein unnötiges Risiko eingehen. Er musste das aufregende Leben nicht aufgeben, nur weil es ihr nicht mehr offenstand. Es gab kaum etwas, das er sich weniger vorstellen wollte als ein solches Szenario.

Sophie Renger versuchte, sich nicht anmerken zu lassen, dass sie wach war. Sie erinnerte sich, dass sie zuvor bereits ein paar Mal die Augen geöffnet und Lars Voigt neben ihrem Bett gesehen hatte. Die letzten Male war sie schnell wieder eingeschlafen, aber jetzt war sie wach, wirklich wach.

Noch bevor sie durch die leicht geöffneten Augenlider einen Blick zur Seite geworfen hatte, waren misstönende Klänge einer Klarinette in ihren Gedanken erschienen. Lars befand sich also auch jetzt noch in ihrem Zimmer und er tat es ungern. Sophie blinzelte seitlich durch die Wimpern und stellte fest, dass er direkt neben ihr am Bett saß. An seinem Klang hörte sie, dass er sich weit weg von ihr wünschte. Während einer langen gemeinsamen Autofahrt hatte sie einmal versucht, Lars zu erklären, dass für sie die meisten Menschen eine Melodie verströmten und dass sich diese Melodie je nach Stimmungslage veränderte. Er hatte es nicht verstanden, nur gelacht, ihr gar nicht wirklich zugehört.

Nichts an der Musik, die Lars jetzt umgab, erinnerte noch an die bekannten melancholischen Klarinettenklänge, ähnlich der Klezmer Musik, die Sophie in New York so gern gehört hatte. Wieso war er hier bei ihr, wenn er es nicht wollte? Waren sie sich nicht darüber einig gewesen, dass niemand von ihrer Beziehung erfahren durfte? Vor allem nicht, bevor sie selbst sich sicher waren, dass ihre gegenseitige Anziehungskraft es wert war, dafür ihre Karrieren aufs Spiel zu setzen?

Sophie musste sich eingestehen, dass sie sich nicht mehr lange schlafend stellen konnte. Sie verspürte den dringenden Wunsch, aufzustehen und zur Toilette zu gehen. Was hatten die Ärzte ihr vor der Operation gesagt? Dass sie sich einige Knochen im linken Fuß und Bein gebrochen hatte und dass zwei Bänder gerissen waren. Das alles sollte im Laufe der gerade überstandenen Operation gerichtet und fixiert werden. Ihr Bein würde also jetzt hoffentlich in eine ordentliche Schiene oder einen Gips gehüllt sein und sie nicht daran hindern, irgendwie ins Bad zu humpeln. Sie versuchte, ihre Aufmerksamkeit auf ihr linkes Bein zu lenken, spürte aber lediglich ein taubes Gefühl von der Hüfte abwärts, keine Schmerzen, keinen Druck von irgendwelchen Verbänden oder einem Gips, nichts, das ihr bei geschlossenen Augen eine klare Vorstellung davon vermittelte, welcher Anblick sie nach dem Öffnen ihrer Augen erwarten würde. Dann mal los, Augen auf und ab in den Kampf, forderte sie sich selbst auf.

Es dauerte ein paar Sekunden, bis Lars Voigt realisierte, dass Sophie ihn ansah. Sie war also erneut aufgewacht und dieses Mal schien sie auch wirklich wach bleiben zu wollen. Sophie hob und drehte den Kopf, um erst ihren linken Arm, in dem eine Kanüle steckte, und danach ihr linkes Bein in Augenschein zu nehmen. Lars wusste nicht, was sie vorhatte, aber es sah so aus, als könnte sie Hilfe dabei gebrauchen. Er lehnte sich nach vorne und griff nach dem roten Notfallknopf, den ein freundlicher Mensch am Haltegriff über dem Bett aufgehängt hatte. Weder er noch Sophie sagten ein Wort, bis eine Krankenschwester den Raum betrat.

„Sie sind also aufgewacht, Frau Renger. Das ist gut!"

Sophie nickte vorsichtig.

„Gibt es etwas, das ich für Sie tun kann? Haben Sie Schmerzen, möchten Sie etwas trinken oder haben Sie einen anderen Wunsch, bei dem ich behilflich sein kann?" Die Schwester war nahe an das Krankenbett herangetreten und griff nach Sophies rechtem Handgelenk, offenbar, um ihren Puls zu messen.

Sophie räusperte sich und sagte dann so leise, dass Lars es fast nicht verstand: „Ich glaube, ich muss einmal zur Toilette gehen."

Natürlich versuchte die Schwester, ihr das auszureden, aber trotz der geschwächten Konstitution seiner Kollegin wäre Lars bereit gewesen, ein Monatsgehalt auf den Ausgang der kontroversen Diskussion zu wetten. Nach einem kurzen Wortwechsel stimmte die Krankenschwester zu, einen rollbaren Krankenstuhl zu holen und Sophie damit in das kleine, separate Bad des Krankenzimmers zu begleiten.

Lars zog sich ans Fenster zurück. Er ließ seinen Blick über die biedere Reihenhaussiedlung schweifen, die sich in den letzten beiden Jahrzehnten in diesem Viertel Berlins anstelle der ungeliebten DDR-Architektursünden ausgebreitet hatte. Lediglich das Krankenhaus schien als historischer Bau verblieben zu sein, allerdings modernisiert, für die aktuellen Anforderungen der Medizin erweitert und für seine neuen Bewohner aufgehübscht. Nach wenigen Minuten kam die Schwester mit Sophie zurück und half ihr, sich wieder in das Krankenbett zu legen. Unbeteiligt sah Lars den beiden Frauen zu. Sophies linkes Bein mit der umfangreichen Schiene wurde möglichst bequem auf ein schräg ansteigendes Polster gebettet. Die Schwester befestigte einen neuen Tropf an Sophies Hand und eilte danach kurz aus dem Zimmer, um mit zwei Kühlpads zurückzukehren und diese sorgfältig auf dem geschienten Bein zu verteilen.

Als die Schwester erneut das Zimmer verließ, war Lars' Galgenfrist beendet. Er kehrte an Sophies Seite zurück. Nun musste er etwas sagen. „Die Operation ist gut verlaufen, soweit der Chirurg es mir verraten durfte", begann er.

Sophie rutschte in eine etwas bequemere Position im Bett und sah ihn fragend an.

„Du wirst selbst mit dem behandelnden Arzt sprechen müssen, wenn du mehr dazu hören möchtest", antwortete Lars in der Annahme, dass Sophie Details zu ihrem Gesundheitszustand wissen wollte.

„Warum bist du hier?", fragte sie zu seinem Erstaunen.

„Ich habe mir Sorgen um dich gemacht."

Sophie verzog den Mund. Für Lars machte ihre Grimasse den Eindruck, als sei Sophie über seine Antwort verärgert.

„Nachdem wir in der Agentur von deinem Unfall erfahren haben, bin ich von Friedrich aufgefordert worden, im Krankenhaus nach dem Rechten zu sehen. Außerdem hat dein Vater mich darum gebeten, nicht zu gehen, bevor er selbst hier eingetroffen ist. Deine Mutter und er sind auf dem Weg nach Berlin."

„Warum ausgerechnet du? Warum hat Friedrich dich geschickt?"

„Ich denke, das war Zufall. Oder weil er mitbekommen hat, dass wir uns ein wenig angefreundet haben. Aber er kann nicht wissen, wie es wirklich um uns steht."

Sophie sah Lars weiterhin unverwandt an und blieb stumm.

„Ich bin mir sicher, dass er nichts von uns weiß. Von mir auf jeden Fall nicht."

Sophie schwieg beharrlich.

Lars kam sich selbst schäbig vor. Wahrscheinlich hatte Sophie gehofft, dass er aus freien Stücken bei ihr war und nicht nur als Abgesandter der Abteilung. Warum hatte er nicht einfach gelogen?

„Jetzt solltest du dich erst einmal darauf konzentrieren, gesund zu werden", versuchte er abzulenken. „Alles andere ist im Moment nicht wichtig."

„Von mir weiß es Friedrich auf jeden Fall auch nicht", stieß Sophie leise aus und überging damit seine letzten Sätze.

Lars war sich nicht sicher, ob sie ihm überhaupt zugehört hatte. „Du musst erst einmal gesund werden", wiederholte er. „Danach wirst du die nächsten Monate wohl am Schreibtisch verbringen, Sophie. Die Zeiten für Außeneinsätze sind erst einmal vorbei."

„Hat es mein Bein so schlimm erwischt?"

„Nicht nur das Bein, vor allem deinen Fuß. Nach Auskunft des Chirurgen hast du dir Brüche fast aller kleinen Knochen im Fuß zugezogen, außerdem sind zwei Bänder gerissen, was es auch nicht leichter macht, die volle Funktionstüchtigkeit des Beines und deines Fußes kurzfristig wieder herzustellen."

„Shit!" Sophie schien sich auf die Lippen zu beißen, um nicht noch mehr Schimpfworte von sich zu geben.

„Ich habe den Eindruck, dass du noch Glück gehabt hast. Du hattest nicht gerade das passende Schuhwerk für ein Motorradrennen an, wie ich gehört habe. – Wie ist der Unfall eigentlich passiert?"

„Ein Idiot mit einem Sportwagen hat mich geschnitten."

„Hat er dich angefahren?"

„Ich denke schon, sonst hätte ich wahrscheinlich nicht die Gewalt über meine BMW verloren."

„Konntest du dir das Kennzeichen merken?"

Sophie lachte kurz auf. „Nein, ich war vollends damit beschäftigt, mit meinem Moped nicht sofort an den Leitplanken zu zerschellen."

„Bislang haben sich keine Zeugen zu deinem Unfall gemeldet. Du kannst dich glücklich schätzen, dass ein anonymer Anrufer, angeblich ein nächtlicher LKW-Fahrer, einen Krankenwagen gerufen hat. Die Notrufzentrale hat dann auch die

Polizei dazu gerufen. Wenn direkt nach deinem Sturz ein unaufmerksamer Autofahrer über dich hinweggerast wäre, würdest du jetzt wahrscheinlich im Leichenschauhaus liegen und nicht hier im Krankenhaus."

„Du hast wirklich eine Begabung zum Trösten!"

Vielleicht war das jetzt genau der richtige Moment, dachte Lars und begann vorsichtig: „Ich glaube, ich werde dir in den nächsten Wochen keine große Hilfe sein."

Sophie sah ihn abwartend an.

Lars wusste nicht, wie er fortfahren sollte.

Nach einer Weile fragte sie höhnisch: „Du meinst, dass du dich von mir zurückziehst, damit deine eigene Karriere nicht unter meinem Unfall leidet?"

„Nun ja, ..."

„Das ist jetzt also der richtige Moment für dich, mit mir Schluss zu machen?"

„In den nächsten Wochen wirst du mit ganz anderen Themen beschäftigt sein – da musst du nicht auch noch Stress mit mir haben", versuchte Lars Sophies Vorwurf abzumildern.

„Damit hast du wahrscheinlich absolut recht", kam es in einem sarkastischen Tonfall. „Du solltest jetzt besser gehen."

„Sophie, dein Vater erwartet von mir ..."

„Das ist mir egal. Ich erwarte von dir, dass du jetzt verschwindest. Sofort!"

Lars erhob sich und verließ ohne weiteres Zögern das Krankenzimmer. Okay, daran musste er wohl noch arbeiten, sinnierte er. Trotz Sophies heftiger Reaktion war er nicht undankbar, sein Problem so schnell gelöst zu haben. Eine Beziehung zu beenden, war nichts, worin er Erfahrung hatte. In der nächsten Zeit würde er sich besser wieder nur auf unverbindliche Kurzzeit-Affären einlassen.

„Meine Kleine, was machst du für Sachen?" Konrad Renger betrat ihr Krankenzimmer und sofort erklangen, hauchzart, aber sehr exakt gespielt, die Töne eines der sechsundneunzig Stücke des Wohltemperierten Klaviers von Bach.

In früheren Jahren hatte Sophie versucht, diese jeweils achtundvierzig Stücke der beiden Teile den Gemütszuständen ihres Vaters zuzuordnen, aber die Musik war sich zu ähnlich und die Stücke gingen bei ihm oft auch direkt ineinander über. Sie hatte ihre Bemühungen nach wenigen Wochen aufgegeben. Was blieb, war die Erkenntnis, dass sich sein Klang weitestgehend aus dem ersten Teil der Zusammenstellung von Präludien und Fugen bediente und dass sie sich sofort geborgen fühlte, sobald sie eine davon hörte, sogar, wenn die Musik außerhalb ihres Kopfes erklang.

„Das wird schon wieder, kleine Sophie. Bald bist du wieder auf den Beinen." Er beugte sich zu ihr herab und strich ihr sanft über die Wange. „Wie fühlst du dich? Hast du Schmerzen? Was ist passiert? Warum ist Herr Voigt nicht bei dir? Ich hatte ihn doch ausdrücklich darum gebeten, so lange zu bleiben, bis deine Mutter und ich ihn ablösen. Wann hat er dich verlassen?"

Seine überstürzt geäußerten, kurzen Sätze waren nur mit der Sorge um sie zu erklären. Konrad Renger sprach zwar gern und manchmal auch in langen Monologen, aber normalerweise gab er seinen Gesprächspartnern die Chance, seine Fragen zu beantworten, bevor er die nächsten stellte.

„Mir geht es gut, Papai", erwiderte Sophie lediglich und lächelte ihn an.

Hinter ihrem Vater betrat ihre Mutter, Katharina Renger, den Raum und schloss die Tür hinter sich. In der linken Hand hielt sie einen noch eingepackten Blumenstrauß; ein als Krankenhausvase zu identifizierendes, hässliches Glasgefäß hatte sie unter den rechten Arm geklemmt. Als sie Sophie wach in ihrem Krankenbett sitzen sah, lächelte sie erleichtert.

Ihre Mutter war der einzige Mensch, dem Sophie bisher begegnet war, der keine für sie hörbare Melodie ausströmte; der einzige Mensch außer ihr selbst. Nachdem ihr dieser Umstand bewusst geworden war, hatte sie ihn sich damit erklärt, dass sie bereits im Mutterleib die Melodie ihrer Mutter so intensiv aufgenommen hatte, dass sie unhörbar geworden war.

Sophie hob ihren rechten Arm und streckte ihn zur Begrüßung ihrer Mutter entgegen. „Hallo Mamãe. Ich freue mich, euch beide zu sehen. Aber ihr hättet wirklich nicht herkommen müssen."

„Rede keinen Unsinn", erwiderte ihr Vater sofort.

„Es war doch selbstverständlich, dass wir uns umgehend auf den Weg gemacht haben, als wir von deinem Unfall hörten, meine Liebe", setzte ihre Mutter deutlich diplomatischer hinzu, nachdem sie das hässliche Glasgefäß auf dem Besuchertisch abgestellt und die Blumen darin möglichst vorteilhaft angeordnet hatte.

Sie trat an Sophies Bett und musterte ihre Tochter samt ihrem voluminös verpackten linken Bein kritisch. „Hast du Schmerzen?", fragte sie in gewohnt sanftem, jetzt ein wenig besorgt klingendem Tonfall.

Noch bevor Sophie antworten konnte, polterte ihr Vater erneut los: „Wenn Herr Voigt schon nicht hier ist, hätte ich wenigstens einen Arzt oder eine Schwester in deiner Nähe erwartet, Kleine. Was ist denn das hier für ein Krankenhaus?"

„Mir geht es gut", begann Sophie erneut in dem Versuch, ihren Vater zu beruhigen. „Und ein wenig Ruhe ..."

„Dass es dir gut geht, ist ja deutlich zu sehen", unterbrach ihr Vater sie ironisch. „Mutterseelenallein sitzt du hier in deinem Bett, von den ganzen Schläuchen und Verbänden zur Bewegungslosigkeit verdammt. Ich halte dieses Vorgehen des medizinischen Personals für verantwortungslos. Und Herr Voigt wird mir seine Abwesenheit noch erklären müssen."

„Nun lass unsere Tochter doch auch einmal etwas sagen", mischte sich ihre Mutter ein und legte beruhigend eine Hand auf den linken Arm ihres Mannes.

„Mir geht es wirklich gut", versuchte es Sophie erneut. „Vorhin habe ich sogar schon kurz das Bett verlassen. – Außerdem hängt über meinem Bett ein Notfallknopf, den ich drücken könnte, falls ich etwas bräuchte. Es wäre also sofort jemand zu meiner Hilfe im Zimmer."

„Ein Notfallknopf!" Sophies Worte schienen ihren Vater nicht im Geringsten zu beruhigen. „Diesen Notfallknopf wirst du jetzt nicht mehr benötigen. Nun sind wir erst einmal bei dir, Kleine. Und so schnell es geht, lassen wir dich in ein Krankenhaus bei uns in Bonn verlegen. Ich kenne die besten Ärzte im Rheinland, sie werden dich schnell wieder auf die Beine bringen!"

Wie gewohnt, war Krankheit ein Zustand, den ihr Vater nicht akzeptieren konnte. Gegen jede Form der Schwäche konnte und musste effektiv vorgegangen werden. Nachgiebigkeit den körperlichen Unzulänglichkeiten gegenüber würde er selbst wahrscheinlich erst auf seinem Sterbebett zeigen, dachte Sophie, frühestens auf seinem Sterbebett. Hilfesuchend schaute sie zu ihrer Mutter und schüttelte dabei kaum merklich den Kopf.

„Nun erzähle uns erst einmal, was passiert ist, Liebes", forderte sie diese auf. „Aber gib bitte sofort Bescheid, wenn unser Besuch dir zu anstrengend wird. Du wirst im Moment noch viel Ruhe brauchen, so kurz nach deiner Operation."

Innerhalb weniger Minuten hatte Sophie ihren Eltern alles geschildert, an das sie sich von den Ereignissen vor und nach ihrem Unfall noch erinnern konnte. Nach wenigen Rückfragen hatte ihr Vater ein Einsehen und hörte auf, nach weiteren Details zu fragen. Vielleicht würde etwas Abstand helfen, sich besser an das Fahrzeug zu erinnern, das den Unfall verursacht hatte, meinte ihre Mutter.

Ermattet schmiegte Sophie ihren Kopf in ihr Kissen.

„So war das also", konstatierte Konrad Renger.

Sophie war erleichtert, in seinen Worten keinen Zweifel an den von ihr geschilderten Zusammenhängen vernehmen zu können.

„Wir werden in Berlin bleiben, bis du zu uns nach Bonn kommen kannst." Diese Aussage ihres Vaters ließ keinen Widerspruch zu. „Ich wollte sowieso ein paar ehemalige Kollegen besuchen und deine Mutter wird sicher mit großem Vergnügen die Neuerungen in der hauptstädtischen Museumslandschaft kennenlernen", setzte er hinzu. „Vielleicht meldet sich ja noch jemand, der den Unfall beobachtet hat und sachdienliche Hinweise auf den flüchtigen Fahrer geben kann. – Wenn dir selbst in der Zwischenzeit noch mehr zu dem Unfallwagen einfällt, schreibe es bitte direkt auf, damit du es nicht wieder vergisst, meine Kleine."

„Vielleicht konnte die Polizei mittlerweile herausfinden, wer den anonymen Anruf getätigt hat."

„Ja, dem gehe ich gleich nach", versprach ihr Vater. „Das scheint im Moment unsere einzige Spur zu sein. Aber jedes weitere Detail, an das du dich in den nächsten Tagen erinnerst, wird helfen."

Ihre Mutter stand auf und äußerte die Besorgnis, weitere Gespräche so kurz nach der Operation seien zu anstrengend für ihre gemeinsame Tochter. Sophie umarmend, flüsterte sie ihr ins Ohr: „Denk jetzt nicht weiter über deinen Unfall nach, Liebes. Du musst dich erst einmal erholen."

„Du meldest dich sofort, egal zu welcher Zeit, wenn wir etwas für dich tun können", forderte ihr Vater, bevor er hinter seiner Frau das Krankenzimmer verließ.

Als sich die Tür endlich hinter den beiden schloss, schlief Sophie sofort ein.

Die deutsche Justiz nimmt endlich ihre Verantwortung wahr und unternimmt etwas gegen Verkehrsrowdys auf unseren Straßen

Ein anfänglicher Sieg über die verantwortungslosen Raser und leichtfertigen Mörder auf deutschen Straßen ist errungen – Dr. Thomas Probst musste über die Auswirkungen eines illegalen Straßenrennens urteilen und hat als erster deutscher Richter seinen vollen Spielraum ausgeschöpft. Zwei Verkehrsrowdys, deren unverantwortliches Verhalten im Straßenverkehr eine unbeteiligte Fahrradfahrerin das Leben gekostet hat, wurden durch ihn zu Gefängnisstrafen und lebenslangem Entzug der Fahrerlaubnis verurteilt.

Ein weiteres Mal sah Ruben Bertram auf die Eröffnungssätze seines nächsten Kolumnenbeitrags und wandte sich danach unzufrieden von seinem Computer ab. Ein sachlicher Artikelanfang, der mit der nötigen professionellen Distanz darstellte, wie notwendig dieses erste harte, aber aus seinem Blickwinkel gerechte, Urteil gegen Teilnehmer illegaler Rennen war, gelang ihm heute nicht; er war einfach zu verärgert.

Nach seinem letzten Artikel der Kolumne waren bei der Rheinischen Allgemeinen diverse Leserbriefe eingegangen, die ganz offensichtlich von genau den Menschen stammten, die er in seiner Artikelreihe kritisierte. Der Stil einiger der Zuschriften war aggressiv und ließ nicht die geringste Einsicht erkennen. Ein mit einer Schreibmaschine getippter Brief – wahrscheinlich eine gezielte Irreführung in Bezug auf das Alter des Absenders, befand Ruben – stellte eine absolut abstruse Vermutung in den Raum: Der für die Kolumne verantwortliche Journalist Ruben Bertram habe wahrscheinlich selbst durch einen von ihm verursachten Verkehrsunfall einen Unschuldigen auf dem Gewissen und wetterte deshalb mit derart ungerechtfertigter Wut gegen andere, fähigere und verkehrstüchtigere Autofahrer. Eine E-Mail, welche die Redaktion erst vor zwei Tagen erreicht hatte, enthielt einen noch persönlicheren Angriff auf den Autor des Artikels. Sie warf Ruben vor, aus seinem journalistischen Glashaus mit Steinen auf harmlose Autofahrer zu werfen, und sprach die Warnung an ihn aus, zukünftig möglichst zu vermeiden, im Straßenverkehr den von ihm angeprangerten Verkehrsteilnehmern zu begegnen.

Ruben klappte seinen Laptop zu und packte ihn in seine abgewetzte, lederne Umhängetasche, die er um nichts in der Welt gegen ein neues Modell ausgetauscht hätte. Diese Tasche hatte er sich von seinem ersten Journalistengehalt gekauft und sie war so etwas wie ein Talisman für ihn geworden. Alle nach seiner Ansicht wichtigen Utensilien eines Reporters fanden in ihr Platz und verweilten dort teilweise bereits seit mehr als zehn Jahren ungenutzt. Ruben anzutreffen, ohne dass sein abgewetzter Begleiter über seiner Schulter hing, gelang nur selten. Auch zu seiner heutigen Verabredung, die eindeutig privater Natur war, würde er die Tasche mitnehmen.

Die belebten Straßen der Kölner Südstadt, in der Ruben Bertram zuhause war, erschienen ihm fast geruhsam, wann immer er durch das deutlich extrovertiertere Nippes oder Ehrenfeld spazierte. In diesen beiden Kölner Stadtvierteln waren an warmen Abenden nahezu alle Bürgersteige eng mit Tischen und Stühlen zugestellt, von denen keiner unbesetzt schien. Musik und laute Unterhaltungen erfüllten die Luft. Köstliche Düfte verführten ihn, sich ebenfalls an einen der mit exotischem Essen versorgten Tische zu wünschen.

Sich durch diese hektischen, lauten Straßen treiben zu lassen, war für Ruben immer ein Vergnügen gewesen, seitdem er in Köln studiert und in Nippes gelebt hatte. Die meisten der alteingesessenen Läden und Kneipen kannte er gut und viele der Besitzer und Gastronomen grüßten ihn freundlich, wenn er vorbeiflanierte oder auf eine kurze Unterhaltung eintrat. Am heutigen Abend schien sich Rubens Blick durch die tiefsitzende Verärgerung über einen Teil seiner Leser verändert zu haben. Zum ersten Mal nahm er bewusst zur Kenntnis, dass Nippes sich wandelte. Für ihn unbekannte Geschäfte, Imbissbuden, Barbershops und Shisha-Bars hatten einige seiner alten Anlaufstellen verdrängt. Die Männer, welche die Bürgersteige bevölkerten, kamen ihm um Jahrzehnte jünger vor als das bisher wahrgenommene Publikum und auch als er selbst. Die Autos, die auf und neben den Parkplätzen entlang der Neusser Straße abgestellt waren, wirkten auf ihn deutlich protziger, als er sie aus seiner eigenen Sturm-und-Drang-Zeit in Erinnerung hatte. Wie lange war er nicht mehr hier gewesen, vier Wochen? Wie hatte ein solcher Wechsel stattfinden können, ohne deutlich eher von ihm bemerkt zu werden?

Ruben betrat den Schankraum des glücklicherweise unverändert wirkenden Traditionsbrauhauses ‚Zum Goldenen Jlas'. Durch den bekannten Geruch nach Bier und deftigen Speisen, die dunkle Holzvertäfelung und die Buntglasfenster fühlte er sich sofort wieder behütet und in die bekannte Vergangenheit zurückversetzt. Die Umgebung spiegelte noch die gute alte Zeit der Brauhäuser und seiner eigenen Jugend in Köln wider. Die Welt schien in diesen Räumen nach wie vor in Ordnung zu sein. Die einzige Veränderung bestand vielleicht in einem Teil der Gäste, wie Ruben auf den zweiten Blick feststellte. Auch im ‚Zum Goldenen Jlas' hatte eine neue, jüngere Generation einen Teil der Tische erobert und hielt diese lautstark besetzt.

Nahe dem Tresen, am runden Tisch direkt im ersten Raum des Brauhauses, saß zu Rubens Erleichterung bereits ein großer Teil seines Studien-Stammtisches. Die Runde seiner ehemaligen Kommilitonen und Studienfreunde, mit denen er sich hier regelmäßig traf, war heute besonders zahlreich ausgefallen. Bei ihrem Anblick hellte sich Rubens Stimmung auf; er freute sich auf einen lustigen Abend mit fröhlichen Gesprächen und guter Stimmung unter Gleichgesinnten und auch Gleichaltrigen.

„Der Vertreter der lokalen Presse kommt wie immer als Letzter", begrüßte ihn einer seiner Studienfreunde.

Ruben setzte sich auf das freie Ende der Eckbank, nachdem alle für ihn etwas zusammengerutscht waren. „Sehr freundlich", bedankte er sich. „Dafür spendiere ich eine Runde."

Es dauerte nur wenige Minuten, bis das erste Kölsch, ein paar Bissen vom ‚Himmel un Äd' seines Nachbarn und ein freundliches, weibliches Lächeln Rubens Gemüt wieder etwas ins Gleichgewicht gebracht hatten. Im Laufe des Abends entspannte er sich zunehmend. Sein Ärger über die Zuschriften an die Rheinische Allgemeine, in denen er wegen seiner Kolumne beschimpft und sogar bedroht wurde, ging ihm jedoch nicht aus dem Kopf.

„Liest einer von euch eigentlich meine Zeitung?", fragte er in die Runde, als es ruhiger wurde. Mittlerweile hatten sich alle satt und zufrieden auf ihren Sitzplätzen zurückgelehnt. „Die Rheinische Allgemeine meine ich. Liest die einer von euch?"

Einige seiner Studienfreunde nickten. Auf eine Erklärung für seine Frage wartend, sahen sie ihn neugierig an.

„Seit Anfang des Jahres schreibe ich regelmäßig in der ersten Samstagsausgabe des Monats eine Kolumne über Verkehrsrowdys. Ist die jemandem aufgefallen?"

„Die schreibst du?", fragte einer der Freunde. „Entschuldige, darauf hätte ich achten können. Oder zumindest hätte ich es mir denken können."

„Deutliche Töne", meinte ein Zweiter. „Ich erinnere mich an ein oder zwei Artikel."

„Habe ich unrecht mit dem, was ich schreibe?", fragte Ruben. „Sehe ich das ganze Thema des Tunens, Posens und schnellen Fahrens zu kritisch? Oder habt ihr nicht auch den Eindruck, dass sich bei uns in Köln und anderen größeren

Städten eine Szene entwickelt hat, der es egal ist, ob sie mit ihrem Verkehrsverhalten andere Menschen in Gefahr bringt?"

„Eine solche Szene gab es bei den Achtundsechzigern, also vor unserer Zeit, auch schon, soweit ich gehört habe."

Ruben sah seinen Studienfreund irritiert an, bis ihm klar wurde, worauf dieser anspielte. „Das Verhalten im Straßenverkehr meine ich, Wolfgang, nicht das beim Sex. Hat es sich bei dir immer noch nicht gelegt, alles in dieser Form falsch zu verstehen?"

„Solange er nicht zu seiner wahren Berufung steht, wird sich das nie legen", frotzelte ein anderer aus der Runde und erntete einen wütenden Blick von Wolfgang.

„Bleibt friedlich", bat Ruben. „Ich habe wirklich ein Problem mit meiner Kolumne und würde gern eure Meinung dazu hören."

„Du hast in deinem letzten Beitrag sehr kritisch über illegale Straßenrennen berichtet. Und dass es sich vorwiegend um junge Männer handelt, die bei so etwas mitmachen." Mareike, die ihn schon während des ganzen Abends immer wieder angelächelt hatte, schien seine Kolumne regelmäßig und aufmerksam zu lesen.

„Ja, die meisten Teilnehmer sind wohl junge Männer. So haben es alle analysiert, die sich mit diesem Phänomen beschäftigen."

„Wart ihr Jungs vor zwanzig Jahren nicht auch deutlich unbedarfter, wenn es darum ging, eure Kraft miteinander zu messen? Ihr hattet damals vielleicht nur keine teuren Autos dafür. Ihr musstet noch die Fäuste einsetzen."

„Wir haben in unserer Jugend schon ein paar Dummheiten angestellt, wenn es darum ging, Mädels zu beeindrucken."

Langsam hörte die gesamte Runde dem Gespräch zu und mischte sich ein.

„'Manta, Manta' – hieß dieser Film vor ungefähr zwanzig Jahren nicht so? Oder eine Serie, die das Thema auf die Schippe genommen hat?"

„Und erinnert ihr euch an die Streiche, die wir während der Zeit beim Bund ausgeheckt haben. Die waren auch nicht immer ungefährlich."

„Kann man das wirklich vergleichen?" Ruben bestellte noch eine Runde Bier. „Übertreibe ich also, wenn ich die heutige Cruiser-Szene als Ausdruck zunehmender Gleichgültigkeit gegenüber der Unversehrtheit anderer Menschen verstehe? Als Zeichen von fehlendem Anstand und Respekt vor dem Leben? Mir kommen die heutigen Teilnehmer illegaler Autorennen besonders rücksichtslos vor. Sie scheinen nur noch auf die eigene Wirkung fokussiert zu sein."

„Jetzt rollst du aber die ganz große Kugel über den Tisch."

„Das mag sein. Aber bisher bin ich von meinen Lesern auch noch nie bedroht worden. Das ist nun zum ersten Mal passiert und nur, weil ich einen kritischen Artikel über die Cruiser-Szene geschrieben habe. – Seit Jahren erlaube ich es mir, alle möglichen Figuren aus der Politik oder dem öffentlichen Leben an den Pranger zu stellen und ihre Fehlleistungen offenzulegen, aber noch nie habe ich derart aggressive Reaktionen erhalten."

„Dann hast du einen Nerv getroffen."

„Ja, offenbar war es unerhört, das Verhalten dieser deutschlandweit organisierten Verkehrsrowdys öffentlich zu kritisieren. So unerhört, dass man mir mit Vergeltung droht."

„Ich glaube, wir hätten damals nicht so reagiert. Uns war immer klar, dass wir es nicht übertreiben und niemanden ernsthaft in Gefahr bringen dürfen. Und dass es Konsequenzen haben würde, falls wir doch einmal zu sehr über die Stränge schlagen."

„Das meine ich doch auch", stimmte Ruben zu. „Wenn man uns den Spiegel vorgehalten hätte, hätten wir ihn nicht zerschlagen. Wir hätten hineingeschaut und danach wahrscheinlich aufgehört, den angeprangerten Unsinn zu tun."

„Ich glaube, ich kenne einen, der an illegalen Rennen teilnimmt. Zumindest weiß ich sicher, dass er begeistert dabei zuschaut." Mareike hatte ihre Bemerkung so leise gemacht, dass Ruben nachfragen musste, um sicher zu gehen, sich nicht verhört zu haben.

„Ja, illegale Straßenrennen", bestätigte sie etwas lauter und warf dabei einen Blick auf einen der langen Nachbartische. „Einen neuen Kollegen bei uns in der Kanzlei meine ich, einen jungen Referendar. Er ist vorhin hereingekommen und sitzt nur wenige Meter von uns entfernt. Bitte dreht euch jetzt nicht alle nach ihm um. – Ich bitte euch!"

Natürlich drehten sich alle fast gleichzeitig zum Nachbartisch um und nahmen die dort sitzende Gruppe von jungen Männern und Frauen in Augenschein. Keiner von den Jungs sah nach einem brutalen Mörder aus, was dem Gespräch über die Kölner Cruiser-Szene einen großen Teil seiner anfänglichen Faszination nahm. Nach und nach verabschiedeten sich die meisten von Rubens Studienfreunden; alle übten gutbezahlte Berufe aus und mussten dementsprechend am nächsten Morgen früh aufstehen.

Nachdem neben ihm am Tisch nur noch Mareike übriggeblieben war, bot Ruben ihr Geleitschutz bis zu ihrer Wohnung an. Natürlich hoffte er, so noch ein paar Informationen über ihren neuen Kollegen und vielleicht auch über die restliche Kölner Cruiser-Szene zu erhalten. Der Weg wurde ihm nicht langweilig, während Mareike ihm alles erzählte, was sie zu dem Thema wusste, und noch ein paar Geschichten darüber hinaus.

Berlin, Mai 2015

Sophie Renger stöhnte leise. Zum ersten Mal während einer ihrer Reha-Maßnahmen war es ein genüssliches Stöhnen.

Die täglichen, anstrengenden und schmerzhaften Übungen hätte sie wahrscheinlich längst eingestellt, aber die Ärzte hatten die Physiotherapie mit der Hoffnung verbunden, auch ohne eine weitere Operation die volle Funktionstüchtigkeit von Sophies linkem Fuß wiederherzustellen. Die Schmerzen waren nicht der Grund für Sophies Unwillen, sondern die Tatsache, dass sie zum ersten Mal während ihres Erwachsenenlebens auf die Hilfe anderer Menschen angewiesen war. Diese Abhängigkeit, verbunden mit der Sorge, ihr Fuß könne trotz aller Bemühungen in der Beweglichkeit eingeschränkt bleiben, machten Sophie ungewohnt unleidlich. Für ihre Betreuer war sie eine wenig beliebte Patientin, die gern nach nur wenigen Behandlungen an den nächsten Physiotherapeuten überwiesen wurde. Aus diesem Grund hatte Sophie ihr linkes Bein während der vergangenen vier Wochen mit den unterschiedlichsten Ansprechpartnern trainiert. Ihre Bemühungen, Mobilität und Kraft zurückzugewinnen, wurden durch den steten Wechsel der Therapeuten nicht gerade gefördert. Am Vortag hatte sie erneut einen neuen Trainer zugeordnet bekommen, Marcel Bruns, er war der Lichtblick ihrer Therapie. Sein Klang erinnerte Sophie an das leise Rauschen der Meeresbrandung; ein Rauschen, das entstand, wenn lediglich eine leichte Brise die Wellen an den Strand trieb. Marcel war einer der seltenen Menschen, die in Sophies Kopf von einem Klang aus der Natur begleitet wurden. Bei ihm vergaß sie alle Vorbehalte und begab sich ohne Zögern in seine kundigen Hände. Mit ihm begann sie, die Krankengymnastik zu genießen. Er sprach mit einem ganz leichten ostdeutschen Zungenschlag, so leicht, dass Sophie zuerst gar nicht sicher gewesen war, wo sie seine Herkunft einordnen sollte. Aber die Vokale hatten ihn verraten, er kam ursprünglich aus Sachsen, lebte jetzt aber schon seit einigen Jahren in Berlin. Marcels Lächeln war herzlich und sein Körper wohlgeformt. Sophie mochte ihn auf Anhieb und hätte ihn sogar mit einem ausgeprägten rheinischen oder bayrischen Dialekt gern in ihrer Nähe akzeptiert.

Sie stützte sich auf seinen muskulösen Unterarm und ließ sich von ihm die Treppe hinaufhelfen, auch wenn diese Unterstützung bereits seit zwei Wochen nicht mehr notwendig war. Gerade noch hatte er ihren Fuß in seinen kräftigen Händen gehalten und mit erstaunlichem Feingefühl die Dehn- und Streckübungen als Abschluss des täglichen Trainings zusammen mit ihr durchgeführt. Jetzt stand seine Pause an und Sophie hatte nicht widerstehen können, ihn zu einem gemeinsamen Mittagessen zu überreden. Er hatte zugestimmt, sie wollten zusammen das kleine italienische Restaurant schräg gegenüber der Physiotherapiepraxis ausprobieren. Sophie war gespannt, was Marcel zum Mittagessen wählen würde. Wenn es lediglich Salat und ein kalorienreduziertes Getränk wären, käme ihr sympathischer Therapeut für sie für weitere Verabredungen nicht in Frage. Würde er Nudeln oder Pizza bestellen und herzhaft verspeisen, geriete sie ernsthaft in Gefahr, ihm kurzfristig ein unsittliches Angebot zu machen.

Er bestellte ein ‚Filetto con Risotto e Verdure'. Auf Wein verzichtete er mit dem Hinweis auf die weiteren Therapiesitzungen, die ihm am Nachmittag noch bevorstünden. Sophie schloss sich seiner Speisenauswahl an. Als Marcels Pause vorbei war und sie das Restaurant verlassen mussten, bestand er darauf, sein Essen selbst zu bezahlen, also teilten sie sich die Rechnung geschwisterlich. Beim Abschied lächelte er sie unwiderstehlich an.

Physisch hatte sich Sophie Renger von ihrem Motorradunfall mittlerweile wieder gut erholt. Ihr Krankenhausaufenthalt lag etwa sechs Wochen zurück und seit genau zehn Tagen trug sie nur noch am linken Fuß einen Spezialschuh, Wade und Bein waren von allen Stützvorrichtungen befreit und fühlten sich wieder voll einsatzfähig an. Eigentlich hätte sie längst zur Arbeit gehen können, fand Sophie, aber die Ärzte hatten auf täglicher Physiotherapie bestanden und sie deshalb bis Mitte Juni krankgeschrieben. Danach würde sie noch ihren bereits geplanten dreiwöchigen Sommerurlaub genießen, ab dem 6. Juli durfte sie also wieder arbeiten. Ob sie ihren alten Job überhaupt weitermachen konnte, hatte sie mit ihrem Chef noch nicht besprochen. Er hatte sie im Krankenhaus besucht und ihr Mut zugesprochen. Es war kein reiner Höflichkeitsbesuch gewesen, da war sie sicher: Friedrich hatte sich selbst ein Bild von ihrem Zustand machen wollen und sicher auch mit ihren behandelnden Ärzten gesprochen. Mit einer körperlichen Einschränkung konnte auch der wohlmeinendste Mentor sie nicht wieder auf einen Außeneinsatz schicken.

Sophie wusste, dass ihre Psyche durch den unverschuldeten Unfall, die erzwungene Hilflosigkeit im Krankenhaus und die Sorge um ihre berufliche Zukunft angeschlagen war. Sie versuchte, ihren Zustand niemandem zu offenbaren, aber ihre in den letzten Wochen immer wieder demonstrierte Ungeduld, sogar Unhöflichkeit anderen Menschen gegenüber, zeigte, wie unausgeglichen sie war. Vor dem Unfall war ihr Leben in den von ihr selbst gestalteten Bahnen verlaufen, vor ihrer plötzlichen Hilflosigkeit hatte sie ihre Mitmenschen stets mit Freundlichkeit und Geduld behandelt. Den dafür notwendigen Gemütszustand, die positive Haltung ihrem ganzen Leben gegenüber, musste sie dringend wiedererlangen.

Vielleicht würde Marcel ihr dabei helfen, ganz bestimmt aber ihre Arbeit, vorausgesetzt, auch wieder außerhalb des Berliner Büros eingesetzt zu werden. Ohne die Aussicht auf Abenteuer und Reisen wollte Sophie für Ludger Friedrich nicht mehr tätig sein, schon gar nicht, wenn sie Lars Voigt zuarbeiten musste. Lars hatte sich seit ihrem kurzen Streit im Krankenhaus nicht mehr bei ihr gemeldet. Ihre Trennung war damit auch für Sophie unabänderlich – einer kleinen Affäre mit ihrem neuen Physiotherapeuten stand nichts im Wege. Und so weit, dass sie die ‚Innendienstmaus‘ Lars Voigts wurde, so weit war es ja noch lange nicht, machte sie sich selbst Mut. Durch die Physiotherapie hatte die Heilung ihres Beins gute Fortschritte gemacht. Ihre Fitness verbesserte sich durch tägliches Schwimmen und Muskelaufbautraining ebenfalls spürbar. Bald würden hoffentlich keine körperlichen Folgen des Unfalls mehr erkennbar sein, bis auf die beiden Narben an Wade und Fuß ihres linken Beines. Schönheitsmakel, sonst nichts, tröstete sich Sophie, Spuren eines aufregenden Lebens. Natürlich würde sie es schaffen, ihr linkes Bein wieder ganz normal zu benutzen, so wie vor dem Unfall. Es war ja nicht ihr erster Knochenbruch.

Über den Unfallhergang hatte die Polizei erstaunlich wenig herausbekommen. Auch ihrem Vater war es nicht gelungen, Fortschritte bei der Aufdeckung der Identität des anonymen Anrufers zu machen, trotz seiner immer noch guten Kontakte in die Agentur und damit zu allerbesten Recherchequellen. Aber wenigstens bezweifelte er ihre Darstellung des Unfallhergangs nach wie vor nicht. Bei der Polizei hatte sie einen anderen Eindruck: Die Beamten schienen davon auszugehen, dass Sophie für ihr eigenes Können deutlich zu schnell gefahren war und die Gewalt über ihr Motorrad verloren hatte, ohne weitere Unfallbeteiligte oder sogar Schuldige.

Bei der Erinnerung an ihr letztes Gespräch mit dem Ermittler verspürte Sophie erneut Wut in sich aufsteigen. Der Polizist hatte sich mit einem Spruch verabschiedet, der nichts anderes bedeutete, als dass gerade Frauen ruhig häufiger mal ein Fahrsicherheitstraining besuchen sollten, wenn sie derart PS-starke Maschinen fahren wollten, wie die, die durch Sophies Unfall ja nun im Schrott gelandet sei. War es Neid, weil er selbst sich ein solches Motorrad nicht leisten konnte, oder einfach blödes

Machogehabe? In jedem Fall war Sophie sich sicher, dass die Polizei in Bezug auf ihren Unfall nicht weiter ermitteln würde.

Schade um ihre schöne BMW, ein Motorrad, das wie für sie konstruiert gewesen war. Die Maschine war bei dem Unfall unrettbar zerstört worden, Schrott, wie es der Polizist so wenig mitfühlend ausgedrückt hatte. Ihre Mutter hatte ihr das Versprechen abgerungen, sich erst wieder auf ein Motorrad zu setzen, wenn ihr Bein vollständig verheilt war. Damit benötigte sie nicht nur ein neues Fahrzeug, sondern auch noch eines mit vier Rädern. Am Vortag hatte Sophie bereits im Internet gesucht und sich in einen alten Porsche 911 verliebt. Vielleicht wäre das ein würdiger Nachfolger für ihre BMW, wenigstens so lange, bis sie wieder der Sehnsucht nach einem Zweirad nachgab.

Dass ihr Unfallgegner aller Voraussicht nach ungeschoren davonkam, ärgerte Sophie. Dieser Idiot hatte ihr Leben aufs Spiel gesetzt und sie ins Krankenhaus gebracht. Wenn nicht sie selbst oder ihr Vater ihn ausfindig machten, würde er für seine gefährliche Rücksichtslosigkeit nie zur Verantwortung gezogen. Ihre Erinnerung an den Unfallhergang hatte sich in den letzten Wochen nicht verändert. Sie war ungetrübt bis zu dem Moment, in dem das Fahrzeug ihr Motorrad berührt hatte. Sophie wusste noch, dass sie sehr schnell auf der linken Spur der Stadtautobahn unterwegs gewesen und plötzlich von einem noch schneller fahrenden Auto rechts überholt worden war. Der Fahrer des Wagens hatte ihre Geschwindigkeit dabei offenbar unterschätzt und sie abgedrängt. Sophie war davon überzeugt, dass ihr Motorrad von dem vor ihr einscherenden Fahrzeug touchiert worden war, aber keine der Spuren an ihrer stark demolierten BMW belegte das. Auf jeden Fall hatte sie ihre Maschine nicht mehr halten können und war mit kaum reduzierter Geschwindigkeit gegen die Mittelleitplanke geknallt. Natürlich hatte der Idiot Fahrerflucht begangen. Sophie war sich sicher, dass er ihren Unfall bemerkt haben musste, bestimmt hatte er ihn im Rückspiegel beobachtet. Wenn sie recht hatte und sein Wagen mit ihrem Motorrad in Berührung gekommen war, hatte er einen Lackschaden davongetragen. Aber mittlerweile war natürlich ausreichend Zeit vergangen, in der jeder noch so umfangreiche Schaden beseitigt werden konnte.

Der anonyme Anrufer hatte ihr wahrscheinlich das Leben gerettet. Da sich außer ihm keine weiteren Zeugen gemeldet hatten, ging Sophie davon aus, dass der Unfallverursacher selbst dieser anonyme Anrufer gewesen war. Entlastete ihn das?

Leider konnte sie sich nur an sehr wenige Details des gegnerischen Fahrzeugs erinnern. Ein schwarzer Sportwagen war es wahrscheinlich gewesen, ganz sicher war sie sich nicht. Eine dunkle Farbe hatte das Auto in jedem Fall, vielleicht sogar mit matter Lackierung oder matt foliiert. Sophie meinte, sich an ein extrem lautes Motorengeräusch zu erinnern, aber das konnte ein Irrtum sein. Es war die letzte Erinnerung, bevor sie die Kontrolle über ihre BMW verloren hatte. Danach hatte sie nur noch die langgezogenen Sekundenbruchteile im Gedächtnis, in denen sie vergeblich versucht hatte, ihr Motorrad wieder in den Griff zu bekommen und der Leitplanke auszuweichen. Trotzdem: Wenn die Polizei nichts mehr unternahm, musste sie eben selbst versuchen, auch auf Basis dieser wenigen Informationen herauszufinden, wer ohne ihre Zustimmung ihr Leben und ihre Gesundheit riskiert hatte!

Vielleicht sollte sie sich doch darauf einlassen, ein paar Wochen im Büro zu arbeiten, allerdings nur, bis der zuständige Arzt sie wieder zum Außendienst zuließ. Wenn er es tat. Sophie versuchte, nicht an die Kränkung zu denken, die sie durch die Reaktion des Polizisten auf ihren Unfall empfunden hatte. Solange sie solche Gefühle verfolgten, würde sie den für ihren Außeneinsatz notwendigen psychologischen Test nie bestehen. In jedem Fall konnte ein zeitlich befristeter Bürojob eine Chance sein, ihren Unfall aufzuklären. Er würde ihr ausreichend Zeit und die erforderlichen technischen Hilfsmittel zur Verfügung stellen, um zu recherchieren. Sophie war fest entschlossen, ihren Unfallgegner zu identifizieren. Es musste möglich sein! So viele Verrückte außer ihr selbst, fuhren doch sicher nicht um Mitternacht mit über 200 km/h über die Stadtautobahn. Und das mit einem Fahrzeug, das von jeder Blitzanlage mit seinem Nummernschild erfasst werden konnte. Das war es: Sie würde ihre Recherche damit beginnen, herauszufinden, ob es in dieser Nacht Aufnahmen von Geschwindigkeitsmessungen gab.

An diesem Punkt ihrer Überlegungen angekommen, beschloss Sophie, die ihr bevorstehende Zeit im Büro mit Gelassenheit über sich ergehen zu lassen. Sie würde den eigenen Vorteil daraus ziehen und die Innendienstwochen für die heimliche Untersuchung ihres Unfalls nutzen. Mit dieser Einstellung würde sie später auch den psychologischen Eignungstest überstehen. Dank der Unterstützung ihres Chefs würde sie bald ihre geplante Karriere fortsetzen und an Kollegen wie Lars Voigt vorbeiziehen.

Lars war von Anfang an ein Fehler gewesen. Und so absolut unnötig, wie sie heute sagen konnte. Mittlerweile wusste sie nicht mehr, wieso sie sich überhaupt auf ihn eingelassen hatte. Vielleicht war es das Verbotene an ihrer Beziehung, das den Hauptreiz ausgemacht hatte. Natürlich, er hatte sie auch körperlich angezogen, aber das taten viele Männer. Die Gefahr erwischt zu werden, war es bei ihm vermutlich eher gewesen.

Sophie dachte an Marcel. Er würde ihr guttun, keine neuen Probleme bereiten, das fühlte sie. Er war ein besonderer Mensch. Auch wenn es bisher eigentlich immer im richtigen Moment einen Mann gegeben hatte, der ihrem Leben etwas Schwung gab, Marcel war anders. Er stellte keine Ansprüche. Er würde sie weder in emotionale noch in berufliche Schwierigkeiten stürzen. Die Erinnerung an sein leises

Meeresrauschen füllte wohlig Sophies Inneres, während sie an ihren neuen Therapeuten dachte.

Berlin, Juli 2015

Das frühe Aufstehen fiel Sophie Renger an diesem Montag, dem ersten Arbeitstag nach ihrer langen Krankschreibung, schwer. Die Frage, ob sie sich einfach während der letzten Wochen langes Schlafen angewöhnt hatte oder ob der Grund für ihre Müdigkeit ihr Widerwillen gegen den ersten Tag Büroarbeit war, wollte sie sich gar nicht beantworten. Ohne zu frühstücken, fuhr sie mit der S-Bahn zum Botanischen Garten und ging die wenigen Schritte auf das alte Gebäude zu, in dem sie für die nächsten Monate wahrscheinlich festsitzen würde.

Der Sicherheitsmann am Empfang begrüßte sie überschwänglich und wollte wissen, wo Sophie so lange gesteckt hätte. „Ein Auslandseinsatz?“, fragte er und erhielt als Antwort ein verschwörerisches Lächeln. Das Büro von Ludger Friedrich lag in der sechsten Etage. Sein Sekretariat war nicht besetzt und Sophie entschied, nicht zu warten, sondern selbst an seine Tür zu klopfen. Umgehend öffnete Friedrich ihr und bat sie in sein Zimmer; ein leiser Militärmarsch umschwebte ihn.

„So, Sie sind also wieder gesund, Frau Dr. Renger. Das sehe ich sehr gern. Ich bin froh, Sie ab heute wieder einsetzen zu können.“

„Ich dachte, ich müsste erst von unserem Arzt dafür freigegeben werden.“

„Nicht für die Aufgabe, bei der ich Sie momentan benötige.“

Sophie sah Friedrich skeptisch an. „Büroarbeit?“

„So etwas in der Art. Aber Sie werden ein Team führen und sicher einiges Neues dabei lernen.“

„Was genau wird meine Aufgabe sein?“

„Vor allem erst einmal herauszufinden, was Sie und Ihre neuen Kollegen wirklich für mich tun können."

Sophie wunderte sich über Friedrichs ausweichende Antwort. „Und für wie lange soll ich das tun?"

„Bis ich Sie dafür nicht mehr benötige."

„Aber ich bin seit mehr als zehn Jahren draußen. Ich kann nicht den ganzen Tag im Büro sitzen. Das habe ich nie gewollt. Bitte unterstützen Sie mich dabei, möglichst rasch wieder in den Außeneinsatz zu kommen."

„So ähnlich hat es mir Ihr Herr Vater auch dargelegt; wir haben am letzten Wochenende ein sehr nettes Gespräch miteinander geführt. Es ändert aber nichts daran, dass ich Sie erst einmal für andere Aufgaben einsetzen werde. Ich muss jeden dort beschäftigen, wo er mir am hilfreichsten ist."

Sophie verstand die Bemerkung über das Gespräch mit ihrem Vater nicht. Hatte dieser sich nun für oder gegen ihren Außendiensteinsatz eingesetzt? Ihr Vater nutzte den während seiner vielen, erfolgreichen Dienstjahre erarbeiteten Einfluss auch heute noch gern. Sophie war sich sicher, dass er schon häufiger mit Friedrich über sie und ihre Karriere gesprochen hatte; bisher war sie allerdings immer davon ausgegangen, dass ihr Vater damit niemals ihren eigenen Wünschen im Weg gestanden hatte.

Friedrich war aufgestanden und auch Sophie erhob sich. „Frau Pasch wird Ihnen Ihr Team und Ihr neues Büro zeigen. Dort können Sie sich erst einmal orientieren. Richten Sie sich ein und kommen Sie wieder zu mir, sobald Sie sich einen ersten Eindruck verschafft haben."

Als Friedrich seine Bürotür öffnete, um Sophie hinauszulassen, saß Frau Pasch, seine Sekretärin, wieder an ihrem Schreibtisch. Ohne dass Friedrich etwas sagen musste, erhob sie sich, ging auf Sophie zu und begleitete sie zu ihrem neuen Team. Die geheimnisvollen neuen Kollegen waren drei schmale, vor diversen Computerbildschirmen sitzende Halbstarke, welche den beiden den Raum betretenden Frauen schüchtern entgegensahen. Sophies erster Eindruck war der von unerfahrenen Neulingen, die weder ihr selbst noch irgendeinem der Kollegen im Außendienst ernsthaft weiterhelfen konnten. Der Klang, der beim Anblick dieser Halbstarken in ihrem Kopf entstand, war eine Mischung aus vorpubertärem Blockflötenspiel und den Gitarrenklängen von AC/DC, eine absolut irritierende Mischung.

Timo, Linus und Pascal, die Sophie sofort duzten, erzählten stolz, direkt an der Universität abgeworben worden zu sein. Ihre Aufgabe sei es nun, sich ausschließlich mit der Computersicherheit innerhalb und außerhalb der ‚Agentur für Marktrecherche‘ zu beschäftigten. Sie sähen sich als so etwas wie die drei Musketiere der IT, jung, verwegen und immer im Auftrag des Königs für die Gerechtigkeit unterwegs.

Sophie musste schallend lachen, aber keiner der drei Jungs schien es ihr übel zu nehmen. „Heißt der König zufällig Ludger Friedrich?“, fragte sie, nachdem sie sich wieder gefangen hatte.

Timo nickte und lächelte sie erneut schüchtern an.

„Dann bin ich jetzt wohl euer neuer Hauptmann.“

Keiner ihrer Musketiere widersprach.

„Und ihr kennt euch besonders gut mit dem Internet aus?“

„Mit dem Internet, Deep Web, Darknet, Botnet, was immer du brauchst.“

„Dann werde ich viel von euch lernen können.“

„Was sind denn deine Schwerpunkte?“

„Computer ganz bestimmt nicht. Ich habe mich bisher eher mit Psychologie beschäftigt, spezialisiert auf die Beweggründe der Menschen, bestimmte Dinge zu tun oder eben zu unterlassen. Dadurch bin ich ganz gut darin, Informationen zu erhalten, die mein Gegenüber mir eigentlich gar nicht geben wollte.“ Dass sie darüber hinaus vor ihrem Unfall das letzte Schießtraining der Abteilung als Beste absolviert hatte, gefürchtet war als Gegnerin beim Nahkampftraining und auch ganz erfolgreich jedes Fahrsicherheitstraining abgeschlossen hatte, behielt Sophie erst einmal für sich. Ihre Musketiere hatten offensichtlich keine Ahnung davon, welche Aufgaben ihre Kollegen im Außendienst der Agentur wirklich erledigten.

„Dann tust du im Prinzip das gleiche wie wir, nur mit offenem Visier." Timo bemühte erneut ein Bild aus seiner romantischen Ritterwelt. Sophie hätte ihm bei seinem Flötenklang fast mütterlich über den Kopf gestreichelt.

„Das ergänzt sich perfekt", setzte er begeistert fort. „Was du im direkten Gespräch nicht erfährst, besorgen wir dir aus dem Netz. Damit bekommst du dann tatsächlich alle Informationen, egal, ob sie dir jemand verrät oder nicht. Wir kommen auch an die Dinge heran, über die niemand spricht, sogar an die, die es eigentlich gar nicht gibt oder geben sollte."

Linus ergänzte: „Außerdem werden auch wir einiges von dir lernen können. Mit anderen Leuten zu reden, ich meine außerhalb unserer Gruppe, ist so gar nicht unser Ding. Die Gedanken anderer Menschen sind oft, zumindest für mich, wie eine unbekannte Programmiersprache. Und ich schaffe es nur sehr partiell, sie zu entschlüsseln."

Bis zur Mittagspause hatten sich Sophie und die drei Grünschnäbel so weit angefreundet, dass es für ihr neues Team außer Frage stand, die weibliche Ergänzung der Abteilung in der Kantine vorzuführen. Sie schienen tatsächlich stolz darauf zu sein, eine attraktive Frau als Chefin erhalten zu haben. Sophie gab notgedrungen nach; Kantinenessen gehörte eigentlich nicht zu ihrer bevorzugten Nahrung.

Bei der Essensausgabe trafen sie auf Lars Voigt. „Hallo Sophie. Es ist schön, dass du wieder da bist." Lars gab ihr erst die Hand und umarmte sie dann leicht, um ihr zuzuflüstern: „Hat man dich zur Chefin des Kinderhorts gemacht?"

„Die Jungs sind unsere Zukunft, Lars, die Zukunft unseres Jobs, auch des deinen", antwortete Sophie in normaler Lautstärke. „Wir selbst sind Dinosaurier. Bald muss keiner von uns mehr draußen unterwegs sein, wenn Friedrich etwas wissen will. Die Jungs hier kommen an alle Daten heran, die irgendwo von irgendwem einmal erhoben und festgehalten wurden."

Lars warf einen schrägen Blick auf Sophies Begleiter und wechselte dann das Thema: „Ist dein Fuß wieder in Ordnung?"

„Mir geht es gut, in jeder Hinsicht." Sophie nahm ihr Essenstablett und ließ Lars ohne ein Abschiedswort stehen. Sie folgte ihren Musketieren zu einem Tisch am Fenster, darauf konzentriert, jegliches Hinken zu unterdrücken.

„War das ein Freund von dir?", fragte Timo und sah sie mit schräg gelegtem Kopf an.

„Ein ehemaliger Kollege, nicht mehr."

Der Nachmittag war für Sophie sehr unterhaltsam. Ihre drei Jungs versuchten, sich gegenseitig darin zu übertreffen, den neuen Hauptmann möglichst rasch und intensiv in ihre eigene Welt einzuführen, eine Welt von Bits und Bytes, von Hacks, Malware, Trojanern, Viren, Bots, Spidern, Phishing und passenden Verteidigungsstrategien dagegen. Bereits nach kurzer Zeit war sich Sophie sicher, mit ihren drei Musketieren die idealen Helfer für ihre eigene Recherche gefunden zu haben.

Kurz vor dem Feierabend klopfte sie noch einmal an die Tür von Ludger Friedrich. Er öffnete ihr und ließ sie in sein Büro eintreten. „Und, wie ist Ihr erster Eindruck von den neuen Kollegen?"

„Die Jungs sind in Ordnung und wissen gut Bescheid. Aber es fehlt ihnen der passende Auftrag, habe ich den Eindruck."

„Damit haben Sie Ihre Aufgabe für die nächsten Wochen definiert, Frau Dr. Renger."

„Ich verstehe überhaupt nichts von dem, was die drei Jungs für uns tun können."

„Dann lernen Sie es. Diese drei IT-Spezialisten habe ich ganz bewusst nicht zu unseren anderen Fachleuten gesetzt. Sie, Frau Dr. Renger, kennen den Auftrag unseres Bereichs. Seien Sie kreativ und setzen Sie die Fähigkeiten Ihres Teams sinnvoll dafür ein."

„Was sind wir? Und an wen berichten wir?"

„Sie leiten ein Team, das mir direkt unterstellt ist, nicht unseren Computerspezialisten. Aufträge nehmen Sie ausschließlich von mir entgegen. Ergebnisse besprechen Sie auch nur mit mir. Sollte Sie jemand fragen, was Ihr Team tut, sagen Sie einfach, es sei eine Art Trainee-Programm."

„Gibt es Grenzen für uns? Irgendwelche Regeln, an die wir uns unbedingt halten müssen?"

„Sie kennen das Geschäft. Ich habe bisher nie etwas erklären müssen, das Sie getan haben, obwohl es vielleicht nicht immer ganz den Gesetzen unseres Landes entsprochen hat. Bleiben Sie dabei. Lösen Sie Ihre Aufgaben und bleiben Sie unauffällig."

Sophie verstand, dass sie und ihre drei Musketiere eine Art Spielzeug für Friedrich bildeten, eine Spezialtruppe für Aufgaben, die er offiziell nicht vergeben konnte. Wahrscheinlich kannte niemand innerhalb oder außerhalb des Gebäudes seine Hintergedanken zu dieser neuen, kleinen Abteilung, außer ihrem Vater möglicherweise. Ihre Position war also gleichzeitig eine Chance und ein Schleudersitz. Langfristig sollte sie zumindest nicht darauf bauen.

„Und wenn ich den drei Jungs das Laufen beigebracht habe, darf ich dann wieder in den Außendienst wechseln?"

„Sind Sie sicher, dass Sie dort noch Ihre Zukunft sehen, Frau Dr. Renger?" Friedrich sah sie ernst an. „Kümmern Sie sich erst einmal um unsere Neulinge und lassen Sie uns später noch einmal auf diesen Punkt zurückkommen. Nutzen Sie die Zeit, Ihre eigenen Ziele zu überdenken."

Der Wagen schien sie anzulächeln. Bereits dreimal hatte Sophie Renger das smaragdgrüne Coupé umrundet und war sich immer noch nicht schlüssig darüber, ob sie einen Blick unter die Haube wagen sollte oder nicht.

Neben ihr stand Marcel, wartete geduldig ihre Entscheidungsfindung ab und nickte hin und wieder, wenn sie etwas zu ihm sagte. Autos interessierten ihn nicht. Er fuhr begeistert Fahrrad und konnte sich stundenlang über ausgeklügelte Nabenschaltungen, moderne Materialien und gewagte Designs informieren. Bereits Pedelecs und e-Bikes fielen aus seinem Interessengebiet heraus; zu motorisierten Fahrzeugen auf vier Rädern hatte er überhaupt keine Beziehung.

„Wenn ich noch länger um den Wagen herumlaufe, wird er nur teurer", flüsterte Sophie mehr zu sich selbst als zu Marcel. „Der Mann dahinten wird der Verkäufer sein. Er beobachtet uns bereits, seitdem wir an diesem Porsche stehengeblieben sind."

Sie hatten den Samstagabend zusammen auf einer Party von Marcels Mitbewohner verbracht und die gemeinsame Nacht schließlich in Marcels Zimmer fortgesetzt. Nach einem ausgiebigen Sonntagsfrühstück in seinem Lieblings-Bistro waren sie zu einer kleinen Radtour aufgebrochen. Wie durch Zufall führte der Weg, den Sophie einschlug, zu der Oldtimer-Ausstellung, von der sie wusste, dass sie einmal im Jahr auf einer freien Fläche in der Nähe des Grunewalds stattfand. Nun bewunderte Sophie schon seit einigen Minuten den grünen Porsche 911T Coupé und Marcel stand unschlüssig neben ihr. Allmählich schien er ungeduldig zu werden.

„Möchtest du den Wagen kaufen?", fragte er in ironischem Tonfall.

„Vielleicht, wenn er technisch in einem so guten Zustand ist wie optisch. Es kommt auf seinen Preis an."

Marcel sah sie erstaunt an. „Das meinst du ernst?"

„Ja, ich finde diesen Porsche toll, vor allem seine Farbe. Und schau doch einmal: Der Kleine stammt aus dem gleichen Jahr wie ich."

Marcel trat einen Schritt auf die Windschutzscheibe zu, hinter der eine bedruckte DIN A4 Seite mit den Fahrzeugdaten lag. „Jahrgang 1973?"

„Das wusstest du doch", bestätigte Sophie und lachte ihn an.

„Nein. Woher?"

„Meine Therapieunterlagen enthalten auch mein Geburtsjahr, Marcel."

„Oh ja, das stimmt wahrscheinlich. Darauf habe ich, ehrlich gesagt, nicht geachtet."

Sophie unterließ es, sich zu erkundigen, ob Marcel ein Problem damit hatte, dass sie älter war als er. Sie konzentrierte sich wieder auf den Wagen vor ihr.

„Dein Alter ist für mich absolut unwichtig", hörte sie Marcel nach einer Weile sagen. „Ich gehe davon aus, dass es dir mit meinem Alter genauso geht."

Langsam kam der extrem dünne, hochgewachsene Mann auf sie zu, den Sophie für den Verkäufer des Wagens hielt. Ein leiser, aber damit nicht weniger theatralischer Orgelklang verdrängte in Sophies Kopf Marcels Meeresrauschen. „Darf ich Ihnen etwas über dieses Liebhaberstück sagen?", sprach der Mann sie an und zwinkerte zweideutig. „Mir ist sofort aufgefallen, dass seine Farbe perfekt zu Ihren Augen passt."

„Der Porsche ist also Ihr Wagen?" Sophie hatte entschieden, den schlechten Anmachspruch zu ignorieren. „Möchten Sie ihn verkaufen?"

„Das ist nicht einfach ein Porsche. Wir stehen hier vor einem exzellent erhaltenen 911T Coupé aus dem Jahr 1973."

Seine Antwort klang fast entrüstet und Sophies Sorgen wegen des gleich folgenden Kaufpreises wuchsen. „Bieten Sie dieses 911T Coupé zum Kauf an?", wiederholte sie dennoch.

„Das kommt darauf an. Sein neuer Besitzer und der gebotene Preis müssen mir gefallen." Der Verkäufer reichte ihr die Hand. „Arndt Wichterich, mein Name." Endlich schien er auch Marcel wahrzunehmen, dem er beiläufig zunickte.

„Sophie Renger – und das ist Marcel Bruns.“

„Soll ich Ihnen ein paar Worte zu meinem Prachtstück erzählen?“

Sophie nickte.

Der Dürre fasste sie leicht am Ellenbogen und schob sie zur Fahrertür, die er ihr gleichzeitig öffnete. „Setzen Sie sich doch einfach einmal hinein.“

Nach etwa zehn Minuten, die Sophie und der Eigentümer gemeinsam im Wagen verbrachten, klopfte Marcel ungeduldig an die Scheibe der Fahrertür. „Braucht ihr noch lange? Dann fahre ich schon weiter. Wir können uns in etwa einer Stunde wieder bei mir in der Wohnung treffen, ok?“

Sophie stieg aus, gab ihrem mit Recht ungeduldigen Freund schuldbewusst einen Kuss und sah ihm hinterher, als er sich auf sein Rad setzte und davonfuhr.

„Ihr Begleiter interessiert sich wohl nicht für schöne Autos.“ Arndt Wichterich war ebenfalls ausgestiegen und hatte sich neben Sophie gestellt. Spöttisch sah er auf sie herab. „Ich hoffe, er weiß die Schönheit seiner Freundin besser zu würdigen. Ich wüsste es.“

Wieder ignorierte Sophie die Anzüglichkeit des Autobesitzers, der Porsche konnte es wert sein. „Wann kann ich eine Probefahrt mit dem Wagen machen?“, fragte sie. „Gern würde ich ihn auch noch einem Gutachter vorstellen.“

„Heute kommen wir hier nicht vom Platz. Sie sehen ja, wie dicht alles zugeparkt ist.“

Sophie nickte.

„Aber morgen stehen wir, mein Porsche und ich, Ihnen gern zur Verfügung“, setzte der Dürre seine Antwort fort, erneut süffisant grinsend. „Sagen wir gegen 16:30 Uhr? Bei mir im Geschäft? Würde Ihnen das passen?“ Arndt Wichterich reichte ihr eine Visitenkarte, die ihn als ‚Gebrauchtwagenhändler für gehobene Ansprüche‘ aus Berlin-Tegel auswies.

Sophie bestätigte die Verabredung und verabschiedete sich. Weitere Fahrzeuge bewundernd, schlenderte sie langsam noch einmal über die große Wiese. Als sie schließlich auf das Fahrrad stieg, das Marcel ihr zur Verfügung gestellt hatte, nahm sie sich vor, ihren Freund den Rest des Tages davon zu überzeugen, dass es auch für sie Wichtigeres gab als schnelle Autos.

Bevor Sophie Renger am Montag pünktlich um 16:30 Uhr die große Halle voller Gebrauchtfahrzeuge betrat, hatte sie bereits einen Großteil ihres Arbeitstages im Internet gesurft, um vergleichbare Wagen zu finden und sich über deren Zustände und Preise zu informieren. Außerdem hatte sie bei ihrer Recherche einen auf Oldtimer spezialisierten Gutachter ermittelt, der auch nach 18:00 Uhr noch bereit war, ihren Traumwagen zu untersuchen. Online bei der Zulassungsbehörde ein Wunschkennzeichen zu reservieren, war ihre letzte Aktion gewesen, bevor sie das Büro verließ. Jetzt konnte Sophie ihre Neugier kaum noch zügeln. Endlich wollte sie erfahren, in welchem technischen Zustand sich das von ihr begehrte Fahrzeug befand und was es kosten sollte.

Der Gebrauchtwagenhandel schien an diesem Montagnachmittag zu ruhen. Außer ihr selbst war kein Mensch zwischen den vielen, zum Teil sehr teuer aussehenden Fahrzeugen von Arndt Wichterich anzutreffen. Sophie räusperte sich laut. Die nächsten fünf Minuten verbrachte sie damit, ungeduldig durch die Halle zu gehen, ohne den von ihr begehrten Porsche 911T zu entdecken. Als sich immer noch niemand zeigte, stieg sie die schmale Wendeltreppe hinauf, die zu einer Galerie führte, auf der sie das Büro des Dürren vermutete. Oben angekommen stand Sophie fast unmittelbar vor einer über die gesamte Hallenbreite verlaufenden Wand, die bis zu ihrer Hüfthöhe aus Holz bestand und darüber aus Glas. Zwei der Räume hinter der Wand waren durch ihre Ausstattung mit Aktenschränken, Schreibtischen und Computern als Büros zu erkennen. Der

Blick in die weiteren Zimmer war ihr mit fast vollständig heruntergezogenen Rollos nahezu verwehrt. Auf Sophie machte das Wenige, das sie in diesen Räumen erkennen konnte, den Eindruck, als hätten sie, zumindest zeitweise, die Funktion der Privaträume von Arndt Wichterich übernommen. Soweit sie es erkennen konnte, waren alle Zimmer menschenleer. In einem der Büros zog ein geöffneter Karton ihren Blick an; interessant, was dieser Gebrauchtwagenhändler als zusätzlichen Service anzubieten schien.

Gerade als Sophie versuchen wollte, die Bürotür zu öffnen, sprach Wichterich sie von unten an: „Dort oben werden Sie Ihren Traumwagen nicht finden."

Der leise Orgelklang, der bei seinem Anblick in Sophies Kopf entstand, wirkte im Moment eher bedrohlich als theatralisch. Ganz offenbar missbilligte er Sophies Anwesenheit auf der Galerie. Eilig lief sie die Stufen hinunter und versuchte, sich ihre Verlegenheit nicht anmerken zu lassen. „Wir hatten einen Termin um 16:30 Uhr", entschuldigte sie ihre Neugier. „Als ich Sie hier unten nicht angetroffen habe, nahm ich an, dass Sie mich oben im Büro erwarten."

Wichterich reichte ihr die Hand und drehte sich dabei so um Sophie herum, dass sie einen Schritt von der Treppe wegtreten musste.

„Frau Renger, nie würde ich Sie vergessen. Sie haben gestern intensiv mit meinem grünen Porsche geflirtet", begrüßte er sie übertrieben freundlich. „Der Wagen wartet vor der Tür auf uns, ich habe ihn gerade noch vollgetankt. Das ist auch der Grund, weshalb ich nicht anwesend war, als Sie mein Reich der Traumautos betreten haben."

Wichterich ließ ihre Hand los, schwenkte seinen rechten Arm in Richtung seiner Wagen und fragte: „Haben Sie vielleicht noch an einem weiteren meiner Schätzchen Interesse?"

„Vielen Dank, aber erst einmal möchte ich mir das 911er Coupé ansehen." Sophie ging auf die Eingangstür zu, der Gebrauchtwagenhändler folgte ihr.

Da stand er, der smaragdgrüne Porsche, vor der Tür, ganz allein, offensichtlich auf sie wartend. Und erneut schien er sie anzulächeln.

Sophie drehte sich zu Wichterich um, der hinter ihr gewissenhaft und gründlich die Tür der Gebrauchtwagenhalle abschloss. Sie hoffte, dass er ihr Entzücken beim Anblick des Wagens nicht beobachtet hatte. „Was soll er kosten?"

„Bevor ich Ihnen dazu eine Antwort gebe, sollte ich den Wagen vielleicht erst einmal vorstellen. Wie Sie bereits wissen, wurde dieses Porsche 911T Coupé im Jahr 1973 gebaut. Sein Lack ist noch original, die Farbe nennt sich 'Emerald Green'. Der Wagen ist mit Fuchs-Felgen, einem S-Paket, schwarzen Ledersitzen und einem schwarzen Armaturenbrett ausgestattet, alles ebenfalls original und aus dem Jahr 1973. So etwas werden Sie so schnell nicht noch einmal auf dem Markt finden."

„Was ist mit seinem Motor? Seiner Technik?"

„Alles wurde vor ein paar Wochen vom Potsdamer Porsche-Zentrum überprüft und technisch überholt. Bis auf die üblichen Verschleißteile, die in den letzten vierzig Jahren ausgewechselt werden mussten, ist auch der Motor noch original und in perfektem Zustand. Alle Ersatzteile waren selbstverständlich Originalteile. Sie können ein H-Kennzeichen beantragen, falls Sie das wünschen. Dafür sind alle Voraussetzungen erfüllt."

„Und was sagt der TÜV?"

„Die TÜV-Plakette ist frisch, die Abnahme wurde ebenfalls im Porsche-Zentrum durchgeführt – ohne Mängel selbstverständlich."

„Dann steht einer Probefahrt sicher nichts im Weg."

„Wenn Sie mir ihren Führerschein aushändigen, nicht." Wichterich grinste Sophie provozierend an.

Sie öffnete ihr Portemonnaie und entnahm ihm den gewünschten Ausweis. Bevor sie Wichterich die kleine Karte reichte, fragte sie noch einmal: „Was soll der Wagen kosten?"

Er zögerte kurz und antwortete dann: „Einhundertzwanzigtausend Euro".

Sophie versuchte, sich ihr Entsetzen nicht anmerken zu lassen. Ganz egal, welchen Preis er genannt hatte, eine Probefahrt mit diesem wunderbaren Porsche wollte sie in jedem Fall genießen. Sie reichte Wichterich ihren Führerschein und wartete ergeben darauf, dass er eine Bemerkung über ihr Geburtsjahr machen würde.

„Ja, wie ich es mir dachte", war die einzige Andeutung, die der Dürre sich gönnte. Dann grinste er sie erneut an. „Auch wenn man es Ihnen beiden nicht ansieht."

Die Probefahrt verlief ohne jeden Zwischenfall und Sophie gab sich alle Mühe, ihre Begeisterung über das Fahrverhalten des doch immerhin gut vierzig Jahre alten Wagens nicht zu deutlich zu zeigen. Ein Auto für einhundertzwanzigtausend Euro zu kaufen, war für sie nicht vorstellbar. Zumal sie für ihr Motorrad nur noch den Schrottwert erhalten hatte. Der Händler würde seinen Preis drastisch reduzieren müssen und vielleicht hatte sie ja vorhin das richtige Druckmittel dafür in die Hand bekommen. Sie parkte den Wagen auf dem kleinen Platz vor der Gebrauchtwagenhalle und stieg aus. Von der Probefahrt voller Adrenalin, aber wegen der bevorstehenden Verhandlung dennoch vorsichtig gestimmt, reichte sie Wichterich den Autoschlüssel.

„Ich habe den Eindruck, dass der Kleine Ihnen viel Spaß gemacht hat", fasste er die letzte halbe Stunde zusammen und sah sie dann erwartungsvoll an.

Sophie antwortete erst einmal nicht. Sie trat zwei Schritte vom Wagen weg. „Vielleicht zieht er beim Bremsen etwas nach rechts", versuchte sie einen Einwand zu finden. „Falls es Ihnen nichts ausmacht, möchte ich ihn zu einem technischen

Gutachter meiner Wahl bringen. Das kann heute noch passieren. Erst danach werde ich darüber nachdenken, ob der Wagen etwas für mich ist. Er müsste schon alltagstauglich sein, das wäre eine Bedingung."

„Wie ich vorhin gesagt habe, hat der TÜV ihn gerade erst geprüft."

„Ja, das ist bereits eine gute Grundlage, die mir aber nicht ausreicht."

„Vertrauen Sie mir nicht, Frau Renger?"

Sophie sah Wichterich süffisant grinsen. Vielleicht wäre es anderen potenziellen Käufern jetzt unangenehm gewesen, auf eine weitere Untersuchung zu bestehen, sie brachte der gewiefte Verkäufer so allerdings nicht in Verlegenheit. „Wenn Sie die technische Prüfung selbst vorgenommen hätten, wäre es etwas anderes, Herr Wichterich. So aber müssen wir uns beide auf die Aussage eines mir Unbekannten verlassen."

Ohne sein übliches Grinsen sah Wichterich sie an und nickte dann. „Einverstanden. Lassen Sie Ihren Personalausweis hier und bringen Sie den Wagen spätestens in zwei Stunden wieder zurück."

Das Ergebnis der technischen Prüfung bestätigte alle Aussagen des Gebrauchtwagenhändlers. Der grüne Porsche war tatsächlich in einem exzellenten Zustand. Mit der Einschränkung, auf alle modernen Hilfsfunktionen der letzten vierzig Jahre verzichten zu müssen, war er als Alltagsauto einsetzbar. Nachdenklich stellte Sophie ihn gegen 19:15 Uhr wieder auf dem Platz vor der Gebrauchtwagenhalle ab und konzentrierte sich noch einmal auf die Verhandlungsstrategie, die sie sich seit dem Blick in Wichterichs Büroräume erarbeitet hatte. Sie betrat den Verkaufsraum und lächelte den Gebrauchtwagenhändler bewusst harmlos und freundlich an.

„Friedrich wird mich nie wieder auf einen Außeneinsatz schicken." Sophie Renger sprach den Satz laut aus, ohne sich dessen bewusst zu sein.

Um sie herum am Tresen ihrer Lieblingsbar saßen ihre drei Musketiere und Marcel. Als sie ihm erzählt hatte, dass es nach drei Wochen Zusammenarbeit jetzt langsam Zeit sei, ihr Team von Nerds in die richtige Welt einzuführen, hatte er sofort zugesagt, sie zu begleiten. Es war Samstagnacht, Sophie hatte sich eines ihrer kurzen schwarzen Kleider angezogen, die Augen dunkel betont, ihre Haare locker nach oben gesteckt und sich das erste Mal seit langer Zeit wieder ein paar ihrer sehr hohen Schuhe gegönnt. Marcel hatte bei ihrem Anblick erst wohlwollend die Augenbrauen nach oben gezogen und ihr dann, mit einem Blick auf den immer noch nicht vollständig wiederhergestellten Fuß, einen stützenden Arm angeboten. Er selbst sah in schmaler dunkler Lederhose und einem passenden Pullover, der seinen wohlgeformten Oberkörper betonte, sehr verführerisch aus. Sophies Nerds hatten ihr Möglichstes gegeben, indem sie in sauberen Jeans und dezenten T-Shirts und Kapuzenpullovern erschienen waren. Nach einem gemeinsamen Abendessen in einem der gerade angesagten Burger-Lokale und ein paar Drinks in zwei Szene-Kneipen waren sie nun endlich dort angelangt, wohin es Sophie immer zog, wenn sie einen anstrengenden Tag oder einen langen Abend gemütlich ausklingen lassen wollte, in ihrer Lieblings-Cocktailbar.

Ihre Jungs waren nicht mehr ganz nüchtern und vollständig begeistert von dem Abend. Marcel hatte wenig Alkohol getrunken. Mit stoischer Gelassenheit hatte er das Gekicher der jungen Begleiter ertragen. Ihre indiskreten Fragen über seine Beziehung zu ihrer Chefin hatte er kommentarlos überhört. Sophie spürte, dass sie selbst mittlerweile betrunkener war, als sie es geplant hatte. Nicht, dass es ihr keinen Spaß machte, den Abend mit vier Jungs zu verbringen, aber während der letzten Stunden war sie sich doch langsam etwas zu alt und abgeklärt für ihre drei lebensfremden Nerds vorgekommen. Unsicher sah sie zu Marcel, der ihren Blick bemerkte und sie sofort mit einem unwiderstehlichen Lächeln beruhigte.

Timo, Linus und Pascal schienen nicht müde zu werden. Als Sophie und Marcel sich gegen 2:00 Uhr morgens von ihnen verabschiedeten, bestellten sie sich noch weitere Longdrinks. Sophie bat den Barkeeper unauffällig, ihre Jungs etwas im Auge zu behalten, und verließ Arm in Arm mit Marcel die Bar. Zu Fuß spazierten sie zu seiner nahegelegenen Wohnung, die sich in der obersten Etage eines gepflegten Altbaus im Herzen des Viertels befand.

Beim Frühstück am nächsten Morgen erinnerte Sophie sich an ihre Bemerkung über ihren Chef. „Friedrich wird mich nie wieder auf einen Außeneinsatz schicken", wiederholte sie ihre Befürchtung.

„Bist du dir sicher?"

„Er hat das bisher so nicht ausgesprochen. Aber ich konnte es aus dem, was er gesagt hat, schließen."

Marcel blieb stumm, während er aufstand und sich einen neuen Kaffee einschenkte. Sophie stand auch auf und gab ihm einen Kuss auf den Nacken, während Marcel ihre Kaffeetasse füllte. „Ja, ich bin mir sicher."

„Aber an deinem Wunsch, wieder Außeneinsätze zu übernehmen, hat sich nichts geändert? Das ist immer noch der einzige Job, den du wirklich in der Agentur machen möchtest?"

„Ja, ich denke schon", antwortete Sophie langsam.

Marcel musterte sie kritisch. „Versuche es herauszufinden. Du solltest dir immer sicher sein, was du möchtest. Das ist der erste Schritt."

„Bisher habe ich eigentlich nie daran gezweifelt."

„Vielleicht ist jetzt der richtige Moment, deine bisherige Lebensplanung zu überdenken, Sophie. Tue nichts, nur weil du es früher immer gewollt hast. Verwirf alle Pläne, die du heute nicht mehr umsetzen möchtest. Das ist mein Credo. Natürlich darf das nicht darin enden, dass du gar nichts mehr tust. Das Eine sollst du tun, das Eine, das dich glücklich macht, jetzt glücklich macht, jetzt in diesem Moment. Dafür musst du dir allerdings erst einmal sicher sein, was es ist, das du am meisten möchtest."

„Bist du selbst dir absolut sicher, was du im Leben erreichen möchtest?"

„Ich spreche nicht darüber, was zu erreichen ist, sondern was auf dem Weg dahin zu tun ist. Es geht um das Jetzt, nicht darum was irgendwann sein soll. Glücklich zu sein, sollte immer das Ziel allen Tuns sein und glücklich sein kann man nur in der Gegenwart, im Jetzt." Marcel sah sie ungewohnt ernst an. „Ich denke schon, dass ich für mich momentan das Richtige tue. Ich bin sehr glücklich mit meinem jetzigen Leben."

Sophie musterte ihn zweifelnd und blickte dann schnell auf ihren Teller, als er ihren Blick auffing.

„Du bist eine starke Frau, Sophie, unabhängig und selbstsicher. Das habe ich sofort gespürt, als wir uns kennengelernt haben. Du wirst immer wieder etwas Neues finden, wenn das Alte vorbei ist. Das ist eine deiner Begabungen und eine sehr gute. So gut wie du selbst. Dieses Wissen sollte dir Mut machen, mit dem Tun aufzuhören, von dem du erkannt hast, dass es dich nicht mehr glücklich macht."

„Und das Alte? Soll ich die Vergangenheit einfach abschütteln?"

„Wenn sie dir im Wege steht. – Aber vergiss nicht, dass deine Vergangenheit einen Teil von dir ausmacht. Es gibt für dich keinen Grund, vergangene Taten zu bereuen, wenn sie damals richtig waren. – Vielleicht findest du ja einen Weg, sie nicht ganz aus deiner Gegenwart auszuschließen."

Sophie war immer wieder erstaunt, mit welcher Klarheit Marcel sie durchschaute. So lustig es war, mit ihren Musketier-Nerds die virtuelle Welt zu ergründen, so wenig hatte diese Tätigkeit bisher zu einer Steigerung ihres Wohlbefindens beigetragen. Weder konnte sie sich damit abfinden, als Interims-Leiterin einer geheimen und wahrscheinlich kurzfristig wieder aufzulösenden Einsatztruppe ihres Chefs zu fungieren, noch hatte sie es während der letzten Wochen geschafft, irgendetwas über ihren Unfallgegner herauszufinden. Dank Timo, Linus und Pascal hatte sie die Kameraaufnahmen der Berliner Verkehrsüberwachung, das Fahreignungsregister in Flensburg und viele weitere Datenbanken, von deren Existenz sie nie etwas geahnt hatte, nach einem Hinweis auf den dunklen Sportwagen durchsucht – alles ohne Erfolg. Der immer noch flüchtige Fahrer, der sie selbst ins Krankenhaus und ihr geliebtes Motorrad auf den Schrottplatz gebracht hatte, war nach wie vor ein Unbekannter. Mit den Recherchen der letzten Wochen war sie ihm um keinen Schritt näher gekommen. Bei der Erinnerung an ihren Unfall schmerzte Sophie der linke Fuß; vielleicht waren es auch nur die Nachwirkungen der Tortur durch die zu hohen Absätze während der letzten Nacht. Auf jeden Fall würde dieser nicht mehr perfekt funktionierende Fuß verhindern, dass sie noch einmal in den Außendienst zurückversetzt wurde. Solange sie Mitarbeiterin Ludger Friedrichs war, würde dieser Fuß sie davon abhalten, ihre geliebten Abenteuer zu erleben, ihre Freiheit auszukosten und ihre eigenen Grenzen auszuloten.

„Wenn ich meinen Job kündige, werde ich möglicherweise Berlin verlassen", sagte Sophie nach einer Weile.

„Wenn du es zulässt, gehen wir uns nicht verloren. Ich werde dich besuchen, wohin auch immer es dich verschlägt."

Sophie sah Marcel skeptisch an.

„Solche Anlaufstellen zu haben, finde ich toll", bestärkte er sein Versprechen.

Sie musste lachen. „Eine Anlaufstelle bin ich dann also für dich? Und wenn es mich in den tiefen Osten oder den langweiligen Westen verschlägt?"

„Dann werde ich dich wenigstens auf der Durchreise besuchen", antwortete Marcel und lächelte sie ein weiteres Mal unwiderstehlich an.

„Und wenn ich Heimweh nach Berlin bekomme? Oder nach dir?"

„Dann wird für dich immer ein Bett bei mir bereitstehen."

Köln, Juli 2015

Sorge lag in Peter Hamanns Stimme. „Auch Bertrams Schwester hat von den Ärzten noch keine verbindliche Aussage erhalten, wie lange man ihn im künstlichen Koma halten wird. Ich habe vorhin erst mit ihr telefoniert."

Nach der abendlichen Redaktionssitzung waren neben Richard Achtelik und Peter Hamann nur noch Leo Marx, Detlef Schmitz und Bernd Christ im Besprechungsraum sitzen geblieben. Schmitz verantwortete seit einer Woche stellvertretend für Ruben Bertram den Sport, während Christ kommissarisch die Leitung des Feuilletons übernommen hatte. Bertrams Autounfall war vor genau acht Tagen passiert und keiner aus der Redaktion hatte eine Vorstellung davon, ob und wie schnell der Chefredakteur dieser beiden Ressorts sich davon erholen würde.

„Aber wir dürfen davon ausgehen, dass er seine Verletzungen überleben und irgendwann wieder arbeitsfähig sein wird?" Seine Frage klang unsensibler, als sie gemeint war, stellte Richard fest, nachdem er sie ausgesprochen hatte.

„Das habe ich seine Schwester nicht gefragt", antwortete Hamann mit einem Hauch Sarkasmus in der Stimme.

„Ja, das dürfen wir. Die Ärzte gehen sicher davon aus, dass Ruben sich von seinen Verletzungen erholen wird, falls nicht noch unerwartete Komplikationen auftreten."

„Mit wem hast du gesprochen, Leo?", fragte Hamann.

Leo Marx gehörte seit seiner Anstellung bei der Rheinischen Allgemeinen der Wirtschaftsredaktion an. Damit war er nie ein direkter Kollege Ruben Bertrams gewesen. Vielleicht war es genau dieser Umstand, der dazu beigetragen hatte, dass die beiden Männer das journalistische Potenzial des jeweils anderen anerkannten und aus der beruflichen Wertschätzung eine Freundschaft geworden war.

„Ich kenne ein paar der Ärzte im Marienhospital", antwortete Leo unverbindlich.

Peter Hamann nickte seinem Mitarbeiter dankend zu. „Leider enthebt diese gute Nachricht uns nicht der Notwendigkeit, einen temporären Ersatz für Ruben zu finden. Ich kann mir nicht vorstellen, dass er innerhalb der nächsten Wochen wieder an seinem Schreibtisch in der Redaktion sitzen wird."

Richard nickte.

„Sie beide, Christ und Schmitz, haben mir ja bereits signalisiert, dass Sie die Ressortleitung neben Ihren normalen Aufgaben nicht über längere Zeit stemmen können", setzte Hamann seine Einführung der Besprechung fort. „Dafür habe ich volles Verständnis. Also lassen Sie uns darüber nachdenken, wie wir für die nächsten Wochen und vielleicht Monate mit der Situation umgehen."

„Du kannst deine alten Ressorts wieder übernehmen, Peter."

„Nicht zusätzlich zur Wirtschaft, Richard. Nicht, wenn wir weiterhin die Qualität der Berichterstattung liefern wollen, die unsere Leser an der RA schätzen."

„Haben wir eine Chance, dass Harry Winter uns für ein paar Wochen aushilft?"

„Darauf kann ich ihn ansprechen, aber ich denke, es ist einfach noch zu früh dafür."

„Was schlägst du dann vor, Peter?"

„Ruben fehlt uns ja nicht nur als Chefredakteur, sondern auch als Journalist und Reporter des Feuilletons. Wir können vielleicht seine Aufgaben der Ressortleitung verteilen, aber wir müssen in jedem Fall journalistischen Ersatz finden."

„Haben wir Kandidaten? Irgendwelche Freien, die aktuell für uns schreiben und gern häufiger eingesetzt würden?"

„Niemand mit Rubens Kaliber. Vor allem nicht, wenn wir keine Festanstellung in Aussicht stellen, sondern lediglich einen Zeitvertrag."

„Dann müssen wir unsere Anforderungen herunterschrauben. Wir können die nächsten Wochen ja keine leeren Seiten abliefern."

„Richard, bitte denk darüber nach, ob wir vielleicht doch eine weitere Festanstellung in Betracht ziehen können. Das würde uns die Suche wirklich erleichtern."

Statt der erhofften Zusage kam Richard nur ein Grummeln über die Lippen. Als Eigentümer der Rheinischen Allgemeinen hatte er immer auch die Wirtschaftlichkeit im Auge, nicht nur die Qualität der Inhalte.

„Bezüglich der Ressortleitung habe ich mir ein neues Konstrukt überlegt", setzte Hamann seine Überlegungen fort. „Wir könnten die Aufgaben neu verteilen."

Richard forderte Hamann mit einer ungeduldigen Geste auf, weiterzureden.

„Ich bin gern bereit, für ein paar Wochen meine alten Ressorts wieder zu verantworten, zusätzlich zur Wirtschaft. Dafür benötige ich aber redaktionelle Unterstützung. Ich kann nicht mehr jeden Artikel einzeln prüfen, bevor er in den Druck geht. Ich möchte nur noch über die Gesamtheit unserer Nachrichten entscheiden."

„Die Prüfung darauf, ob Inhalt und Stil der einzelnen Artikel den Anforderungen unserer Zeitung entsprechen, möchtest du also abgeben?"

„Nicht ganz. Ich würde gern den Kollegen Marx, Schmitz und Christ die Aufgabe übertragen, in ihren jeweiligen Ressorts dafür zu sorgen, dass mir lediglich solche Artikel vorgelegt werden, deren Aktualität und Wahrheitsgehalt geprüft wurden und die entsprechend unseren Redaktionsansprüchen formuliert sind. Bei drei Ressorts kann ich meine Zeit nicht mehr damit verbringen, Fakten zu hinterfragen oder Satzstellungen zu korrigieren. Die Inhalte, die wir veröffentlichen, werde ich festlegen, selbstverständlich in Abstimmung mit dir und den drei Kollegen."

Richard sah nacheinander die drei anwesenden Journalisten an. „Sind Sie mit diesem Vorgehen einverstanden?"

Leo Marx und Detlef Schmitz nickten.

Bernd Christ erwiderte: „Prinzipiell ist das für ein paar Wochen in Ordnung. Es bleibt aber dabei, dass wir im Feuilleton unterbesetzt sind. Es sollte kurzfristig eine Verstärkung gefunden werden oder wir müssen in den nächsten Wochen ein paar Themen unter den Tisch fallen lassen."

Berlin, September 2015

Ein leises Hupen ließ Sophie Renger zu dem Wagen blicken, der neben ihr an der Ampelkreuzung stand: Ein schneeweißer Audi R8 wurde von einem Mittvierziger gesteuert, der freundlich grinsend zu ihr blickte. Dem Hupen folgte ein kurzes Aufheulen des Zehnzylinders seines Sportwagens. Sophie lächelte freundlich zurück und machte dann mit ihrer linken Hand eine Geste, die eine Ablehnung des spontanen Rennens bedeuten sollte, zu dem sie sich gerade aufgefordert fühlte. Als die Ampel auf Grün umsprang, schoss der Audi davon.

Ein wenig fühlte Sophie sich geschmeichelt, dass sie mit ihrem Oldtimer zu einem Kräftemessen animiert worden war. Der kleine, smaragdgrüne Porsche 911T war also nicht nur ihr positiv aufgefallen. Wenige Ampeln später sah sie den weißen R8 an einer Tankstelle stehen. Kurz entschlossen fuhr auch sie zu einer der Zapfsäulen, um ebenfalls etwas Sprit nachzufüllen und einem kurzen Flirt mit dem Audi-Fahrer eine Chance zu geben.

Als sie aus dem Wagen stieg, trat ein schlanker Mann auf sie zu, in dem Sophie sofort den Fahrer des R8 erkannte. Die klassische Klaviermusik, die ihn nur für Sophie hörbar umwehte, ließ sie ihn als einen Menschen erkennen, der sehr genau wusste, was er wollte – und vielleicht auch, wie er es bekam.

„Darf ich Ihnen zu Ihrem wunderbaren Oldtimer gratulieren?", fragte er und grinste erneut.

„Vielen Dank, das Kompliment nehme ich gern entgegen. Ich liebe den Kleinen. Ihr Audi wird vielleicht in ein paar Jahrzehnten ein ähnlicher Klassiker sein."

„Eher nicht, denke ich. Ich fürchte, er ist und bleibt ein Wagen der Gegenwart."

„Wollten Sie mich wirklich zu einem Rennen auffordern?" Sophie zwinkerte den Mittvierziger an.

„Natürlich nicht!", antwortete dieser sofort. „So etwas würde ich generell nie tun und bei einer wehrlosen Frau schon gar nicht."

„Als wehrlos hätte ich selbst mich nicht bezeichnet."

„Oh, bitte missverstehen Sie das nicht. Ich meinte damit lediglich Ihren etwa vierzig Jahre alten Wagen. Er macht auf mich den Eindruck, als wäre er noch im Originalzustand, wunderbar und fast einzigartig. Damit hätte er allerdings keine Chance bei einem Beschleunigungsrennen gegen einen Wagen wie meinen Audi."

Sophie grinste nur.

„Ich hoffe, Sie gestatten mir, Sie als Entschuldigung für das Missverständnis zu einem Kaffee einzuladen", schmeichelte der Audi-Fahrer. „Ich heiße Maximilian. Meine Freunde nennen mich Max."

Am Freitag lud Sophie Renger ihre drei IT-Nerds ein weiteres Mal zu einem gemeinsamen Zug durch die Gemeinde ein.

Erfreut stimmten sie zu. Pascal, der sich in den letzten Wochen zu so etwas wie dem Wortführer ihrer Musketiere entwickelt hatte, fragte, ob es einen Grund für die Einladung gebe, und Sophie musste ihre Karten auf den Tisch legen: „Ich habe gekündigt. Ab nächstem Donnerstag baue ich meinen Resturlaub ab, ich darf mich also nur noch für wenige Tage als euren Hauptmann bezeichnen.“

„Du verlässt uns und die ‚Agentur für Marktrecherche‘?“

„Ja. – Außerdem werde ich aus Berlin wegziehen.“

„Warum?“

„Seit wann?“

„Ist es unseretwegen?“

„Hast du keinen Spaß mit uns?“

„Was wird aus uns?“

„Was wird aus dieser Abteilung?“

„Was wird aus dir?“

Sophie gelang es kaum, die vielen Fragen, die auf sie einprasselten, zur Zufriedenheit der Drei zu beantworten. „In jedem Fall werdet ihr für die nächsten Wochen direkt an Friedrich berichten. Er hat noch keinen Nachfolger für mich benannt, möchte eure Arbeit aber weiterlaufen lassen.“

„Warum verlässt du uns?“, kam es noch einmal von Linus und traurige Blockflötentöne begleiteten den leichten Vorwurf in seiner Frage.

„Wenn es nur um euch ginge, würde ich bleiben“, antwortete Sophie und wunderte sich selbst, wie sehr die drei Nerds ihr in der kurzen Zeit ans Herz gewachsen waren. „Es geht mir aber um die Arbeit an sich. Ich wollte nie einen Bürojob haben. Früher hat mich Friedrich fast jede Woche auf einen Außeneinsatz geschickt. Seit meinem Unfall traut er mir das offenbar nicht mehr zu.“

„Wenn du Abenteuer suchst, geh ins Internet“, versuchte es Pascal. Sein Vorschlag wurde mit einer einschmeichelnden

Gitarrenmelodie begleitet. „Das Internet kann dir eine ganz neue Welt eröffnen. Da bin ich mir sicher."

„Das reicht mir nicht. Ich brauche Abenteuer in der realen Welt. Außerdem werde ich niemals auch nur ansatzweise euren Vorsprung an Wissen und Erfahrung aufholen."

„Wir werden dich vermissen. Du bist der einzige Mensch in diesem Laden, der uns ernst nimmt."

„Wir bleiben in Kontakt. Ich verspreche es euch. Ihr seid doch meine drei Musketiere, auf deren Schutz und Hilfe ich gar nicht verzichten kann."

„Ich richte uns einen PrivateRoom im Internet ein." Pascal war sofort Feuer und Flamme für seine eigene Idee, wie Sophie an der Veränderung seiner Melodie hörte. „Dort können wir uns zukünftig austauschen, ohne dass außer uns jemand Zugriff hat. Ganz privat, nur wir vier."

„Das finde ich gut. Damit könnt ihr mich auf dem Laufenden halten, wie es euch geht, und gleichzeitig an meinem neuen Leben teilhaben."

Der Freitagabend wurde lustiger als es der Anlass hatte vermuten lassen. Timo, Linus und Pascal genossen es ein letztes Mal, mit ihrer attraktiven weiblichen Begleitung durch Berlin zu streifen. Sogar Marcel Bruns, für den dieser Abend ebenfalls den Abschied von Sophie einleitete, war entspannt und fröhlich.

„Kommt mich doch bald in Köln besuchen", schlug Sophie vor, bevor sie weit nach Mitternacht ihre drei Musketiere zum Abschied umarmte.

„Wir erwarten dich auf jeden Fall im PrivateRoom", antwortete Pascal und Timo nickte heftig.

Köln, September 2015

Er musste doch irgendwann eingeschlafen sein. Nur mühsam kämpfte sich Ruben Bertram aus einem tiefen, fast übermächtigen Schlaf wieder zurück in die Realität.

Das letzte, an das er sich vor seiner Bewusstlosigkeit erinnerte, waren Schmerzen, Blindheit, Hilflosigkeit und eine sanfte, schöne Stimme, die beruhigend durch das Elend zu ihm durchgedrungen war. Diese Stimme hatte ihn aufgefordert, wach zu bleiben, aber er hatte es nicht geschafft, noch nicht einmal für sie.

Als Ruben mühsam die Augenlider hob, stellte er erleichtert fest, dass kein Verband mehr seinen Blick versperrte. Nach einigem Blinzeln sah er halbwegs klar direkt in das besorgte Gesicht seiner Schwester Katja, die sich ganz nah über ihn beugte und ihn erleichtert anlächelte.

„Da bist du ja wieder", flüsterte sie.

Ruben fühlte sich zu schwach, um etwas zu sagen. Der Versuch, seinen Mund zu einem Lächeln zu verziehen, endete in einem erschrockenen Stöhnen.

„Du sollst noch nicht reden", sagte seine Schwester, „aber es wird nicht mehr lange dauern, dann bist du wieder ganz der Alte." Die Zärtlichkeit in ihrer Stimme trieb Ruben die Tränen in die Augen.

Katja lachte ihn tapfer an und versuchte einen Scherz: "Wahrscheinlich wird sich das ganze Krankenhaus noch an die Tage zurücksehnen, in denen du im Koma lagst und nichts sagen konntest. Sobald es dir wieder besser geht, wirst du sicher innerhalb weniger Tage alle Krankenschwestern und Pfleger auf die Palme gebracht haben."

Ruben hörte, was seine Schwester zu ihm sagte, aber er verstand es nicht. War er nicht gerade erst ins Krankenhaus eingeliefert worden? Wieso sprach sie davon, er habe im Koma gelegen? Das konnte doch nicht sein. Diese wunderbare, sanfte

Stimme hatte ihn doch erst vor wenigen Momenten dazu aufgefordert, wach zu bleiben. Sie hatte ihm versprochen, ihn nicht allein zu lassen. Wo war die Stimme? Wo war die wunderschöne, fremde Frau, zu der diese Stimme gehören musste?

Hätte Ruben sich nicht so schwach gefühlt, hätte er gern gefragt, was eigentlich mit ihm los war. Wie lange es dauern würde, bis er ‚wieder der Alte' war, so wie es seine Schwester bezeichnet hatte. Wie lange die Schwestern und Pfleger noch darauf warten müssten, dass er sie auf die Palme brachte. Erneut schloss er die Augen und noch bevor er weiter über seinen Gesundheitszustand grübeln oder die Funktionstüchtigkeit seiner unterschiedlichen Körperteile überprüfen konnte, war er wieder eingeschlafen.

Das, was Katja Weber seit Wochen von Rubens Körper und vor allem seinem Gesicht zu sehen bekam, erschreckte sie immer wieder aufs Neue. Direkt nachdem die Ärzte seine Verletzungen diagnostiziert und einen Behandlungsplan aufgestellt hatten, war Ruben in den Operationssaal gebracht worden. Das medizinische Personal hatte Stunden gebraucht, seine Knochenbrüche zu fixieren und seine inneren Verletzungen zu behandeln. Katja und ihren Eltern war die Wartezeit schier endlos vorgekommen. Nach der Operation hatten sie erfahren, dass Ruben in ein künstliches Koma versetzt worden war, um ihm die ersten Wochen der Genesung zu erleichtern. Niemand hatte sie vor seiner Operation über diese Möglichkeit informiert.

Katja war zwei Jahre jünger als ihr Bruder und damit eigentlich das Nesthäkchen der Familie Bertram. Dennoch war sie es, die stets alle Familienmitglieder bemutterte und deren Probleme zu lösen versuchte. Vor mehr als zehn Jahren hatten sie und ihr Mann auf dem weitläufigen Grundstück ihrer Eltern im Bergischen Land ein eigenes Haus in direkter Nachbarschaft zum Elternhaus errichtet. Neben ihrer eigenen Familie, bestehend aus Ehemann, einem Sohn und zwei Hunden, versorgte sie deshalb nun seit Jahren auch ihre Eltern. In der jetzigen Situation hatte ihr Mann angeboten, sich allein um alle Belange der beiden Haushalte im Bergischen Land zu kümmern. Katja selbst war für die Zeit von Rubens Krankenhausaufenthalt in seine Wohnung in der Südstadt gezogen. Nur so war es ihr möglich gewesen, jeden Tag viele Stunden an seinem Bett auf der Intensivstation zu sitzen und leise mit ihm zu sprechen. Auch während des künstlichen Komas hatte sie ihm die Gewissheit geben wollen, dass jemand über ihn wachte. Das medizinische Personal hatte sie in ihrer Annahme bestärkt, er spüre ihre Anwesenheit. Sie meinten, es beruhige ihn; seine Werte auf den Überwachungsgeräten spiegelten dies wider.

Nun befand sich Ruben in der Aufwachphase, wie es die Ärzte formuliert hatten. Während der letzten vierundzwanzig Stunden war er bereits mehrfach erwacht, aber meistens sehr schnell wieder eingeschlafen. Die Ärzte setzten das Narkosemittel langsam ab und rechneten damit, dass Ruben bald auch für längere Phasen wach sein würde. Vor etwa drei Stunden war er von der Intensivstation in ein normales Krankenzimmer verlegt und von den meisten Kabeln und Schläuchen befreit worden, die auf der Intensivstation noch so erschreckend auf Katja gewirkt hatten. Ihr Bruder atmete selbstständig, sein Herz schlug gleichmäßig und ruhig und der Stationsarzt hatte bereits die erste zufriedene Statusmeldung in Rubens Krankenblatt eingetragen. Katja fühlte sich erschöpft und gleichzeitig erleichtert über die Verbesserung des Zustands ihres Bruders. Sie stand kurz davor, hemmungslos zu weinen.

Etwas mehr als fünf Wochen war es her, dass sie den Anruf aus dem Marienhospital in Köln erhalten hatte. Eine ruhige weibliche Stimme hatte ihr mitgeteilt, ihr Bruder sei nach einem Autounfall schwer verletzt eingeliefert worden. Die Bestandsaufnahme seiner Verletzungen, die sie und ihre Eltern in der Nacht noch teilweise und am nächsten Tag vollständig vom leitenden Stationsarzt erklärt bekommen hatten, war bedrückend gewesen. Sie ließ eine lange Zeit der Rekonvaleszenz befürchten, die ihrem Bruder wahrscheinlich mehr Gelassenheit und Durchhaltevermögen abverlangen würde, als er üblicherweise zeigte. Aber Ruben lebte. Er hatte seinen fürchterlichen Unfall überlebt und würde auch die nächsten Wochen überstehen; das war im Moment das Allerwichtigste. Ruben lebte und hatte gute Aussichten, in ein paar Monaten von allen Verletzungen genesen zu sein.

Katja nutzte die erneute Schlafphase ihres Bruders, um sein Zimmer zu verlassen und ihre Familie und Rubens Chef über sein Aufwachen zu informieren. Jetzt würde es sicher nicht mehr lange dauern, bis Neurologen, Orthopäden und auch die Polizei sein Bett belagerten, um die noch fehlenden Details zu seinem Gesundheitszustand sowie dem Ablauf des Unfalls zu erfahren. Ihre Eltern und seine Kollegen bat Katja, die ärztlichen Untersuchungen und polizeilichen Befragungen abzuwarten, bevor sie ins Krankenhaus kamen. Sie wollte Ruben noch ein paar weitere Tage Ruhe gönnen, bevor er mehr Besuch bekam, als es unbedingt nötig war. Aber die gute Nachricht vom Ende seines künstlichen Komas hätte sie am liebsten der ganzen Welt mitgeteilt. Sie überlegte, wen sie noch anrufen konnte.

Als sie alle Telefongespräche geführt hatte, öffnete sie die Tür zu seinem Zimmer und warf einen Blick auf das Bett. Ruben schien immer noch fest zu schlafen.

Seine verletzten Knochen waren verdrahtet, genagelt, geschient und anderweitig versorgt worden. Die gebrochenen Rippen und die Beine hatten den Ärzten wenig Sorgen bereitet, aber die Brüche des Kiefers und eines großen Teils des Gesichtsschädels der linken Seite. Soweit Katja das zwischen den Pflastern und Verbänden erkennen konnte, war Rubens Gesicht immer noch geschwollen und schillerte auf der linken Seite in allen Regenbogenfarben. Letztendlich hatte er Glück im Unglück gehabt, da die meisten der blutenden Wunden oberflächlich gewesen waren und sein linkes Auge trotz der vielen kleinen Brüche im Gesicht unverletzt geblieben war. Lediglich im linken Oberschenkel war eine Arterie verletzt worden, aber auch die war während der direkt nach der Einlieferung durchgeführten Operation erfolgreich behandelt worden. Die gebrochenen Rippen hatten die Lunge nur angeritzt und keinen größeren Schaden verursacht. Dafür würden sie Ruben allerdings noch für einige Wochen bei jeder Bewegung an seinen Unfall erinnern.

Nachdem Katja die Fotos des zerstörten Citroëns gesehen hatte, konnte sie es immer noch nicht fassen, dass Rubens Verletzungen nicht noch schlimmer ausgefallen waren. Er hätte tot sein können! Das Auto war im vorderen Teil nahezu bis zur Unkenntlichkeit zusammengedrückt worden. Wo war da noch ausreichend Platz für Ruben gewesen? Die Bergung des Verletzten durch die Feuerwehr hatte der Karosserie den Rest gegeben, wie die Unfallaufnahmen zeigten. Wahrscheinlich würde Ruben der Verlust seines Wagens länger schmerzen als seine Knochenbrüche.

Die Ärzte hatten sie darauf vorbereitet, dass ihr Bruder mindestens drei weitere Wochen im Krankenhaus bleiben müsse; abhängig von den Ergebnissen der noch ausstehenden neurologischen Untersuchungen konnte sich sein Aufenthalt sogar noch verlängern. Die Verletzungen im Gesicht und an den Beinen würden eine lange Genesungszeit und möglicherweise weitere Operationen nach sich ziehen. Die erste Phase der Rekonvaleszenz während des künstlichen Komas war nur der Anfang eines langwierigen Prozesses gewesen. Bis ihr großer Bruder sein Leben wieder so führen konnte wie vor dem Unfall, würden noch mehrere Monate vergehen, hatten die Ärzte sie gewarnt.

Leise schloss Katja wieder die Tür zu Rubens Krankenzimmer und ging den Gang entlang in Richtung Cafeteria. Wenigstens für ein paar Minuten brauchte sie andere Gesichter und fröhliche Gespräche um sich herum. In einer Viertelstunde spätestens würde sie zu ihrem hoffentlich noch schlafenden Bruder zurückkehren, damit er nicht allein war, wenn er erneut erwachte.

Bonn, September 2015

Sophie Renger liebte ihre Eltern. Nie hatte es während ihrer Kindheit oder Jugend eine Phase gegeben, in der sie die Notwendigkeit gesehen hatte, sich von ihnen abzuwenden und gegen ihre Erziehung zu revoltieren. Die Tatsache, dass sie als Einzelkind aufgewachsen war, hatte für sie als Heranwachsende den Luxus bedeutet, sich immer der vollen Aufmerksamkeit ihrer Eltern sicher sein zu können, ihre Liebe nicht teilen zu müssen. Heute, als Erwachsene, wäre Sophie für Geschwister dankbar gewesen. Gern hätte sie einen Teil der familiären Verantwortung abgegeben und die Begeisterungsfähigkeit ihrer Eltern auf ein anderes Ziel als sich selbst gerichtet gesehen.

Ihr Vater, Konrad Renger, war als deutscher Beamter jahrzehntelang durch die exotischsten Länder der Erde gereist. Zu Anfang seiner Karriere als Diplomat hatte er Krisen gelöst und in Konflikten vermittelt, später war er für seinen Einsatz belohnt und zum Botschafter ernannt worden. In seinen Augen war erst durch den längerfristigen Aufenthalt in einer deutschen Botschaft die Voraussetzung erfüllt gewesen, seine Familie zu sich zu holen. Aus diesem Grund hatte Sophie ihre ersten Jahre mit ihrer Mutter zusammen in Deutschland verbracht und weitestgehend auf die Anwesenheit ihres Vaters verzichten müssen. Die Rolle eines Ersatzvaters nahm damals Sophies Patenonkel Richard Achtelik ein, der ein Schulfreund Katharina Rengers war.

Sophies Mutter schien bereits zu Anfang ihrer Ehe die Entscheidung getroffen zu haben, ihrem Mann weder öffentlich zu widersprechen noch ihm jemals seinen Auftritt zu verderben. Diesem Vorsatz blieb sie treu, egal, ob die gemeinsame Veranstaltung privat oder beruflich war. Sophie kannte sie schön und elegant an seiner Seite stehend, die Verantwortung für Smalltalk und kulturelle Themen übernehmend und dabei einen durchaus zufriedenen Eindruck machend. Erst später hatte sie verstanden, wie viel Intelligenz und Selbstbeherrschung für das Vorgehen ihrer Mutter notwendig war.

Ab Sophies viertem Lebensjahr hatten sie und ihre Mutter zusammen mit Konrad Renger in Südamerika gelebt. Später zogen sie nacheinander in mehrere Hauptstädte Europas. Neben Deutsch sprach sie vier Sprachen nahezu perfekt und zwei weitere für den klassischen Smalltalk ausreichend gut.

Sie war ein lebhaftes Kind gewesen, neugierig, fordernd und immer wieder die Grenzen austestend, die ihre Umwelt ihr setzte. Vor allem in den letzten Jahren ihrer Schulzeit hatte Sophie die soziale Kompetenz ihrer Mutter zu schätzen gelernt. Wann immer es in der Schule Schwierigkeiten gab oder ein unbedachter Streich zu ernsthafter Verstimmung mit den Nachbarn führte, gelang es Katharina Renger auf fast magische Art, den Streit zu schlichten und eine schnelle Versöhnung in die Wege zu leiten. Bei diesen Gelegenheiten hatte Sophie den Eindruck gewonnen, ihre Mutter sei die eigentliche Diplomatin in der Familie und nicht ihr Vater.

Solange Sophie sich an ihre Moralvorstellungen hielt, hatten ihre Eltern eine großzügige Erziehung walten lassen. Was auch immer sie ausprobieren wollte, ihre Eltern unterstützten sie dabei. An Zwang oder Druck konnte sie sich genauso wenig erinnern wie daran, in Bezug auf ihre berufliche Entwicklung in eine bestimmte Richtung gedrängt worden zu sein. Natürlich hatte ihr Vater sich gewünscht, sein einziges Kind würde in seine diplomatischen Fußstapfen treten. Das Studium der Politikwissenschaften und der Psychologie, das Sophie erfolgreich absolvierte, bot eine perfekte Voraussetzung dafür. Als seine

Tochter nach ihrem Abschluss auch noch entschied, zu promovieren, kannte die Begeisterung Konrad Rengers keine Grenzen. Aber dann hatte Sophie sich als Frau Dr. Renger gegen eine Position im diplomatischen Dienst entschieden; die Vorstellung, für die nächsten Jahre eine stupide Tätigkeit in einer Botschaft übernehmen zu müssen, war für sie zu abschreckend gewesen. Ihre Furcht vor Langeweile und Routine ließ sie ohne langes Zögern ein Angebot des Bundesnachrichtendienstes annehmen, das ihr neue Herausforderungen und abwechslungsreiche Einsätze, vielleicht sogar Abenteuer in Aussicht stellte.

„Du hast wirklich alle Brücken nach Berlin abgebrochen?" Katharina Renger klang besorgter als ihre Tochter es erwartet hatte.

„Ohne meinen Job hielt mich dort nichts."

„Aber da war doch ..."

Sophie Renger grinste ihre Mutter an, weil diese es immer noch nicht gelernt hatte, mit ihrer Tochter offen über deren kurzzeitige Beziehungen mit Männern zu sprechen.

„Wir sind als Freunde auseinandergegangen, Mamãe." Sophie nutzte immer noch die portugiesischen Kosenamen für ihre Eltern. „Marcel ist ein sehr kluger Mann, der mich rasch durchschaut hat. Er ist nie davon ausgegangen, dass ich den Rest meines Lebens mit ihm teilen werde."

„Aus deinen Schilderungen hatte ich den Eindruck, dass er dir guttat."

„Ja, Marcel ist ein fantastischer Freund. Und so möchte ich ihn auch gern weiterhin sehen können. Deshalb war es Zeit, etwas Abstand zwischen uns zu bringen."

„In diesem Punkt werde ich dich nie verstehen, meine Liebe."

Passend zu dieser Antwort ihrer Mutter, die Sophie als Schlusswort zu dem Thema Zweierbeziehungen interpretierte, betrat ihr Vater das helle Wohnzimmer. Der Bungalow in der

Nähe Bonns, den Sophies Eltern nach der Pensionierung Konrad Rengers bezogen hatten, bot eine perfekte Bühne für seine Auftritte. Dieses kleine Haus war vor etwa sechzig Jahren am Hang eines Berges entlang des Rheins gebaut worden und hatte die letzten Jahre ungenutzt in einem Dornröschenschlaf verbracht, bis Sophies Eltern es entdeckt und gekauft hatten. Dank des sicheren Gespürs ihrer Mutter war es verantwortungsbewusst saniert und in seinen ursprünglichen Bauzustand zurückversetzt worden. Heute erstrahlte der Bungalow erneut als Juwel einer reduzierten, geradlinigen Nachkriegsarchitektur. Der Urwald im Garten war gerodet worden, die Beete entsprechend der ursprünglichen Pläne neu angelegt. Durch die breite Fensterfront des Wohnzimmers bot sich erneut der grandiose Blick auf einen Teil des Rheintals, wie er vom damaligen Architekten geplant worden war. Sogar eine romantische Burgruine am gegenüberliegenden Ufer war vom Wohnzimmerfenster aus zu erkennen.

Konrad Renger kehrte von einem gemeinsamen Frühstück mit ehemaligen Kollegen zurück. Erstaunt stellte Sophie fest, dass ihr Vater zu seinem dunklen Anzug und weißen Hemd eine ungewohnt fröhlich gemusterte Krawatte angelegt hatte, deren Knoten er beim Eintreten lockerte.

„Meine Kleine, bitte entschuldige, dass ich mich verspätet habe. Ich freue mich, dich zu sehen." Nachdem ihr Vater auch seiner Frau einen Kuss gegeben hatte, setzte er sich in einen der Ledersessel und sah erwartungsvoll zu Sophie.

„Hier bin ich nun", sagte sie. „Für die nächste Zeit wohne ich in eurer Nähe."

„Ja. – Ich habe schon gehört, dass du tatsächlich in Berlin gekündigt hast. Friedrich bedauert es sehr. Seine Pläne für dich sahen entschieden anders aus."

„Wir hatten doch darüber telefoniert, Papai."

Ihr Vater blieb stumm und sah sie erneut auffordernd an. Offensichtlich erwartete er, jetzt ihre Zukunftsvorstellungen dargelegt zu bekommen."

„Ich habe dich noch nie mit einer so bunten Krawatte gesehen", bemerkte Sophie stattdessen.

Ihr Vater lächelte verlegen, löste das farbige Stück Stoff ganz und nahm es ab. „Ein Geschenk von Vladimir. – Katharina, du kennst ja seine Frau Elena. Sie hat als neues Hobby die Seidenmalerei entdeckt; diese Krawatte hat sie extra für mich entworfen und angefertigt. Was blieb mir anderes übrig, als sie sofort anzulegen."

Sophies Mutter stand auf, nahm ihm das unerwünschte Geschenk ab und verließ damit den Raum. Konrad Renger zog seine eigene konservativ gemusterte Krawatte aus der Jackettasche und band sie sich sorgfältig um. Sophie sah ihrem Vater gebannt dabei zu. Die wenigen Minuten, die es danach noch dauerte, bis ihre Mutter mit einer zusätzlichen Kaffeetasse wieder das Wohnzimmer betrat und diese vor ihrem Mann auf den niedrigen Glastisch stellte, saßen Sophie und ihr Vater stumm in ihren Sesseln. Gemeinsam ließen sie den Blick über die Landschaft gleiten, die sich am Ende des abfallenden Gartens ausbreitete.

„Ihr habt es wirklich schön hier", sagte Sophie zu ihrer Mutter. „Der Blick auf den Rhein ist beneidenswert."

„Ja, das stimmt. Wir genießen ihn sehr. Das ganze Jahr über verändert sich die Aussicht. Kein Tag gleicht dem Vortag. – Leider geht das Fenster des Gästezimmers nicht in diese Richtung; du wirst einen solchen Blick also aus deinem Zimmer nicht genießen können."

Sophie stellte erschrocken fest, dass ihre Mutter offenbar erwartete, dass sie wenigstens für die ersten Wochen im Rheinland ihr Gast sein werde. „Euer Gästezimmer werde ich nicht in Anspruch nehmen", erwiderte sie schnell.

„Hast du etwa bereits eine neue Wohnung angemietet?" Ihr Vater riss sich vom Rheinblick los und sah sie neugierig an. „Mir schien, dass du noch keine neuen Pläne gemacht hättest."

„Eine Wohnung habe ich bereits, Papai. Als ich euch mitgeteilt habe, dass ich wieder in eurer Nähe leben werde, hatte ich nur das Rheinland gemeint, nicht, dass ich mich bei euch einquartieren möchte."

„Wir hätten uns aber gefreut, dich für eine Weile verwöhnen zu dürfen."

„Das ist lieb, vielen Dank, Mamãe. Aber auch wenn ich nicht bei euch einziehe, sehen wir uns jetzt ja bestimmt häufiger. – Die Wohnung, die ich gemietet habe, liegt in Köln direkt am nördlichen Eingang Rodenkirchens. Ein wunderbares altes Haus, fast wie eine Burg, Villa Malta heißt es. Vielleicht ist es euch schon einmal aufgefallen. Beim Foto in der Makleranzeige im Internet habe ich mich sofort in den ungewöhnlichen Jugendstil dieses Hauses verliebt. Da hatte ich die Wohnung noch gar nicht gesehen. Sie ist zwar nicht sehr groß, bietet aber einen schönen altmodischen Charme und eine kleine Terrasse, die direkt zum Rhein zeigt."

„Das klingt wirklich bezaubernd."

„Und das Stadtviertel bietet fußläufig alles, was ich benötige: ein Sportstudio, in dem ich meinen Kampfsport trainieren kann, ein Schwimmbad, den Rhein zum Joggen, wunderbare kleine Geschäfte, nette Restaurants. Ich glaube, ich habe eine gute Wahl getroffen, auch wenn der Rheinblick von meiner Terrasse aus nicht halb so beeindruckend ist wie eurer. – Eigentlich sehe ich den Rhein weniger, als dass ich ihn und die darauf fahrenden Schiffe höre, aber das macht mir nichts aus."

„Es klingt, als wärest du bereits eingezogen, mein Kind?"

„Ja, das bin ich, gestern.

„Warum hast du denn nichts gesagt? Gern hätten wir dir beim Umzug geholfen."

„Das war überhaupt nicht notwendig. Ich bin wieder fit und gesund. Und ich hatte ein Umzugsunternehmen an meiner Seite, auch wenn die Möbelpacker bei den wenigen Sachen, die eingepackt und transportiert werden mussten, wahrscheinlich gelacht haben."

„Wann zeigst du uns deine Wohnung? Wann dürfen wir dein neues Zuhause kennenlernen?"

„Gib mir bitte noch ein paar Tage, Mamãe. Sobald ich alles eingeräumt habe, freue ich mich auf euren Besuch."

„Ach Kleine, warum meinst du immer, alles allein schaffen zu müssen?"

„Auch ihr seid ohne meine Hilfe hier eingezogen." Sophie lachte und ihr Vater schloss sich an.

Dann wurde er wieder ernst: „Hast du bereits entschieden, was du zukünftig beruflich machen möchtest? Ich könnte ein wenig die Fühler bei meinen ehemaligen Kollegen ausstrecken. Auch hier in Bonn habe ich noch einige Kontakte."

„Nein Papai, das unterlässt du bitte. Ich habe nicht in Berlin gekündigt, um jetzt doch noch ins diplomatische Corps einzusteigen."

Wieder sah ihr Vater sie neugierig an. Dieses Mal lächelte er jedoch erwartungsvoll dabei.

„Darf ich euch vielleicht irgendwo zum Mittagessen einladen?", fragte Sophie, statt auf seine unausgesprochene Frage zu antworten.

„Ich habe etwas Kaltes vorbereitet – Konrad hat ja gut gefrühstückt", lautete die Antwort ihrer Mutter. Sophie konnte beobachten, wie sie ihrem Mann zuzwinkerte.

„Früher hätten wir dazu gesagt, dass nun die Zeit gekommen sei, sich zu bekennen", nahm ihr Vater fröhlich den Ball auf und lächelte Sophie weiter an. „Du wärest nicht unsere Tochter, wenn du dir bei der Wahl deines neuen Lebensmittelpunktes nicht mehr gedacht hättest, als in unserer Nähe zu sein. Darüber wolltest du doch wohl reden, nicht wahr?"

„Gegen euch habe ich keine Chance." Sophie lachte laut und ihre Eltern fielen ein. „Ihr durchschaut mich schon, bevor mir überhaupt bewusst ist, dass ich versuche, etwas vor euch zu verbergen."

Ihre Mutter wurde ernst. „Wie können wir dich bei deinen Plänen unterstützen?"

„Ich möchte euch wirklich um etwas bitten", gab Sophie zu. „In den letzten Wochen ist in mir die Idee herangereift, dass Journalismus vielleicht ein gutes Betätigungsfeld für mich sein könnte."

„Vielleicht sein könnte?"

„Ich möchte es gern ausprobieren. Aber in Berlin musste ich feststellen, dass es Quereinsteigerinnen meines Alters nicht leicht gemacht wird, zumindest nicht mit einem Aufgabenbereich, der meinen eigenen Ansprüchen auch genügen könnte."

„Du möchtest also gern bei der Rheinischen Allgemeinen deine Journalistenkarriere beginnen? Richard Achtelik soll dir die Möglichkeit einer neuen Herausforderung bieten?"

„Mamãe! Hast du schon die ganze Zeit gewusst, worum ich euch bitten würde?"

„Nein, sicher war ich mir nicht."

„Du kannst deinen Patenonkel auch selbst ansprechen. Du kennst ihn doch seit frühesten Kindertagen."

„Sie kennt ihn fast länger als dich, Konrad", machte ihre Mutter einen ihrer seltenen Scherze.

„Aber genau das ist in meinen Augen das Problem. Wahrscheinlich wird er sich an mich nur noch als das penetrante Kind erinnern, dass ständig etwas angestellt hat. Seit meiner Konfirmation haben wir uns nicht mehr oft gesehen. Er hat also einiges von meiner Entwicklung nicht mitbekommen."

Sophies Mutter schmunzelte bei der Erinnerung an Sophies kindliche Wildheit.

„Könnt ihr ihn bitte fragen, ob er eine Möglichkeit sieht, mich zusammen mit einem seiner erfahrenen Mitarbeiter einzusetzen? Ich hoffe, auf die Art schnell das notwendige Handwerkszeug zu erlernen, um selbstständig als Journalistin arbeiten zu können. Nur ungern würde ich mich die nächsten zwei Jahre durch ein Volontariat quälen und Kaffee für die Redakteure kochen. Das ist das übliche Vorgehen bei Neueinsteigern, wie ich feststellen musste. Möglichst schnell möchte ich die Chance bekommen, meine ersten Artikel in einer seriösen Zeitung zu veröffentlichen. Richard kann mir diese innerhalb der Rheinischen Allgemeinen geben. Mein Studium, meine bisherige Tätigkeit und die daraus resultierende Menschenkenntnis sollten doch eine ganz gute Basis für eine Tätigkeit als Lokaljournalistin bilden. Ich möchte ja nicht gleich auf der großen internationalen Bühne starten, auch wenn ich in Paris, damals während meiner Zeit am Lycée, bereits erste Erfahrungen bei der Schülerzeitung gemacht habe. Während meines Studiums habe ich jede Menge wissenschaftliche Artikel geschrieben und veröffentlicht. Außerdem habe ich es auch geschafft, eine Doktorarbeit lesbar zu Papier zu bringen. Mir fehlen also lediglich die praktischen Kenntnisse über die Herstellung einer regionalen Tageszeitung und vielleicht etwas mehr Erfahrung als Journalistin."

Sonderkommission ‚Illegale Autorennen' in Düsseldorf

Die Bilanz der Resultate seiner Sonderkommission befriedigte Thomas Pelker nicht. Etwa einhundert Anzeigen gegen Autofahrer wegen des Verdachts der Teilnahme an illegalen Autorennen waren der Verdienst seiner Truppe, aber Strafen konnten selten verhängt werden, da der Nachweis der Rennen nur in wenigen Fällen gelang. So hatten sie zwar eine umfangreiche Datei möglicher ‚Rennfahrer' erstellt, ihre Verwertbarkeit und Weitergabe an andere Stellen war jedoch rechtlich untersagt. Darüber hinaus war, nach Pelkers Einschätzung, die Sonderkommission lediglich über zehn Prozent aller tatsächlich stattfindenden Rennen informiert. Seine Datei musste also überaus lückenhaft sein.

In den letzten Monaten hatten sich seine Mitarbeiter neben der Aufnahme möglicher Rennteilnehmer auch noch mit der Erfassung der Zuschauer beschäftigt. Diese Zusammenstellung von Fotos und Personalien durfte erst recht nicht außerhalb seiner Abteilung genutzt werden. Aber Pelker setzte gemeinsam mit dem Verkehrspsychologen darauf, bei diesem Personenkreis besonders wirksam Präventionsarbeit durchführen zu können. Sie waren keine aktiven Speed-Junkies, sie bildeten lediglich die notwendige Kulisse für die ‚Rennfahrer'. Ohne ihre Teilnahme und Begeisterung würden kaum noch Rennen stattfinden, meinte der Psychologe, Profilierung funktioniere nur vor Publikum.

Pelker hatte sein Team um zwei Internet-Spezialisten erweitert. Ihre Aufgabe bestand darin, das Netz nach relevanten Informationen abzusuchen. Nach ihrer Auskunft fanden

Ankündigungen von Rennen eher versehentlich für alle sichtbar im Netz statt; für die Verbreitung derartiger Termine gab es private Chatrooms oder andere Medien, auf die seine Beamten keinen Zugriff hatten. Filmaufnahmen von Rennen oder gewagten Geschwindigkeitsfahrten waren häufiger ihre Ausbeute. Die Zuordnung dieser Aufnahmen zu Fahrern und zugelassenen Fahrzeugen bildete die eigentliche Herausforderung für seine Mitarbeiter.

Hatte die Bildung der Sonderkommission die Situation auf den Straßen des Rheinlands verbessert? Pelkers private Antwort lautete: Nein. Natürlich äußerte er sich in offiziellen Aussagen zuversichtlich und von der Arbeit der eigenen Mitarbeiter überzeugt, aber sein persönliches Resümee frustrierte ihn zutiefst. Es würde sicher nicht mehr lange dauern, bis auch die beiden Polizeipräsidenten die Sinnlosigkeit ihres gemeinsamen Bereichs einsahen und das zusätzliche Budget für die Sonderkommission anderen Abteilungen zuordneten. Pelker wäre darüber nicht traurig gewesen; er hoffte, dass sein aktueller Verantwortungsbereich möglichst bald wieder aufgelöst würde. Er war es leid, als Galionsfigur für einen undankbaren Aufgabenbereich zu dienen. Auf seiner jetzigen Position konnte er nur verlieren, seinen Ruf, seine Begeisterung für die Polizeiarbeit und letzten Endes seine persönliche Integrität.

Die von ihm angeregten Aktionen zur Prävention illegaler Straßenrennen waren mangels internen Budgets und externen Geldgebern weitestgehend versandet: Eine Umwidmung nicht genutzter Verkehrsflächen als legale Rennstrecken, regelmäßige Präventions-Termine uniformierter Beamter in Schulen und Hochschulen, eine anonyme Telefon-Hotline, alles Ideen, die er nicht hatte umsetzen dürfen. Die einzige Aktion, die er regelmäßig durchführen konnte und musste, war, die Präsenz seiner Beamten auf der Straße zu beweisen. Dabei machte er sich keine Illusion darüber, dass seine Mitarbeiter ohne Uniform noch unerkannt blieben. Die Zivilfahnder regelmäßig auszuwechseln, war nicht möglich und die zur Verfügung stehenden Zivilfahrzeuge waren in der Szene längst registriert.

Im Rheinland mit der Cruiser-Szene in eine konstruktive Diskussion einzusteigen, war sein neuestes Projekt. Seiner Einschätzung nach wuchs die Zahl potenzieller Teilnehmer an illegalen Autorennen gravierend, aber er war davon überzeugt, dass es auch immer noch ausreichend Gegner dieses verbotenen Freizeitvergnügens in der Szene gab. Wenn er sich mit diesen vernünftigen Cruisern zusammentun konnte, gab es vielleicht eine Chance, die öffentlichen Straßen von den ‚Rennfahrern‘ zu befreien. Vielleicht bekäme er durch eine solche Zusammenarbeit mehr Einfluss auf Stadt- und Verkehrsplaner und somit eine zweite Chance, ungenutzte Straßenareale zu einer legalen Rennstrecke auszubauen. In anderen Ländern zeigte diese Strategie ernstzunehmende Erfolge, allerdings wurde dort ihre Umsetzung meistens durch private Geldgeber finanziert. Wahrscheinlich würde sein Plan genau an diesem Punkt wieder scheitern.

Pelker sehnte sich nach seiner alten Aufgabe in der Mordkommission zurück.

Marienhospital in Köln

Mit einem erschrockenen Zucken wachte Ruben Bertram auf und stöhnte vor Schmerzen. Er wusste nicht, woran er in der letzten Phase seines Schlafs gedacht hatte, aber es sollte sich nicht wiederholen, nahm er sich vor. Während des Traums hatte er seine Kiefermuskeln so stark angespannt, dass die Schmerzen in seiner linken Gesichtshälfte ihn unsanft aus dem Schlaf gerissen hatten.

Immer noch lag er im Krankenhaus, neun Wochen mittlerweile. Seine Gesamtkonstitution war zwei Wochen nach dem künstlichen Koma wieder so stabil gewesen, dass die Ärzte seinen Oberkiefer und das linke Jochbein sowie sein rechtes Bein erneut operiert hatten. Mittlerweile trug er nur noch zwei Schienen an den Beinen, seine Beweglichkeit wuchs. Ab sofort durfte er die Beine vorsichtig belasten und beginnen, die Muskulatur zu trainieren. Die angebrochenen Halswirbel waren gut verheilt, auch die Rippen schmerzten nur noch bei heftigen und schnellen Bewegungen des Oberkörpers. Aber sein Gesicht bereitete Ruben nach wie vor Kopfzerbrechen. Es hatte noch nicht aufgehört zu schmerzen, auch wenn die Knochen wie vorgesehen zusammenwuchsen. Fast jeden Tag bat Ruben die Pfleger um Schmerztabletten. Er fühlte sich unausgeglichen und unkonzentriert. Bereits zwei Tage nach der letzten Operation hatte seine Schwester ihm einen neuen Laptop ins Krankenhaus gebracht – sein alter Computer war bei dem Unfall unrettbar zerstört worden – aber Ruben hielt kaum eine Stunde vor dem Gerät aus.

Noch bevor er weitere Überlegungen bezüglich seiner jämmerlichen Situation anstellen konnte, hörte er, dass sich die Tür des Zimmers öffnete. Begleitet von seiner Schwester Katja, traten drei Personen in Weiß ins Zimmer. Der hochgewachsene, dünne Mann im Arztkittel war der Stationsarzt Dr. Liebermann. Hinter ihm betrat Dr. Faber den Raum, er hatte einen Großteil der orthopädischen Operationen durchgeführt und war vor allem auf Gesichtschirurgie spezialisiert. Die hübsche, dunkelhaarige Krankenschwester hinter ihm war die zuständige Stationsschwester Maria. Ihre herzliche Art und ihr warmes Lächeln bildeten Rubens Lichtblicke im Krankenhaus; seine Laune verbesserte sich, sobald sie sein Zimmer betrat.

„Herr Bertram, das gestrige Röntgen Ihrer Hand und des Gesichts hat ergeben, dass mittlerweile alle Knochen so weit stabilisiert sind, dass wir nichts mehr für Sie tun können." Dr. Faber sah sehr zufrieden aus. „Jetzt müssen Zeit und Natur ihre heilende Wirkung entfalten."

„Warum habe ich dann immer noch ständig Schmerzen?"

„Darüber sollten Sie sich keine Gedanken machen, auch das wird vorübergehen", äußerte sich der Stationsarzt. „Ihre Heilung verläuft so gut, wie wir es erhoffen konnten."

„Lassen Sie mich kurz erklären, was gerade mit Ihnen passiert", sprang der orthopädische Chirurg ein, Rubens unzufriedenen Blick richtig interpretierend. „Durch Ihren Verkehrsunfall haben Sie sich umfangreiche Brüche am Gesichtsschädel und dem linken Oberkiefer zugezogen, eine operative Behandlung war unumgänglich. Bereits bei der ersten Operation haben wir erfolgreich alle Knochenfragmente repositioniert und fixiert; hierfür haben wir sowohl beim Kieferknochen als auch beim Jochbein kleine Platten und Schrauben eingesetzt. Die zweite Operation nach Ihrem Aufwachen aus dem künstlichen Koma war notwendig, um eine minimale chirurgische Nachkorrektur durchzuführen. Nun sitzt alles perfekt. Die Röntgenaufnahmen des gestrigen Tages bestätigen, dass Ihre Knochen so zusammenwachsen, wie wir es vorgesehen haben. Sie werden bald wieder so gut aussehen wie vor dem Unfall und keine Beeinträchtigungen mehr verspüren."

„Ich bin Ihnen wirklich sehr dankbar für die wunderbare Arbeit, die Sie an mir vollbracht haben, aber warum habe ich immer noch so starke Schmerzen?"

„Gerade Brüche des Oberkiefers sind sehr unerfreulich und langwierig in der Heilung, Herr Bertram", beantwortete Dr. Faber nun endlich Rubens Frage. „Sie müssen damit rechnen, dass es bis zu sechs Monate dauern kann, bis Sie wieder absolut beschwerdefrei sind."

„Sind die Schrauben und Platten, die Sie zur Fixierung der Knochen eingesetzt haben, der Grund dafür?", mischte sich Katja ein.

„Nein, das ist unwahrscheinlich. Dennoch können diese Fixierungen durch einen minimalen Eingriff operativ auch wieder entfernt werden, sobald die Knochen stabil genug zusammengewachsen sind. Beim Oberkiefer kann dies nach etwa drei bis sechs Monaten passieren, beim Jochbein empfehlen wir allerdings eine Wartezeit von etwa einem Jahr."

Ruben blinzelte vorsichtig und fragte dann: „Gibt es eine Empfehlung, wie ich mich verhalten soll, um möglichst schmerzfrei durch den Tag zu kommen?"

„Für die ersten Tage außerhalb des Krankenhauses werden wir Ihnen noch entsprechende Schmerztabletten mitgeben. Danach sollte Ihnen Ihr Hausarzt ein Rezept ausstellen, falls es wirklich notwendig ist. Aber Sie sollten versuchen, kurzfristig ohne weitere Medikation auszukommen."

„Schonen Sie sich so gut es geht, Herr Bertram", ergänzte Schwester Maria und lächelte ihn an. „Lassen Sie sich einfach noch ein paar Wochen von Ihrer Schwester verwöhnen."

Ruben sah verwirrt zu ihr.

„Du darfst heute das Krankenhaus verlassen", klärte Katja Ruben auf. „Ich habe zugesagt, dich zu pflegen. – Für die nächsten Wochen ziehst du zu uns ins Bergische. – Ich freue mich schon darauf, endlich wieder nach Hause zu kommen."

Sophie Rengers Wohnung in Köln

Sophie Renger saß am Schreibtisch in ihrer neuen Wohnung, hatte aber keinen Blick für den Rhein und die darauf fahrenden Schiffe unterhalb ihres Fensters. Gespannt folgte sie den Anweisungen, die Pascal ihr in seiner letzten E-Mail geschickt hatte. Sie tippte die entsprechende Web-Adresse ein, klickte an den vorgeschriebenen Stellen und erreichte endlich einen Bildschirm, der sie zur Eingabe ihres Benutzernamens und des passenden Passworts aufforderte. Sophie sah noch einmal in die Anweisungen und gab ‚Treville' und danach ‚3Musketiere' als Passwort ein. Ein Begrüßungsbildschirm forderte sie auf, ihr Geburtsdatum und ihren Geburtsort einzugeben. Sophie zögerte, tippte dann aber die gewünschten Informationen ein. Der

Bildschirm wurde dunkel und er blieb es trotz ihrer nervösen Versuche, ihn wieder zum Leben zu erwecken. Ihr Handy klingelte, statt einer Nummer zeigte das Display ‚Anonym' an.

„Sophie Renger", meldete sie sich.

„Herzlich willkommen in unserem privaten Chatroom", hörte sie Pascals fröhliche Stimme. „Ich rufe nur an, um sicherzugehen, dass wirklich du es bist, die sich gerade angemeldet hat. Man weiß ja nie, wer so alles unsere E-Mails mitliest."

„Woher kennst du meine Geburtsdaten?"

„Haben wir uns nicht darüber unterhalten?"

„Nein."

„Dann habe ich sie wohl irgendwo gelesen."

Sophie war sich sicher, dass in Berlin niemand außer Ludger Friedrich wusste, dass sie in Florianópolis auf die Welt gekommen war. Nur wer Zugriff auf ihre Personaldaten hatte, konnte das wissen.

„Pass auf, dass du nicht irgendwann einmal zu weit gehst in deiner Neugier", warnte sie ihn scherzhaft.

„Es gibt kein zu weit für mich im Internet", lautete seine Antwort, auf die Sophie nichts zu erwidern wusste.

„Bist du mit deinem Benutzernamen einverstanden?", fragte Pascal.

„Ich fühle mich sehr geehrt", antwortete Sophie.

„Gut, dann beende ich jetzt das Telefonat. Starte deinen Laptop neu, danach funktioniert wieder alles. Wir sehen uns in ein paar Minuten im Chat."

Pascal hatte aufgelegt, ohne dass Sophie noch etwas sagen konnte. Nach ihrer nächsten Anmeldung im PrivateRoom erwarteten sie bereits Nachrichten von ihren drei Musketieren Athos, Porthos und Aramis und zwei Fotos von Lars Voigt, die ohne sein Wissen aufgenommen worden sein mussten. Sophie schmunzelte. Eines der Bilder zeigte ihn an seinem Schreibtisch, scheinbar beim Betrachten einer Aufnahme ihrer selbst. Auf dem zweiten Foto stand er vor dem Bürogebäude an der

Spree und es wirkte so, als sehe er ihrem grünen Porsche hinterher. Beide Bilder mussten Fotomontagen sein.

Woher wussten die drei Nerds etwas von Lars und ihr? Das war lange vor ihrer gemeinsamen Zeit bei Ludger Friedrich gewesen. Langsam wurden ihr die Jungs unheimlich.

Sie tippte: „Sind wir wirklich absolut unter uns?".

Porthos antwortete: „Natürlich. Ohne eine persönliche Einladung kommt hier niemand rein. Und hätte es doch jemand geschafft, würde ich ihn sehen."

„Da bist du ja wieder." Sophie war sich sicher, dass Porthos der Benutzername von Pascal war.

„Hallo Treville", antwortete Athos. „Schön, dass wir so schnell wieder zusammenkommen. Wie haben dir die Fotos gefallen, die ich gemacht habe."

Also war Athos der Benutzername von Timo. Nur ihm traute sie die notwendige Neugier bezüglich ihrer Männerbekanntschaften zu. Bei ihm war sie sich sicher, dass er sich eine eigene Beziehung wünschte, sich aber nicht überwinden konnte, eine Frau anzusprechen.

„Sieht so aus, als wäre dem starken Mann etwas abhandengekommen", schrieb sie. „Aber die Bilder sind nicht echt, oder?"

„Echt oder unecht, wahr oder unwahr – wer kann das heutzutage noch unterscheiden?", schrieb Porthos.

„Woher wisst ihr davon? Das war vor eurer Zeit und wir waren uns sicher, keine Spuren zu hinterlassen."

„Nur so ein Gefühl", antwortete Athos.

Auch wenn sie ihm nicht glaubte, fragte Sophie nicht weiter nach. Wahrscheinlich würde Timo es ihr jetzt sowieso nicht erklären. Sie wechselte das Thema: „Was macht Ludwig XIII? Ist er ein guter Chef?"

„Bisher haben wir noch nicht viel von ihm gesehen. Eigentlich beschäftigen wir uns aktuell vorwiegend mit Dingen, die uns Spaß machen."

„Legalen Dingen?"

„NATÜRLICH!"

Sophie überlegte kurz und schrieb dann: „Darf ich euch vielleicht auch ab und zu um etwas bitten?"

„NATÜRLICH!" las sie erneut und bedankte sich.

„Wie ist es so in Köln?", schrieb Aramis.

„Langweilig ohne euch."

„Brauchst du Unterhaltung?"

Sophie zögerte, zu antworten.

„Gestern habe ich im Netz ein Video gefunden, das dich vielleicht interessiert."

Linus, alias Aramis, schien auf eine Reaktion zu warten. Eine Pause entstand.

„Kannst du mir den Link schicken?", schrieb Sophie, ohne auch nur die geringste Vorstellung davon zu haben, was sie erwartete. Ein Katzenvideo würde es mit Sicherheit nicht sein.

„Ich stelle das Video in den Chatroom. Du kannst es gleich abspielen. Ist keine gute Qualität, aber gut genug für den Anfang. Vielleicht kann ich noch ein paar Details herausarbeiten."

Sophies Neugier wuchs. Als ein neues Icon im Chatroom erschien, klickte sie es an. Ein Fenster mit dem erwarteten Video öffnete sich. Sophie erkannte, dass es die Kameraaufnahmen eines schnell fahrenden Wagens zeigte. Zu erkennen waren lediglich die Bereiche der Umgebung vor dem Wagen, die von seinen Scheinwerfern ausgeleuchtet wurden. Die Aufnahmen mussten nachts gemacht worden sein und die Kamera musste in Höhe der Stoßstange angebracht gewesen sein; eine erschreckende Perspektive bei dem hohen Tempo.

„Spul etwas vor, ab der fünften Minute wird es spannend", schrieb Aramis und unterbrach damit das Video.

Sophie startete den Film erneut und ließ ihn bis zur fünften Minute beschleunigt laufen. Dann reduzierte sie die Geschwindigkeit und blickte gebannt auf das kleine Fenster. Die Aufnahme zeigte sie und ihr Motorrad in schneller Fahrt von hinten. Sie war sich absolut sicher, dass sie es war. Auch wenn sie das Nummernschild des Motorrads kaum erkennen konnte, war die Silhouette unverkennbar. Der Wagen hinter ihr fuhr ein paar Sekunden lang dieselbe Geschwindigkeit wie sie, dann scherte er nach rechts aus und sie selbst verschwand aus dem Bild."

Sophie stoppte das Video.

„Weißt du, wann diese Aufnahme erstellt wurde?"

„Sie hat ein timeflag: die Videoaufnahme, die wir vorliegen haben, endet kurz vor Mitternacht am 27. März 2015. – Ich habe allerdings den Eindruck, dass es lediglich ein Ausschnitt eines längeren Videos ist."

Sophie atmete tief durch. Die Aufnahme musste kurz vor ihrem Unfall gemacht worden sein, wenige Sekunden vor ihrem Unfall sogar.

„Willst du dir den Rest nicht mehr ansehen?"

Sophie ließ das Video weiterlaufen. Ganz kurz kam erneut das Motorrad ins Bild, wenn auch am ganz linken Rand: Der Lichtschein der Autoscheinwerfer schob sich rasch von hinten nach vorne über das Motorrad, danach waren nur noch Asphalt und Leitplanke zu sehen. Jetzt war Sophie sich absolut sicher, dass das Video von dem Unglücksfahrer gedreht worden war, der ihren Unfall verursacht und sie ins Krankenhaus gebracht hatte.

„Wer hat das Video ins Netz gestellt?", tippte sie.

„Das weiß ich noch nicht. Er hat versucht, keine Spuren zu hinterlassen. Bisher hatte ich noch nicht ausreichend Zeit, um festzustellen, ob er gut genug für mich ist."

„Wir nehmen an, dass es dein Unfallgegner gewesen ist", mischte sich Timo, alias Athos ein. „In den nächsten Tagen versuchen wir, noch ein paar Informationen über das Video herauszubekommen."

„Ihr seid unglaublich!" Sophie bedankte sich begeistert. Es machte sie stolz und gleichzeitig verlegen, dass diese drei jungen Männer sich solche Mühe gaben, sie bei der Suche nach ihrem Unfallgegner zu unterstützen. Und das, obwohl Sophie sie nach nur wenigen Monaten gemeinsamer Arbeit allein in den Händen Ludger Friedrichs gelassen hatte.

Autobahn A7 zwischen Hamburg und Hannover

Gerade eben noch schaffte er es, der Corvette auszuweichen. Sie hatten sich nicht dazu verabredet, aber dennoch war es auf der langgezogenen, nicht geschwindigkeitsbeschränkten Gerade der Autobahn mittlerweile zu einem Rennen zwischen ihnen gekommen.

Gut, dass seine Frau nicht neben ihm saß. Sie hätte ihn wahrscheinlich aufgefordert, sich der Provokation des anderen Fahrers zu entziehen und sofort den Fuß vom Gaspedal zu nehmen. Aber er war ohne sie unterwegs; er musste nicht vom Gas gehen. Wann hatte er schon einmal die Chance, die Stärke seines Wagens und seine eigenen Fahrkünste mit einem würdigen Gegner zu messen?

Sein Adrenalinspiegel war wahrscheinlich so hoch wie noch nie in seinem Leben. Er schwitzte wie ein Schwein. Auf keinen Fall wollte er das Rennen abbrechen. Er konnte jetzt nicht nachgeben. Solange es die Verkehrsverhältnisse zuließen, musste er versuchen, die Corvette und ihren Fahrer zu besiegen.

Was sollte er seiner Frau sagen, falls sein Wagen bei dem Rennen beschädigt wurde? Falls er doch noch einen Unfall baute. Ganz leer war die Autobahn nicht; immer wieder musste er langsam fahrenden Wagen ausweichen und den Standstreifen dafür nutzen.

Sein Rivale hatte mit der linken Spur eindeutig die bessere Wahl getroffen. Dafür fuhr der Unbekannte aber auch den schwächeren Wagen, wenn seine Erinnerung an die technische

Ausstattung und Motorisierung dieser amerikanischen Schlitten ihn nicht im Stich ließ.

Der Wagen neben ihm fuhr immer wieder leichte Schlangenlinien und kam ihm dabei gefährlich nahe. Die Corvette schien nicht die ideale Straßenlage für ein Geschwindigkeitsrennen auf deutschen Autobahnen mit sich zu bringen. Aber eine ausreichende Motorisierung bot sie offenbar schon. Dem anderen Fahrer gelang es nach wie vor, die gleiche Geschwindigkeit zu halten, obwohl er gegen einen modernen und hochgetunten Sechszylinder antrat.

Es gab keine Chance, den Amischlitten rechts zu überholen und sich vor ihn auf die linke Spur zu setzen.

Wahrscheinlich war die Corvette ebenfalls getunt. Wahrscheinlich tat der Fahrer den ganzen Tag nichts anderes, als unbescholtene Verkehrsteilnehmer zu spontanen Wettfahrten aufzufordern. Wahrscheinlich war das seine übliche Beschäftigung am späten Freitagabend. Wahrscheinlich kannte er auch die Strecke besser und wusste rechtzeitig, wann er vom Gas gehen musste, um in der nächsten Kurve nicht in die Mittelleitplanke zu fahren.

Aber trotzdem kam eine Reduzierung der eigenen Geschwindigkeit nicht in Frage. Nicht jetzt. Nicht auf dieser Strecke. Und schon gar nicht, wenn es danach aussah, als gebe er auf.

Sein Gegner war zu Anfang in sehr geringem Abstand hinter ihm hergefahren und hatte ihn mit seiner Lichthupe auf sich aufmerksam gemacht. Als er selbst dann seinen Wagen, trotz der 180 km/h, die er bereits fuhr, von der linken auf die rechte Spur gelenkt hatte, war die Corvette auf gleicher Höhe links neben ihm gefahren. Sie hatte ihn nicht überholt. Ab und zu hatte der andere Fahrer etwas mehr Gas gegeben und sich um ein, zwei Meter nach vorne geschoben, war dann aber jedes Mal wieder genau auf seine Höhe zurückgefallen.

Ein rascher Blick in den Wagen, der neben ihm fuhr, hatte ihm wenig über den Fahrer verraten. Er sah eine tief in die Stirn hinabgezogene Kapuze, keine Brille, keinen Bart. Das war auch schon alles, was er bei dem Tempo in der untergehenden Sonne erkennen konnte.

Immer wieder näherte sich die Corvette bis auf wenige Zentimeter seinem Fahrzeug. Fast schien es ihm, als versuchte sein Gegner bewusst, ihn zu rammen und damit von der Straße zu drängen. Sie fuhren mittlerweile Höchstgeschwindigkeit, fast durchgehend 260 km/h.

Was sollte er seiner Frau sagen, falls er seinen Wagen zerstörte? Was der Polizei?

Die Autobahn wurde immer belebter, je näher sie Hannover kamen. Immer häufiger musste er vom Gas gehen, um langsamer fahrenden Wagen auszuweichen. Die Corvette schien jedes Mal auf ihn zu warten.

Vor Wut laut schreiend bremste er abrupt ab, als ein Lastwagen mit Anhänger gemächlich vor ihm auf die Autobahn fuhr. Ein Ausweichen auf den Standstreifen war nicht möglich. Der Fahrer der Corvette schien jetzt erst richtig Gas zu geben; der Wagen schoss aus seinem Sichtfeld.

Das Rennen war beendet. Er hatte verloren.

Verlagshaus der Rheinischen Allgemeinen in Köln

Die Begrüßung Richard Achteliks fiel sehr herzlich aus. Sophie Renger hatte ihn seit dem Tod seiner Frau Lotti vor mehr als zehn Jahren nicht mehr gesehen. Die leisen Celloklänge, die ihr bei seinem Anblick durch den Kopf gingen, wirkten deutlich trauriger, als sie sie in Erinnerung hatte. Richard sah immer noch gut aus, gealtert zwar, aber attraktiv gealtert, wie Sophie schnell feststellte.

Ihre Anstellung bei der Rheinischen Allgemeinen war zwischen Richard Achtelik und ihrem Vater besprochen worden; sie selbst hatte sich noch nicht einmal persönlich vorstellen müssen, weder bei ihrem zukünftigen Chefredakteur noch in der Personalabteilung. Der Beginn ihres ersten Arbeitstages war für 10:00 Uhr vereinbart worden. Bernd Christ, der vorübergehende Chef des Feuilletons, hatte sie im repräsentativen Foyer des Verlagsgebäudes in Empfang genommen und durch allmählich immer schmaler werdende Gänge und in immer überfüllter wirkende Großraumbüros geführt. Während ihrer Besichtigung der Redaktion hatte Christ Sophie erläutert, wie die Arbeitsabläufe bei der Rheinischen Allgemeinen strukturiert waren und welchen Arbeitsalltag sie zukünftig zu erwarten hatte. Er würde, zumindest für die nächsten Wochen, ihr Chef sein; ohne seine Zustimmung würde keiner ihrer Artikel zum Druck vorgeschlagen werden. Beim gemeinsamen Mittagessen hatte er sich nach ihrem journalistischen Hintergrund erkundigt und Sophie war nichts anderes übriggeblieben, als ihm ihre geringe Erfahrung einzugestehen. Richard Achtelik sei ein langjähriger Freund ihres Vaters, hatte sie erklärt, und sie sei ihm sehr dankbar dafür, dass er ihr diese einmalige Chance einräume.

„Herr Achtelik wird schon wissen, was er tut", hatte Christ wenig begeistert geantwortet und sie nach dem Mittagessen an seinen Chefredakteur übergeben.

Nun saß Sophie zusammen mit Peter Hamann im Büro ihres Patenonkels. Richard umriss im Groben die Fähigkeiten, die er Sophie zusprach, und die Verantwortlichkeiten, die er ihr übertragen wollte.

„Frau Dr. Renger, so sehr ich mich auch freue, Sie als Verstärkung des Feuilletons in meinem Bereich begrüßen zu dürfen, trauen Sie es sich wirklich zu, die journalistische Nachfolge Ruben Bertrams anzutreten?"

Hamanns Frage wurde in Sophies Kopf von einem etwas dissonanten, raschen Jazz begleitet. Sophie war sich sicher, dass seine Melodie immer schnell, aber normalerweise harmonischer klang.

Fragend sah sie Richard an.

„Ruben Bertram ist einer der besten Journalisten, die ich kenne", klärte dieser sie mit einem Schmunzeln auf. „Ich bin sehr stolz, dass er bereits seit vielen Jahren der Rheinischen Allgemeinen die Treue hält."

„Leider ist er vor etwa zehn Wochen mit seinem Auto verunglückt und wird noch für ein paar weitere Wochen ausfallen", ergänzte Hamann. „Seit Anfang des Jahres hat er neben seiner journalistischen Tätigkeit auch die Leitung der Ressorts Feuilleton und Sport übernommen. Bis er wieder arbeiten kann, teilen Bernd Christ und ich uns seine Vertretung für das Feuilleton."

„Peter, weißt du, wann wir ihn zurückerwarten dürfen?"

„Ich befürchte, dass sich das noch etwas hinziehen wird. Letzte Woche habe ich kurz mit ihm telefoniert. Zu dem Zeitpunkt befand er sich noch im Krankenhaus."

„Dann kommt uns Sophie Rengers Ergänzung doch wie gelegen."

„Richard, als du mir mitgeteilt hast, dass du jemanden einstellen wirst, bin ich davon ausgegangen, dass es eine erfahrene Journalistin ist."

Sophie verstand Peter Hamann. Er hatte bereits damit zu kämpfen, dass sein bester Mann ausgefallen war, und nun bekam er als Ersatz einen Frischling wie sie.

„Kann Frau Renger nicht ein paar Tage neben Christ herlaufen und sich von ihm das Wichtigste abgucken?"

„Bernd Christ ist ein guter Journalist, aber er ist kein Teamplayer. Das wird nicht funktionieren."

„Dann helfe ich ihr", sagte Richard nach einer kurzen Pause. „Immerhin bin ich ja selbst lange genug als Reporter durch die Straßen gelaufen."

Hamann sah wenig überzeugt aus, widersprach aber nicht.

„Ist Bertram immer noch völlig außer Gefecht gesetzt oder können wir ihn für ein paar Artikel einbinden?"

„Du willst ihn aus dem Krankenhaus heraus arbeiten lassen?"

„Frau Renger kann die Themen recherchieren, die er vorschlägt, und er schreibt die Artikel."

„Wenn ich ihn anrufe und frage, wird er sofort zustimmen. Wir kennen ihn doch; er ist ein Vollblutjournalist. Die mehrwöchige Auszeit wird ihn an die Grenzen seiner Geduld gebracht haben. – Vielleicht sollte ich aber zuerst mit seiner Schwester darüber sprechen, ob wir ihn mit einem solchen Ansinnen zu sehr beanspruchen."

„Einverstanden!", stimmte Richard erleichtert zu. „Ein paar kulturelle Veranstaltungen übernehme ich gern zusammen mit Frau Renger, den Rest soll sie mit Bertram besprechen."

„Was soll ich mit der Renger anfangen?"

Es war Abend geworden und die Redaktionskonferenz stand kurz bevor. Bernd Christ hatte Hamann leise angesprochen, noch bevor dieser den Konferenzraum betreten konnte.

„Lassen wir Frau Dr. Renger doch erst einmal ein paar Artikel schreiben, bevor wir uns eine vorschnelle Meinung über sie bilden."

„Eine Quereinsteigerin ohne jede journalistische Erfahrung!"

„Sie vergessen die Schülerzeitung", scherzte Hamann.

„Ich will sie nicht in meiner Redaktion haben. Für Lehrlinge habe ich keine Zeit."

„Sie werden sie einsetzen müssen. Sie hat einen gültigen Vertrag unterschrieben. Richard Achtelik erwartet, dass Sie ihr eine Chance geben, sich zu beweisen – und ich erwarte das auch.“

„Hat der Chef etwas mit ihr? Schlecht sieht sie ja nicht aus.“

„Herr Christ, ich tue jetzt einfach so, als hätten Sie das gerade nicht gesagt. Und ich warne Sie: So etwas möchte ich nie wieder hören, von Ihnen nicht und auch von niemand anderem in Ihrem Ressort. – Haben wir uns verstanden?“ Hamann sah seinen Mitarbeiter warnend an.

„Dann komme ich morgen zusammen mit Frau Dr. Renger zu Ihnen. Ich freue mich, Ruben endlich wieder außerhalb des Krankenhauses zu sehen. – Vielen Dank für die gute Nachricht.“

Sophie Renger bemerkte, dass Hamann erleichtert aufatmete, nachdem er das Gespräch beendet hatte.

„Sie haben sich Sorgen um ihn gemacht?“

„Ja, ich schätze Ruben Bertram sehr. – Wie mir seine Schwester gerade mitgeteilt hat, durfte Herr Bertram gestern die Klinik verlassen. Seine Genesung macht gute Fortschritte, deshalb unterstützt Frau Weber unsere Idee, ihren Bruder allmählich wieder in die tägliche Arbeit der Redaktion einzubinden.“

„Wie wird er auf Ihren Vorschlag einer Zusammenarbeit mit mir reagieren?“

Hamann sah sie nachdenklich an. „Ich hoffe, er versteht, wie sehr er uns damit hilft.“

Sophie nahm es Hamann nicht übel, dass er so deutlich geworden war. Richards Idee, sie direkt allein ins kalte Wasser zu werfen, hatte auch sie nicht begeistert. Und wenn Ruben Bertram einer der Besten der Redaktion war, wäre er genau der Lehrmeister, den sie sich erhofft hatte. Es konnte für sie nur hilfreich sein, wenn er ihr die weiteren Wochen seiner Genesung nicht davonlaufen konnte. Vielleicht war er ja sogar nett. Ein Mann, der seit mehr als einem Jahrzehnt für das Feuilleton der Rheinischen Allgemeinen schrieb, musste Humor haben.

Neugierig geworden, freute sich Sophie, ihn am nächsten Tag kennenzulernen.

Odenthal im Bergischen Land

Die ersten Nächte im Gästebett seiner Schwester waren eine Erlösung für Ruben Bertram. Seitdem er das Krankenhaus in Köln verlassen hatte, ging es ihm täglich besser. Sogar die Schmerzen in seinem Gesicht waren mittlerweile erträglicher.

Er saß in einem Sessel im Wohnzimmer seiner Schwester, beide Beine auf einem Hocker hochgelegt, und erwartete den angekündigten Besuch. Richard Achtelik hatte also jemanden für das Feuilleton eingestellt, ohne sich mit ihm oder Peter Hamann darüber abzustimmen. Hamanns Verärgerung war am Telefon nicht zu überhören gewesen, als er ihn vorhin noch einmal kurz angerufen hatte. Ob es Ruben tatsächlich recht sei, wenn sie ihn in der Rekonvaleszenz störten, hatte er gefragt, Frau Dr. Renger und er. Was für ein Unsinn! Im Laufe des kurzen Gesprächs war bei Ruben der Eindruck entstanden, dass er vor Sophie Renger gewarnt wurde. Offenbar war sie ein Protegé Richard Achteliks, aus welchen Gründen auch immer. Der Alte hatte durchaus einen Ruf, welcher der Fantasie einige Möglichkeiten bot. Ruben freute sich, diese geheimnisvolle Frau kennenzulernen. Und er würde freundlich zu ihr sein, das Versprechen hatte Hamann ihm vorhin abgenommen.

Als die Türklingel läutete, verließ Katja ihr kleines Büro und öffnete die Haustür. Ruben hörte, wie Peter Hamann sie herzlich begrüßte und ihr Sophie Renger vorstellte. Alle drei befanden sich außerhalb seines Sichtfeldes. Er erhob sich aus seinem Sessel und humpelte langsam auf die Tür zur Diele zu. Hamann sah ihn zuerst, machte einen zögerlichen Schritt und schloss ihn dann vorsichtig in die Arme.

„Du siehst ja fast schon wieder gut aus", begrüßte er ihn und wandte sich dann an die Frau, die neben ihm stand. „Frau Dr. Renger, das ist Ruben Bertram, unser bester Mann in der Redaktion."

Das Erste, was Ruben auffiel, war ihre Größe. Sie überragte Peter Hamann und ihn selbst um einige Zentimeter, allerdings mit hohen Absätzen, wie er mit einem raschen Blick auf ihre Schuhe beruhigt feststellte.

Zu Ruben gewandt, setzte Hamann die Begrüßung fort: „Darf ich dir Frau Dr. Renger vorstellen? Sie hat diese Woche bei uns in der Redaktion angefangen und soll sich hauptsächlich um das Feuilleton kümmern."

Unverhohlen musterte Ruben seine neue Mitarbeiterin, während sie ihm die Hand reichte. Eine gutaussehende Frau, etwa in seinem Alter, schätzte er, mit einer fantastischen Figur und beeindruckenden Augen. Eine der Frauen, an die er sich niemals heranwagen würde. Solche Frauen waren eher etwas für Männer wie Achtelik, vielleicht war sie ja dessen Freundin.

Nachdem alle rund um den niedrigen Wohnzimmertisch Platz genommen hatten, erkundigte sich Hamann erst einmal nach Rubens Genesungsfortschritt.

„Seitdem ich nicht mehr im Krankenhaus liege, fühle ich mich eigentlich wieder ganz wohl", erläuterte Ruben. „Wie ihr gesehen habt, kann ich mich auch wieder ziemlich gut auf meinen eigenen Beinen fortbewegen. Die Schwellungen und Verfärbungen im Gesicht sind abgeklungen. Ich bin also einsatzbereit."

„Du bist aber noch für acht Wochen krankgeschrieben. – Außer im Rollstuhl könntest du das Haus sowieso nicht verlassen."

„Die Beine werden bald wieder ganz in Ordnung sein. Nur die Kopfschmerzen gehen mir langsam auf die Nerven. Ja, und der Hunger natürlich. Hast du jemals wochenlang nichts zu Kauen bekommen?"

„Es ist mir direkt aufgefallen, dass du ordentlich abgenommen hast“, erwiderte Hamann. „Das steht dir gut. Hat das Ganze also auch etwas Positives.“

Ruben schnaufte. „Dann hätte ich mir vielleicht schon eher einmal Ober- und Unterkiefer zusammendrahten lassen sollen. So haben früher die amerikanischen Promis abgenommen, bevor es Magenbänder und Personal Trainer gab.“

„Herr Bertram, ich fühle mich geehrt, den besten Journalisten der Rheinischen Allgemeinen kennenzulernen“, mischte sich Sophie Renger das erste Mal ins Gespräch ein. „Normalerweise erhält man diesen Rang erst nach dem Ableben.“ Sie grinste. „Ich bin froh, dass es sich bei Ihnen anders verhält.“

Sein Erstaunen über ihre Frechheit verschlug Ruben für eine Sekunde die Sprache. Statt zu antworten, grinste er ebenfalls, wenn auch etwas zaghafter wegen der drohenden Schmerzen in seinem Gesicht.

„Was genau ist Ihnen denn passiert?“, fragte sie.

„Genau kann ich mich nicht mehr daran erinnern; nur dass ich einen Autounfall hatte, weiß ich. Leider setzt mein Gedächtnis bereits bei der ganzen Autofahrt vor dem Unfall aus. Die Polizei hat mir mitgeteilt, dass ich ungebremst gegen die Seitenwand des Herkulestunnels gerast bin. Es gibt weder Bremsspuren, noch weitere Unfallbeteiligte. Auch die Aufnahmen der Überwachungskameras des Tunnels erklären laut Polizei nicht, warum ich meinen Wagen plötzlich gegen die Wand gelenkt habe.“

„Vielleicht bist du eingeschlafen“, vermutete Hamann. „Es war mitten in der Nacht.“

„Vielleicht.“

„Ihre Erinnerung kann jederzeit wiederkehren. Am ehesten, wenn Sie nicht darüber nachdenken, was passiert ist. Das haben die Ärzte Ihnen sicher ebenfalls gesagt.“

„Haben Sie eigene Erfahrungen mit partieller Amnesie gemacht?" Ruben sah spöttisch zu seiner neuen Mitarbeiterin. „Oder sind Sie neben Journalistin auch noch Ärztin?"

„Nein, beides nicht. Aber vor vielen Jahren habe ich in Psychologie promoviert. Amnesie muss nicht immer physische Ursachen haben."

Erstaunt sah Ruben sie an. Also nicht nur schön, auch noch klug, dachte er. Eine Affäre mit Richard Achtelik wurde immer wahrscheinlicher.

„Was kann ich für euch tun?", fragte er jetzt direkt. Langsam meldeten sich seine Knochen und Muskeln im Gesicht wieder. Offenbar hatte er in den letzten Minuten genug grimassiert und gesprochen. „Bitte habt Verständnis dafür, dass ich noch nicht so viel reden kann. Nach ein paar Minuten tut mir leider immer noch mein ganzes Gesicht weh."

Hamanns Miene wurde schuldbewusst. „Ich weiß nicht, ob wir dich wirklich schon darum bitten dürfen", begann er zögerlich. „Von deiner Schwester habe ich erfahren, dass du dich körperlich noch ein paar Wochen schonen musst, aber langsam unter Langeweile leidest."

Ruben machte eine ungeduldige Handbewegung. „Vor Langeweile unerträglich werde, hat sie sicher gesagt."

„Frau Dr. Renger bringt viele der Voraussetzungen mit, die man als investigative Journalistin benötigt, aber leider fehlt ihr die Erfahrung beim Verfassen von Artikeln. Wir möchten euch beide gern zusammenbringen, euch für die nächsten Wochen als Team arbeiten lassen. Du, Ruben, nennst das Thema, über das du schreiben möchtest, und Frau Dr. Renger recherchiert es für dich. So kannst du dich um Beiträge für deine Redaktion kümmern, ohne das Haus verlassen zu müssen. Im Gegenzug lernt Frau Dr. Renger von dir, wie ein Artikel der Rheinischen Allgemeinen aussehen sollte."

Ein Blick zu Sophie Renger zeigte Ruben, dass sie Hamanns Idee bereits kannte. Was sie davon hielt, konnte er ihrer Miene nicht ablesen.

„Habe ich Bedenkzeit?"

„Du bist krankgeschrieben, Ruben. Ich dürfte dir das noch nicht einmal anbieten."

„Wie stehen Sie dazu, Frau Dr. Renger?"

„Können wir den Doktortitel bitte wieder vergessen? Da ich nicht als Therapeutin praktiziere, bringt er keinen Mehrwert."

Ruben nickte zustimmend und blickte ihr kurz in ihre auffallend grünen Augen. Eigentlich versprach eine enge Zusammenarbeit mit dieser Frau nur Gutes. Er war gespannt zu erfahren, warum Richard Achtelik sie ohne Abstimmung mit seinem Team eingestellt hatte. Achtelik war ein Fuchs; Ruben konnte sich nicht vorstellen, dass er so etwas ohne Hintergedanken tat.

„Wie stehen Sie dazu, Frau Renger?", wiederholte er seine Frage.

„Ich lerne gern vom Besten."

Da Amici, ein italienisches Restaurant in der Kölner Innenstadt

„Eigentlich hatte ich nicht damit gerechnet, dass wir uns überhaupt wiedersehen." Sophie zwinkerte ihn frech an. „Und jetzt sogar so schnell. Es schmeichelt mir, dass du den weiten Weg von Berlin nach Köln zurückgelegt hast, nur um mich zum Essen einzuladen."

„Du weißt, dass es nicht so ist, schöne Frau. Aber ich versichere dir, dass es bald so weit gekommen wäre, wenn das Geschäft mich nicht sowieso in dieser Woche in deine Nähe geführt hätte." Maximilian van de Bergh ging gern auf Sophies Flirt ein. „Ich musste dich wiedersehen, so schnell es ging."

Auch an diesem Abend war er absolut fasziniert von ihr, in ihrer Nähe fühlte er sich angeregt und herausgefordert.

„Was genau führt dich denn in unsere Region, wenn nicht ich es bin?"

„Meine berufliche Neugier." Max lächelte. „Jedes Jahr gönne ich es mir, eine Spielemesse zu besuchen, die keine reine Computerspiel-Messe ist. Dieses Jahr ist es die ‚Spiel' in Essen."

Sophie schien ihm aufmerksam zuzuhören.

„Auf der Kölner ‚gamescom' oder der Berliner ‚International Games Week' bin ich natürlich immer als Aussteller vertreten", setzte er seine Antwort fort, „aber zu analogen Spielemessen gehe ich einfach nur als Besucher."

„Ein Besucher, der ein wenig spioniert?"

„Maximal einer, der sich Anregungen holt. – Mir war zum Beispiel nicht bewusst, in welchem Umfang digitale Gesellschaftsspiele mittlerweile das Messegeschehen bestimmen."

„An Gesellschaftsspielen nehme ich nur äußerst selten teil", sagte Sophie mit übertriebenem Bedauern.

„Auch ich spiele lieber nur zu zweit." Max' Lächeln wurde noch breiter.

„Wie unartig!" Sophie lächelte ebenfalls. „Ich kann mir nicht vorstellen, dass es auf der ‚Spiel' in Essen um das geht, woran du gerade denkst."

Maximilian versuchte, sich wieder auf den Teller vor ihm und eine sittsame Konversation zu konzentrieren. „Du weißt in etwa, womit ich mein Geld verdiene, Sophie. Aber du selbst hast mir nie gesagt, was du beruflich machst."

„Meine Tätigkeit hier in Köln ist wenig aufregend. Aktuell bin ich bei der Rheinischen Allgemeinen als Journalistin angestellt."

„Und in Berlin? Was hast du dort getan?"

„Im Prinzip das Gleiche, nur für einen anderen Verein", antwortete Sophie ausweichend, wie Max wahrnahm.

„Du bist also Journalistin?", fragte er gedehnt. „Hast du dich auf ein bestimmtes Thema spezialisiert? Die große Wirtschaft? Internationale Politik? Krieg und Krisen in der Welt?"

„Ich sage doch: Nichts Aufregendes. Ich schreibe für das Feuilleton. Über Kultur, Klatsch und Tratsch."

Max lächelte sie erleichtert an.

„Kann es sein, dass dich intellektuelle Frauen verunsichern?"

„Nein, natürlich nicht", stritt er Sophies Unterstellung sofort ab. „Für anspruchsvolle Themen wie Wirtschaft oder Politik hätte mir heute Abend nur die notwendige Konzentration gefehlt. Ich muss ehrlich gestehen, dass deine Nähe mich ziemlich ablenkt."

„Für die Konversation während eines kurzen Essens hätte sie sicher gereicht", antwortete Sophie mit ihrer wunderbaren, tiefen Stimme. „Aber so können wir uns vielleicht etwas mehr Zeit lassen, bevor du wieder ins Ruhrgebiet zurückfährst."

Maximilian van de Bergh spürte, dass er dabei war, dem Charme dieser gutaussehenden Frau zu erliegen. Wenn sie es zuließ, würde er sicher in der nächsten Zeit etwas häufiger den Weg zwischen Berlin und Köln zurücklegen. Dann bekämen die Fahrzeuge seines Fuhrparks eben etwas mehr Bewegung und er die Gelegenheit, ein paar neue Geschwindigkeitsrekorde zu erzielen.

Kölner Philharmonie

Es war bereits das dritte kulturelle Ereignis in Köln, das Sophie Renger im Auftrag der Rheinischen Allgemeinen besuchte, und wieder wäre sie überfordert gewesen, eine Kritik zu formulieren, die den Künstlern und anspruchsvollen Lesern gerecht geworden wäre. An diesem Abend sang Cecilia Bartoli, die gefeierte Mezzosopranistin des Jahres, Ouvertüren und Libretti aus Opern, von denen Sophie bisher noch nie etwas gehört hatte.

Zu Sophies Erleichterung hatte Richard auch für diese Veranstaltung angeboten, sie zu begleiten. Wie bereits bei ihren gemeinsamen Besuchen des Musical Domes und des Depots hatte er sie mit seinem Wagen zuhause in Rodenkirchen abgeholt; natürlich würde er später auch wieder darauf bestehen, sie dorthin zurückzubringen.

Erstaunt stellte Sophie fest, wie sehr sie seine Gegenwart und seine altmodische Höflichkeit genoss. Darüber hinaus war es hilfreich, dass er für sie die Kritiken formulierte. Geistreich und durch ausreichend kulturelle Vorbildung sicher geleitet, hatte er bereits die ‚Rocky Horror Picture Show‘ und die Premiere des ‚Käthchen von Heilbronn‘ besprochen. Das Stück von Kleist war in einer der Ausweichspielstätten des Schauspiels Köln aufgeführt worden, Sophie wäre zu dieser Veranstaltung lediglich eingefallen, die unzureichenden lokalen Gegebenheiten zu beschreiben. Zusätzlich hätte ihr Artikel wahrscheinlich noch angeprangert, dass der Umbau der Oper Köln scheinbar geringere Fortschritte machte, als es die bisher verbrauchte Zeit und vor allem das verbaute Geld vermuten lassen sollten. Richards Kritik der Inszenierung und der Leistungen der einzelnen Schauspieler hatte sie gerettet.

Statt Sophie direkt zurück nach Rodenkirchen zu fahren, schlug Richard nach Abschluss des Konzerts vor, zur Abrundung des Vergnügens gemeinsam noch ein Getränk zu sich zu nehmen. Gern stimmte Sophie zu. Mit einem unübertrefflichen Blick auf den Dom nahmen sie hoch über den Dächern Kölns in einer von Richard ausgewählten Hotelbar Platz und tranken Champagner.

„Schade, dass dir der Abend nicht gefallen hat", begann er das Gespräch, nachdem der Ober den Tisch verlassen hatte.

„Der Abend gefällt mir sehr gut. Lediglich die Musik entsprach nicht meinem Geschmack."

Nachdenklich sah Richard sie an. „Darf ich versuchen, dir die Musik etwas näher zu bringen?"

Sophie nickte stumm.

„Wir haben heute einen ganz besonderen Abend genießen dürfen. Cecilia Bartoli hat eine herausragende Stimme und das heutige Programm wirst du in dieser Zusammenstellung sicher nicht oft erleben können."

„Ich hätte mich also mehr darauf einlassen sollen, meinst du? Ich habe die Lieder als sehr düster, sehr getragen empfunden. Da ich eher ein fröhlicher Mensch bin, höre ich auch lieber fröhliche Musik."

„Du bist keine Freundin klassischer Arien, habe ich den Eindruck. Aber dass du Jazz magst, weiß ich von Konrad."

„Ja, das stimmt, Jazz höre ich gern, auch Klezmer. Und ich verstehe, was du einwenden willst: Jazz und Klezmer können sehr traurig sein, trotzdem genieße ich es, mich von ihrer Stimmung mitreißen zu lassen."

„Vielleicht hätte ich dich etwas auf das heutige Programm vorbereiten sollen. Die Auswahl der Arien war zwar ungewöhnlich, aber wunderschön, wie ich fand. Es waren ausschließlich Arien aus dem Sankt Petersburg des 18. Jahrhunderts. – Sprichst du neben den vielen Sprachen, von denen ich weiß, auch Russisch?"

„Nein, kein einziges Wort."

„Der erste Teil des Konzerts enthielt zum Beispiel die Arie ‚Idu na smert' aus der Oper Alceste von Hermann Friedrich Raupach. Ihr Libretto ist sehr romantisch."

„Konntest du den Text der Arie etwa verstehen?"

„Ich gehe in den Tod und fürchte nicht, mein Leben für dich zu verlieren. Schau, wie lieb du mir warst; doch liebtest du mich genügend? Zum letzten Mal siehst du vor dir deine

Liebste; in dieser Stunde, in der ich scheide, erinnere dich meiner Liebe.“

Sophie sah Richard erstaunt an.

Er lachte. „Ich habe mich zur Einstimmung in den Abend etwas eingelesen. Bestimmt hätte ich den Text sonst nicht verstanden, auch wenn ich leidlich Russisch spreche.“

Erleichtert stimmte Sophie in sein Lachen ein. „Der Abend gefällt mir sehr gut“, wiederholte sie. „Wenn mich auch die Musik nicht begeistert hat, die Unterhaltung mit dir tut es.“

„Du bist nur dankbar, nicht selbst eine Kritik über das heutige Konzert verfassen zu müssen.“

„Das auch.“

Eine Pause entstand, während der beide tief in ihren bequemen Sesseln versunken den Ausblick über die Stadt genossen.

Richard lehnte sich zu ihr vor. „Findest du so freundliche Worte über mich und meine Gesellschaft, weil ich dein Chef bin? Das bin ich von meinen anderen Mitarbeitern nicht gewohnt und ich erwarte es auch nicht von dir, Sophie.“

„Nein, Opportunismus liegt mir nicht.“

„Dann bist du wohl so charmant zu mir, weil ich ein alter Mann und ein langjähriger Freund deiner Eltern bin. Oder liegt der Grund darin, dass ich die Funktion eines Patenonkels für dich wahrnehmen durfte?“

Sophie überlegte, ob und wie sie Richards Frage beantworten sollte. „Nichts davon ist der Grund für mein Verhalten dir gegenüber“, erwiderte sie schließlich. „Eher im Gegenteil: Du hast mir gegenüber einen echten Vorsprung, immerhin warst du in den ersten Jahren meines Lebens fast eine Art Vaterersatz und kennst meine schwächsten Momente. Trotzdem sehe ich heute in dir einen überaus höflichen, gebildeten, unterhaltsamen und attraktiven Mann, in dessen Nähe ich mich sehr wohl fühle. Unsere gemeinsamen Abende sind ein Vergnügen für mich.“

Meerbusch, westlich von Düsseldorf

Müde von der langen Arbeitswoche lenkte Dr. Thomas Probst, Richter am Landgericht Düsseldorf, seinen Volvo nach Hause. Endlich hatte er zwei seiner besonders langwierigen Verfahren mit einem Urteilsspruch beenden können. Für ihn waren die Akten nun geschlossen, wohl wissend, dass sie wahrscheinlich im Rahmen einer Revision erneut geöffnet würden.

Natürlich hatten auch die Anwälte der beiden Verkehrsrowdys Revision eingelegt. Ihre Mandanten hatte er im Mai dieses Jahres wegen Mordes zu lebenslangen Haftstrafen verurteilt und, was wahrscheinlich noch schlimmer für die Raser war, ihnen die Fahrerlaubnis entzogen und die maximal mögliche Führerscheinsperre von fünf Jahren angeordnet. Probst rechnete nicht damit, dass sein Urteil in der nächsten Instanz Bestand haben würde. Zumindest aber hatte er den beiden jungen Männern damit erst einmal einen mehrmonatigen Gefängnisaufenthalt verschafft. Heftig war sein Urteilsspruch in der Öffentlichkeit diskutiert worden. Die Presse und auch einige Politiker hatten seinen Mut gelobt, aber objektiv betrachtet berechtigten die aktuellen Gesetze keinen deutschen Richter zu einem derartigen Urteilsspruch. Erst wenn die Politik eine Verschärfung des Verkehrsstrafrechts beschloss, konnten derartige Urteile Usus werden und auch in höheren Instanzen Bestand haben.

Nach wenigen Minuten war Thomas Probst vor seinem Grundstück angekommen, das von einem hohen Zaun umgeben war. Die Doppelgarage mit der direkten Zufahrt von der Straße aus bildete den nordwestlichen Abschluss des Gartens; an ihr endete der Zaun. Als Probst aus dem Wagen heraus das Tor öffnen wollte, musste er feststellen, dass die Fernbedienung ihm ihren Dienst versagte. Er kannte das Problem, direkt nach der Installation der Anlage war es häufiger aufgetreten. Es musste am Empfänger in der Garage liegen, denn die

Fernbedienung hatte er erst in der letzten Woche mit einer neuen Batterie versorgt. Seufzend schaltete Probst die Zündung seines Wagens ab, öffnete die Fahrertür und stieg aus. In Gedanken telefonierte er bereits mit dem zuständigen Elektriker und versuchte, ihn zu einer Reparatur während des Wochenendes zu motivieren.

Der Schlüssel ließ sich nicht in das Schloss des Garagentors schieben, irgendetwas verstopfte die Öffnung. Thomas Probst ging zurück zu seinem Wagen und nahm sein Handy aus dem offenen Fach der Mittelkonsole. Die Taschenlampenfunktion moderner Mobiltelefone war ein Segen, dachte er. Wer trug denn noch eine reale Taschenlampe mit sich herum?

Gerade als er sich mit seinem Handy bewaffnet zum Schloss des Garagentors hinunter beugte, hörte er einen PS-starken Motor aufheulen. Probst richtete sich auf und drehte sich neugierig zu dem Geräusch um. Ihm war kein parkendes Auto aufgefallen, als er auf sein Grundstück zugefahren war, aber jetzt löste sich mit einem Ruck ein dunkler Wagen von der gegenüberliegenden Straßenseite. Das Fahrzeug beschleunigte und raste immer schneller auf ihn zu, erschrocken hob er abwehrend die Hände. Wie hypnotisiert blickte er in die aufgeblendeten Scheinwerfer, ohne zu versuchen, auch nur einen Schritt zur Seite zu treten.

Der Oberkörper von Dr. Thomas Probst, dem ersten deutschen Richter, der es gewagt hatte, zwei Verkehrsrowdys wegen Mordes zu verurteilen, wurde um genau 20:26 Uhr zwischen dem stabilen Stahltor seiner Garage und dem Frontschutzbügel eines nach der Tat flüchtenden Geländewagens zerquetscht. Seine gebrochenen Rippen perforierten den linken Lungenflügel und verletzten sein Herz, das innerhalb von nur zehn Sekunden zu Schlagen aufhörte. Der Richter verstarb vor seinem Haus auf der Straße liegend, bevor einer der Nachbarn einen Krankenwagen rufen konnte.

„Wir haben einen deiner Mitstreiter als Kunden gemeldet bekommen." Kriminalkommissar Peter Bacher, einer von Pelkers ehemaligen Mitarbeitern bei der Mordkommission, hielt sich am Telefon nicht mit langen Vorreden auf. „Ich nehme an, dass dich sein plötzlicher Tod interessieren wird."

„Wer ist es?", fragte Thomas Pelker.

„Ein Dr. Thomas Probst, Richter am Landgericht Düsseldorf. Der Richter, der im Mai die beiden Raser verknackt hat."

Pelker musste schlucken. „Was ist passiert?"

„Er ist vor seiner eigenen Haustür über den Haufen gefahren worden."

„Und ihr seid gerufen worden?"

„Ja. Es gibt einen Zeugen, der davon überzeugt ist, dass es kein Unfall war. Er behauptet, seinem Nachbarn sei aufgelauert worden. Ich bin bereits vor Ort und habe die Zeugenaussage aufgenommen."

„Ich komme sofort zu euch. Vielen Dank, Peter, dass du mir Bescheid gegeben hast."

Pelker legte auf, riss seine Jacke von der Rückenlehne seines Bürostuhls und lief nach draußen zu seinem Wagen. Wenn es sich bei diesem Unglück um Mord handelte, wollte er in jedem Fall an der Aufklärung beteiligt sein, sie am besten leiten. Um nichts in der Welt würde er sich davon abhalten lassen. Er hatte Richter Thomas Probst seit Jahren gut gekannt und seine mutigen Gerichtsurteile bewundert.

Odenthal im Bergischen Land

Nach Sophie Rengers erstem Besuch zusammen mit Hamann hatte sie die weiteren Verabredungen allein getroffen. Mittlerweile besuchte sie ihn fast jeden Tag und blieb immer etwa zwei Stunden bei ihm. Ruben Bertram nutzte diese Treffen, um sich mit ihr zu ihren eigenen Beiträgen und den von ihm gewünschten Recherchen und Interviews abzustimmen.

Persönlich waren sie sich noch nicht nähergekommen. Weder er noch sie schienen das Bedürfnis zu haben, etwas über sich selbst zu erzählen oder Fragen zu stellen. Bisher.

„Ich habe mich ein wenig in Ihre monatliche Kolumne eingelesen, Herr Bertram", begann Sophie dieses Mal das Gespräch. „Sie haben dabei kein Blatt vor den Mund genommen."

„Die Artikel sollten kritisch und aufrüttelnd sein."

„Die letzten beiden Beiträge, also die Artikel von September und Oktober, wurden von Bernd Christ geschrieben. Das konnte man deutlich erkennen; ihnen fehlt das Herzblut."

„Er schreibt etwas distanzierter, das ist wahr. Vielleicht ist ein objektiver Artikel aber auch besser, wenn man mit ihm etwas erreichen möchte."

„Nein, das glaube ich nicht. Und unsere Leser offenbar ebenfalls nicht: Die Zuschriften auf die Artikel von Bernd Christ lesen sich eher enttäuscht."

„Sie haben sich also wirklich damit auseinandergesetzt?" Ruben war erstaunt.

„Zusätzlich habe ich mir auch einige der alten Leserbriefe durchgelesen. Mit Ihren Beiträgen haben Sie offenbar einen Nerv getroffen, sonst hätte man Sie nicht bedroht."

„Es war das erste Mal, dass eine Artikelreihe von mir solche Reaktionen ausgelöst hat. Erschreckend! – Aber wie es so schön heißt: Hunde, die bellen, beißen nicht."

Sophie Renger blieb stumm.

„In den nächsten Tagen muss ich dringend etwas Neues zu Papier bringen, damit die Kolumne im November wieder in meinem Sinne fortgesetzt wird. Christ hat während der letzten beiden Monate noch meine bereits vorbereiteten Themen nutzen können, aber jetzt möchte ich etwas bringen, das ich bisher nicht behandelt habe. Vielleicht wird es ein Beitrag über die

Charaktere von Rasern. Am Abend vor meinem Unfall war ich dazu bei einem Vortrag."

„Kannten Sie den Düsseldorfer Richter, der gestern gestorben ist?"

„Dr. Thomas Probst? Nein, ich habe ihn nie persönlich getroffen. Aber soweit ich weiß, war Thomas Pelker gut mit ihm bekannt."

„Der Thomas Pelker, den Sie im letzten Jahr interviewt haben?"

Ruben schmunzelte bei der Erinnerung an das verpatzte erste Interview in der neuen Funktion Pelkers. „Ja, Hauptkommissar und Leiter der im Jahr 2014 gegründeten Sonderkommission ‚Illegale Autorennen'. Vorher war er bei der Mordkommission tätig. Ich glaube, das hätte er auch lieber fortgesetzt."

„Wissen Sie, ob er in die Untersuchung des Todes von Dr. Probst eingebunden ist?"

„Das kann ich mir nicht vorstellen. Er hat die Mordkommission verlassen."

Sophie Renger schien über etwas nachzudenken, das sie ihm aber noch nicht offenbaren wollte. „Können Sie sich mittlerweile wieder an etwas von dem erinnern, das direkt vor Ihrem Unfall passiert ist?" fragte sie und wechselte damit das Thema.

„Bisher sind nur die damaligen Gefühle zurückgekehrt. Ich erinnere mich an meinen Schreck und an die Schmerzen. Dann ist alles dunkel."

„Schreck und Schmerzen des eigentlichen Unfalls wahrscheinlich."

„Ja, wahrscheinlich", stimmte Ruben zögerlich zu. „So muss es wohl sein."

„Es gibt Überwachungsaufnahmen aus dem Tunnel, erwähnten Sie neulich."

„Es gab welche. Das hat die Polizei mir zumindest erzählt. Aber die Aufnahmen haben keinen Hinweis darauf gegeben, warum ich meine liebe DS plötzlich nach rechts gegen die Mauer gelenkt habe."

„Eine DS? Sie fuhren einen alten Citroën?"

„Ja, ein wundervoller Wagen. – Ich fürchte, ich werde ihn nicht ersetzen können; diese Autos gibt es kaum noch. Und jetzt habe auch ich noch eines davon auf dem Gewissen."

„Die DS hätte Sie fast auf dem Gewissen gehabt. Der Wagen hatte noch keine Airbags, nicht wahr? Sie müssen direkt mit dem Gesicht auf die A-Säule geprallt sein. Das erklärt die ganzen Brüche."

„Dann sind wir wohl quitt, mein altes Auto und ich."

Nach einer kurzen Pause kam Sophie Renger zu ihrem ursprünglichen Gedankengang zurück: „Wissen Sie, wie lange die Aufnahmen der Tunnelleitzentrale gespeichert werden?"

„Nein, das weiß ich nicht, sicher nicht über Monate. Mein Unfall ist am 28. Juli passiert."

„Vielleicht müssen die Aufnahmen aufgehoben werden, wenn sie Auskunft über einen Unfall geben können. Haben Sie etwas dagegen, wenn ich mich danach erkundige?"

Ruben dachte eine Weile über ihr Interesse an seinem Unfall nach. „Haben Sie dabei etwas Spezielles im Hinterkopf?"

„Wir haben beide in diesem Jahr einen schweren Verkehrsunfall überlebt. An meinen kann ich mich in allen Einzelheiten erinnern, aber das hat weder mir noch der Polizei bisher geholfen, den Schuldigen zu identifizieren. Die Beamten, die damals den Unfall untersucht haben, wollten meiner Schilderung des Vorfalls nicht glauben. Sie waren der Meinung, ich bildete es mir ein, dass mich ein Wagen geschnitten und touchiert hat, bevor ich die Gewalt über mein Motorrad verlor."

„Ärgerlich! Aber das erklärt nicht, was Ihr Unfall mit meinem zu tun haben kann."

„Um einen logischen Zusammenhang geht es mir nicht, nur darum, dass es bei beiden Unfällen Kameraaufnahmen gibt. – Ich kenne ein paar Jungs, die sehr viel im Internet unterwegs sind. Sie haben vor wenigen Tagen ein Video entdeckt, das direkt vor meinem Unfall von einer Onboard-Kamera gedreht worden sein muss. Ich bin davon überzeugt, dass diese Kamera dem Verursacher des Unfalls gehört."

„Ist Ihre Version des Unfallhergangs damit bestätigt?"

„Leider nicht. Der Wagen hat mich mit seinem hinteren Ende touchiert und die Kamera war wahrscheinlich an seiner vorderen Stoßstange montiert. Man sieht meinen Sturz auf den Aufnahmen nicht."

„Ich verstehe immer noch nicht, worauf Sie hinauswollen."

„Die Jungs haben unglaubliche Details auf dem Video sichtbar gemacht. Man erkennt mein Motorrad, das Nummernschild, sogar die Schrift auf meinem Helm. – Wissen Sie, ob die Polizei Ähnliches mit den Aufnahmen Ihres Unfalls versucht hat?"

„Nein. Davon haben sie nicht gesprochen."

„Ich dachte nur. Weil auch Dr. Probst gegen Verkehrsrowdys vorgegangen ist. Sein umstrittener Urteilsspruch ging doch lange durch die Presse. Der Vorfall, bei dem er gestern gestorben ist, war ganz offensichtlich kein Verkehrsunfall, sondern ein Mordanschlag, der mit einem Auto verübt wurde."

„Sie meinen, dass die Aufnahmen der Tunnelleitzentrale vielleicht den Grund für meinen Unfall offenbaren könnten, wenn man sie ein wenig bearbeitet?"

„Falls es auch ein Anschlag war, ja."

„Ich werde Pelker anrufen und nach den Aufnahmen fragen. Wir haben oft genug gut zusammengearbeitet, deshalb wird er mir gegenüber wahrscheinlich offener sein als bei Ihnen. – Vielleicht haben wir ja das Glück, dass er sogar in die Ermittlungen zum Tod Dr. Probsts eingebunden ist."

„Gut, dann warte ich auf Ihre Rückmeldung. Gibt es etwas, das ich bis morgen für Sie tun kann?"

„Bis morgen nicht. Aber bei den nächsten kulturellen Terminen, die Sie mit Achtelik zusammen wahrnehmen, schon."

„Ist damit etwas nicht in Ordnung?“

„Frau Renger, Kultur ist Teil meines Ressorts. Und die Kritiken, die derzeit im Feuilleton gedruckt werden, lese ich genauso aufmerksam durch wie alles andere. – Gerade weil ich kein Fan von klassischer Musik, Ballett oder Theateraufführungen bin, halte ich mich für einen guten Kritiker derartiger Veranstaltungen. Ich bin objektiv und lasse mich nicht verzaubern. Das, was die Rheinische Allgemeine aktuell als Kommentare, ich sage bewusst nicht Kritiken, zu den Kölner Inszenierungen veröffentlicht, liest sich wie die Ausführungen einer altjüngferlichen Schuldirektorin aus dem letzten Jahrhundert. Es sind begeisterte Schilderungen der Stimmung am Veranstaltungsort und belehrende Informationen zu den aufgeführten Stücken. Solche Beiträge sind meines Ressorts nicht würdig.“

„Ich werde es mir merken und das nächste Mal meinen Fokus mehr auf die Inszenierung an sich legen.“

„Wollen Sie mir ernsthaft erzählen, Sie hätten die Artikel verfasst?“

„Immerhin steht mein Name darunter.“

„Wenn ich den Stil meines Verlegers nicht erkennen würde, hätte ich meinen Job verfehlt. – Schreiben Sie das nächste Mal den Artikel selbst. Lassen Sie sich von ihm gern die Oper oder das Ballett erklären, wenn er Sie begleiten möchte. Aber halten Sie Ihre eigenen Augen und Ohren offen, strengen Sie Ihren Verstand an und bringen Sie mir einen Artikel aus Ihrer eigenen Feder. Wenn Achtelik ein Problem damit hat, soll er sich direkt an mich wenden. Ich will endlich lesen, was Sie können. Er scheint Ihnen doch einiges zuzutrauen. Darum hat er Sie ohne Rücksprache mit uns an einen unserer Journalistenschreibtische gesetzt.“

Sophie Renger grinste unsicher.

„Das musste jetzt mal sein“, setzte Ruben hinzu und grinste ebenfalls.

„Kein Problem.“

„Darf ich eine weitere Bitte aussprechen? Eine private?"

Sophie Rengers Grinsen wurde breiter. „Natürlich."

„Wenn Sie bei unserem nächsten Treffen an meiner Schwester vorbei einen Burger hereinschmuggeln könnten, würde ich Ihnen sofort das Du anbieten. Langsam kann ich keine Suppe und keinen Brei mehr ertragen."

Das Büro der drei Musketiere in Berlin

„Der Typ, der das Video eingestellt hat, war gut!" Linus lehnte sich in seinem Bürostuhl weit zurück und streckte die Arme zur Seite. Fast vier Stunden lang hatte er ohne Unterbrechung vor seinem Laptop gehangen; sein Rücken fühlte sich ganz verkrampft an.

„Kommt mit, wir holen uns eine Cola aus der Kantine", schlug er vor. „Ich brauche Bewegung und lade euch ein."

Pascal trat neben ihn und beugte sich zum Bildschirm hinab. „So gut, dass du nicht an ihn herankommst? Soll ich es versuchen?"

„Nicht nötig!" Linus stand auf und hielt Pascal für ein ‚high five' seine rechte Hand entgegen. „Er war gut, habe ich gesagt, aber doch nicht gut genug für mich! Ich habe ihn zwar noch nicht identifiziert, bin aber auf seiner Spur."

„Wenn du uns erklärst, wie du ihn erwischt hast, können wir dir vielleicht helfen", bot Pascal noch einmal an. „Diesen Typen werden wir doch nicht ungeschoren davonkommen lassen."

„Vielleicht könnt ihr erst einmal die Recherche zu Ende bringen, mit der Friedrich uns beauftragt hat. Wir hängen schon ein paar Tage hinterher und das, obwohl Sophie uns empfohlen hat, Friedrich immer bei guter Laune zu halten."

„Einverstanden", mischte sich Timo ein. „Versuch du weiter dein Glück bei dem Video. Wir erledigen den langweiligen Kram. Aber wir können Sophie ja vielleicht schon die

Informationen mitteilen, die du herausbekommen hast. Dann sieht sie, dass wir uns um sie kümmern."

„Hallo Treville, wir haben gute Nachrichten für dich", tippte Timo, nachdem ein leises Ping ihm mitgeteilt hatte, dass Sophie sich im PrivateRoom angemeldet hatte. „Aramis hat einen ersten Hinweis auf die Identität deines Unfallgegners gefunden."

Sophies Frage kam sofort: "Wer ist es?"

„So weit bin ich noch nicht", antwortete Linus. „Aber ich weiß, wo er wahrscheinlich arbeitet. Oder wo er zu der Zeit gearbeitet hat, als das Video ins Netz gestellt wurde."

Sophie bedankte sich überschwänglich bei Aramis beziehungsweise Linus für den ersten Teilerfolg und Timo wünschte sich, er hätte statt seiner die Spur gefunden.

„Wie hast du ihn erwischt? Ich dachte, er hätte seine Spuren im Netz gründlich verwischt."

„Das hat er auch. Der Junge ist gut. Aber wenn man lange genug sucht, findet man meistens noch ein Fitzelchen. Jeder macht irgendwo einen Fehler."

„Geht ihr davon aus, dass es ein IT-Crack ist? Euer Niveau?"

„Auf jeden Fall hat er sich einige Mühe gegeben, anonym zu bleiben. Ein bisschen was davon versteht er also."

„Der Server, bis zu dem wir ihn verfolgt haben, spricht auch dafür."

„Macht es nicht so spannend. Bitte erklärt mir, welchen Fehler er gemacht hat und wo er arbeitet."

„Jeder, der das Internet nutzt, springt dabei von Server zu Server und hinterlässt eine Spur. Diese Spur besteht unter anderem aus Daten über seinen Computer, seine Verbindung und was er getan hat. Ich glaube, so weit hast du das auch schon mitbekommen, Treville, oder?"

„Bei euch als Lehrer?"

„Jeder Server, auf dem man sich im Laufe seines Weges durch das Netz befindet, protokolliert diese Daten. Was wir bisher herausgefunden haben, ist die IP-Adresse des Servers, von dem das Video hochgeladen wurde. Was wir damit wahrscheinlich noch nicht haben, ist der Computer, von dem aus der Befehl dafür gegeben wurde. Und damit kennen wir auch noch nicht den Menschen, der hinter allem steckt. Wir kennen höchstwahrscheinlich nur sein Umfeld, die Server, auf die er Zugriff hat oder zu dem Zeitpunkt hatte. Natürlich hat der Typ einen Anonymizer genutzt und ist über diverse vermeintlich sichere Server gegangen, bevor er aktiv wurde. Aber genau hier hat er einen Fehler gemacht, deshalb konnte ich einen Teil seines Weges nachverfolgen. Ich bin ihm bis zu einer Berliner Firma gefolgt, die Computerspiele erstellt und vermarktet. Hier steht der Server, den er genutzt hat."

„Wie ist der Name dieser Firma?"

„Play IT!", antwortete Pascal, gefolgt von einem vorwurfsvoll blickenden Emoji. „Ausgerechnet ‚Play IT!', der Hersteller des Spiels ‚Cannonball IT'. Ein Autorennen der besten Art, aber seit Jahren ohne Aktualisierung."

„Und ihr seid euch absolut sicher, dass das Video von dort aus hochgeladen wurde?"

„Wir wissen, dass einer der Server dieser Firma dafür genutzt wurde, also eine der festen IP-Adressen von ‚Play IT!'. Aktuell versuchen wir noch herauszufinden, welcher der Server es war. Ab diesem Punkt bist du dann gefragt."

„Ihr habt mir sehr geholfen, auch wenn ich noch nicht weiß, was ich mit der Information anfangen soll. Ich danke euch."

„Für dich immer", schrieb Timo und die anderen beiden Musketiere nickten zustimmend.

„Darf ich euch um eine weitere Hilfe bitten?", tippte Sophie.

„Natürlich".

„Hier in Köln habe ich einen Kollegen, der ebenfalls Opfer eines Autounfalls wurde. Sein Crash wurde von den Überwachungskameras der Tunnelleitzentrale der Kölner Verkehrsüberwachung aufgezeichnet. Allerdings ist das jetzt bereits drei

Monate her und ich weiß nicht, ob die Aufzeichnungen noch gespeichert sind."

„Sollen wir mal nachschauen?" Pascal war sofort Feuer und Flamme, wenn es darum ging, den Server einer Behörde anzuzapfen. Etwas Leichteres gab es kaum, behauptete er immer.

„Nein, lieber nicht."

Sophies schnelle Antwort ließ Linus grinsen.

„Ich werde es erst einmal auf dem offiziellen Weg versuchen, oder mit meinem Charme. Aber falls ich an diese Aufnahmen herankomme, würdet ihr sie euch bitte anschauen? Vielleicht macht ihr darauf mehr sichtbar, als die Polizei bisher entdeckt hat."

Die drei Freunde sahen sich an und nickten.

„Na klar, für dich doch immer", tippte Timo ein weiteres Mal und hängte ein winkendes Emoji an.

Kriminalinspektion 1 in Düsseldorf

Thomas Pelker hatte es tatsächlich geschafft, die Untersuchung des Todes von Dr. Probst übertragen zu bekommen. Die Polizeipräsidenten davon zu überzeugen, dass der gewaltsame Tod des Richters etwas mit seinem strengen Vorgehen gegen Raser zu tun haben könnte, war Pelker nicht gelungen, aber dennoch war er zumindest vorrübergehend zur Kriminalpolizei Düsseldorf zurückversetzt worden. Sein dortiger Nachfolger hatte unerwartet gekündigt und es herrschte Personalnot in der Kriminalinspektion 1.

Peter Bacher und zwei weitere Beamte hatten bereits damit begonnen, den Fall Probst zu untersuchen, als Pelker wieder zu seiner alten Ermittlungsgruppe stieß. Den Unfallwagen hatten sie durch einen glücklichen Zufall einen Tag nach der Tat gefunden. Der Geländewagen war seit längerer Zeit als gestohlen gemeldet. Nach der Tat hatten aufmerksame Streifenpolizisten den in der Nähe des Düsseldorfer Hauptbahnhofs abgestellten Wagen bemerkt und ihn genauer in Augenschein genommen. Das Fahrzeug war alt und ungepflegt, lediglich der Frontschutzbügel schien neu zu sein. Die Untersuchung dieses Bauteils ergab Spuren von menschlichem Blut, welches sich im kriminaltechnischen Labor als das Blut von Dr. Thomas Probst identifizieren ließ. Leider wiesen weder der Bügel noch der Innenraum des Wagens verwertbare Fingerabdrücke auf. Der Täter musste bei den Vorbereitungen und während seiner Tat so schlau gewesen sein, Handschuhe zu tragen. Laut der Zeugenaussage des Besitzers des gestohlenen SUVs war der neue Frontschutzbügel tatsächlich nicht von ihm installiert worden. Der Wagen war ursprünglich mit einem vergleichbaren Bügel aus den USA importiert worden, aber der Besitzer hatte diesen

‚Wildfänger‘ bereits vor vielen Jahren aufgrund von Rostschäden entfernen lassen.

Somit hatte die kleine Gruppe um Peter Bacher zwar den Erfolg vorzuweisen, die Tatwaffe gefunden zu haben; leider erwies sich diese Spur allerdings als Sackgasse. Niemand hatte den Diebstahl des Wagens in der Nähe von Berlin beobachtet, die Herkunft des nachträglich installierten Frontschutzbügels war nicht zu ermitteln und es gab keinen Zeugen für das Abstellen des Wagens am Düsseldorfer Hauptbahnhof. Offenbar hatte der Dieb des SUVs peinlich genau darauf geachtet, nicht beobachtet zu werden, und das todbringende Ersatzteil schien einfach vom Himmel gefallen zu sein.

Es musste ein anderer Weg gefunden werden, den flüchtigen Unfallfahrer zu finden.

Die Spurensicherung hatte am Tatort anstelle von Bremsspuren den Gummiabrieb eines überstürzt anfahrenden Wagens gefunden, vergleichbar mit den Spuren beim Start von Beschleunigungsrennen. Ein Nachbar gab an, einen großen, dunklen Wagen auf dem Seitenstreifen schräg gegenüber von Probsts Haus gesehen zu haben. Dieser Wagen habe dort bereits gestanden, als er gegen 18:30 Uhr nach Hause gekommen sei. Und er habe seinen Parkplatz auch noch nicht verlassen, als der Zeuge etwa eine Stunde später seinen Hund ausgeführt habe. Nein, er sei sich nicht sicher, dass es sich um einen Geländewagen gehandelt habe, gab der Zeuge zu Protokoll. Es sei doch bereits dunkel gewesen und die Straßenlaternen stünden in ihrer Straße wirklich sehr weit auseinander. Allerdings habe er den Eindruck gehabt, aus dem Wagen heraus beobachtet worden zu sein. Er sei davon ausgegangen, dass ein Mann hinter dem Steuer des Wagens gesessen und die Häuser überwacht habe.

Probsts Haushälterin wunderte sich darüber, dass ihr Arbeitgeber nicht direkt in die Garage gefahren war. Warum hatte er seinen Wagen verlassen? Dafür gab es keine Notwendigkeit.

Es habe doch für das Garagentor eine Fernbedienung im Wagen gelegen. Kurz nachdem Probst und seine damalige Gattin in das Haus eingezogen waren, habe der Richter die automatische Garagentoröffnung installieren lassen. Er habe es gehasst, bei Wind und Wetter das Auto verlassen zu müssen, um das Tor manuell zu öffnen. Die Haushälterin erinnerte sich, dass sie stets Ersatzbatterien für die Fernbedienung vorrätig halten musste, um ein mögliches Versagen frühzeitig zu verhindern. Wie Peter Bacher bereits protokolliert hatte, funktionierte die Fernbedienung, die man im Wagen von Dr. Probst gefunden hatte, dennoch nicht. Ein Kollege der Spurensicherung war noch einmal zum Tatort gefahren und hatte dort festgestellt, dass der Empfänger im Innenbereich des Garagentors vom Strom genommen worden war. Die Fernbedienung konnte also noch so gut funktioniert haben, ihr Gegenstück am Motor des Garagentors hatte ihre Signale nicht empfangen. Wie der Beamte außerdem berichtete, hatte er vor dem Öffnen der Garage erst einmal das Schloss säubern müssen. Ein abgebrochener Stock steckte darin fest.

Für Pelker stand fest, dass Probst kein Opfer eines unglücklichen Unfalls geworden war: Jemand hatte ihm aufgelauert und ihn hinterhältig ermordet. Durch die Sabotage des elektrischen Toröffners war der Richter gezwungen worden, auszusteigen und das Garagentor mit dem Schlüssel zu öffnen. Um ihn möglichst lange außerhalb seines Wagens zu beschäftigen, war das Schloss sogar noch mit einem Holzsplitter blockiert worden. Auf diese Art hatte der Täter ausreichend Zeit zur Verfügung gehabt, um in Ruhe seinen Wagen zu starten, auf ein Maximum zu beschleunigen und den Richter an seinem eigenen Garagentor zu zerquetschen.

Thomas Pelker hatte Probst seit vielen Jahren gekannt. Er wusste, dass dieser erst vor ein paar Monaten geschieden worden war. Zuvor hatte er einige Jahre von seiner Frau getrennt gelebt. Ob das Privatleben des Richters Anlass für seine

Ermordung gegeben haben konnte, war für Pelker nicht einschätzbar. Hierzu würde er sein Team in den nächsten Tagen Ermittlungen anstellen lassen.

Er selbst wollte sich um die Gerichtsakten kümmern. Bacher würde ihm dabei helfen müssen. Mit Sicherheit gab es viele verurteilte Verbrecher, die sich gern für ein paar Jahre Gefängnis bei Thomas Probst bedankt hätten. Der Richter war dafür bekannt gewesen, strenge Urteilssprüche zu fällen, oft am obersten Rand des gesetzlich Möglichen. Sie mussten mindestens die Fälle der letzten zehn Jahre durchgehen. Pelker wollte unvoreingenommen alle Verurteilungen zu Haftstrafen überprüfen, obwohl seine Intuition ihn dazu drängte, sich ausschließlich mit dem Umfeld der beiden erst im Mai verurteilten Raser zu beschäftigen.

Verlagshaus der Rheinischen Allgemeinen in Köln

„Die folgenden Aufnahmen habe ich noch nicht Herrn Bertram gezeigt, aber ich glaube, sie beweisen, dass ein geworfener Gegenstand der Grund für seinen Unfall war." Sophie Renger sprach nach der Begrüßung ohne Umschweife den Grund ihres Zusammenkommens an.

Sie und Achtelik hatten bereits zusammen in einem der kleinen Besprechungsräume auf der obersten Etage des Verlagsgebäudes der Rheinischen Allgemeinen gesessen, als Peter Hamann von der Verlags-Sekretärin hineingeführt wurde. Sie war es auch gewesen, die ihm bereits am frühen Morgen die Bitte zu dieser Besprechung auf seine Mailbox gesprochen hatte.

Er setzte sich neben seinen Chef an den Tisch, der Wand gegenüber, auf die die Bilder des Laptops projiziert wurden.

„Peter, ich kenne die Aufnahmen bereits." Achtelik legte ihm die Hand auf den Arm. „Sophie hat sie mir gezeigt, weil sie einen Rat brauchte, wie sie damit umgehen soll. Ich denke, sie hat mit ihrer Einschätzung recht, aber bilde dir bitte in Ruhe eine eigene Meinung."

Sophie Renger startete das kurze Video und erklärte dabei, dass sie dieses von einem hilfsbereiten Mitarbeiter der Tunnelleitzentrale der Verkehrsüberwachung Köln erhalten habe. Nach Peters Eindruck musste die Kamera im ersten Teilstück des Tunnels installiert und direkt auf die in den Tunnel einfahrenden Fahrzeuge gerichtet gewesen sein. Man sah eine unscharfe Sequenz von etwa zwei Minuten Dauer, in der ein alter Citroën in gemäßigtem Tempo auf den Tunnel zufuhr, direkt nach der Einfahrt in die Tunnelröhre eine abrupte Vierteldrehung vollführte und danach ungebremst auf die Betonwand prallte, gerade noch von der Kamera erfasst.

„Die Aufnahmen wirken so unscharf, weil sie bei Nacht gemacht wurden", erklärte Sophie Renger. „Diese Kamera ist nicht ideal für Aufnahmen bei sehr geringer Beleuchtung. Sie ist vorwiegend für die Autobahn vor und direkt am Anfang des Tunnels gedacht, also tagsüber gerade noch im Sonnenschein."

„Ich nehme an, dass der Wagen, den ich hier sehe, Rubens Citroën ist, der gegen die Mauer gelenkt wird. Leider kann ich keinen Grund für den plötzlichen Rechtsschwenk erkennen, schon gar nicht einen geworfenen Gegenstand."

„Ja, so hat die Verkehrspolizei die Aufnahmen auch interpretiert. Wir können von Glück reden, dass das Video noch nicht gelöscht wurde. Das ist nur der Sensationslust des Angestellten der Verkehrsüberwachung zu verdanken, der sich eine private Sammlung von Unfällen angelegt hat." Sophie Renger öffnete eine zweite Video-Datei auf ihrem Laptop, wartete aber damit, sie zu starten.

„Koste es nicht zu sehr aus", bat Achtelik. „Auch wenn du einen guten Riecher gehabt hast."

„Die offizielle Aufnahme habe ich drei Freunden von mir geschickt, die technisch ziemlich versiert sind. Sie haben die

Unschärfe, die durch die zu geringe Belichtung entstanden ist, elektronisch ausgeglichen und erstaunliche zusätzliche Details sichtbar gemacht." Sophie Renger startete die Datei; das bekannte Video wurde ein weiteres Mal, deutlich langsamer und deutlich schärfer auf der gegenüberliegenden Wand sichtbar.

„Da, genau da ist es." Achtelik machte Sophie Renger ein Zeichen, die Aufnahme anzuhalten.

„Ja, ich sehe, was ihr meint. – Bitte zeigt mir noch einmal die vollständige Sequenz." Peter lehnte sich vor, um besser sehen zu können.

Das bearbeitete Video startete noch einmal von vorne: Der Citroën fuhr langsam auf den Tunnel zu; fast konnte man Ruben am Steuer erkennen. Kurz bevor der Wagen den Tunnel erreicht hatte, fiel ein dunkler Gegenstand vom Rand des Bildes. Er traf den Wagen und durchschlug die Windschutzscheibe in der oberen rechten Ecke, direkt vor dem Kopf des Fahrers. Sofort danach drehte sich der Wagen um etwa neunzig Grad und knallte frontal gegen den Anfang der Tunnelwand.

„Das ist ja erschreckend. Was auch immer heruntergefallen ist, es muss Ruben direkt im Gesicht getroffen haben." Peter war entsetzt. Von Rubens Unfall erzählt zu bekommen, war doch etwas anderes, als ihn jetzt direkt vor Augen zu haben.

„Wahrscheinlich stammen seine Verletzungen im Gesicht von diesem Gegenstand und nicht, wie bisher angenommen, vom Aufprall auf der A-Säule." Achteliks Stimme klang so wütend, wie Peter sich bei dem Gedanken an den feigen Anschlag auf das Leben seines Kollegen fühlte.

„Und seine Erinnerung an einen Schreck und die direkt folgenden Schmerzen wird sich wahrscheinlich auf den fallenden Gegenstand beziehen und nicht auf den Unfall selbst", ergänzte Sophie Renger.

„Wer kennt diese bearbeiteten Aufnahmen bisher?", fragte Peter.

„Nur wir hier im Raum kennen sie – und natürlich meine drei Freunde."

„Ist es sicher, dass sich das, was wir jetzt gesehen haben, auch wirklich bereits vorher auf der Aufnahme befunden hat?" Peter fühlte sich dazu verpflichtet, diese Frage zu stellen. „Ich meine: Haben Ihre Freunde nur sichtbar gemacht, was wirklich passiert ist und mitgeschnitten wurde, oder könnte es sein, dass sie die Aufnahme verändert haben?"

Sophie Rengers wütender Blick war ihr offenbar Antwort genug.

„Peter, Sophies Freunde haben den Aufnahmen nichts hinzugefügt. Alles, was wir gerade gesehen haben, war bereits zuvor dort. Es wurde nur durch die schlechte Belichtung verdeckt."

„Ist das so, Frau Renger? Und würden Sie mir die Namen Ihrer Freunde nennen?"

„Wir können uns darauf verlassen, dass der Aufnahme nichts hinzugefügt wurde", antwortete sie sehr betont. „Eine Nennung der Namen ist zum jetzigen Zeitpunkt nicht nötig, denke ich." Sie sah ihn ernst an.

„Wir sind eine seriöse Zeitung, Richard. Dir muss ich das nicht sagen; dein Vater hat die Regeln gemacht. Bevor wir eine Sensation drucken, versichern wir uns der Quellen."

„Lass es gut sein, Peter. Sophie ist sich ihrer Sache absolut sicher und ich vertraue ihr."

Unzufrieden gab Peter nach. „Was möchtet ihr jetzt mit den neuen Erkenntnissen tun? Es Ruben mitteilen? Der Polizei? Unseren Lesern?"

„Herr Bertram hat immer noch keine Erinnerung an den Unfall. Vielleicht würde es ihm helfen, sie wiederzuerlangen."

Sophie Renger schien der Auffassung zu sein, dass Ruben die Neuigkeiten in jedem Fall erfahren sollte. Peter war nicht davon überzeugt. Wer konnte wissen, was der Junge damit anstellte?

„Konntet ihr erkennen, was es für ein Gegenstand war, der heruntergefallen ist?"

Peter nahm beruhigt die Wortwahl seines Chefs zur Kenntnis. Er hatte nicht davon gesprochen, dass Rubens Auto absichtlich beworfen worden war. „Vielleicht, wenn ich die Aufnahme noch einmal sehe", antwortete er. Zu Sophie Renger gewandt fragte er: „Haben Ihre Freunde dazu etwas gesagt?"

„Nein. Das haben sie auch nicht herausbekommen. Es sieht aus wie ein Stein. Der Gegenstand hat etwa die Form und Größe eines Ziegelsteins."

„Wenn es ein Stein war, kann er sich auch von allein aus der Tunneldecke gelöst haben."

„Glaubst du das wirklich, Peter? Der Tunnel ist aus Beton gebaut." Achtelik sah ihn kritisch an. „Sophie ist heute an der Stelle gewesen, von welcher der Gegenstand heruntergefallen sein muss. Straße und Bürgersteig liegen über dem geschlossenen Teil des Tunnels, etwa zwei bis drei Meter von dem Tunnelanfang und damit der wahrscheinlichen Stelle, von welcher der Stein herabgefallen ist, entfernt. Aber man kann von der Wöhlerstraße aus leicht über ein Geländer steigen und bis zum Rand des Tunnels gehen. Es wäre also möglich, dort zu stehen und auf einen Wagen zu warten, um ihn zu bewerfen."

„Bei zwei bis drei Metern Entfernung bis zum Bürgersteig kann es auch ein versehentlich geworfener Stein gewesen sein."

„Tobt in Köln gerade ein Bürgerkrieg, über den wir noch nicht berichtet haben?", erwiderte Achtelik zynisch. „Oder warum fliegen plötzlich Ziegelsteine durch die Luft?"

„Ihr geht also davon aus, dass ein anonymer Steinewerfer Rubens Unfall verursacht hat?"

„So sieht es für mich aus." Achtelik nickte. „Der Unfall ist kurz vor Mitternacht passiert. Steinewerfer sind um diese Uhrzeit wahrscheinlich keine Kinder mehr. Ich gehe also davon aus, dass ein Erwachsener am Rand des Tunnels gestanden und auf ein potenzielles Opfer gewartet hat – zu dieser Zeit ist der

Verkehr im Tunnel nicht mehr sehr dicht. Allerdings ist mit meiner Annahme nicht beantwortet, ob Herr Bertram zufällig das Opfer des Steinewerfers geworden ist oder ob dieser genau auf ihn gewartet hat.“

Peter verschaffte sich Bedenkzeit, indem er Sophie Renger zu einem weiteren Abspielen der bearbeiteten Sequenz aufforderte. Er war sich nicht sicher, ob er den Gedankengängen seines Chefs folgen wollte.

„Du spielst auf den Tod von Richter Thomas Probst an, nicht wahr?“, fragte er seinen Verleger, nachdem der Citroën erneut gegen die Tunnelwand geprallt war.

„Ja. Nach diesem Anschlag liegt der Gedanke doch nahe, dass auch Bertrams Unfall kein Zufall war.“

„Aber zwischen den beiden Vorfällen liegen Monate.“

„Das stimmt, Peter. Der Zeitversatz macht es in meinen Augen aber nicht unwahrscheinlicher, dass es einen Zusammenhang gibt. Bertram ist wegen seiner Kolumne bedroht worden; du kennst die Briefe. Es könnte also sein. Vielleicht hat der Attentäter zwischendurch noch mehr Opfer verursacht, von deren Tod oder Verletzung wir nichts mitbekommen haben.“

Sophie Renger hatte sich während des Gedankenaustauschs der beiden Männer im Hintergrund gehalten. Nun fragte sie: „Sollen wir uns mit unseren Bildern und unserem Verdacht an Kriminalhauptkommissar Pelker wenden? Die Redaktion arbeitet doch gut mit ihm zusammen.“

„Thomas Pelker?“ Peter sah fragend zu Achtelik. „Untersucht er den Tod von Richter Probst? Ich dachte, er ist im Moment für die Verkehrspolizei tätig.“

„Herr Pelker ist der zuständige Ermittlungsleiter“, antwortete Sophie Renger anstelle von Achtelik. „Er scheint auf seine alte Position bei der Kriminalpolizei zurückgekehrt zu sein.“

Peter wunderte sich, dass es ihm so schwerfiel, seine neue Mitarbeiterin als vollwertige Reporterin zu akzeptieren. Alle Informationen, über die sie gerade gesprochen hatten, kamen von ihr. Was also war sein Problem? Natürlich ärgerte er sich, dass Achtelik sie ohne jede Rücksprache eingestellt hatte. Und es kränkte ihn, dass sie mit diesen Aufnahmen nicht zuerst zu ihm gekommen war. Aber hätte er sie überhaupt ernst genommen? Vielleicht verursachte er mit seiner Haltung ihr gegenüber solche Aktionen ja erst. Wahrscheinlich lag es an ihm, ob sie auch zukünftig alle Hierarchien übersprang, nur weil ihre Eltern alte Freunde des Verlegers waren.

„Frau Renger, mir scheint, Sie haben Ihre gute Nase für eine Story bewiesen", begann er versöhnlich. „Lassen Sie uns gemeinsam von meinem Büro aus Herrn Pelker anrufen und mit ihm besprechen, was wir aus Ihren Informationen machen können."

Achtelik nickte zustimmend und erhob sich. Das Thema war offenbar zu seiner Zufriedenheit behandelt worden; für ihn war die Besprechung beendet.

„Sie behaupten also, der vor einigen Monaten geschehene Autounfall Ihres Reporters Ruben Bertram sei ein Anschlag auf sein Leben gewesen?"

Pelkers Reaktion fiel genauso zurückhaltend aus, wie Peter es erwartet hatte. „Wir behaupten es nicht nur, wir können einen Großteil davon auch beweisen. Die Kameras der Kölner Verkehrsüberwachung haben den Unfall aufgezeichnet. Herr Bertram ist verunglückt, weil ein Gegenstand auf sein Auto fiel."

„In Ordnung, soweit kann ich Ihnen folgen. Aber was veranlasst Sie, zu vermuten, dass dieser Gegenstand nicht gefallen ist, sondern geworfen wurde? Und dabei bewusst gegen den Wagen von Herrn Bertram gerichtet war?"

„Wir können diesen Punkt zwar nicht beweisen, aber die Umstände sprechen dafür."

„Welche Umstände, Herr Hamann. Bisher habe ich Sie als seriösen Zeitungsmann kennengelernt."

„Genauso wie Herr Dr. Probst hat sich Herr Bertram seit Anfang des Jahres klar gegen Verkehrsrowdys, vor allem aber gegen Teilnehmer von illegalen Autorennen positioniert. Er ist wegen seiner Kolumne mehrfach bedroht worden. Bisher dachten wir, diese Reaktionen einiger weniger Leser müssten wir nicht ernst nehmen, aber seit dem gewaltsamen Tod von Richter Probst habe ich meine Meinung geändert."

„Haben Sie die Drohbriefe an einen meiner Kollegen weitergegeben? Wurde Anzeige gegen Unbekannt erstattet?"

„Nein, wir nehmen solche Leserbriefe normalerweise nur zur Kenntnis, reagieren aber nicht auf sie."

„Dann wurde der Unfall von Herrn Bertram sicher als ein Standardvorfall von der Verkehrspolizei in Köln behandelt – ohne Zeugen gibt es ein Protokoll und wenig mehr. Ich kenne die Akte bisher nicht. Geben Sie mir bitte eine Stunde Zeit, damit ich mich informieren kann."

„Sie liegen richtig mit Ihrer Annahme: Sie werden zu diesem Unfall keinen ausführlichen Bericht finden", mischte sich Sophie Renger ein. „Ihre Kollegen haben im Protokoll als wahrscheinliche Unfallursache die Müdigkeit des Fahrers vermerkt. Es gab keinen Hinweis auf Fremdeinwirkung. Die Ermittlungen wurden sehr schnell eingestellt."

„Und was ist mit den von Ihnen erwähnten Aufnahmen der Verkehrsüberwachung?"

„Die Originalaufnahmen zeigen nichts Auffälliges", meldete sich Peter wieder zu Wort. „Sie wurden kurz vor Mitternacht mit einer Standard-Überwachungskamera aufgezeichnet und sind von einer entsetzlich schlechten Qualität. Wir haben sie durch Video-Spezialisten elektronisch bearbeiten lassen, die Belichtungsqualität erhöht. Erst dadurch wurde der Gegenstand, der auf den Wagen fällt, sichtbar."

„Sie wurden aufgehellt, sagen Sie? Nichts anderes?"

„Sie haben mein Wort." Peter legte warnend einen Finger
auf den Mund, um Sophie Renger zu bitten, ihm das weitere
Gespräch zu überlassen.

„In Ordnung, Herr Hamann. Ich werde das erst einmal so
akzeptieren."

Erleichtert atmete Peter aus.

„Entsprechen die Aufnahmen Bertrams Erinnerung?"

„Er kennt die bearbeitete Version noch nicht."

„Ich möchte mit ihm sprechen. Können Sie ihn bitten, mich
morgen im Polizeipräsidium Düsseldorf zu besuchen?"

„Er ist immer noch krankgeschrieben."

„Aber ich kann mit ihm reden, oder?"

Sophie Renger warf einen kurzen Blick zu ihrem Chef und
antwortete nach einem zustimmenden Nicken von ihm: „Aktuell besuche ich Herrn Bertram mindestens jeden zweiten Tag
bei sich zuhause, beziehungsweise bei seiner Schwester, die
sich um ihn kümmert. Er ist noch etwas bewegungseinge-
schränkt, aber sein Verstand arbeitet einwandfrei, soweit ich es
beurteilen kann. – Sie könnten vielleicht morgen mit mir zu ihm
fahren."

„Wie heißt seine Schwester und wo wohnt sie? Schicken Sie
mir die Adresse per E-Mail und ich komme direkt dorthin."

„Ist Ihnen ein Besuch morgen um 10:00 Uhr recht?"

„In Ordnung", sagte Pelker noch einmal und verabschiedete
sich.

Berlin, auf dem Weg von Tiergarten nach Charlottenburg

Der Wagen war perfekt, ein alter VW Golf 2, etwa zwanzig
Jahre alt, aber optisch noch in ziemlich gutem Zustand. Das
Öffnen der Tür erledigte er brutal, aber schnell mit einem lan-
gen Schraubendreher. Ein Video aus dem Internet hatte ihm

erklärt, wie der Wagen kurzzuschließen war; er hielt sich genau an die Beschreibung und es funktionierte. Der Motor des alten Golfs sprang an und lief erstaunlich ruhig, der Tank war halb voll, besser konnten die Voraussetzungen nicht sein. Es konnte losgehen.

Vorsichtig lenkte er den Wagen aus der Parklücke und fuhr etwa fünfhundert Meter zu dem Seitenstreifen, den er sich bereits vor ein paar Tagen ausgesucht hatte. Er hielt an und drehte die Seitenscheibe der Fahrertür etwas hinunter. Luft, er brauchte frische Luft! Die Aufregung schien ihm fast den Atem abzuschnüren.

Den Motor wieder abzustellen, traute er sich nicht. Unruhig wartete er, bis sein Opfer um die Ecke biegen würde. Um möglichen Beobachtern eine Erklärung für sein Anhalten bei laufendem Motor zu geben, tat er so, als suche er etwas im Handschuhfach, wobei er stets die Straße im Blick behielt und sich nicht von dem überraschend ekligen Inhalt hinter dem Klappdeckel ablenken ließ. Mittlerweile war er froh, Handschuhe angezogen zu haben, nicht nur wegen der Fingerabdrücke; seine Jeans und den Hoody, dessen Kapuze er über den Kopf und weit ins Gesicht gezogen hatte, würde er vernichten, sobald er wieder zuhause war. Auch wenn er nicht empfindlich war, der Innenraum dieses Wagens stank einfach erbärmlich.

Bald war es geschafft und er konnte den Wagen einfach wieder irgendwo am Straßenrand stehen lassen. Bestimmt würde das Opfer gleich um die Ecke biegen. Es war sein Heimweg, den es fast immer zu Fuß zurücklegte.

Da war der Mann. Den geparkten Golf würdigte er keines Blickes, keine Vorahnung schien ihn den alten Wagen beachten zu lassen, kein Instinkt, der ihn warnte. Er hatte verloren.

Es kam nur selten vor, dass der konservativ gekleidete Mann unaufmerksam durch die Straßen marschierte, aber an diesem Abend bemerkte er den Wagen nicht, der ihm langsam folgte.

Er war tief in Gedanken versunken. Sein Spaziergang nach Hause sollte Klarheit bringen und es ihm ermöglichen, vor dem Zubettgehen noch zu entscheiden, welche Schritte er als Nächstes einleiten musste.

Jemand hatte seinen E-Mail Account geknackt. Und seine Kreditkartendaten waren genutzt worden, um eine Tankrechnung an einer Berliner Tankstelle zu bezahlen, die er noch nie betreten hatte – er besaß überhaupt kein eigenes Auto. Natürlich hatte er sofort die Löschung seines Accounts beantragt und die Kreditkarte sperren lassen, aber das waren eher Reflexhandlungen gewesen. Was ihn nun beschäftigte, war die Frage, wie er herausbekommen konnte, wer es auf ihn abgesehen hatte. Und warum. Es konnte doch kein Zufall sein, dass gleichzeitig seine E-Mail-Kommunikation und seine Bezahlfunktion in den Fokus eines feindlichen Angreifers geraten waren. Was würde als Nächstes kommen? Das war doch nur der Anfang, lediglich eine Warnung.

Der in Gedanken vertiefte Mann kannte sich viel zu gut aus in der Welt der kleinen Angriffe auf die Privatsphäre eines Gegners, um sich der Illusion hinzugeben, dass seine Daten jemals vollständig sicher gewesen waren. Wer die persönliche Post eines anderen lesen wollte, seine Bankkonten kontrollieren oder seine Integrität im Netz untergraben wollte, würde immer einen Spezialisten finden, der ihm half. Die einzige Herausforderung lag darin, die notwendigen Kontakte, etwas kriminelle Energie und ein ausreichendes Budget zu besitzen. Damit kam eigentlich jeder in Frage, den er sich in den letzten Wochen zum Feind gemacht haben konnte.

Aktuell hatte er kein Verhältnis mit einer möglicherweise verheirateten Frau; seit Wochen versagte er sich ein solches Vergnügen. Ein eifersüchtiger Ehemann konnte es also nicht sein, der den Angriff auf seine Privatsphäre in Auftrag gegeben hatte. Sein letzter Außendiensteinsatz war harmlos gewesen und außerdem sehr diskret verlaufen; auch hier konnte er sich eigentlich keine Feinde gemacht haben, schon gar keine, die ihn auch identifizieren konnten. Hinter welchem Busch also musste er seinen Widersacher suchen?

Immer noch in seine Gedanken vertieft, bog der Mann in die schmale Wohnstraße ein, an deren Ende das klassizistische Vorkriegshaus stand, das seine Wohnung beherbergte. Hierher hatte er noch nie einen Freund oder eine Geliebte mitgebracht. Er fühlte sich sicher in seiner Straße.

Als er das Aufheulen des Motors hörte, war es bereits zu spät für ihn. Er hatte gerade die Mitte der Straße erreicht und hielt mit der einen Hand seine Aktentasche fest, die andere Hand war auf der Suche nach seinem Wohnungsschlüssel tief in die Manteltasche vergraben. Er schaffte es gerade noch, sich halb nach dem lauten Geräusch in seinem Rücken umzudrehen, als ihn bereits der Kühlergrill in Kniehöhe traf. Trotz der noch nicht sehr hohen Geschwindigkeit des Wagens wurde er schräg über die Kühlerhaube geschleudert und landete mit dem Kopf zuerst auf dem Kopfsteinpflaster der ruhigen Wohnstraße. Keine ausgestreckte Hand milderte den Sturz ab, kein Hut, keine Mütze, kein Laub bildete einen Puffer zwischen Pflasterstein und Schädelknochen. Das letzte, was der Angefahrene noch wahrnahm, war ein Knirschen, dann wurde es dunkel um ihn herum.

Der Notarzt, der den noch auf der Straße liegenden Verunglückten untersuchte, konnte schon bei der ersten Inaugenscheinnahme feststellen, dass seine Hilfe zu spät kam. Der Mann vor ihm war so unglücklich auf der Straße aufgeschlagen, dass er sich das Genick gebrochen hatte: ein schneller Tod. Seine linke Hand war immer noch um den Griff einer Aktentasche geklammert, der rechte Unterarm war, genauso wie das rechte Bein, mehrfach gebrochen. Die rechte Hand, die immer noch in der Manteltasche steckte, als er den Verletzten erreichte, hielt einen Schlüsselbund mit einem eleganten silbernen Schlüsselanhänger fest, einem Januskopf, wie der Notarzt nebenbei feststellte.

Die Zeugen, die später zu dem Unfall mit Fahrerflucht von der Polizei befragt wurden, sagten übereinstimmend aus, dass der Wagen den Mann mit mäßiger Geschwindigkeit erfasst habe und nach dem Unfall ungebremst weitergefahren sei. Einer der Beobachter war so geistesgegenwärtig gewesen, den davonfahrenden Wagen zu fotografieren. Das Nummernschild war auf der Aufnahme deutlich zu erkennen, der Wagen wurde umgehend zur Fahndung ausgeschrieben.

Noch am Abend des Unfalls wurde der Golf 2 von einer Polizeistreife entdeckt, er war nur wenige Kilometer von der Unfallstelle entfernt abgestellt worden. Die Fahrertür war nicht abgeschlossen und zeigte die Folgen eines groben Einbruchs. Kühlergrill, Kühlerhaube und Windschutzscheibe wiesen deutliche Unfallspuren auf. Im Wagen wurden neben den genetischen Spuren und Fingerabdrücken des Fahrzeughalters und Generationen von Beifahrern keine sachdienlichen Hinweise auf einen möglichen Dieb des Wagens gefunden.

Der Besitzer des Wagens hatte ein überzeugendes Alibi, da er bereits seit dem Vortag wegen eines Gewaltdelikts in Untersuchungshaft saß. Die Tatsache, dass die meisten alten Abdrücke an der Fahrertür und auf dem Lenkrad verwischt waren, erklärte die Spurensicherung damit, dass der Dieb und Unfallfahrer wahrscheinlich Handschuhe aus Stoff getragen hatte.

Odenthal im Bergischen Land

Bereits gegen 9:20 Uhr klingelte Sophie Renger an der Tür von Bertrams Schwester Katja. Vor der Ankunft des Kriminalhauptkommissars wollte sie Ruben Bertram über die neuen

Erkenntnisse informieren und ihm die Chance geben, sich selbst die bearbeiteten Aufnahmen der Verkehrsüberwachung anzusehen.

Katja Weber führte sie in den Raum im Erdgeschoss des Einfamilienhauses, der bisher ihr eigenes Arbeitszimmer gewesen war. Für die nächsten Tage hatte sie ihn an ihren Bruder abgegeben, da er mit jedem Genesungsfortschritt ungeduldiger wurde und darauf drängte, endlich wieder seine eigene Wohnung in Köln und sein eigenes Büro im Redaktionsgebäude der RA beziehen zu dürfen.

Außer ihrem Laptop hatte Sophie eine stark riechende Papiertüte in ihrer ausladenden Handtasche versteckt, die sie Bertram reichte. „Den Geruch werde ich nie wieder aus meiner Tasche herausbekommen", scherzte sie halb ernst.

Begeistert nahm er ihr die braune Tüte ab. Neben einem XXL-Burger enthielt sie eine große Portion Pommes Frites, diverse Saucentütchen und einen Kaffee im Pappbecher, den Sophie für sich selbst gekauft hatte.

„Es ist mir ein Rätsel, wie man so etwas zu sich nehmen kann", frotzelte sie weiter. „Und dann auch noch als erste Mahlzeit des Tages."

„Haben Sie schon einmal wochenlang nur von Vorgekautem gelebt? Das ist sicher höchst gesund, aber auf Dauer unerträglich. Sogar Babys spucken das Zeug irgendwann aus."

„Soll ich Ihre Schwester um Messer und Gabel bitten?"

„Bloß nicht!" Erschrocken sah Bertram vom Inhalt seiner Tüte auf.

Normalerweise umspielte ihn, nur für Sophie hörbar, ein leises, aber intensives Blätterrauschen, fast als stünden sie zusammen in einem Wald aus lauter Pappeln. Jetzt schien sich für wenige Sekunden kein Blatt mehr zu regen.

„Wenn Katja mich diese Köstlichkeiten überhaupt essen lässt, dann dreht sie zuerst alles durch den Mixer", erklärte er seine heftige Reaktion.

Sophie lachte und beobachtete Bertram dabei, wie er den Burger liebevoll aus der Verpackung hob, ihn kritisch in Augenschein nahm und danach vorsichtig plattdrückte.

„Ich kriege den Mund zwar noch nicht weit auf, aber irgendwie bekomme ich diese Delikatesse schon hinein", sagte er und versuchte dann unter leichtem Stöhnen sein Glück.

„Schmerz oder Vergnügen?", fragte Sophie.

„Beides", erhielt sie als knappe Antwort zwischen zwei Bissen.

Nach etwa der Hälfte der mitgebrachten Speisen gab Bertram auf. Zufrieden lehnte er sich in seinem Sessel zurück und lächelte Sophie an. Nach einer Weile streckte er ihr seine fettige rechte Hand entgegen. „Auch wenn es eigentlich nicht von mir kommen dürfte: Ich würde mich freuen, wenn wir uns ab jetzt duzen. Mein Name ist Ruben."

Statt seine Hand zu ergreifen, kramte Sophie erneut in ihrer großen Handtasche und nahm ein kleines Reisepaket Erfrischungstücher heraus. Sie reichte es ihm. „Etwas anderes habe ich heute Morgen auf die Schnelle nicht gefunden."

„Für was?"

„Damit du dir die Spuren deiner morgendlichen Völlerei abwischen kannst, bevor ich dir die Hand oder sogar einen Kuss gebe. So fängt bei mir das Duzen nämlich an."

Ruben wurde rot. Verlegen lehnte er das Päckchen ab. „Du hast es also nicht vergessen." Er griff nach seinen Krücken und erhob sich mühsam. „Dann entschuldige ich mich mal kurz und gehe ins Badezimmer."

Während Sophie allein im Arbeitszimmer wartete, nutzte sie die Zeit, die Reste des Fast-Food-Frühstücks zusammenzuräumen und in den Papierkorb zu werfen, der neben dem Schreibtisch stand. Danach fuhr sie ihren Rechner hoch, um bei Rubens Rückkehr umgehend bereit zu sein, ihm die Aufnahmen zu zeigen, über die Pelker sicher gleich sprechen wollte.

„Lass uns die lange Prozedur der Verbrüderung auf eine andere Gelegenheit verschieben", sagte sie und hauchte Ruben bei seiner Rückkehr einen schnellen Kuss auf die rechte Wange. „Du solltest dir noch etwas ansehen, bevor Thomas Pelker gleich zu uns stößt."

„Du hast den Hauptkommissar eingeladen?" Ruben ließ sich vorsichtig in seinen Sessel sinken und sah sie erwartungsvoll an. „Der Tag wird immer besser."

Sie schafften es, die bearbeiteten Aufnahmen seines Unfalls zweimal in voller Länge anzusehen, bevor es klingelte und Katja Weber den Hauptkommissar in den Raum führte. Sophie schmunzelte innerlich, als ei ihn sah. Pelker sah fast exakt so aus, wie sie ihn sich nach dem kurzen Telefonat vorgestellt hatte: Ein drahtiger, leicht angegrauter Mann, etwa fünf Jahre älter als sie selbst, vielleicht ein paar Zentimeter kleiner und mit einem gepflegten Schnurrbart ausgestattet. Darauf, dass er einen Bart trug, hätte sie ein Monatsgehalt gewettet, und sein Schnurrbart stand ihm wirklich gut. Normalerweise versteckten Männer etwas hinter ihren Bärten; zu Pelker passte der Schnäuzer, er trug ihn wie ein modisches Accessoire. Angezogen war er recht sportlich mit einer schwarzen, schlank geschnittenen Jeans, einem graukarierten Hemd, einem anthrazitfarbenen Zopfpullover und schwarzen, geschnürten Stiefeletten. Seine Jacke oder seinen Mantel schien er im Auto gelassen zu haben. In Sophies Augen sah Pelker aus wie ein Mann, der gelernt hatte auf sein Äußeres zu achten, ohne dabei aber zu eitel zu sein. Wahrscheinlich wusste er auch sonst ziemlich genau, was er tat. Sein Klang war ein selbstsicher geblasenes Trompetensolo.

Sie ebenfalls neugierig musternd, reichte ihr der Polizist die Hand. Sophie ergriff sie, lächelte ihn freundlich an und erzählte ein paar Worte über sich als neue Mitarbeiterin der Rheinischen Allgemeinen.

Die Begrüßung zwischen Pelker und Ruben fiel deutlich vertrauter aus. Die beiden Männer wussten offensichtlich, was sie aneinander schätzten.

„Frau Dr. Renger, da Sie mich gestern zusammen mit Peter Hamann angerufen haben, gehe ich davon aus, dass die Bearbeitung der Unfallaufnahmen durch sie angestoßen wurde", kam Pelker schnell auf den Grund seines Kommens zu sprechen. „Wären Sie bitte so nett, mir das Video zu zeigen. Und zwar in beiden Versionen, vor und nach der Bearbeitung."

Sophie öffnete erneut ihren Laptop, reichte ihn Pelker und zeigte ihm die beiden Dateien, die sie auf dem Desktop abgelegt hatte. Pelker ließ nacheinander beide Aufnahmen ein paar Mal laufen und klappte dann den Deckel des Laptops zu.

Zu Ruben gewandt fragte er: „Können Sie sich daran erinnern, dass Ihr Auto von einem fallenden Gegenstand getroffen wurde?"

„Ich habe die Aufnahmen gerade selbst zum ersten Mal gesehen. Bisher fehlt mir alles ab wenige Sekunden vor dem Aufprall."

„Es kann sein, dass die Erinnerung wiederkehrt, nachdem er nun die Bearbeitung gesehen hat", meldete sich Sophie zu Wort.

Pelker sah sie an und richtete seine nächste Frage an sie: „Es war also Ihre Idee, dass der Autounfall von Herrn Bertram eine andere Ursache haben könnte, als die offiziell angenommene, nämlich seine Müdigkeit?"

„Ja. Die Drohbriefe an ihn und der Tod Dr. Probsts haben mich darauf gebracht."

Pelker schien einen Moment nachzudenken. Sophie und Ruben wollten ihm die Gesprächsführung überlassen und blieben stumm.

„Der Untersuchungsbericht Ihres Unfalls, Herr Bertram, enthält keinen Hinweis auf Fremdeinwirkung. Was auch immer es für ein Gegenstand war, der auf ihr Auto gefallen ist, er wurde

damals nicht bemerkt und wird heute nicht mehr auffindbar
sein."

„Ja, das sehe ich auch so."

„Darüber hinaus haben wir keinen Beleg dafür, dass genau
Sie beziehungsweise Ihr Auto getroffen werden sollten. Es
könnte auch sein, dass – sollte es wirklich einen Steinewerfer
gegeben haben – dieser Sie und Ihr Auto zufällig getroffen hat."

„Ja, das kann absolut so gewesen sein." Ruben blieb erstaunlich ruhig und sah abwartend zum Hauptkommissar.

„Was haben die Ermittlungen wegen des Todes von Richter
Thomas Probst ergeben?"

Pelker lächelte Sophie auf ihre Frage hin freundlich an und
erwiderte: „Für solche Auskünfte muss ich Sie an die Presse-
stelle der Polizei verweisen."

„Herr Kriminalhauptkommissar!" Ruben lächelte jetzt auch.

„Herr Bertram?"

„Die beiden Unfälle könnten doch vom selben Täter verursacht worden sein", versuchte Sophie es erneut. „Bei Ruben
war er nicht erfolgreich, deshalb ist er bei Herrn Dr. Probst auf
Nummer Sicher gegangen."

„Frau Dr. Renger, es könnte so gewesen sein. Aber ich habe
nicht den geringsten Beweis dafür. Und, was noch viel schlimmer ist, ich habe bei beiden Fällen keinen Hinweis auf diesen
möglicherweise gemeinsamen Täter."

„Die beiden verurteilten Raser können es bei dem Richter ja
nicht gewesen sein. Nach meinen Recherchen sitzen die noch
im Gefängnis."

„Das stimmt. Sie sind zur Zeit noch inhaftiert."

„Aber Sympathisanten illegaler Autorennen könnten die Taten begangen haben. Also vielleicht nicht gerade Fans meiner
Kolumne, aber Freunde oder Fans der verurteilten Raser."

„Das ist lediglich eine Theorie von Ihnen, Herr Bertram."

„Herr Pelker, lassen Sie uns doch offen miteinander umgehen. Wir werden weder über meinen Unfall noch über das, was

Sie uns heute zu Ihren Ermittlungen sagen, etwas drucken, das nicht mit Ihnen abgestimmt ist. Stattdessen bieten wir Ihnen unsere Unterstützung an. Ohne jeden Hintergedanken; einzig und allein, um den Täter von der Straße zu bekommen."

Wieder schien Pelker kurz nachzudenken.

„Oder machen Ihre Untersuchungen so gute Fortschritte, dass Sie keine Hilfe benötigen?"

Pelker verzog seinen Mund. „Wie meinen Sie denn, mich unterstützen zu können?"

„Ich schreibe einen neuen Artikel für meine Kolumne, außer der Reihe. Der eigentliche Novemberartikel erscheint morgen und ist bereits fertig für den Druck, aber warum soll in der nächsten Woche nicht noch einer erscheinen, mit Ankündigung auf dem Deckblatt, große Aufmachung?"

„Sie wollen den Täter provozieren? Damit er es noch einmal bei Ihnen versucht?"

„Genau."

„Das kommt nicht in Frage."

„Wenn wir unrecht damit haben, dass mein Unfall ein gezielter Anschlag auf mein Leben war, wird nichts passieren. Im anderen Fall müssen Sie eben ein wenig auf mich aufpassen. Wahrscheinlich werden wir ja rechtzeitig gewarnt, bevor der Täter zuschlägt. Das letzte Mal hat er mich auch erst bedroht."

„Das kommt nicht in Frage."

„Mich als Mitglied der freien deutschen Presse können Sie sowieso nicht davon abhalten, in einer Kolumne meine Meinung zu schreiben. Auch, wenn diese einigen Verkehrsrowdys auf deutschen Straßen nicht gefallen wird." Ruben grinste erneut.

Sophie beobachtete gespannt, wie sich die Situation entwickelte. Rubens Idee war vielleicht nicht schlecht. Generell. Aber er war mit Sicherheit noch nicht in der körperlichen Verfassung, sich in Gefahr zu bringen, wenn er überhaupt jemals fit genug dafür gewesen war. Sie konnte den Standpunkt des Kriminalhauptkommissars durchaus nachvollziehen.

„Herr Bertram, Sie sollten über so etwas noch nicht einmal nachdenken. Schauen Sie sich doch an. Sie leiden immer noch unter den Verletzungen Ihres Unfalls. – Niemand, auch ich nicht, ist in der Lage, Sie so wirkungsvoll zu beschützen, dass er sich auf Ihren Plan einlassen könnte. Ich werde es nicht unterstützen, Sie der Gefahr eines erneuten Unfalls auszusetzen."

„Haben Sie eine bessere Idee, Herr Hauptkommissar?"

„Wir werden weiter ermitteln und die Spur finden, die uns zum Täter führt, ohne dass wir Ihr Leben dafür aufs Spiel setzen müssen."

„Diese Spur wird jeden Tag kälter."

Pelker erwiderte nichts.

„Hat Richter Probst eigentlich ebenfalls Drohbriefe erhalten?", fiel Sophie ein.

„Nein. Zumindest sind weder in seinem Büro noch zuhause bei ihm welche sichergestellt worden."

Das war nicht gut. Falls es vor einem möglichen zweiten Anschlag auf einen Journalisten der Rheinischen Allgemeinen vielleicht noch nicht einmal eine Vorwarnung in Form eines Drohbriefs gab, kam es aus Sophies Sicht auf gar keinen Fall in Frage, dass Ruben sich zur Zielscheibe machte. „Ich denke, Herr Pelker hat recht", sagte sie gedehnt. „Du, Ruben, bist definitiv nicht in der körperlichen Verfassung, ein weiteres Risiko einzugehen."

„Sophie, fällst du mir jetzt auch in den Rücken?"

„Warum veröffentlichen wir den Artikel nicht unter meinem Namen?"

„Das kommt genauso wenig in Frage." Pelkers ablehnende Reaktion kam in Sekundenbruchteilen.

„Ich kann ganz gut auf mich aufpassen, Herr Pelker."

„Das hätte Herr Dr. Probst bestimmt auch von sich behauptet."

„Achtelik spielt da nie mit", warf Ruben ein.

Sophie entnahm seinem Tonfall, dass er sein Argument für unüberwindbar hielt. „Das kann sein, Ruben, aber fragen möchte ich ihn dennoch. Wir können ihn entscheiden lassen. Wenn er meinem Vorschlag zustimmt, dann veröffentlichen wir den zusätzlichen Artikel unter meinem Namen. Einverstanden?"

Ohne zu zögern, antwortete Ruben: „Wenn Achtelik einverstanden ist, äußere ich keine Einwände mehr."

„Herr Kriminalhauptkommissar, falls unser Verleger zustimmt, haben Sie keine Möglichkeit mehr, uns zu stoppen. Stehen Sie in dem Fall hinter uns?"

Pelker sah kurz von Sophie zu Ruben. Dann stimmte er zögerlich zu.

Kriminalinspektion 1 in Düsseldorf

„Ich weiß immer noch nicht, wie sie es geschafft hat, dass Ri Achtelik den Plan unterstützt." Bertram klang auch noch durch die Telefonleitung hindurch zerknirscht. „Alles hätte ich darauf verwettet, dass er ihr verbietet, mitzumachen."

„Was hat Sie so sicher gemacht?"

„Sophie Renger steht aus irgendeinem Grund unter Achteliks persönlichem Schutz. Ich will mich jetzt nicht an der Verbreitung der Gerüchte über die beiden beteiligen, die bereits in der Redaktion die Runde machen. In jedem Fall hat er sie persönlich eingestellt und dabei alle seine Mitarbeiter, die normalerweise darüber entschieden hätten, übergangen. Auch mich."

„Sie ist eine sehr attraktive Frau."

„Natürlich ist sie das. Auch ich habe Augen im Kopf. – Bleibt umso mehr die Frage: Würden Sie jemandem, den Sie besonders schätzen, erlauben, sich einer vermeidbaren Gefahr auszusetzen?"

Pelkers Gedanken schweiften kurz ab zu den fruchtlosen Diskussionen mit seiner jüngsten Ex-Frau. Sie war bereits seine zweite Ehefrau, die sich mit seiner Einstellung zu seinem manchmal gefährlichen Beruf nicht hatte arrangieren können.

Ein leichtes Räuspern auf der anderen Seite der Telefonverbindung rief ihn zurück in die Gegenwart. „Es hilft nichts, Herr Bertram. Frau Dr. Renger wird wohl auf die Einhaltung unserer Zusagen bestehen."

„Ja, das wird sie. Da bin ich mir sicher."

„Ich kann sie auf keinen Fall über längere Zeit rund um die Uhr bewachen lassen. Dafür stehen mir nicht ausreichend Mitarbeiter zur Verfügung."

„Dann müssen wir uns etwas einfallen lassen, das sie aus der Schusslinie nimmt, sobald wir den Artikel veröffentlicht haben. Bisher habe ich allerdings noch keine Idee, welchen Trick wir dazu nutzen können."

„Ich setze auf Ihre Kreativität, Herr Bertram. Nur Ihretwegen sind wir in dieser Situation."

„Der Artikel erscheint diesen Samstag. Wir haben also nur noch wenige Tage Zeit, bis unsere Provokation veröffentlicht wird. Danach vergehen sicher noch ein paar Tage, bevor es eine Reaktion gibt – falls meine Theorie des Rachefeldzugs überhaupt stimmt."

„Gut, das verschafft uns etwas Zeit. Auch ich werde über Ihren Vorschlag nachdenken, Frau Dr. Renger passiv zu schützen. – Geben Sie mir bitte umgehend Bescheid, wenn der Artikel in den Druck geht."

„Möchten Sie ihn vorher auch lesen?"

Pelker war sich sicher, dass Bertram ihn mit diesem Angebot auf den Arm nehmen wollte, trotzdem hätte er beinahe zugestimmt.

Nach drei Wochen unergiebiger Untersuchungen bestand die Ermittlungsgruppe ‚Richter Probst' nur noch aus Thomas

Pelker, Peter Bacher und einem Polizeimeisteranwärter, der seit gut einem Monat Dienst in der Kriminalinspektion 1 tat. Alle übrigen Mitarbeiter hatte der Polizeipräsident wieder anderen Kommissariaten und Fällen zugeordnet.

Bei der Analyse der Gerichtsakten des Richters hatten sich etwa ein Dutzend Verurteilte herauskristallisiert, denen Kriminalhauptkommissar Pelker den Mordanschlag überhaupt zutraute. Nach näherer Betrachtung ihrer derzeitigen Lebensumstände war lediglich ein möglicher Täter übriggeblieben. Aktuell wurde nach ihm gefahndet, auch wenn Pelkers Bauchgefühl diesen Mann längst freigesprochen hatte. Seine Überzeugung, dass der Grund für Probsts gewaltsamen Tod im Urteilsspruch gegen die beiden Raser lag, war durch die bearbeiteten Aufnahmen von Bertrams Unfall noch gefestigt worden.

Direkt nach dem Besuch in Odenthal hatte Pelker deutschlandweit seine Kollegen um Amtshilfe gebeten: Alle Polizeidienststellen waren von ihm aufgefordert worden, tödliche Verkehrsunfälle zu melden, welche die Vermutung zuließen, dass sie keine zufälligen Unglücksfälle gewesen waren. Täglich kamen Meldungen bei ihm an; pro Jahr verloren in Deutschland knapp dreitausendfünfhundert Personen durch einen Verkehrsunfall ihr Leben. Noch hatte er keinen Überblick, wie viele der aufgeführten Unfälle die von ihm genannten Voraussetzungen wirklich erfüllten. Die Namen aller bisher gemeldeten Opfer hatte er an Bertram und Renger weitergegeben, die sich für die Recherche der früheren Lebensumstände der Verkehrstoten angeboten hatten. Die beiden Journalisten wollten herausfinden, ob sich die aufgeführten Verkehrsopfer in irgendeiner Weise gegen Verkehrsrowdys engagiert hatten. Bisher war eine Erfolgsmeldung von ihnen ausgeblieben; offenbar gab es noch keinen Treffer.

„Wie sieht es mit der Übersicht der Zuschauer aus, die bei den angeblich so harmlosen Cruiser-Veranstaltungen der letzten Monate von meiner Sonderkommission erfasst wurden?" Pelker und die beiden anderen Beamten der geschrumpften Ermittlungsgruppe saßen zusammen in der Kantine des Polizeipräsidiums und tranken Kaffee.

Bevor Bacher seinem Vorgesetzten antworten konnte, hatte Frank Ziegler, der Jüngste der Runde, das Wort ergriffen: „Während der letzten Tage habe ich die Fotos von allen uns bekannten, wahrscheinlichen Rennveranstaltungen ausgewertet und die Zuschauer erfasst. Bei den Rennen im Rheinland gibt es erhebliche Übereinstimmungen. Etwa siebzig identifizierbare Personen waren bei fast allen Treffen vertreten."

„Eine nennenswerte Menge an Wiederholungstätern hatte ich erwartet, allerdings überrascht mich die Höhe der Zahl."

„Vergleicht man die Zuschauer bei allen wahrscheinlichen Rennen in ganz Deutschland, von denen wir Fotos des Publikums haben, sinkt die Zahl der Übereinstimmungen auf etwa zwanzig Personen."

„Sind es immer dieselben zwanzig oder sogar siebzig Personen?"

„Ja, fast immer. Vielleicht sind es sogar ein paar mehr, aber wir konnten noch nicht alle Personen identifizieren, die auf den Fotos festgehalten sind."

„Ich möchte eine Liste der Übereinstimmungen haben, ihre Namen, Adressen und was Sie sonst noch über die Herrschaften wissen."

„Eine solche Liste müsste bereits für dich auf dem Drucker liegen", mischte sich Bacher ein.

„Sehr gut. – Herr Ziegler, Sie sagten, dass es Leute gibt, die auf den Fotos der unterschiedlichen Veranstaltungen wiederholt abgelichtet wurden, zu denen wir aber noch keine Personalien haben. Ist das richtig?"

„Die erste Prüfung der Aufnahmen hat mir den Eindruck vermittelt", antwortete Ziegler. „Verbindlich kann ich es aber erst bestätigen, wenn ich alle Fotos noch einmal genauer unter die Lupe genommen habe."

„Gut. Bitte machen Sie das direkt. Gerade diese unbekannten Personen interessieren mich. Wenn es auch hier eindeutige Übereinstimmungen gibt, will ich wissen, wer es schafft, immer wieder anwesend zu sein, ohne sich dabei so fotografieren zu lassen, dass er oder sie identifizierbar ist. Da wir keine Namen haben, drucken Sie mir die Fotos aus, ok?"

Ziegler nickte.

„Was versprichst du dir von den Zuschauern?", fragte Bacher.

„Ich versuche, den Tod Dr. Probsts in einem größeren Rahmen zu sehen. Vielleicht ist der Täter jemand, dem der Richter nie direkt etwas getan hat. Eine Person, die seinen Gerichtssaal nie betreten hat."

„Das verstehe ich nicht." Bachers Gesicht zeigte diesen hilflosen Gesichtsausdruck, an den sich Pelker nie gewöhnen würde.

„Alle Kollegen, die uns ihre Aufnahmen zur Verfügung gestellt haben, sind davon überzeugt, dass sie eine illegale Rennveranstaltung unterbrochen haben. Die meisten von uns, auch die Zivilbeamten, stoßen ja nicht mehr unerkannt zu solchen Treffen. Wenn sie auftauchen, wird aus einer Rennveranstaltung eine reine Posing-Show. Dass vorher Rennen stattgefunden haben oder später eigentlich noch stattfinden sollten, ist in einem solchen Fall nicht nachweisbar."

„Ja, das ist mir schon klar. Aber dann müssten wir uns um die potenziellen Fahrer kümmern, also diejenigen, die in den Autos sitzen."

„Während meiner Zeit in der Sonderkommission habe ich gelernt, dass sich das Publikum solcher Veranstaltungen aus zwei Personengruppen zusammensetzt. Die eine Gruppe besteht aus den engsten Freunden der Fahrer, ihrer Renn-Familie sozusagen. Die andere Gruppe wird von echten Fans gebildet, das sind Personen, die vielleicht keinen der Fahrer persönlich kennen. Diese Fans außerhalb des engsten Kreises der Fahrer will ich identifizieren. Wer regelmäßig zu illegalen Rennen fährt, zum Teil dafür weite Strecken zurücklegt, muss ein fanatischer Anhänger solcher Veranstaltungen sein. Er hat massives Interesse daran, dass die Rennen weiterhin stattfinden. Vielleicht ist die Begeisterung bei einem von ihnen so groß, dass er bereit ist, Hindernisse aus dem Weg zu räumen. Vielleicht geht einer von ihnen sogar so weit, für die Rennen zu töten."

„Und diesen Einen hoffst du im Publikum zu finden?"

„Ja, Peter, das hoffe ich. Vielleicht greife ich nur nach einem Strohhalm, aber bessere Hinweise haben wir aktuell ja nicht. Möglicherweise leidet dieser eine Fan illegaler Autorennen unter einem ähnlichen Zwang wie manche Brandstifter: Er will, nein, er muss die Auswirkungen seiner Tat sehen und fährt deshalb zu allen illegalen Autorennen, deren Durchführung er ermöglicht hat."

„Sie nehmen also an, dass der Mörder von Dr. Probst ein treuer Fan illegaler Autorennen ist? Einer, der den Gedanken nicht ertragen kann, dass Jagd auf seine Idole gemacht wird? Einer, der alles dafür tun würde, dass seine Vorbilder weiterhin ihre Wettfahrten austragen können?"

„Ich hoffe es, Herr Ziegler, annehmen wäre zu viel gesagt. Es ist nur eine Spur, die wir verfolgen können. Mehr nicht."

„Wenn Sie mit Ihrer Hoffnung richtig liegen, würde es natürlich auch den möglichen Anschlag auf den Journalisten erklären."

„Genau so ist es, Herr Ziegler. Dann könnten wir davon ausgehen, dass auch Ruben Bertram getötet werden sollte."

„Und dass in dem großen Haufen von Verkehrsunfallprotokollen doch noch der eine oder andere Mord versteckt ist und damit vielleicht auch eine neue Spur, die uns zum Täter führt."

Redaktion der Rheinischen Allgemeinen in Köln

Ungeduldig saß Sophie Renger an ihrem Schreibtisch und tippte in schnellem Rhythmus mit dem Radiergummi an ihrem Bleistift auf die Tischplatte, ohne sich dessen bewusst zu sein. Nichts ging voran: Es gab keine Neuigkeiten zum Anschlag auf Ruben, die erneute schriftliche Provokation wurde erst in ein paar Tagen gedruckt und auch ihr eigener Unfallgegner war noch nicht identifiziert. Sie hasste es, selbst so wenig tun zu können, um eine Sache voranzubringen. Verärgert überlegte sie, mit wem sie über ihre Gedanken sprechen konnte.

Seit Anfang der Woche saß Ruben wieder in seinem kleinen Einzelbüro, das in den Raum des Großraumbüros der Journalisten und Redakteure des Feuilletons und der Sportredaktion integriert war. Drei der Wände seines Büros bestanden aus Glas. Sie dienten eher der akustischen als der optischen Separierung. An seinen Glaskasten schlossen sich zwei weitere, vergleichbare Einzelbüros an, in denen aktuell Bernd Christ und Detlef Schmitz saßen. Am Morgen hinkte Ruben auf Krücken gestützt in sein Büro und den ganzen Tag über verließ er es kaum. Sein Mittagessen wurde ihm von einer freundlichen Praktikantin aus der Kantine mitgebracht, Besprechungen mit Christ, Schmitz und weiteren Mitarbeitern seiner Ressorts fanden in seinem winzigen Glaskasten statt.

Sophies Schreibtisch war so im Großraumbüro platziert, dass sie mit dem Rücken zu allen drei Einzelbüros saß, nur wenige Meter von ihnen entfernt. Die niedrigen Trennwände zwischen den Arbeitsplätzen der Journalisten waren erst vor und neben ihrem Schreibtisch aufgestellt. Der Platz zwischen ihrem Arbeitsplatz und den Glaskästen der Chefs war einer der Hauptgehwege durch den Büroraum; er führte auf geradem Weg von der Eingangstür bis zur Fensterfront des Großraumbüros, vorbei an ständig ratternden Druckern, Kopierern, Faxgeräten und weiteren elektronischen Reliquien aus der Zeit vor der Illusion der papierlosen Redaktion. Das Gefühl, rund um die Uhr im Strom des Redaktionsgeschehens und, noch schlimmer, unter der Beobachtung ihres Chefs zu sitzen, lähmte Sophie geradezu. Auch wenn sie in den letzten zwei Wochen ein gutes Verhältnis zu Ruben und ihren Kollegen aufgebaut hatte, hasste sie doch eine derartige Öffentlichkeit bei der Arbeit. Hätte sie unter solchen Bedingungen tätig sein wollen, wäre sie besser in Berlin geblieben, dachte sie. Gleichzeitig ärgerte sie sich über ihre Empfindlichkeit einer solchen Nebensächlichkeit gegenüber.

Sophies Blick fiel auf einen kleinen Papierstapel rechts neben ihrer Schreibtischlampe. Ruben teilte ihr täglich einen Teil der Verkehrstoten zu, die kontinuierlich von der Düsseldorfer Kriminalpolizei gemeldet wurden. Bisher hatte sie noch bei niemandem Auffälligkeiten entdeckt, keiner ihrer Verunglückten schien sich öffentlich gegen Verkehrsrowdys engagiert zu haben. Die heutige Liste bestand lediglich aus drei Namen und den Orten, an denen sich der jeweilige Unfall ereignet hatte. Nach der unergiebigen Recherche der letzten drei Tage, hatte Sophie den Zettel ungelesen auf den Stapel der bereits überprüften Verkehrsopfer gelegt. Von dort schien er sie nun zu rufen.

Sie zögerte, nach der Liste zu greifen. Ihre Gedanken beschäftigten sich mit einer ganz anderen Herausforderung: Max hatte sich für den Abend angekündigt. Er könne drei Tage in Köln bleiben, wenn sie über das Wochenende Zeit für ihn habe, hatte er ihr am Telefon mitgeteilt. Sophie hatte ihren ersten Impuls, ein Treffen mit ihm abzulehnen, unterdrückt und ihn gespielt begeistert zu sich eingeladen.

Das Video von der Webcam ihres Unfallgegners war über einen Server von ‚Play IT!‘ ins Netz gestellt worden und Maximilian van de Bergh war der Eigentümer dieser Firma. Diese beiden Fakten waren das Einzige, was ihre drei Berliner Musketiere über die Herkunft der Aufnahmen herausbekommen hatten. Während der letzten Woche hatte Linus weitere Internetrecherchen durchgeführt, ohne dabei zusätzliche Erkenntnisse zu erlangen, die Sophie weiterhalfen. Ihr Unfallgegner hatte den zentralen Server der Firma ‚Play IT!' genutzt, der für Software-Updates allen Kunden zur Verfügung stand. Der öffentliche Zugriff auf diesen Server ermöglichte den Kunden von ‚Play IT!' allerdings lediglich Downloads von Updates. Laut Sophies Musketieren konnten Kunden diesen Server nicht nutzen, um Dateien von dort aus ins Internet zu laden – Linus hatte es versucht. Das Video musste also von einem Mitarbeiter von ‚Play IT!' ins Netz gestellt worden sein, von jemandem, der von intern Zugriff auf diesen Server hatte.

Den gestrigen Nachmittag hatte Sophie dazu genutzt, Maximilian van de Bergh im Internet zu stalken. Die Recherche über ihn hatte deutlich mehr Ergebnisse gebracht als die über die Verkehrstoten: Max hatte viele Fußspuren im Internet hinterlassen, zum Teil sicher auch gewollt, als Marketing für seine Computerspiele.

Sophie hatte die Bestätigung erhalten, dass er der alleinige Inhaber von ‚Play IT!' war; Max hatte die Firma vor vielen Jahren für die Vermarktung eines einzigen Computerspiels gegründet. Trotz der nach wie vor geringen Größe seines Unternehmens hatte er es geschafft, mit ‚Play IT!' auf dem internationalen Markt erfolgreich Fuß zu fassen. Laut den Wirtschaftsnachrichten launchten Max und seine Mitarbeiter etwa alle drei Jahre ein neues Spiel und landeten jedes Mal einen Erfolg damit. Maximilians Produkte wurden in Computerspiel-Foren empfohlen; sie schienen eine große Anhängerschaft zu besitzen. Sophie erinnerte sich, dass Pascal erwähnt hatte, eines seiner Lieblingsspiele sei von ‚Play IT!' entwickelt worden. Sie nahm sich vor, ihn darauf anzusprechen, welche Spielidee dieses Spiel besaß.

In einem Artikel über ‚Play IT!' wurde erwähnt, dass die Firma etwa fünfzig festangestellte und diverse freischaffende

Mitarbeiter beschäftigte. Sophie nahm an, dass die meisten von ihnen Spieleentwickler und damit Computercracks waren. Es hatten also wahrscheinlich mindestens fünfzig, wenn nicht sogar doppelt so viele Menschen die Möglichkeit, über den zentralen Server von ‚Play IT!' eine Datei ins Internet hochzuladen. Und alle waren mit Bestimmtheit bewandert genug, dabei keine Spuren zu hinterlassen und sich nicht zu erkennen zu geben.

Sophie wurde den Gedanken nicht los, dass es auch Max gewesen sein konnte, der das Video als einen Mitschnitt seiner eigenen Fahrt mit einem seiner Autos hochgeladen hatte. Ihr gegenüber hatte er bereits mehrfach erwähnt, dass er schnelle Wagen liebte und auch einige davon besaß. So hatten sie sich doch auch nur kennengelernt, damals an der roten Ampel in Berlin. Das Internet hatte dieser Information noch hinzugefügt, dass Max regelmäßig an Amateurrennen teilnahm; mehrere davon hatte er sogar gewonnen.

Was war, wenn Maximilian van de Bergh mit rücksichtsloser Fahrweise ihren Unfall verursacht hatte? Und einfach weitergefahren war, ohne ihr zu helfen? Wenn er von der Unfallstelle geflüchtet war, ohne sie abzusichern? Wenn Max es riskiert hatte, dass ein weiteres schnell fahrendes Auto sie überfuhr, bevor die Rettungskräfte bei ihr eingetroffen waren? Diese Möglichkeit musste sie möglichst bald ausschließen.

Während Sophie noch darüber nachdachte, wie sie die nächsten Tage unvoreingenommen gemeinsam mit Maximilian van de Bergh verbringen sollte, erschien Ruben plötzlich neben ihrem Schreibtisch. Auf eine seiner Krücken gestützt, lehnte er sich zu ihr herab und sah sie nachdenklich an.

„Ist bei dir alles in Ordnung?", fragte Sophie ihn. „Du sollst hier doch noch nicht herumlaufen."

„Bei mir schon. Aber was ist mit dir? Seit einer halben Stunde hackst du mit deinem Bleistift auf den Schreibtisch ein."

„Entschuldige bitte." Sie ließ den Stift fallen, als wäre er plötzlich glühend heiß geworden.

„Komm doch bitte in zwanzig Minuten mal zu mir ins Büro." Ruben richtete sich wieder auf. „Wenn du magst, bring etwas Kaffee mit", setzte er hinzu, bevor er zurück in sein Büro humpelte.

Kurz sah Sophie ihm hinterher, dann griff sie zu dem obersten Zettel auf dem Stapel der Verkehrstoten. Auf keinen Fall wollte sie sich von Ruben vorwerfen lassen müssen, dass sie die Suche nach dem Steinewerfer schleifen ließ. Zumal sie mit Sicherheit ihre Bedenken wegen Max nicht mit ihm teilen wollte.

Der oberste Name ließ sie hochschrecken: Voigt stand dort. Lars Voigt, verunglückt in Berlin. Wie viele Lars Voigts konnte es in Berlin geben? Sie setzte sich gerade vor ihren Bildschirm und suchte das Internet nach Meldungen über diesen Unfall ab. Laut kurzer Beschreibung der Berliner Presse war der Mann fast direkt vor seiner Haustür angefahren worden und noch an der Unfallstelle verstorben. Den VW Golf 2, mit dem der Unfall verursacht worden war, hatte die Polizei nur wenige Kilometer vom Tatort entfernt gefunden. Der Unfallfahrer selbst war flüchtig und unbekannt: Der Besitzer des Wagens konnte ihn während der Tatzeit nicht gefahren haben, da er wegen eines Gewaltdelikts in Untersuchungshaft gesessen hatte.

Sophie meldete sich im PrivateRoom ihrer Musketiere an und schrieb: „Ist jemand von euch online? Ich habe eine dringende Frage."

Innerhalb weniger Sekunden erhielt sie von Athos alias Timo die Antwort: „Hallo Treville, was kann ich für dich tun?"

„Hallo Athos, gerade habe ich eine erschreckende Nachricht erhalten: Ein Lars Voigt ist in Berlin tödlich verunglückt. Ist das der Lars Voigt, der in der Agentur gearbeitet hat?"

„Ja, Treville. Das war dein Lars Voigt. Die Nachricht ging vor ein paar Tagen durch die Gänge."

„Warum habt ihr mir denn nichts davon gesagt?"

„Ich dachte, er sei nicht mehr wichtig für dich. So, wie ihr auseinander gegangen seid."

Sophie war entsetzt, gleichermaßen über Lars' Tod und über Timos Annahme, das Wohlergehen ehemaliger Kollegen und Freunde sei nach wenigen Monaten für sie nicht mehr relevant. Schnell verabschiedete sie sich und verließ den Chat. Der Tod Lars Voigts konnte mit ihren Untersuchungen nichts zu tun haben. Sie würde sich später damit beschäftigen müssen.

Sie zwang sich, ihre ganze Konzentration auf den nächsten Namen der Liste zu richten: Elisabeth Brandner in Norderstedt. Innerhalb von nur einer Minute war ihr klar, dass sie mit diesem Verkehrsopfer endlich einen Treffer erzielt haben konnte. Frau Brandner hatte als Witwe und Mutter einer Abiturientin ein scheinbar geruhsames Leben in Norderstedt geführt, bis ihre einzige Tochter Monika im Jahr 2014 in Hamburg bei einem Verkehrsunfall ums Leben kam. Die Presse vermutete damals, es habe ein illegales Autorennen mitten in Hamburg stattgefunden, das zum Tod zweier Unbeteiligter geführt hatte, Elisabeth Brandners Tochter und ihrer ebenfalls knapp neunzehnjährigen Freundin. Mit dem Tod Monika Brandners schien sich das Leben der Mutter komplett gewandelt zu haben. Elisabeth Brandner engagierte sich gegen Verkehrsrowdys und die örtliche Cruiser-Szene, organisierte Demonstrationen, wendete sich an die Politik und wurde zu einer unermüdlichen Kämpferin für die Sicherheit auf öffentlichen Straßen. Nach dem tragischen Tod ihrer Tochter verbrachte sie offenbar jede Stunde ihrer Freizeit damit, gegen die Gleichgültigkeit der Öffentlichkeit und die Ohnmacht der Justiz Sturm zu laufen. Dass sie selbst nur etwa ein halbes Jahr nach ihrer Tochter ebenfalls am Steuer ihres eigenen Wagens starb, wurde von der örtlichen Presse zum tragischen Familienschicksal hochstilisiert.

Sophie druckte drei der Zeitungsartikel aus den Jahren 2014 und 2015 aus und machte sich dann daran, auch noch den zweiten männlichen Verkehrstoten unter die Lupe zu nehmen. Er war Opfer einer Massenkarambolage auf der A2 kurz vor Berlin geworden und schied damit für ihre weiteren Recherchen aus.

Mit ihren ausgedruckten Ergebnissen und zwei Pappbechern Automatenkaffees bewaffnet, betrat Sophie Rubens Büro. Er hatte auf einem seiner hässlichen Besucherstühle vor dem Schreibtisch Platz genommen und sein immer noch geschientes rechtes Bein auf den anderen Besucherstuhl gelegt. „Bitte setz dich auf meinen Schreibtischstuhl, Sophie. Ich muss mein Bein mal vernünftig lagern, langsam fängt der Laden hier an, unbequem zu werden."

„Soll ich dich zurück nach Hause bringen? Du bist immer noch krankgeschrieben."

„Erst müssen wir den Artikel fertigbekommen." Ruben schüttelte den Kopf und drehte seinen Laptop so, dass Sophie auf den Bildschirm schauen konnte. „Danach vielleicht."

„Wie soll ich dir dabei helfen, Ruben? Es ist deine Kolumne und du bist der erfahrene Journalist von uns beiden."

„Aber mein Geschreibsel wird unter deinem Namen erscheinen."

Sophie las den etwa dreihundert Worte umfassenden Artikel zweimal durch und nickte dann. „Wütend und gut. Es wird mir eine Ehre sein, meinen Namen darunter zu lesen."

„Dann ändere bitte noch ein paar Formulierungen."

„Wieso das? Der Artikel ist perfekt, so wie du ihn geschrieben hast."

„Das ist sehr nett von dir gesagt, aber es muss trotzdem sein. Es ist notwendig, den für mich typischen Stil aus den Sätzen herauszubekommen. Sonst erkennen die Leser, dass der Artikel nicht von dir stammt."

Sophie zögerte.

„Los, Mädel. Schreib ein paar Sätze neu, ändere die Formulierung am Ende."

„Kann ich es draußen machen?"

„Fühlst du dich an deinem eigenen Schreibtisch ungestörter?"

Sophie sah auf und bemerkte, dass Ruben sie angrinste.

„Ein entsetzlicher Schreibtisch, den die Kollegen dir zugewiesen haben – ich sorge dafür, dass du einen vernünftigen Arbeitsplatz bekommst", sagte er sanft. „Lass uns nicht darüber spekulieren, warum sie es getan haben."

Sophie nickte stumm und begann dann, Rubens Artikel ihren persönlichen Stil zu verpassen. Nach einer halben Stunde waren sowohl sie als auch der ursprüngliche Autor mit ihren Veränderungen zufrieden. Ruben legte das Dokument für die finale Druckfreigabe auf dem Server ab.

„Ab Samstag solltest du ein wenig auf dich aufpassen."

„Das bekomme ich hin. Du musst dir keine Sorgen um mich machen."

„Sollten wirklich negative Kommentare bei uns eintreffen, muss ich Pelker um deinen Schutz bitten."

Sophie lachte. „Ruben, er wird mich nicht besser schützen können, als ich es selbst tun werde."

„Du hältst wohl nichts von den Fähigkeiten der Polizei."

„Oh doch, sehr viel sogar. Aber ich glaube, ich hatte eine bessere Ausbildung."

Ruben sah sie eine Weile nachdenklich an und fragte dann: „Wirst du mir irgendwann einmal erzählen, was genau du früher gemacht hast?"

„Ich könnte es dir sagen, doch dann müsste ich dich erschießen", scherzte Sophie.

Ruben grinste. Er mochte Kinozitate und schlechte Actionfilme verpasste er selten. „Ein Klassiker", kommentierte er Sophies Antwort.

„Den habe ich extra für dich aufgehoben."

Ruben grinste noch etwas breiter.

„Dafür habe ich auch etwas für dich", sagte er nach einer kurzen Pause. „Eines meiner gestrigen Verkehrsopfer passt in unser Raster."

„Tatsächlich? Wer ist es und was ist ihm oder ihr passiert?"

„Sie war eine Kollegin von uns, allerdings aus dem Rundfunk, Beatrice Ludwig. Vielleicht kanntest du ihre Sendung aus dem Berliner Lokalfunk."

Sophie schüttelte den Kopf.

„Sie ist vor etwa einem Jahr Opfer einer der wunderschönen Alleebäume im Berliner Umland geworden. Die Polizei ist der Meinung, sie habe schlichtweg die Kontrolle über ihr Fahrzeug verloren, ohne Einwirkung durch weitere Fahrzeuge."

„Und sie hat genauso wie du über Verkehrsrowdys berichtet?"

„Nein, das hat sie nicht, noch nicht. Aber sie muss etwas auf der Spur gewesen sein. Sie plante offenbar ein Riesending, ihr Redaktionsleiter hat es so ausgedrückt. Sie habe die letzten Wochen vor ihrem Tod über die örtliche Cruiser-Szene recherchiert und dabei den Weg herausgefunden, über den, unentdeckt von der Polizei, illegale Autorennen verabredet würden. Leider sei ihr vollständiges Recherchematerial einschließlich ihres Laptops bei dem Unfall zerstört worden."

„Was für ein unglücklicher Umstand, falls sie wirklich eine Sensationsstory aufgedeckt hatte."

„Nicht für diejenigen, die entlarvt werden sollten."

„Und die Polizei hat diesen Unfall nicht als möglichen Mordanschlag untersucht?"

„Es gab wohl keinerlei Indizien für etwas anderes als einen Unfall. Und ein Radiobericht, der noch nicht aufgenommen wurde, für den sich noch nicht einmal ein Skript oder andere Unterlagen fanden, hat die Beamten nicht überzeugt."

Sophie dachte eine Weile über den Tod von Beatrice Ludwig nach. „Wenn ihr Verkehrsunfall wirklich ein Mord war, muss sie zuvor dem Täter sehr nahe gekommen sein. Wie soll er sonst von ihren Recherchen erfahren haben?"

„Das war auch mein erster Gedanke."

„Vielleicht haben wir hier die erste ernsthafte Spur."

„Aber eine sehr kalte Spur nach etwa einem Jahr. Der Sender hat direkt nach ihrem Tod versucht, Beatrice Ludwigs Recherchen nachzuvollziehen, aber nach ein paar Wochen ohne Ergebnisse haben sie aufgegeben. – Offenbar hat Beatrice allein recherchiert und nichts von dem, was sie herausbekommen hat, auf einem der Server des Senders gespeichert."

Sophie sah nachdenklich zu Ruben, der als stumme Antwort lediglich mit den Schultern zuckte. „Und deine Opferliste?", fragte er nach einer Weile.

„Nicht sehr erfreulich."

„Wieder kein Treffer?"

„Doch, irgendwie sogar zwei."

Ruben sah sie auffordernd an.

„Auch ich habe eine Verkehrstote auf meiner Liste, die in unser Raster passt", begann Sophie. „Noch eine Frau, Elisabeth Brandner aus Norderstedt." Sie zeigte auf die Zeitungsberichte, die sie mitgebracht hatte. Nach einer auffordernden Geste Rubens fasste sie die Informationen zum tragischen Tod von Mutter und Tochter Brandner kurz zusammen.

„Ich erinnere mich, dass ich von dem Unfall in der Hamburger Innenstadt gelesen habe." Rubens Miene war für Sophie nur schwer zu deuten; das Rascheln seines Blätterwaldes war fast verstummt. „Die familiäre Geschichte dahinter hat natürlich keiner der Kollegen veröffentlicht. Mitgefühl erhöht heutzutage keine Auflage mehr."

„Mitgefühl scheint auch sonst nicht mehr sehr weit verbreitet zu sein."

„Bezieht sich deine Bemerkung auf den zweiten Treffer?", fragte Ruben.

„Ja, aber dieser Tote kann nichts mit unserer Recherche zu tun haben. Er war in Berlin ein Kollege von mir, Lars Voigt. Vor wenigen Tagen ist er auf der Straße überfahren worden."

„Und er hat sich nie gegen Verkehrsrowdys engagiert?"

„Ganz bestimmt nicht, nein!"

„Was ist ihm passiert?"

„Er war zu Fuß auf dem Heimweg und wurde von hinten angefahren, als er eine Straße überquert hat. Er muss so schwer verletzt worden sein, dass er den Unfall nicht überlebt hat."

„Das tut mir leid."

Sophie nickte. „Gibst du die Namen der beiden Frauen an Kriminalhauptkommissar Pelker weiter?", fragte sie dann.

„Natürlich. Ich rufe ihn gleich an. Willst du mithören?"

„Ehrlich gesagt, würde ich lieber bald nach Hause fahren. Ich erwarte Besuch, um den ich mich gern etwas kümmern würde. Kommst du vielleicht Freitag und Samstag ohne mich aus?"

Wieder war Rubens Gesichtsausdruck für Sophie nicht zu deuten, aber er nickte zustimmend. „Denk bitte daran, dass Samstag der Artikel erscheint, den wir gerade redigiert haben. Für den Fall, dass die ersten bösen Reaktionen sofort kommen, muss ich dich erreichen können."

„Natürlich. Ich werde mein Handy immer mit mir herumtragen."

„Vielleicht gehst du am Wochenende einfach ein wenig in Deckung. Wird das möglich sein?"

„Ich versuche es. Auf jeden Fall werde ich die meiste Zeit nicht allein unterwegs sein, das kann ja schon ausreichenden Schutz bedeuten." Sophie versuchte ein Lächeln. „Ich rufe dich an, wenn mir etwas Ungewöhnliches auffällt."

Ruben nickte und sah sie dabei nachdenklich an.

Sophie hoffte, dass er nicht den Eindruck bekommen hatte, sie nähme die Gefahr, die er für sie sah, nicht ernst genug.

Köln – Sophie Rengers Wohnung und Richard Achteliks Haus

„Liebste, ich hätte keinen Tag mehr ausgehalten, ohne dich zu sehen. Du hast mir gefehlt." Nach dieser überschwänglichen Begrüßung schloss Maximilian van de Bergh, noch etwas außer Atem vom Treppensteigen, Sophie Renger in seine Arme.

Sie befreite sich aus seiner Umarmung und trat mit ihm zusammen vom Treppenhaus in ihre Wohnung. „Es ist schön, dass du da bist, Max", erwiderte sie, während sie die Tür schloss.

„Dieses Mal haben wir fast drei Tage, die wir zusammen verbringen können. Endlich einmal so viel Zeit nur für uns. – Erst am Sonntagmorgen muss ich wieder fahren." Max sah sie begeistert an.

Als Antwort küsste Sophie ihn.

„Du kannst mir die ganze Stadt zeigen, jeden deiner Lieblingsplätze."

Sophie entschied sich für einen weiteren Kuss.

„Aber nicht mehr heute, wie mir scheint."

Ein dritter Kuss folgte. Sophie war immer noch unentschlossen, wann und in welcher Form sie Max auf das Video ansprechen sollte. Sie wusste noch nicht einmal, wie sie reagieren würde, wenn es wirklich seine Autofahrt zeigte.

„Bitte lass mich erst noch meine Tasche aus dem Wagen holen. Ich habe dir etwas mitgebracht."

Sie begleitete ihn zu seinem Auto, das nicht weit von ihrer Wohnung entfernt auf dem seitlichen Parkstreifen der Straße abgestellt war. Erstaunt registrierte sie, dass er dieses Mal mit einem amerikanischen Sportwagen angereist war, einer Corvette, wenn sie es richtig sah.

„Du kannst deinen Boliden neben meinen Kleinen in den Hof stellen", sagte sie. „Einen Moment, ich öffne dir das Tor."

Nachdem Max den Wagen umgeparkt hatte, nahm er eine lederne Reisetasche und eine etwas mehr als DIN A4 große Pappschachtel aus dem Kofferraum.

„Der ist für dich; wenn du magst, kannst du ihn selbst in deine Wohnung tragen", sagte er wenig galant und reichte ihr den Karton.

„Nach roten Rosen sieht er nicht aus."

„Besser, hoffe ich."

Als Sophie zusammen mit Max wieder in ihrer Wohnung angekommen war und den Karton öffnete, fand sie einen hochmodern aussehenden Laptop darin.

„Du schenkst mir einen Computer?"

„Nein. Ich schenke dir das, was ich darauf installiert habe. Der Laptop ist nur die notwendige Verpackung."

Neugierig strich Sophie über den Deckel des geschlossenen Computers. Sie hatte nicht die geringste Idee, was Max sich für sie ausgedacht haben konnte. Es kribbelte in ihrer Magengrube, als sie sein Lächeln sah. Sie musste sich täuschen: Ihr Verdacht, er könne der Verursacher ihres Unfalls gewesen sein, durfte einfach nicht stimmen.

„Willst du ihn nicht einschalten?"

„Bist du nach der langen Fahrt nicht viel zu müde dafür?" Jetzt lächelte auch sie.

„Oh. – Da du es sagst."

Gegen Mitternacht, Max war mittlerweile eingeschlafen, verließ Sophie Renger ihr Bett. Sie nahm sich in der Küche eine Flasche Bier aus dem Kühlschrank, öffnete sie und trug sie, ohne einen Schluck daraus getrunken zu haben, ins Wohnzimmer. Vor wenigen Stunden hatte sie Maximilians Laptop neben ihren eigenen auf den Schreibtisch gelegt, ohne vorher auch nur einen Blick auf das darauf installierte Geschenk geworfen zu haben. Nackt und barfuß stand sie nun davor und zögerte, seinen Deckel anzuheben. Vielleicht sollte sie damit warten, bis

Max wieder wach war. Sicher wollte er ihre Reaktion sehen. Nachdenklich setzte sie sich auf die vorderste Kante des Schreibtischstuhls und hob den Monitor ihres alten Laptops an. Auf dem geschlossenen Desktop wies sie ein kleines Icon darauf hin, dass einer ihrer drei Musketiere ihr eine Nachricht im privaten Chatroom hinterlassen hatte. Sophie gab ihr Passwort ein und meldete sich auch im PrivateRoom an. Außer ihr war niemand online, aber die folgende Nachricht von Athos blinkte sie an: „Hast du ihn schon mit dem Video konfrontiert?"

Timo konnte doch unmöglich wissen, dass Maximilian van de Bergh gerade bei ihr war! Sie war sich sicher, nie etwas davon erwähnt zu haben, dass sie ihn überhaupt kannte. Niemandem gegenüber. Spionierte Timo ihr etwa nach? Wie sonst konnte er davon erfahren haben?

Mit einer heftigen Bewegung drückte sie den Deckel des Laptops nach unten. Es knallte laut, als er auf die Tastatur schlug.

„Irgendetwas Unangenehmes?"

Sophie sprang erschrocken auf und stieß dabei die volle Bierflasche vom Schreibtisch. Max, der hinter ihr gestanden hatte, fing die Flasche kurz vor dem Boden auf, konnte aber nicht verhindern, dass sich ein Teil des Getränks über dem Parkett ergoss.

„Du hast mich erschreckt!"

„Bitte entschuldige, Sophie. Das wollte ich nicht."

Er drückte ihr die nur noch halbvolle Bierflasche in die Hand und eilte in die Küche, um ein Tuch zum Aufwischen zu holen. Immer noch verstört, sah Sophie ihm zu, wie er sorgfältig die Bierlache vom Fußboden entfernte.

„Ist alles in Ordnung mit dir?", fragte er und nahm ihr die Flasche wieder ab.

„Ja, natürlich." Langsam hatte Sophie sich wieder gefasst. „Ich habe nur nicht mitbekommen, dass du hinter mir standst."

„Komm erst einmal zurück ins Bett." Er nahm sie in den Arm. „Du bist ganz kalt."

„Dagegen können wir ja etwas tun", versuchte es Sophie in einem betont sinnlichen Ton.

Max reagierte nicht darauf. Er ließ sie los und ging ihr voran ins Schlafzimmer.

„Was ist los?", fragte er, als sie beide wieder warm in die übergroße Bettdecke gekuschelt waren.

Ein schlechter Zeitpunkt, ihn jetzt auf das Video anzusprechen, dachte Sophie. Sie lag auf seinem Arm, roch seinen Duft und genoss die Wärme, die sein Körper ausströmte. Seine Klaviersonate in ihrem Kopf war kaum noch zu hören, so leise und langsam erklang sie. Gespannt schien er auf ihre Antwort zu warten.

„Ich war nur ungeschickt."

„Gehst du immer so mit deinem Laptop um?"

„Ich habe nicht hingesehen, als ich ihn geschlossen habe. Nichts weiter."

„Sophie, irgendetwas stimmt nicht. Du hast dich den ganzen Abend lang schon anders verhalten als sonst."

Sie blieb stumm, während sie über eine mögliche Antwort nachdachte.

Max rückte von ihr ab und zog seinen Arm unter ihrem Kopf weg. Er setzte sich aufrecht hin, an das hölzerne Kopfteil ihres Bettes gelehnt. Fordernd sah er auf sie herab.

Sophie setzte sich ebenfalls auf. „Ich schätze es wirklich sehr, dass du nur für mich von Berlin nach Köln fährst."

Max blieb stumm und schien abzuwarten, welches ‚aber' jetzt kam.

„Du fährst gern Auto, oder?"

„Im Prinzip ja", antwortete er zögerlich.

„Und wenn du fährst, dann am liebsten schnell, nicht wahr?"

„Ich weiß zwar nicht, warum du das jetzt fragst, Sophie, aber ja, ich fahre gern schnell. Wenn ich schon weite Strecken zurücklegen muss, dann gern mit dem zusätzlichen Wachmacher, schneller zu fahren, als es erlaubt ist, und mich dabei möglichst nicht erwischen zu lassen.“

„Gelingt dir das immer?“

„Du meinst, mich nicht erwischen zu lassen?“

„Ja, darum geht es doch!“

„Nur meistens, muss ich zugeben.“

„Die Polizei hat dich also schon deswegen angehalten oder fotografiert?“

„Ja, leider. In der nächsten Zeit sollte mir das nicht mehr passieren.“

„Hast du beim schnellen Fahren noch nie einen Unfall gebaut?“

„Warum stellst du mir diese ganzen Fragen, Sophie?“

„Bitte, es ist wichtig! Antworte mir, Max.“

Nachdenklich sah er sie an und sagte dann: „Nein. Glücklicherweise bin ich mit meinem schnellen Fahren bisher noch nie verunglückt. Ich weiß, was ich mir und meinem Auto zumuten kann. Beim Rasen geht es darum, die Grenzbereiche auszuloten. Ich achte immer darauf, dass ich auf der richtigen Seite der Grenze bleibe.“

„Und es hat durch dich und deine Fahrweise auch noch niemand anderes einen Unfall erlitten?“

„Ich denke nicht. Ich trage auf öffentlichen Straßen ja keine Rennen aus. Es kann höchstens vorkommen, dass ich mich mit jemandem messe, der bereits schnell unterwegs ist. Und wenn dieser sich dann nicht überschätzt, kann eigentlich auch nichts passieren.“

„Bitte missverstehe es nicht, wenn ich dir gleich etwas zeige“, sagte sie zu Max gewandt.

„Ist es so schlimm?“

„Das hängt von deiner Reaktion ab.“

Er sah sie aufmunternd an. „Leg los, Liebste. Der Spannungsbogen ist perfekt."

Sophie stand auf und holte ihren Laptop zum Bett. Das Video der rasanten Autofahrt hatte sie sich mittlerweile so oft angesehen, dass sie ohne hinzusehen wusste, wo auf dem Desktop das Icon abgelegt war. Sie klickte es an und drehte den Laptop etwas zu Max hinüber.

Ohne jede Regung sah er sich den Mitschnitt der Autofahrt an. Als das Video beendet war, klappte er vorsichtig den Laptop zu.

„Woher hast du diese Aufnahme, Sophie?"

„Ist das von einem deiner Wagen aus aufgenommen worden?"

„Woher hast du sie?"

„Aus dem Internet."

„Das ist unmöglich!"

„Hast du diese Fahrt aufgezeichnet? Hast du hinter dem Steuer gesessen bei dieser Aufnahme?"

Langsam schien Max zu verstehen, dass Sophie ihm keine Antwort geben würde, ehe er nicht auf ihre Fragen reagierte. Er stand aus dem Bett auf und begann sich anzuziehen.

„Willst du jetzt etwa gehen?"

„Ich habe den Eindruck, wir müssen in Ruhe miteinander reden, Sophie. Und das werden wir bestimmt nicht mitten in der Nacht nackt in deinem Bett tun."

„Du hast gefragt. Du wolltest wissen, was mich beschäftigt."

Sophie war inzwischen ebenfalls aufgestanden und zog sich Jeans und einen langen Pullover über. Unschlüssig stand Max im Eingangsbereich der Wohnung. Seine Hand lag bereits auf dem Griff der Wohnungstür, als sie zu ihm trat.

„Du wolltest doch mit mir reden", erinnerte Sophie ihn und nahm seine Hand von der Türklinke. Sie führte ihn an den kleinen Tisch in der Küche, setzte sich ihm gegenüber und zündete die Kerze an, die auf dem Tisch in einem kleinen Windlicht stand. Der Rest der Wohnung war dunkel, lediglich vom Schein zweier Lampen aus dem Garten des Hauses in diffuses Licht getaucht.

„Warst du das auf dem Motorrad, Sophie?"

„Ja, das war ich. Du hast mich mit deinem Wagen touchiert und zu Fall gebracht." Ihr anklagender Ton schien Max sichtbar kleiner werden zu lassen. Stumm sah er sie an, auch seine Melodie war nicht mehr zu hören.

„Tagelang habe ich alle Zeitungen durchforstet, bis ich davon ausgehen konnte, dass der Motorradfahrer den Unfall überlebt hat", brach er das Schweigen.

„Also hast du mitbekommen, dass ich gestürzt bin. Und du hast trotzdem nicht angehalten!" Ihre Stimme klang sogar für sie selbst ungewohnt brüchig.

„Ja, ich habe im Rückspiegel mitangesehen, wie der Motorradfahrer gestürzt ist."

„Willst du mir das erklären?"

„Ich kann es mir selbst nicht erklären. Ich muss in Panik gewesen sein; so etwas habe ich noch nie getan. Bis ich registriert hatte, was passiert war und wie ich mich gerade verhalten hatte, war es viel zu spät. Mir blieb nur noch, die Polizei und einen Krankenwagen zu rufen."

„Du warst in Panik?"

„Es tut mir so leid, Sophie. Wenn ich könnte, würde ich das alles ungeschehen machen."

Stumm sah sie ihn an. Also hatte sie richtig gelegen. Und Timo ebenfalls, fiel ihr plötzlich ein. Offenbar war auch er davon ausgegangen, dass Maximilian van de Bergh der Fahrer des Unfallwagens war.

Max versuchte, nach ihrer Hand zu greifen, aber Sophie zog sie weg.

„Ich verstehe das nicht", sagte sie. „Ich hätte bei diesem Unfall sterben können. Oder danach. Von einem nachfolgenden

Auto überrollt. – Wie kann man so etwas tun? – Nein, wie konntest du so etwas tun?“

„Es tut mir so leid, Sophie. Ich weiß nicht, warum ich einfach weitergefahren bin. – Vielleicht, weil ich erst wenige Tage zuvor bereits von der Polizei verwarnt worden war. – Vielleicht war es die Angst, meinen Führerschein zu verlieren. – Ich weiß es nicht.“

Wieder sah Sophie ihn nur stumm an. Nach einer Weile stand sie auf, ohne wirklich zu wissen, weshalb. Sie nahm eine Flasche Wasser aus dem Kühlschrank und stellte sie mit zwei Gläsern zusammen auf den Tisch. Nachdem sie sich wieder gesetzt hatte, fragte sie: „Und warum hast du genau diesen Teil der Fahrt ins Internet gestellt?“

„Das habe ich nicht getan.“

„Ich verstehe das nicht“, wiederholte Sophie. Sie verstand tatsächlich nichts mehr: Nicht, wie jemand, den sie kannte und mochte, auf eine solche Art Unfallflucht begehen konnte. Nicht, wieso sie sich trotzdem immer noch zu ihm hingezogen fühlte. Nicht, wie das Video ins Internet gelangen konnte, wenn nicht durch ihn selbst. Nicht, wie Timo von den Zusammenhängen erfahren hatte.

Sie stand erneut auf. „Ich werde jetzt für eine Weile an die frische Luft gehen. Ich muss das Ganze erst einmal begreifen, bevor ich weiß, wie ich damit umgehen soll.“

„Es ist mitten in der Nacht! Du kannst jetzt nicht allein draußen herumlaufen.“

„Wir sind hier in Köln. Natürlich kann ich das. – Nachdem ich dich überlebt habe, werde ich wohl auch die Straßen Kölns überleben.“

„Wenn du allein sein möchtest, lass mich gehen. Du bleibst hier und ich suche mir ein Hotel.“

„Du wirst dich nicht aus dem Staub machen, Max. Von dir erwarte ich, dass du immer noch hier bist, wenn ich wiederkomme. Du wirst mir morgen früh Rede und Antwort stehen, falls ich das möchte. Haben wir uns verstanden?"

„Sophie, bitte lauf jetzt nicht weg."

Nach wenigen Minuten im kühlen Nieselregen war Sophie Renger klar, dass sie vor einer Auseinandersetzung mit Max und seiner unvorstellbaren Tat tatsächlich nicht weglaufen konnte. Es hatte nur wenige Schritte gedauert, bis sie bereute, ihre Wohnung verlassen zu haben, statt ihn ins Kalte hinauszujagen. Was sollte es bringen, am nächsten Morgen mit ihm zu reden? Was konnte er ihr sagen, das die Situation veränderte?

In der Hoffnung, dort ein Taxi zu erwischen, änderte sie ihre Richtung und ging zum Bahnhof Rodenkirchen. Sie hatte Glück, ein Wagen wartete auf Fahrgäste. Es hatte keinen Sinn, weiter durch die kalte Dunkelheit zu marschieren, aber zu Max wollte sie jetzt auch nicht zurückkehren.

Der Taxifahrer war über die kurze Fahrstrecke zwar nicht erfreut, willigte aber ein, sie zu Richard Achteliks Jungendstilvilla am Rheinufer zu fahren.

„Warten Sie hier", musste sie ihn bitten, als sie am Ziel angekommen waren. „Ich muss schnell Geld holen."

Zur Sicherheit, meinte der Taxifahrer, steige er dann mal mit aus und begleite sie. Zu seiner Sicherheit, nahm Sophie an, nicht zu ihrer.

Kritisch beobachtet von ihrem Begleiter, drückte sie mehrmals und lange den Klingelknopf am Tor. Nach etwa einer Minute hörte sie zu ihrer Erleichterung Richards Stimme in der Gegensprechanlage.

„Richard, ich bin es, Sophie. Entschuldige die späte Störung. Kannst du bitte zum Tor kommen und mich auslösen? Ich kann mein Taxi nicht bezahlen."

Der Öffnungsmechanismus surrte und gleichzeitig hörte Sophie die Worte: „Ich bin gleich bei dir."

„Er kommt und bringt das Geld mit." Sie drehte sich zum Taxifahrer um, der bewegungslos zwei Schritte von ihr entfernt wartete.

Richard bezahlte die Taxifahrt, spendierte noch ein großzügiges Trinkgeld und begleitete sie dann ins Haus. Nachdem er ihr den Mantel abgenommen hatte, führte er sie in ein großzügiges Wohnzimmer. Dort wollte er sie sanft in einen tiefen Ledersessel drücken, aber sie wehrte sich dagegen.

„Was ist passiert, Sophie?", fragte er, sie an beiden Armen fassend und eindringlich musternd.

„Mir ist nichts passiert. – Es geht mir gut. – Ich wusste nur nicht, wo ich hingehen sollte." Sophie schluckte.

Richard lockerte seinen Griff, sah sie aber weiterhin mit ernstem Blick an. „Dafür, dass dir nichts passiert ist, kommst du mir aber ziemlich derangiert vor."

„Bitte entschuldige. Ich wollte nur nicht zu mir nach Hause fahren."

„Du wolltest nicht zu dir nach Hause fahren, weil ...?" Richard ließ sie los und wies noch einmal auf den Ledersessel.

„Weil ich doof bin."

Sie setzte sich und widersprach auch nicht, als Richard ihr ein Glas mit Cognac reichte. Er zog einen zweiten Sessel neben ihren und nahm ebenfalls Platz. Ganz leise im Hintergrund konnte Sophie klassische Musik hören.

„Wenn sich eine Frau auf dieser Welt sicher nicht als doof bezeichnen muss, dann du, meine Liebe", sagte er. „Vielleicht wird es uns beiden helfen, wenn du mir erzählst, was dich von zuhause fernhält."

Nach einem großen Schluck Cognac, der sie fast zum Husten brachte, erklärte Sophie ihm die neuen Erkenntnisse zu ihrem Unfall, allerdings in einer Form, die offen ließ, welches Verhältnis sie zu dem Unfallfahrer hatte.

Richard hörte kommentarlos zu. Als sie eine Pause machte, fragte er: „Und dieser Maximilian van de Bergh befindet sich jetzt in deiner Wohnung, während du bei mir bist?"

„Ja. Doof, oder?"

„Hast du ihn an einen Stuhl gefesselt zurückgelassen?"

Sophie musste lachen. „Nein, ich habe ihm verboten, zu gehen."

Mit einem leichten Lächeln auf den Lippen musterte er sie stumm.

„Was soll ich tun, Richard?"

„Ich bin mir sicher, dass du diese Frage besser beantworten kannst als ich."

„Du weißt doch sonst so viel."

Wieder ernst blickend, schüttelte er leicht den Kopf. Nach einer Weile sagte er sanft: „Hörst du die Musik? Das ist ‚La Traviata' von Giuseppe Verdi, eine Oper aus dem neunzehnten Jahrhundert. Schon damals wussten die Menschen, dass es einen Umstand gibt, der alle Grundsätze in Frage stellen kann. ‚Die Liebe ist der Herzschlag des ganzen Universums' hättest du vorhin hören können, wenn du dem Text gelauscht hättest."

Sophie sah ihn fragend an.

Richard gab keine weitere Erklärung ab.

„Die Liebe ist der Herzschlag des ganzen Universums – das ist alles, was du mir als Ratschlag mitgibst?"

Er schwieg weiterhin.

„In seinem Fall waren wohl eher Leichtsinn, Rücksichtslosigkeit und Angst die treibenden Kräfte."

„Bei der objektiven, grundsätzlichen Bewertung der Taten dieses Mannes sind wir uns einig", kommentierte Richard. „Dass er deine Geschwindigkeit unterschätzt und dich beim Überholen touchiert hat, ist einer gewissen Rücksichtslosigkeit oder Selbstüberschätzung geschuldet und fahrlässig. Allerdings muss ich offen sagen, dass ich froh bin, selbst einen solchen Fehler bisher nicht begangen zu haben. – Dass van de

Bergh wahrgenommen hat, einen Unfall verursacht zu haben, und dennoch weitergefahren ist, ist unmoralisch und strafbar." Richard sah sie kurz an, bevor er fortfuhr: „Dass er mit beiden Taten dein Leben aufs Spiel gesetzt hat, ist für mich, ganz subjektiv, unverzeihlich. – Aber Maximilian van de Bergh sitzt ja auch nicht in meiner Wohnung."

„Du würdest ihn also anzeigen?"

Wieder erhielt sie als Antwort nur einen ernsten Blick von Richard.

„Ganz egal, wie ich mich entscheide, versprichst du mir bitte, meinen Eltern nichts zu sagen?"

„Das verspreche ich dir. – Darüber hinaus bin ich mir sicher, dass du dich richtig entscheiden wirst."

„So einfach kommt es mir gerade nicht vor, das Richtige zu tun."

„Die Liebe ist der Herzschlag des ganzen Universums", wiederholte Richard. „Ohne sie käme die Welt zum Stillstand. Jeder Mensch wird bei seinen Handlungen von etwas angetrieben. Wenn es nicht die Liebe zu einer Person ist, dann finde heraus, worum es geht. – Du musst dich ja nicht sofort entscheiden."

Noch bis zum Morgen blieb Sophie bei Richard. Er hatte ihr das Bett im Gästezimmer angeboten und sie schaffte es, ein paar Stunden zu schlafen. Nachdem sie jegliches Frühstück abgelehnt hatte, fuhr er sie gegen 8:00 Uhr zurück zu ihrer Wohnung.

Max war noch anwesend, als Sophie Renger ihre Wohnung betrat. Seine nassen Haare zeigten ihr, dass er geduscht hatte. Eine Tasse Kaffee stand vor ihm auf dem Küchentisch, ein Exemplar der Rheinischen Allgemeinen lag aufgeschlagen daneben. Es fehlten nur noch Croissants und Erdbeermarmelade, um den Eindruck eines gemütlichen Frühstücks an einem friedlichen, freien Tag zu vermitteln, dachte sie sarkastisch.

„Ich bin erleichtert, dass du wohlbehalten wieder da bist", begrüßte er sie. „Ich habe mir wirklich Sorgen um dich gemacht."

„Jetzt plötzlich?"

Seine Miene verdunkelte sich. „Vielleicht sollte ich lieber fahren. In der Firma wartet jede Menge Arbeit auf mich. Wenn du mich bei der Polizei anzeigen möchtest, steht es dir natürlich frei. Ich werde nicht leugnen, dass ich deinen Unfall verursacht und danach Fahrerflucht begangen habe."

„Nein, du fährst jetzt nicht! – Bitte bleib."

Sophie setzte sich ihm gegenüber an den Tisch. Sein frisches Aussehen und der entspannte Frühstückskaffee hätten sie täuschen können, aber seine Melodie in ihrem Kopf sprach Bände: Max war es hörbar nicht egal, was sie als Nächstes tat. Sie wusste allerdings nicht, ob er sich nur davor fürchtete, angezeigt zu werden, oder auch davor, dass sie ihn für immer aus ihrem Leben verbannte.

„Was machen wir jetzt?", fragte er.

„Können wir reden?"

Er nickte und sah sie abwartend an.

„Dass du einen Unfall auf der Autobahn verursacht und durch deine Unfallflucht das Leben eines Menschen in Gefahr gebracht hast, ist eine Tatsache, die ich akzeptieren muss. Ich weiß noch nicht, was sie für das Verhältnis zwischen uns bedeutet. Dass ich dieser Mensch war, den du verletzt auf der Autobahn hast liegen lassen, sollte es für mich schlimmer machen, so ist es aber nicht. Gerade weil ich es war, kann ich freier entscheiden, wie ich damit umgehe. Ich muss mich nicht von allgemeinen Moralvorstellungen leiten lassen. Ich bin keiner Objektivität verpflichtet. Da ich es war, deren Leben du riskiert hast, ist es allein meine Entscheidung, ob ich dich dafür anzeige oder nicht."

Max sah sie weiterhin abwartend an und sagte nichts.

„Du bist frei und kannst fahren. Ich werde nicht zur Polizei gehen.“

„Warum?“

„Es würde nichts mehr ändern. – Und ich sehe meine Bestimmung nicht darin, dein Leben zu zerstören.“

„Aber dein Leben wurde durch mich gravierend verändert. Du hast mir erzählt, dass ein Unfall dich dazu gebracht hat, dich beruflich zu verändern. Also trage ich die Schuld daran.“

„Vielleicht war es gerade der richtige Moment für eine Veränderung. Wenn es nicht der Unfall gewesen wäre, hätte die Zeit mich wahrscheinlich dazu gezwungen.“

Max verstand sicher nicht, was sie damit sagen wollte, aber Sophie war das egal. Die Erkenntnis, dass sie ihre geliebten Außeneinsätze aufgrund ihres Alters irgendwann nicht mehr gefahrlos erledigen konnte, hatte sie schon vor dem Unfall gehabt. Den richtigen Zeitpunkt für einen Wechsel hätte sie nur gern selbst bestimmt.

„Ich bin dir sehr dankbar für deine Güte, Sophie.“

Sie schwieg.

„Gibt es etwas, das ich für dich tun kann?“

„Mach so etwas niemals wieder.“

„Das verspreche ich dir.“

Die leise Klaviermusik in ihrem Kopf wurde allmählich wieder etwas selbstsicherer. Max nahm einen Schluck von seinem wahrscheinlich mittlerweile kalt gewordenen Kaffee. Nach einer Weile unterbrach er das Schweigen: „Sophie, deine Entscheidung, nichts gegen mich zu unternehmen, ist sehr großmütig. Du bist eine einzigartige Frau.“

Sie sah ihn an und hätte fast gelächelt. Max saß immer noch an ihrem Küchentisch. Er war noch nicht aufgestanden und gegangen, obwohl sie es ihm freigestellt hatte.

„Hast du eine Erklärung dafür, wie das Video von deiner Fahrt im Internet auftauchen konnte?“, fragte sie ihn.

„Darüber denke ich schon die ganze Zeit nach.“

„Und?"

„Diese Aufnahmen von meinen schnellen Autobahnfahrten sind für ein neues Computerspiel gedacht, das ich in zwei Jahren launchen möchte. Es soll eine modernere Version meines allerersten Spiels ‚Cannonball IT' sein."

„Zurück zu deinen Anfängen?"

„Ja, so etwas in der Art. Vielleicht auch das Schließen eines Kreises."

„Dann ist ‚Cannonball IT' also ein Computerspiel, bei dem es um Autorennen geht?"

„Nicht ganz. Der Name sollte es eigentlich verraten. Bei ‚Cannonball IT' ging es darum, über öffentliche Straßen in möglichst kurzer Zeit einen fiktiven Kontinent zu durchqueren. Dem Fahrer wurden dabei natürlich jede Menge Hindernisse in den Weg gelegt, er wurde von der Polizei verfolgt und konnte auch Unfälle mit seinen Mitstreitern bauen."

„Es ging? Gibt es das Spiel nicht mehr?"

„Ich vermarkte es nicht mehr aktiv, auch wenn es immer noch eine gewisse Fangemeinde besitzt. Seine Grafik und seine Algorithmen entsprechen einfach nicht mehr den heutigen Anforderungen."

Sophie stand auf und kochte einen frischen Kaffee.

„Wir sind noch nicht fertig?", fragte Max.

„Nicht, wenn es nach mir geht. Aber du kannst natürlich jederzeit gehen, wenn du es möchtest."

Max blieb sitzen. Sophie schenkte frischen Kaffee ein und nahm wieder ihm gegenüber Platz.

„Wo bist du eigentlich heute Nacht gewesen? Ich habe mir Sorgen um dich gemacht."

„Ich habe bei einem Freund meiner Eltern übernachtet, der nur wenige Straßen entfernt wohnt. Er heißt Richard Achtelik."

Max sah sie irritiert an. „Ein Freund deiner Eltern also", sagte er fast vorwurfsvoll.

„Ja, das ist er."

„Und? Hat er nicht gefragt, warum du mitten in der Nacht zu ihm gekommen bist, statt nach Hause zu gehen?"

Max' impliziter Vorwurf ärgerte Sophie. „Ich habe ihm nur einen Teil von dem erzählt, was mich beschäftigt. Seinetwegen musst du dir keine Sorgen machen."

Sein Blick ruhte immer noch auf ihr, jetzt nachdenklich.

„Was unternimmst du wegen des Videos?", fragte sie ihn.

„Darüber habe ich mir auch Gedanken gemacht. – Es ist eigentlich nicht schlimm, dass die kurze Sequenz im Netz steht. Außer dir weiß niemand, dass ich sie aufgenommen habe. Und der Unfall ist ja auch nicht zu sehen."

„Kann das Video versehentlich hochgeladen worden sein? Von dir selbst vielleicht?"

„Nein, das ist absolut ausgeschlossen."

„Willst du dann nicht wissen, wer es veröffentlicht hat? Und wieso?"

„Doch, unbedingt. Sobald ich wieder in Berlin bin, werde ich versuchen, genau das herauszubekommen. – Eigentlich hat niemand Zugriff auf die Daten. Ich speichere alle Aufnahmen auf einem Server in der Firma, der nur von mir genutzt wird. Die Aufnahmen und meine ersten Entwürfe des neuen Spiels sind auch innerhalb der Firma noch vertraulich. Es muss sich schon jemand mit krimineller Energie Zugriff darauf verschafft haben."

„Jemand aus deiner Firma?"

„Wahrscheinlich, aber nicht zwingend. Von außerhalb wäre es noch deutlich schwieriger, auf den Server zu kommen. – Aber absolute Sicherheit gibt es heutzutage nicht mehr. Jeder Server, der irgendwo im Netz hängt, kann geknackt werden."

„Vielleicht hilft es dir ja zu wissen, von welchem Server das Video hochgeladen wurde."

Ein verwunderter Blick traf sie.

„Einer deiner Server von ‚Play IT!‘ war die Quelle. Der zentrale Server für Software-Updates, auf den auch deine Kunden Zugriff haben.“

Max sah sie skeptisch an. „Bist du dir sicher? Woher hast du diese Information?“

„Ich bin absolut sicher, dass es stimmt; ich hatte Hilfe. – Du wirst sicher verstehen, dass ich wissen wollte, woher die Aufnahme stammt und wer sie gemacht hat. Nur so konnte ich den Menschen finden, der mein Leben rücksichtslos aufs Spiel gesetzt hat.“

Max senkte seinen Blick auf den Tisch zwischen ihnen. Nach einer Weile fragte er: „Wer aus deinem Umfeld weiß noch von mir und dem Unfall?“

„Niemand, Max. Jeder kennt nur einen Teil der Geschichte.“

Gedankenverloren ließ er seine leere Kaffeetasse auf dem Tisch kreisen. „Ich nehme an, deine Hilfe hat die IP-Adresse des Servers herausgefunden. Gibt es irgendwelche weiteren Informationen, die es mir erleichtern, einen Menschen hinter der Veröffentlichung zu identifizieren?“

„Nein, nichts, leider.“

„Sophie, ich bin etwas beunruhigt. Am liebsten würde ich jetzt direkt nach Berlin zurückfahren und das Leck in meiner Firma finden und abdichten. Aber ich habe ein schlechtes Gefühl dabei, dich ausgerechnet in diesem Moment allein zu lassen. Vielleicht willst du mich nie wieder sehen, wenn du erst ein paar Tage Zeit hattest, über alles nachzudenken.“

„Das könntest du auch nicht verhindern, indem du hierbliebest.“

Max sah sie ernst an. Das Klavier in Sophies Kopf klang schon wieder sehr verhalten. „Darf ich dir den Laptop hierlassen? Er ist ein Geschenk. Du wolltest wissen, was ‚Cannonball IT‘ für ein Spiel war. Ich habe es dir installiert, nicht in der Originalversion, aber du wirst den Geist des ursprünglichen Spiels erkennen können. Es ist kein Passwort auf dem Laptop eingerichtet; du kannst ihn auch ohne mich starten."

Sophie antwortete ihm nicht.

„Ich möchte dich nicht verlieren, Sophie. Bitte erlaube mir, dich anzurufen, wenn ich wieder in Berlin bin."

„Ich kann dich nicht daran hindern, Max."

Redaktion der Rheinischen Allgemeinen in Köln

„So, jetzt ist der Artikel im Druck. Wir werden sehen, welchen Stein wir damit ins Rollen bringen."

Ruben Bertram, Achtelik und Hamann hatten, ohne sich vorher darüber abzustimmen, so viel Zeit ihres Freitagabends im Verlagshaus verbracht, bis der erste Probedruck der Samstagsausgabe verfügbar war. Jetzt saßen sie gemeinsam in Achteliks Büro und überflogen Rubens aktuelle Kolumne in gedruckter Form.

„Macht es Ihnen etwas aus, dass nicht Ihr Name darunter steht, Herr Bertram?"

„Nein, es ist schon in Ordnung, dass Sophie diese Woche den Artikel schreiben durfte – solange ich ihr zukünftig meine Kolumne nicht ganz überlassen muss." Ruben lachte kurz auf.

Dass durchaus etwas Ernst in dem gerade ausgesprochenen Scherz lag, war auch Hamann klar, der ihm einen gedankenvollen Blick zuwarf. Niemand in der Redaktion konnte abschätzen, wie groß der Einfluss Sophie Rengers auf ihren gemeinsamen Chef war.

„Allerdings würde ich mich deutlich wohler fühlen, wenn wir nicht sie sondern mich als Lockvogel genommen hätten."

Achtelik nickte. „Ist Kriminalhauptkommissar Pelker darüber unterrichtet, dass Sophie ab jetzt von ihm und seinen Leuten beschützt werden muss?", fragte er.

„Er hat zugesagt, einen Mitarbeiter abzustellen, sobald ein Drohbrief in der Redaktion angekommen ist", antwortete Hamann.

„Erst dann?" Achtelik sah nachdenklich von ihm zu Ruben. „Halten Sie dieses Vorgehen für ausreichend, Herr Bertram?"

„Ich hätte Sophie gar nicht der Gefahr ausgesetzt", traute Ruben sich zu antworten und wies damit darauf hin, dass Achtelik selbst es gewesen war, der zugestimmt hatte, Sophie als Autor unter den Artikel zu stellen.

Achtelik ignorierte den Vorwurf. „Ich wiederhole meine Frage: Glauben Sie, dass Sophie auch ohne oder vor Ankunft eines aggressiven Leserbriefs in Gefahr ist?"

„Zumindest kann ich es nicht vollständig ausschließen."

„Das sehe ich auch so." Achtelik machte eine kurze Pause. „Dann behalten wir sie im Auge, sobald sie am Montag zur Arbeit erscheint. Wann immer sie einen Außentermin wahrnimmt, möchte ich, dass ein Mitarbeiter der Redaktion sie begleitet. – Die kulturellen Ereignisse übernehme weiterhin ich selbst, den Rest teilt ihr unter euch und den Kollegen auf. Einverstanden?"

Hamann nickte und Ruben stimmte ebenfalls zu. Dass er darüber hinaus in den nächsten Tagen alles dafür tun wollte, wieder selbst in den Fokus der Cruiser-Szene zu gelangen, verschwieg er lieber.

Brauhaus ‚Zum Goldenen Jlas' in Köln

„Ruben! Schön, dich endlich wieder bei unserem Stammtisch zu sehen. Du humpelst ja noch. Dich hat es schwer erwischt!"

Mareike war die Erste, die ihn entdeckte, als Ruben Bertram, immer noch auf eine Krücke gestützt, am Samstagabend das Brauhaus betrat. Sofort stand sie auf und rückte ihm neben ihrem eigenen Sitzplatz einen Stuhl am Tisch zurecht. Wie immer war Ruben spät, seine ehemaligen Kommilitonen bevölkerten bereits den größten Teil des Tisches.

„Halb so schlimm, Mareike. Seitdem ich wieder kauen kann, geht es mir deutlich besser."

Nachdem er alle Anwesenden begrüßt und zwei Gläser Kölsch getrunken hatte, sah Ruben sich unauffällig in dem Teil des Brauhauses um, den er von seinem Stuhl aus im Blick hatte. „Sag mal, erinnerst du dich noch an unser Gespräch vom Mai?", fragte er Mareike. „Arbeitet der Kollege immer noch bei euch, von dem du angenommen hast, dass er an illegalen Autorennen teilnimmt?"

„Nein, Bernhard hat seine Probezeit in der Kanzlei nicht überstanden."

„Schade, ich hätte mich gern einmal mit ihm unterhalten."

„So unter Rennfahrer-Kollegen, du Bruchpilot?", scherzte der Kommilitone, der auf der anderen Seite von Mareike saß und dem leisen Gespräch hatte folgen können.

Ruben deutete ein kurzes Lachen an und flüsterte dann zu Mareike: „Hast du noch Kontakt zu diesem Bernhard?"

„Nein, eigentlich nicht. – Allerdings meine ich, dass er vorhin an einem der Tische im Eingangsbereich gesessen hat."

„Kannst du bitte einmal unauffällig nachsehen, ob er noch da ist?" Ruben sah Mareike mit seinem traurigsten Hundeblick an und deutete mit der rechten Hand auf seine Krücke.

Sie nickte, stand auf, verließ den Tisch und kam nach kaum zwei Minuten wieder zurück. Noch bevor sie erneut neben ihm Platz genommen hatte, fragte Ruben: „Und? War er es? Ist er noch da?"

Mareike zeigte auf ihr leeres Glas und grinste frech.

„Natürlich bekommst du ein Kölsch dafür." Ruben winkte dem Köbes, der sofort zwei volle Gläser vor ihnen abstellte.

„Ja, es ist Bernhard. Ich hatte mich nicht getäuscht. Und als ich ihn für dich angesprochen habe, war er sofort bereit, sich mit dir zu unterhalten."

„Hast du ihm gesagt, wer ich bin?"

„Ja, das habe ich; dein Name schien ihm etwas zu sagen. Die Rheinische Allgemeine sowieso, denke ich."

Mareike drehte sich halb um und erhob sich. „Da ist er, Ruben. Ich setze mich kurz mit euch an einen anderen Tisch und verziehe mich dann wieder, damit ihr euch in Ruhe unterhalten könnt."

Nachdem die drei sich an ein freies Ende des Nachbartisches gesetzt hatten, dauerte es nicht lange, bis drei frische Kölsch vor ihnen standen und Mareike die beiden Männer miteinander bekannt gemacht hatte. Bernhard war ein nicht ganz schlanker, ziemlich nervöser Anfangdreißigjähriger. Als er die ersten Worte sagte, fiel Ruben sofort auf, dass sein Gesprächspartner aus Hamburg oder dessen Umgebung stammte – sein norddeutscher Tonfall ließ eine traurige Erinnerung an Clara aufkommen.

„Du bist also der Journalist, der seit Anfang des Jahres in einer eigenen Kolumne gegen uns Cruiser hetzt", begann Bernhard das Gespräch, wobei sein Tonfall eher provozierend als ungehalten klang. „Hast du eigentlich auch nur mit einem von uns persönlich gesprochen?"

Ruben bemühte sich, einen freundlichen Eindruck zu machen. „Ich schätze mich glücklich über die Gelegenheit, das jetzt nachzuholen."

Bernhard musterte ihn kritisch. „Du hattest einen Autounfall, oder?", fragte er und zeigte auf Rubens Krücke.

„Ja, ich bin vielleicht nicht der beste Autofahrer."

Bernhard schien über Rubens Antwort nachzudenken.

Nach einem Schluck aus seinem Kölschglas sagte Ruben: „Vielleicht täusche ich mich in meiner Einschätzung der Kölner Cruiser-Szene, aber du musst doch zugeben, dass einiges schief läuft bei euch Autonarren."

„Du verallgemeinerst, genauso wie in deinen Artikeln. Damit hast du dir auch die friedlichsten von uns zum Feind gemacht."

„Ihr veranstaltet also kein Testosteron-getriebenes Schaufahren auf den Kölner Ringen? Ihr provoziert euch nicht gegenseitig an roten Ampeln? Ihr fahrt keine Rennen auf öffentlichen Straßen?"

„Wenn du das so sagst, klingt es schlimmer als es ist."

„Wie ist es denn?"

„Zuerst einmal solltest du wissen, dass es keine einheitliche Cruiser-Szene mehr gibt. Das ‚ihr' in deinen Vorwürfen existiert nicht länger. Es gibt uns, die wir unsere Autos lieben und aufmotzen, viel Geld dafür investieren und, das gebe ich zu, ab und zu damit auch angeben wollen. Und es gibt ein paar Idioten, die sich zum Teil die Wagen, die sie fahren, finanziell gar nicht leisten können. Dennoch definieren diese gemeingefährlichen Chaoten ihre Männlichkeit dadurch, wie schnell, wie laut und wie rücksichtslos sie mit ihren Boliden unterwegs sind. Aber diese Möchtegern-Machos sind bisher noch die Ausnahme in der Szene. Und es sind nicht wir, die harmlosen Cruiser und Poser."

„Es gibt also eine Spaltung der Szene? Das war mir nicht bewusst. Ich habe in der Tat nicht wahrgenommen, dass es zwei Gruppen von Cruisern und Posern gibt, die sich nicht grün sind. Und auch nicht, dass die ‚vernünftige' Gruppe sich bewusst von den Idioten distanziert, die blind sind für die Gefahr, die von ihrem Macho-Gehabe für andere Verkehrsteilnehmer ausgeht."

Die Haltung seines Gesprächspartners entspannte sich etwas. „Wäre es nicht deine Aufgabe als rechtschaffener Journalist gewesen, genau das herauszufinden, bevor du ein Generalurteil über alle Cruiser fällst?", fragte er, immer noch in provozierendem Tonfall.

„Gilt deine Distanzierung zu den Machos für die komplette Kölner Cruiser-Szene? Seht ihr, die ihr organisiert seid, das alle so?"

„Naja, das war auf jeden Fall einmal so. Aber es scheint langsam aufzuweichen. In Köln wächst eine erhebliche Szene aus Jungspunden heran, die mit ihren Wagen nur ‚auf Dicke Hose machen' wollen. Und sie finden immer mehr Anhänger."

Ruben grinste leicht.

„Das ist der Grund, weshalb ich froh bin, mit dir zu sprechen", setzte Bernhard seine Erklärung fort. „Seit etwa einem halben Jahr tauchen auch in unserem Club immer häufiger diese Idioten auf und provozieren uns. Die kennen keine Grenzen und respektieren keine Autoritäten. Einem Teil der Kölner Cruiser-Szene scheinen sie zu imponieren, sogar unserem Chef. Ich würde diese Entwicklung gern stoppen."

„Das klingt, als würden sie euch gerade übernehmen."

„Das ist vielleicht etwas zu viel gesagt – hoffe ich."

„Bernhard, ich bin dir wirklich dankbar, dass du mit mir so offen sprichst. Mir fallen noch tausend Fragen ein, die du mir sicher beantworten kannst. Aber vielleicht sollten wir damit anfangen, dass du mir erläuterst, was du dir von der Zusammenarbeit mit mir versprichst. Was genau soll ich für dich tun?"

„Mach weiter mit dem, was du heute bereits tust. Schreib deine Artikel, am besten jede Woche einen, aber sei präziser, schreib zielgerichtet. Ich erwarte von dir, dass du aufhörst, die Cruiser-Szene allgemein schlecht zu machen. Sonst hilfst du den gewalttätigen Chaoten nur. Zeig gezielt mit dem Finger auf diese rücksichtslosen Idioten, die es geschafft haben, unseren Ruf zu zerstören. Die auf dem besten Weg sind, unsere Organisation zu unterwandern. Die kriminell und ohne jeden Respekt jedem anderen Leben gegenüber agieren. Diese Leute sollst du anprangern und nur diese, ganz gezielt. – Ich möchte sie loswerden, am besten ganz von der Straße entfernen. Für immer. Die Justiz, die Gerichte müssen endlich eine angemessene

Handhabe gegen sie bekommen, strengere Gesetze, gerechtere Bestrafungen. Gegen sie, aber nicht gegen die Cruiser-Szene allgemein."

Bernhard hatte sich ereifert und nahm zur Beruhigung erst einmal einen tiefen Schluck aus einem frisch vor ihm abgestellten Kölschglas.

„Ich bin Jurist, ich kenne die aktuelle Gesetzeslage", setzte er seinen Appell fort. „Sie ist nicht ausreichend für das, was notwendig ist. Hier erwarte ich deine Hilfe. – Von nun an möchte ich, dass wir an einem Strang ziehen, um die richtigen Leute von der Straße zu holen. Mein Ziel ist es, dass die Cruiser-Szene danach wieder ihr friedliches Ding abziehen kann, ohne von dir oder anderen vermeintlichen Gutmenschen angefeindet zu werden."

„Ein hehres Ziel!" Ruben hatte entschieden, Bernhard nicht darauf aufmerksam zu machen, dass gerade erst wieder einer der Artikel erschienen war, die er nicht guthieß.

„Ich bin kein Trottel, Ruben Bertram, und du auch nicht, hoffe ich. Ich brauche die Unterstützung der Öffentlichkeit und der Politik; ich brauche dich als öffentliches Sprachrohr. – Aber wenn die Idioten, von denen wir gerade reden, mitbekommen, dass ich dir Informationen liefere, erleide ich wahrscheinlich auch bald einen Unfall."

„Entschuldige, so hatte ich es nicht gemeint."

Bernhards Blick war wieder etwas grimmiger geworden. Skeptisch fragte er: „Glaubst du selbst nicht daran, mit deinen Artikeln etwas erreichen zu können?"

„Doch, das tue ich – deshalb schreibe ich sie. Du hast mich mit deiner Offenheit nur überrascht. Mein Bild von den organisierten Mitgliedern der Kölner Cruiser-Szene war wirklich falsch."

„Du solltest mein Angebot, mit dir zu reden, nicht missverstehen. Ich liefere dir niemanden ans Messer. Du kannst von mir erfahren, wann die nächsten Rennen stattfinden werden und wer wann welchen idiotischen Rekordversuch unternehmen wird, aber den Rest musst du selbst schaffen. Wenn die Polizei von nun an bei jedem Rennen auftaucht, bin ich innerhalb kürzester Zeit tot oder ein Krüppel. Das will ich nicht riskieren. Kann ich mich darauf verlassen, dass du einen anderen Weg finden wirst, als meine Informationen jedes Mal sofort an die Polizei weiterzugeben?"

Ruben sah in Bernhards Gesicht. Seine Augen waren fordernd auf ihn gerichtet.

„Du kannst dich auf mich verlassen."

„Dann sollten wir in den nächsten Tagen weiterreden. Jetzt muss ich zu meinen Jungs zurückgehen, bevor die sich sonst etwas denken. Gib mir deine Handynummer; ich melde mich bei dir."

Köln – Sophie Rengers Wohnung und ein Südstadt-Café

Zwei Tage war sie bereits um den Laptop von Max herumgeschlichen und hatte sich nicht dazu überwinden können, sein Geschenk in Augenschein zu nehmen. Während ihrer Joggingrunde durch den fast noch dunklen Sonntagmorgen hatte Sophie Renger nun entschieden, dass sie es nicht weiter vor sich herschieben konnte. Sie klappte den Monitor hoch und sofort fuhr ein kleiner, lebensecht aussehender, smaragdgrüner Porsche in Schlangenlinien über den Begrüßungsbildschirm. Es schien ihr fast, als säße in der virtuellen Kopie ihres eigenen 911T Coupé eine Fahrerin mit schulterlangen, dunkelbraunen Haaren entsprechend ihrer eigenen aktuellen Frisur. Offenbar hatte Max sich nicht nur die Mühe gemacht, sein erstes Spiel für sie anzupassen, er hatte die vollständige Installation des Laptops passend zu ihr und ihrem Wagen individualisiert. Wie süß, dachte sie. Was für ein wundervolles Geschenk wäre es gewesen, wenn sie nicht immer noch diese herbe Enttäuschung über seine rücksichtslose Unfallflucht verspürt hätte.

In ihrem ganzen bisherigen Leben hatte sie keinerlei Neigung zu Computerspielen entwickelt. Auch jetzt reizte es sie nicht im Geringsten, allein mit dem Spiel zu beginnen, nur um festzustellen, wie weit Max mit seinen individuellen Anpassungen gegangen war. Sophie überlegte, wen sie in Köln kannte, der vielleicht Spaß daran hatte und möglicherweise auch dazu in der Lage war, ihr die Unterschiede zum Standardspiel zu erklären. Wen hatte sie überhaupt bisher in ihrer neuen Heimatstadt kennengelernt? Die letzten Tage waren so ereignisreich gewesen, dass sie über ihre normalen täglichen Kontakte hinweg keine neuen Bekanntschaften gemacht hatte. In Frage kamen also nur Richard, Ruben, ein paar Kollegen aus der Redaktion und ein paar Leute aus dem Sportclub. Wer davon spielte wohl Computerspiele und wen konnte sie an einem frühen Sonntagvormittag dafür ansprechen?

Sophie entschied sich, Ruben anzurufen. Sie erreichte ihn auf seinem Handy. Wie sie an seiner Reaktion hörte, war er nicht allein. Warum auch, an einem seiner freien Sonntagvormittage? Aber er schien sich über ihren Anruf zu freuen; Sophie könne ihn sehr gern in einem Café in der Kölner Südstadt treffen, wo er gerade mit Freunden frühstücke.

„Spielst du manchmal Computerspiele?", fragte sie ihn.

„Nein, nicht wirklich. Worum geht es denn?"

„Ich suche jemanden, der ‚Cannonball IT' kennt. Ich habe eine Version davon geschenkt bekommen und möchte sie ausprobieren."

„Moment mal."

Sophie hörte Gemurmel und dann war Ruben wieder in der Leitung. „Ich höre gerade von Valentin, dass er das Spiel kennt und es gern einmal wieder spielen würde. Wenn du gleich zu uns kommst, bring es doch einfach mit. Platz für dich ist an unserem Tisch in jedem Fall noch und Frühstück bekommst du hier bis in den frühen Abend."

Sophie stimmte freudig zu und machte sich, ausgestattet mit Rubens ausführlicher, mündlicher Anfahrtsbeschreibung, mit dem Fahrrad auf den Weg.

„Nein, sie ist wirklich nur eine Kollegin", erwehrte sich Ruben Bertram gerade einer süffisanten Andeutung Berts, eines seiner ältesten Schulfreunde, als Sophie das Lokal betrat. Bei ihrem Anblick erschien ein wohlwollendes Grinsen auf dem Gesicht seiner Freunde. Bert und Valentin waren selbst seit Jahren verheiratet, aber für Ruben immer auf der Suche nach attraktiven Frauen, wenn sie gemeinsam unterwegs waren – nur für ihn natürlich. Sophie schien eindeutig in diese Kategorie zu passen.

„Guten Morgen, setz dich zu uns", begrüßte Ruben Sophie und forderte Valentin mit einer Geste auf, ein Stück von ihm wegzurücken. Er wollte, dass seine gutaussehende Kollegin den Stuhl zwischen ihnen einnahm, was sie auch tat.

„Möchtest du noch etwas frühstücken?" Bert reichte ihr die Speisekarte.

Sophie lehnte dankend ab und bestellte sich lediglich einen großen Milchkaffee.

„Du hast uns also einen Klassiker der Computerspiele mitgebracht?", fragte Valentin, nachdem die Kellnerin Sophies Kaffee auf den Tisch gestellt und die leeren Frühstücksteller der drei Schulfreunde abgeräumt hatte.

„Offenbar. Und ich bin euch sehr dankbar, dass ihr einen Blick auf das Spiel werft, das mir ein Freund mitgebracht hat. Ich gehe davon aus, dass es keine Originalversion ist, aber ich kenne mich überhaupt nicht damit aus. Ich wüsste noch nicht einmal, wie ich es starten müsste. Gern möchte ich verstehen, worum es in dem Spiel geht und welche Modifikationen eingebaut wurden."

„'Cannonball IT', sagtest du?"

„Ja, den Namen hat er genannt.“

„Das ist tatsächlich der Klassiker der deutschen Computerspiele, bei denen es ums Autofahren geht. Kein normales Autorennen, es werden zusätzlich Taktik und Geschicklichkeit vorausgesetzt, trotz aller Schnelligkeit, die du mit deinem Auto natürlich auch hier an den Tag legen musst. Nur so kann man möglichst viele Punkte erzielen.“

„Jetzt kann ich mir noch weniger darunter vorstellen.“ Sophie legte einen Laptop auf den Tisch und klappte den Monitor hoch. Wie Ruben sehen konnte, fuhr direkt und ohne jede Eingabe von ihr ein grüner Porsche über den Desktop, der stark an Sophies 911T Coupé erinnerte.

Ruben rutschte mit seinem Stuhl so nah es ging an ihre linke Seite, Valentin tat das gleiche zu ihrer Rechten. Bert stellte sich hinter Sophie.

„Klick mal auf den Wagen.“ Valentins Stimme klang ungeduldig. „Hast du auch eine Maus dabei?“

Sophie übergab ihm den Laptop und griff noch einmal in ihre Tasche. Sie zog eine Maus heraus, die Valentin schnell am Rechner anbrachte und aktivierte.

„So, dann kann das mal losgehen.“

Nach einem gezielten Klick Valentins auf den sich immer noch über den Desktop bewegenden kleinen, grünen Porsche startete das Computerspiel. Ruben erkannte, dass Sophie und ihr 911T Coupé den Spieler darstellten. Sogar ihr Name war bereits vorgegeben. Valentin klickte auf ein paar Felder, ohne dass sich etwas an den Einstellungen des Spiels ändern ließ.

„Es ist zwar schon lange her, dass ich ‚Cannonball IT‘ gespielt habe, aber ich bin mir sicher, dass man früher mehrere Fahrer anlegen konnte. In der ersten Version hat man damit einmal oder mehrfach gegen den Computer gespielt. Ab der zweiten Version konnte man mehrere Computer miteinander vernetzen und gegen andere Spieler fahren. Du wolltest wissen, welche Veränderungen dein Freund bei dieser Version eingebaut hat, oder?"

„Ja, bitte."

„Also das ist schon einmal Unterschied Nummer eins: Nur du selbst bist als Spielerin zugelassen. Du hast keine Konkurrenz. – Fährst du auch im richtigen Leben einen grünen Porsche?"

„Ja, das ist wirklich ihr Wagen", antwortete Ruben.

„Schöne Grafik, sehr detailliert. Wer auch immer sie erstellt hat, das kann er. – Dann fahren wir doch mal los."

Während der folgenden Minuten wurde sogar Ruben schnell klar, dass die Modifikation des Spiels umfangreich gewesen sein musste. Dem kleinen grünen Wagen stellten sich während seiner Fahrt immer wieder Hindernisse in den Weg, die sich, wenn sie erfolgreich umrundet oder eingesammelt wurden, abwechselnd als Blumensträuße, Champagnerflaschen, Picknickarrangements oder sogar als jubelnde Menschengruppen herausstellten. Die Punktezahl stieg mit jedem Kilometer, den der kleine Wagen zurücklegte, rasant an. Die Rätsel auf den Schildern der Weggabelungen waren schnell zu lösen und das Ziel am anderen Ende des virtuellen Kontinents rückte näher, ohne dass auch nur eine gefährliche Situation für den Spieler entstanden war.

„Ich glaube, du kannst jetzt anhalten", sagte Sophie, leicht verlegen klingend. „Ich gehe fest davon aus, dass ein solches Spiel jeden Spieler über sechs Jahren innerhalb kürzester Zeit in einen Tiefschlaf versetzt."

„Außer der damals bereits guten Grafik ist nicht mehr viel übrig vom ursprünglichen Spiel", bestätigte Valentin enttäuscht. „Es fehlen zum Beispiel die spontanen Rennen, die sich mit den Autos der weiteren Spieler ergeben haben. Es fehlen die Verfolgungsjagden mit der Polizei, Straßensperren und Unfälle, denen du ausweichen musst. Es fehlt fast alles, was dieses Spiel eigentlich ausgemacht hat. Das waren die Situationen, die den Kick des Spiels gebildet haben und mit denen man sich die Punkte verdienen musste."

„Das sieht eher nach einer Liebeserklärung aus als nach einem Computerspiel", stimmte Ruben in seine Kritik ein. „Das hat dir also dein Freund aus Berlin mitgebracht, der sich für das Wochenende angekündigt hatte?"

Sophie blieb stumm.

„Und er ist bereits wieder abgereist?"

Immer noch antwortete Sophie ihm nicht.

„Der arme Kerl hat vorher keine Gelegenheit erhalten, dir sein Geschenk zu zeigen?"

Seine Frage, was während der letzten zwei Tage zwischen Sophie und ihrem Freund vorgefallen sein konnte, stand unausgesprochen im Raum.

„Willst du mal das Original sehen?", mischte sich Valentin in die einseitige Konversation ein. „Ich habe es immer noch zuhause auf einem alten PC installiert."

„Nein, vielen Dank", antwortete Sophie. „Ich glaube das ist nicht notwendig. – War es ein gutes Spiel, damals?"

„Großartig! Wirklich. Hast du mal einen Film über das Cannonball Rennen in den Vereinigten Staaten gesehen? Man kam sich in dem Spiel fast wie in ein richtiges Rennen versetzt vor. Die Grafik war für die damalige Zeit herausragend und das Spiel war wirklich aufregend."

„Wie kommt dein Freund eigentlich an den Sourcecode des Spiels?" Ruben war neugierig geworden.

„Braucht man den für solche Veränderungen?" Sophie schien es zu vermeiden, ihn anzuschauen.

„Natürlich." Valentin nickte vehement. „Ausgeliefert wird eine lauffähige Version des Spiels. In der können die Käufer maximal die Variablen verändern, die im Spiel selbst abgefragt werden, sonst nichts. Das hier ist eine vollständig andere Version."

„Ich habe gehört, dieses Spiel wird nicht mehr aktiv vertrieben. Vielleicht bekommt man deshalb mittlerweile Zugriff auf den Sourcecode."

Für Ruben klang Sophies Vermutung absurd. Bevor er seine Meinung kundtun konnte, antwortete Valentin: „Nein, das halte ich für unwahrscheinlich. Den musst du schon klauen, um solche Veränderungen durchzuführen."

Nachdenklich blickte Ruben Sophie von der Seite an. „Hast du das modifizierte Spiel von einem der Freunde erhalten, die auch die Videos bearbeitet haben?"

Schnell nickte Sophie, zu schnell nach Rubens Eindruck. Offenbar wollte sie ihm keine weitere Auskunft zur Identität ihres Freundes geben.

Wieder zuhause angekommen, sah Sophie Renger auf ihrem eigenen Laptop, dass eine Nachricht ihrer drei Musketiere auf sie wartete. Athos war online. Seine Nachricht lautete: „Habe gestern einen Artikel von dir gelesen. Du machst jetzt also Jagd auf Verkehrsrowdys."

Sophie antwortete: „Hat er dir gefallen?"

„Warum unternimmst du nichts gegen den Mann, der deinen Unfall verursacht hat?", lautete seine einzige Antwort.

Sophie wusste nicht, was sie schreiben sollte.

„Setz dich am besten nie mit ihm in einen seiner Wagen", las sie, dann war Athos offline.

Kriminalinspektion 1 in Düsseldorf

Sorgfältig verglich Thomas Pelker die Aufnahmen, die Frank Ziegler auf seinen Schreibtisch gelegt hatte. Mit einem roten Stift hatte der Polizeimeisteranwärter die Männer auf den Fotos eingerahmt, die er für ein und dieselbe Person hielt. Pelkers erster Eindruck stimmte mit Zieglers Einschätzung überein: Mit hoher Wahrscheinlichkeit bildeten alle diese Bilder denselben Mann ab, auch wenn dieser sich große Mühe gegeben hatte, sein Gesicht zu verbergen. Auf allen Fotos hatte die aufgenommene Person die Kapuze eines dunklen, wahrscheinlich grauen Kapuzenpullovers über ihren Kopf gezogen. Ihr Gesicht war, je nach dem Winkel, in dem der Fotograf zu ihr gestanden hatte, nur ansatzweise oder kaum zu erkennen. Aber die Statur der Person war auf allen Aufnahmen identisch: die eines gut 1,80 Meter großen, schlanken Mannes mit einer eigentümlichen, leicht gebückten Haltung, die entweder vom Alter herrührte oder vielleicht von einer vorwiegend sitzenden Tätigkeit.

Sie hatten jetzt also ein grobes Bild von einem eifrigen Zuschauer illegaler Rennveranstaltungen, der sich nicht zu erkennen geben wollte. Aus diesem Phantom einen konkreten Zeugen zu machen, musste ihnen unbedingt gelingen. Pelkers Bauchgefühl hielt diesen Mann für wichtig. Vielleicht war genau er derjenige, dem die als eine Reihe von Verkehrsunfällen getarnte, mögliche Mordserie anzulasten war. Dieser Spur lediglich über die Aufnahmen zu folgen, schien allerdings nahezu unmöglich zu sein. Unzufrieden schüttelte er den Kopf. Er würde die Kollegen der immer noch existierenden Sonderkommission ‚Illegale Autorennen‘ für diese eine Person sensibilisieren. Vielleicht gelang es ihnen dann, diesen Mann bei einer der nächsten Rennveranstaltungen in Gewahrsam zu nehmen. Leider waren sie immer noch auf ihr Glück angewiesen, von einem Rennen zu erfahren. Insider-Wissen aus der Cruiser-Szene war dringend notwendig.

Pelker griff nach dem Telefonhörer und bat Bacher und Ziegler zu sich ins Büro.

„Bisher haben wir drei Verkehrstote identifiziert, die laut unseren Recherchen gegen Verkehrsrowdys aktiv waren“, begann er, nachdem sie sich ihm gegenüber hingesetzt hatten. „Neben Herrn Dr. Probst sind das Elisabeth Brandner aus Norderstedt und Beatrice Ludwig aus Berlin. Welche neuen Informationen haben Sie zu ihren vermeintlichen Unfällen?"

Bacher räusperte sich, sah fragend zu Ziegler und antwortete ihrem gemeinsamen Chef dann: „Unsere Ermittlungen verlaufen sehr zäh. Zu Herrn Dr. Probst kennst du bereits alle Informationen. Es gibt weder brauchbare Spuren an dem als Tatwaffe genutzten Geländewagen noch Zeugenaussagen, die uns weiterhelfen."

„Also haben wir keine neuen Erkenntnisse in diesem Fall?"

„Nein, bislang nicht."

„Und bei den beiden verunglückten Damen?"

„Beatrice Ludwigs Unfall wurde von den Kollegen der Verkehrspolizei vor Ort aufgenommen und sehr schnell als tragischer Unfall zu den Akten gelegt. Es gab nur eine Zeugenaussage, welche die Kollegen selbst aber lediglich zur Vervollständigung der Akte festgehalten haben."

„Zur Vervollständigung der Akte? Was soll das heißen?"

„Der Zeuge war ein Obdachloser, der behauptet hat, ein UFO sei kurz nach dem Unfall die Landstraße entlang gerast. Weitere Zeugen dieses Unfalls konnte die örtliche Polizei nicht ermitteln."

„Wie ist Beatrice Ludwig verunglückt?"

„Ein paar Kilometer außerhalb Berlins ist sie mit ihrem Wagen gegen einen Alleebaum geprallt; sie war sofort tot. Der Unfall ist in der Nähe des Ortes passiert, in dem sie aufgewachsen ist, nur wenige Kilometer von ihrem Elternhaus entfernt."

„Und es hat keine Spuren gegeben, die auf einen weiteren Verkehrsteilnehmer hingewiesen haben? Keine Bremsspuren? Keine Kratzer oder Dellen am Wagen von Frau Ludwig?"

„Nein. Laut dem Bericht der Kollegen vor Ort gibt es keine Hinweise auf Fremdeinwirkung. Deshalb wurde als Unfallursache überhöhte Geschwindigkeit angenommen."

„Einer der Kollegen, mit denen ich persönlich telefoniert habe, teilt diese Einschätzung des Unfallhergangs nicht", ergänzte Ziegler, „auch jetzt noch nicht, nach so langer Zeit. Es ist Hauptwachtmeister Wedel. Er kennt die Familie der jungen Frau seit Jahren und tendiert eher dazu, der einzigen Zeugenaussage Glauben zu schenken. Er meinte, statt eines UFOs könne der Zeuge ja vielleicht auch ein sich sehr schnell vom Unfallort entfernendes dunkles Auto gesehen haben. Allerdings ist es Wedel nie gelungen, dafür irgendwelche Beweise zu finden. Um endlich Gras über den tragischen Unfall wachsen zu lassen und der Familie Ruhe zu gönnen, hat er seine Ermittlungen mittlerweile eingestellt.“

„Bertram hat mir berichtet, dass Beatrice Ludwig für eine Reportage über die Berliner Rennszene recherchiert haben soll. Leider gibt es dazu keine Unterlagen; es soll alles bei ihrem Unfall zerstört worden sein. Diese Information könnte aber natürlich bedeuten, dass Frau Ludwig jemandem zu nahegekommen ist und ihr Unfall doch nicht ganz ohne Fremdeinwirkung passiert ist.“

„Ja, nur leider wurden weder am Unfallort noch an ihrem Wagen Spuren gefunden, die auf einen weiteren Beteiligten hinweisen.“

„Wahrscheinlich wurde auch nicht sehr intensiv danach gesucht. – Jetzt, nach einem Jahr ist es sowieso zu spät dafür.“ Pelker strich sich über seinen Bart und fragte dann: „Gibt es hilfreichere Ergebnisse im Fall Elisabeth Brandner?“

„Frau Brandner war Witwe und hatte 2014 auch noch ihre einzige Tochter verloren. Die Presse vermutete damals, es sei ein illegales Autorennen mitten in Hamburg ausgetragen worden, das zum Tod zweier Unbeteiligter geführt hat, Elisabeth Brandners Tochter und ihrer ebenfalls knapp neunzehnjährigen Freundin. Die Polizei teilte diese Einschätzung zwar, konnte den Unglücksfahrern aber das Rennen nicht nachweisen – einer der beiden Fahrer verstarb ebenfalls am Unfallort, der zweite konnte unerkannt flüchten. Seit dem tragischen Tod ihrer Tochter hat Elisabeth Brandner sich gegen

Verkehrsrowdys und die örtliche Cruiser-Szene engagiert. Sie hat Demonstrationen organisiert und alles dafür getan, dass die Politik sich dieses Themas annehmen musste. Sie selbst ist später ebenfalls bei einem Autounfall gestorben, den sie allerdings selbst verschuldet haben soll. Laut örtlicher Polizei gab es bei ihrem Unfall, genauso wie bei Beatrice Ludwig, keine Spuren, die auf eine Fremdeinwirkung hingedeutet haben."

„Übereinstimmend ist also, dass es bei keinem dieser beiden Unfälle auffällige Lackschäden oder verlässliche Zeugen gibt. Nichts weist auf die Beteiligung eines weiteren Fahrzeugs hin."

„Ja, so steht es in den Berichten. Und bis auf Hauptwachtmeister Wedel hatten die örtlichen Polizeibeamten, mit denen ich persönlich sprechen konnte, ihren schriftlichen Zusammenfassungen auch nichts hinzuzufügen."

Erneut schüttelte Pelker unzufrieden den Kopf. „Kollegen, wie würden Sie reagieren, wenn Sie jemand von der Straße drängen wollte?"

„Du meinst, wenn sich meinem Auto ein anderer Wagen immer mehr nähern würde?" Bacher schien über die Frage seines Vorgesetzten ernsthaft nachzudenken.

„Ich würde dagegenhalten", antwortete Ziegler. „So haben wir es beim Fahrsicherheitstraining gelernt: Es ist besser, einen Blechschaden zu riskieren, als ganz von der Straße gedrängt zu werden."

„Auch bei Ihrem eigenen Auto?", fragte Bacher.

„Ja, natürlich."

„Würden Sie nicht erst einmal versuchen, so lange weiter zur Seite zu fahren, bis die Straße das nicht mehr zuließe? Versuchen, dem eigenen Auto keinen Schaden zuzufügen, indem Sie dem anderen Wagen ausweichen?"

Zieglers Miene spiegelte Verunsicherung wider.

„Ich glaube, das ist es. Die beiden Unfallopfer, über die wir gerade gesprochen haben, sind Frauen. Und beide haben möglicherweise kein Fahrsicherheitstraining absolviert. Sie werden wahrscheinlich ausgewichen sein, falls sich ihnen ein anderes Fahrzeug bis auf Tuchfühlung genähert hat. Sie wollten ihr eigenes Auto vor einer Beschädigung bewahren und haben zu spät gemerkt, dass sie sich damit erst recht in Gefahr bringen. Vielleicht war genau dieses Verhalten das Kalkül des Täters – falls es wirklich einen Täter gibt!"

„Das würde die fehlenden Spuren erklären. Keine Kratzer, keine Dellen, die nicht durch den Unfall selbst verursacht wurden."

„Genau! Und falls es doch ein paar Dellen gegeben hat, sind diese womöglich im Rahmen der Unfallaufnahme dem tödlichen Zusammenstoß zugerechnet worden."

Ziegler schien noch nicht ganz überzeugt zu sein, aber Bacher nickte.

„Ruben Bertram hat mir von einem weiteren Verkehrstoten berichtet, allerdings war dieser mit absoluter Sicherheit kein Aktivist gegen Verkehrsrowdys", wechselte Pelker das Thema.

„Warum betrachten wir seinen Fall dann hier?"

„Ich möchte einfach, dass Sie seinen Tod im Hinterkopf behalten. Lesen Sie sich bitte den Bericht dazu durch. Es geht um Lars Voigt, einen ehemaligen Kollegen von Frau Dr. Renger, Bertrams Mitarbeiterin bei der Rheinischen Allgemeinen."

Pelker verteilte zwei Kopien des kurzen Berichts der Berliner Polizei. „Wie steht es eigentlich um den Personenschutz für Frau Dr. Renger?"

„Wir haben vier Kollegen dafür genannt bekommen, die in Bereitschaft sind und auf dein Signal warten, Thomas."

„Gut, wenigstens das ist geklärt. Einer der Mitarbeiter der Rheinischen Allgemeinen gibt Bescheid, sobald der erste Drohbrief in der Redaktion eingetroffen ist. – Bitte schauen Sie sich bis morgen noch einmal alle bisherigen Ermittlungsergebnisse an. Wir müssen etwas übersehen haben. Es darf nicht sein, dass ein Irrer durch die Gegend fährt und Menschen in tödliche Verkehrsunfälle verwickelt, ohne dass wir ihn stoppen können."

Redaktion der Rheinischen Allgemeinen in Köln

Auch wenn ihn die Neugier plagte, hatte Ruben Bertram Sophie seit ihrem gemeinsamen Sonntagsfrühstück weder auf das modifizierte Computerspiel angesprochen noch auf dessen Entwickler. Offensichtlich verdrehte seine neue Mitarbeiterin gerade mehreren Männern gleichzeitig den Kopf – falls das Gerücht über sie und Achtelik wirklich stimmte. Er war also gewarnt, falls sie auch auf die Idee käme, mit ihm zu flirten.

Den Sonntagnachmittag hatte er bei Valentin verbracht. Gemeinsam waren sie über Stunden in seinem Arbeitszimmer verschwunden und hatten die Originalversion von ‚Cannonball IT' gespielt. Ein wirklich mitreißendes Computerspiel, wenn man auf schnelle Autos und Rennen gegen Mitspieler oder Gesetzeshüter stand. Sogar Ruben hatte mehrmals sein Glück versucht und sich als Spieler betätigt. Allerdings hatte er gegen Valentin nicht die geringste Chance gehabt und war meistens auf halber Strecke durch einen Unfall aus der Wertung gefallen.

Erleichtert stellte Ruben auch an diesem Morgen beim Durchsehen der Leserpost fest, dass keine der Zuschriften zu seiner Kolumne eine Drohung gegen ihn oder Sophie enthielt. Bisher hatten vorwiegend zustimmende Meinungsäußerungen die Redaktion erreicht.

Vielleicht hatten sie sich ja doch getäuscht mit ihrer These über seinen Unfall, und der Drohung war keine Tat gefolgt. Es konnte Zufall gewesen sein, dass der Stein ausgerechnet seinen Wagen getroffen hatte. An die Alternative wollte er nur ungern denken: Was war, wenn sie dieses Mal keine Warnung erhielten, bevor der Attentäter zuschlug?

Mittlerweile ging es ihm physisch wieder sehr gut, befand Ruben; er hätte sich nicht darauf einlassen dürfen, Sophie in Gefahr zu bringen. Während er im Redaktionsgebäude unterwegs war, erlaubte er es sich bereits, die Krücken in seinem

Büro stehen zu lassen. Auch normales Essen konnte er wieder nahezu schmerzlos genießen. Die acht Kilo, die er während der letzten Wochen abgenommen hatte, standen ihm gut und er würde versuchen, das neue Gewicht zu halten. Seinen Unfall hätte er damit eigentlich zu den Akten legen können, wenn nicht seine geliebte Citroën DS dabei ihr Leben gelassen hätte – ein Verlust, der ihm jeden Tag bei der Nutzung öffentlicher Verkehrsmittel schmerzlich bewusst wurde.

Sein Handy klingelte. Ruben zog es unter einem der auf seinem Schreibtisch liegenden Artikelentwürfe hervor und sah eine unbekannte Nummer auf dem Display angezeigt.

„Ruben Bertram, Rheinische Allgemeine", meldete er sich, noch in seine vorherigen Gedanken vertieft.

„Hallo. Ich bin es, Bernhard."

Sofort war Rubens volle Aufmerksamkeit geweckt. Eilig stand er auf und schloss die Tür seines Glasbüros. Wieder zurück an seinem Schreibtisch, zog er einen Block unter einem Papierstapel hervor und notierte sich mit einem Bleistift Datum und Uhrzeit auf den obersten Rand.

„Ich freue mich, dass du dich wirklich bei mir meldest."

„Hast du daran gezweifelt?" Bernhards Stimme klang ungehalten.

„Naja, so gut kennen wir uns noch nicht."

„Ihr habt am Wochenende schon wieder den üblichen Mist gedruckt, wie ich feststellen musste. Dieses Mal stehst nicht du als Autor unter dem Artikel, sondern eine Frau. Was ist los bei euch? Rede ich noch mit dem richtigen Ansprechpartner?"

„Sophie Renger ist eine meiner Mitarbeiterinnen. Wir haben entschieden, ihren Namen unter den Artikel zu stellen, da sie im Moment deutlich schneller laufen kann als ich." Aus einem Impuls heraus hatte Ruben entschieden, Bernhard die Wahrheit zu sagen.

„Ein Scherz, oder?"

„Nein. Wir sind uns nicht sicher, ob mein Autounfall vor ein paar Monaten vielleicht eine Vergeltungsmaßnahme für meine Kolumne war."

„Aha", kam als einzige Reaktion von Bernhard. Das Fragezeichen in seiner Stimme ignorierte Ruben.

„Darf ich dir jetzt ein paar Fragen stellen?", wollte er wissen.

„Hört jemand mit?"

„Nein, ich sitze allein in meinem Büro, bei geschlossener Tür. Erst einmal bleibt unser Gespräch ganz unter uns."

„In Ordnung. Was willst du wissen?"

„Du hast von einer speziellen Organisation der Cruiser-Szene gesprochen. Wie funktioniert die?"

„Im Ernst? Muss ich bei Adam und Eva anfangen?"

„Entschuldige, ich stelle meine Frage präziser: Welchen Kommunikationsweg habt ihr, über die offiziellen und der Öffentlichkeit zugänglichen Medien hinaus? Wie vernetzen sich die Mitglieder eines Cruiser-Clubs und wie die der deutschlandweiten Cruiser-Szene, um gemeinsame Veranstaltungen zu verabreden, ohne dass die Polizei mithören oder -lesen kann?"

„Das klingt schon eher nach einer Insider-Frage, aber einer zweiteiligen. Zum einen fungieren unsere allgemeinen Treffpunkte immer noch als lokale Informationsbörsen. Hier erfahren die meisten der Mitglieder einer regionalen Cruiser-Szene, was geplant ist. Außerdem hat jeder Club eigene WhatsApp Gruppen und ähnliches eingerichtet, um sich spontan informieren zu können."

„Das sind die Kommunikationswege, die ich bereits kenne. Und die Polizei wahrscheinlich auch."

„So ist es. Aber sie sind bewährt und haben bisher innerhalb eines Clubs auch weitestgehend ausgereicht."

„Und darüber hinaus gibt es etwas Neues?"

„Jetzt kommen wir zu den Informationen, die niemand aus der Szene einem Außenstehenden geben darf. Ich hoffe, das ist dir klar, Ruben."

„Mein Wort steht nach wie vor; ich habe noch nie einen Informanten preisgegeben."

„Seit gut einem Jahr gibt es eine Community im Darknet", setzte Bernhard nach kurzem Zögern seine Erklärung fort. „In jedem regionalen Club gibt es einige, wenige Mitglieder, die eine Einladung in einen PrivateRoom erhalten haben und damit auf ein wirklich ausgefeiltes Tool zugreifen können. Zu diesen Leuten gehört immer der aktuelle Chef eines Clubs und dieser benennt noch ein oder zwei Vertreter. Wenn alle Cruiser hier aktiv wären, würde das Ding wahrscheinlich innerhalb kürzester Zeit auffliegen."

„Darknet? PrivateRoom?"

„Ja, ein extra abgeschotteter Bereich im nichtöffentlichen Teil des Internets."

„Ich weiß, was das Darknet ist, und von PrivateRooms habe ich auch schon gehört, aber wer richtet dort ein Tool für euch ein?"

„Diese Frage kann ich dir nicht beantworten. Ich weiß nicht, wer dahintersteckt. Aber du verstehst jetzt sicher, dass es für die Polizei unmöglich ist, die Verabredungen, die dort getroffen werden, mitzulesen."

„Was genau macht ihr mit diesem Tool?"

„Zum Beispiel nutzen wir es, um Termine zu verabreden, die es zwar schon immer gab, aber vielleicht nicht deutschlandweit, also harmlose Showveranstaltungen oder Wettfahrten auf abgesperrten Straßen. Früher wurden solche Events bilateral per Telefon zwischen den Club-Chefs vereinbart und kommuniziert; das war natürlich deutlich mühsamer."

„Solche Veranstaltungen könntet ihr aber auch öffentlich im Internet organisieren und bekanntgeben, oder?"

„Ja, damit liegst du richtig. Über diese legalen Verabredungen hinaus wird das Tool immer mehr für die Organisation von den Veranstaltungen genutzt, die ich unterbinden möchte: Innerstädtische Rennen, Geschwindigkeits-Rekordversuche und andere dämliche Wettfahrten – lauter Events, die auch Unbeteiligte in Gefahr bringen können. Und das Ganze natürlich deutschlandweit. Das Tool im Darknet spornt die Cruiser geradezu dazu an, sich immer gefährlichere Wettkämpfe einfallen zu lassen. Rennen, für die du früher nur Kontrahenten aus dem eigenen Club gefunden hast, kannst du jetzt deutschlandweit ausschreiben. Außerdem werden in dem Tool unsere Ranglisten verwaltet – ein Fahrer und sein Auto erwerben durch die Teilnahme an einer der vielen Veranstaltungen Punkte und damit einen bestimmten Rang. Nur wer einen solchen offiziellen Rang besitzt, kann überhaupt an anderen als spontan verabredeten Rennen teilnehmen. Und ausschließlich mit Rennen, die im Darknet verabredet werden, kann man Punkte sammeln und seinen Rang verbessern.“

„Wenn also Hans aus Hamburg einen Wettkampf für sich und sein Auto außerhalb seiner lokalen Cruiser-Szene sucht, kann er anhand der im Darknet gepflegten Rangliste einen passenden Gegner finden und sich mit diesem auch gleich zu einem Rennen verabreden, das dann vielleicht in Köln stattfindet?“

„Im Prinzip ja. Wahrscheinlich muss er dafür die Unterstützung seines Club-Chefs in Anspruch nehmen, da er selbst keinen Zugriff auf den PrivateRoom hat.“

„Ihr seid doch alle keine IT-Spezialisten. Wer von euch hat das Ding entwickelt und wie kommt ihr damit zurecht? Ihr braucht doch einen besonderen Browser für den Eintritt in das Darknet, Passworte, Datenbanken und so weiter.“

„Wenn du eingeladen wirst und Zugriff erhältst, installiert sich auf dem PC, den du nutzt, eine Art Computerspiel, über das alles gesteuert wird. Der normale Nutzer weiß gar nicht, wie das Ganze vonstatten geht. Er kennt nur das Icon auf seinem Desktop, mit dem er das Tool startet. – Wenn wir alle uns auf dem normalen Weg im Darknet anmelden müssten, würden die meisten von uns wahrscheinlich scheitern."

„Du besitzt also auch ein solches Icon?"

„Ja, ich verwalte die Aktivitäten für die Kölner Cruiser-Szene. Seitdem ich nicht mehr in Mareikes Kanzlei arbeite, habe ich die notwendige Zeit dafür."

„Irgendwie klingt das ziemlich illegal. Du hast doch Jura studiert, stört dich das nicht?"

„Doch schon, ein wenig, aber es fasziniert mich gleichzeitig. Über dieses Tool kannst du sehen, welche Rennen stattfinden werden, überall im Land. Du kannst mitfiebern, auch wenn du nicht selbst als Zuschauer vor Ort sein kannst. Du kannst sogar auf den Sieger wetten und erhältst virtuelles Geld, wenn du deine Wette gewinnst. Einen Großteil der Teilnehmer kennt man nach einer Weile. Du bekommst innerhalb kürzester Zeit mit, wer gewonnen hat, manchmal werden sogar Videos der Rennen hochgeladen. Es ist großartig. Besser als jedes Computerspiel, realer eben."

„Woher weißt du eigentlich, dass das Ganze in einem PrivateRoom im Darknet stattfindet, wenn es auf dem PC wie ein Spiel wirkt?"

„Mein Vorgänger im Kölner Club war ein Informatikprofessor. Er hat es mir erklärt und mich auf ein paar Details hingewiesen."

„Wusste er, wer das Tool entwickelt hat?"

„Nein. Wer hinter dem Ganzen steckt, hat auch er nie herausgefunden. Die Einladungs-E-Mails kommen aus dem PrivateRoom selbst, ohne einen für uns Laien nachvollziehbaren Absender zu zeigen. – Der Prof und ich sind gemeinsam zu der Einschätzung gelangt, dass es ein Cruiser sein muss, der sich aber selbst nicht traut, an Rennen teilzunehmen. Also eine Art Ersatzbefriedigung durch die virtuelle Teilnahme."

„Vielleicht ist es einer der Neulinge, die du wieder loswerden willst. Mir kommt es so vor, als gäbe es eine zeitliche Korrelation zwischen ihrem Auftreten und der Verbreitung des Tools.“

„Das traue ich denen intellektuell nicht zu.“

„Irgendwie ist das Ganze doch mysteriös. Und trotz aller Geheimniskrämerei vertraut die Cruiser-Szene auf diese Plattform und ihren unbekannten Entwickler, um die legalen und vor allem die illegalen Aktivitäten zu organisieren. – Ist es Bequemlichkeit, die euch dazu gebracht hat?“

Bernhard schien sich auf den Schlips getreten zu fühlen. „Ich glaube, für den Moment habe ich genug erzählt, Ruben“, zog er sich zurück. „Mach etwas daraus. Ich melde mich wieder.“

„Eine Frage noch, Bernhard, bevor du auflegst: Du hast gesagt, die Anwendung stellt sich für den dummen Benutzer wie ein Computerspiel dar. Ähnelt es irgendeinem Spiel, das es auf dem Markt zu kaufen gibt?“

„Ja, das tut es tatsächlich. Es hat mich sofort an ein altes Autorennen-Spiel erinnert, das ich mal als Schüler besaß. Ich glaube es hieß Cannonball oder so ähnlich. Allerdings kenne ich auch nicht so viele andere Rennspiele. Vielleicht sind alle ähnlich aufgebaut und auch andere könnten die Blaupause für unsere Plattform gewesen sein.“

Gern hätte Ruben noch weitere Fragen gestellt, aber Bernhard hatte ohne eine Verabschiedung aufgelegt. Nachdenklich zeichnete er Bleistiftkringel um seine Notizen, als Sophie an die Tür seines Büros klopfte. Er winkte sie herein.

„So verschlossen heute, Chef?“, flachste Sophie, als sie eintrat. „Bist du einem neuen Skandal auf der Spur?“

„Nein, ich musste nur in Ruhe telefonieren.“

„Hamann war kurz bei uns im Büro, während du nicht gestört werden wolltest. Er bittet uns, umgehend in Richard Achteliks Büro zu kommen, sobald du aufgelegt hast.“

„Ist etwas passiert?“

„Wir haben Post bekommen, glaube ich."

„Setzt euch und bedient euch mit Kaffee oder Wasser, falls ihr mögt." Richard Achtelik saß bereits zusammen mit Hamann an dem kleinen Tisch, welcher an der dem Fenster abgewandten Seite seines Büros zusammen mit sechs bequemen Sesseln den Ersatz eines separaten Besprechungsraums bildete. Den Ausdruck einer E-Mail hatte er auf die Tischplatte neben die gerade angebotenen Getränke gelegt.

„Soeben haben wir die erwartete Reaktion auf den Artikel des letzten Wochenendes erhalten", erklärte er das spontan einberufene Treffen. „Lest am besten selbst."

Gespannt beobachtete er, wie Sophie nach dem Blatt Papier griff und es so vor sich und Bertram legte, dass beide die kurze Nachricht lesen konnten. Er selbst konnte den Text mittlerweile auswendig:

Sehr geehrte Redaktion der Rheinischen Allgemeinen,
vor Wochen bereits hatte ich Sie gebeten, Ihre Verleumdungen
gegen die Cruiser-Szene einzustellen.
Leider sind Sie meiner Bitte nicht nachgekommen. Die Konse-
quenzen haben Sie sich jetzt selbst zuzuschreiben.
Mit verärgerten Grüßen, Ein Leser

„Ein sehr höflicher, verärgerter Leser", kam von Bertram als ironische Bemerkung. „Ich erinnere mich, dass wir bereits ein oder zwei ähnlich formulierte Schreiben erhalten haben."

„Ja, zwei Stück." Hamann legte zwei weitere Ausdrucke auf den Tisch. „Sofort nachdem ich vom Leserservice auf diese E-Mail aufmerksam gemacht worden bin, habe ich sie mit den alten Leserzuschriften verglichen, die Drohungen enthielten. Sowohl im Juni als auch im Juli hat die Redaktion E-Mails eines ‚verärgerten Lesers' erhalten."

„Im Juli bin ich mit meinem Auto verunglückt – nachdem der vorerst letzte Artikel von mir selbst erschienen ist. Die folgenden Beiträge von Bernd Christ haben wahrscheinlich niemanden ausreichend verärgert." Ruben warf einen ernsten Blick zu Sophie. „Jetzt ist es also so weit: Ab sofort bekommst du Redaktionsarrest. Ich werde nicht dabei zuschauen, wenn sich eine Mitarbeiterin meines Ressorts wissentlich in Gefahr bringt. Du verlässt die Redaktion mindestens so lange nicht allein, bis unser Hauptkommissar den versprochenen Personenschutz für dich bereitgestellt hat."

„Den was?" Sophie sprang auf. „Personenschutz kommt überhaupt nicht in Frage."

Die Idee, in den nächsten Tagen ständig von einem Polizeibeamten begleitet zu werden, behagte Sophie offenbar gar nicht. Richard hätte wegen Bertrams deutlich geäußerter Besorgnis und Sophies heftiger Empörung fast gelächelt.

„Lasst uns nichts überstürzen", bat er. „Hauptkommissar Pelker habe ich bereits Bescheid geben lassen. Er wird sicher jeden Moment hier eintreffen."

„Richard weiß, dass ich sehr gut auf mich selbst aufpassen kann. Das sollten wir Herrn Pelker gegenüber auch noch einmal klarstellen. – Außerdem ist es nicht sicher, dass dies eine Drohung gegen mich ist, nur weil mein Name unter dem Artikel stand. Die E-Mail war nicht an mich persönlich gerichtet."

„Frau Renger", begann Hamann, „letztes Mal hat es Ruben getroffen, nachdem sein Name unter dem Artikel stand. Die Drohbriefe im Juni und Juli waren ebenfalls an die Redaktion gerichtet und nicht an ihn direkt. – Allerdings sollten wir im Auge behalten, dass Sie nur dann in Gefahr sind, wenn wir mit unserer Annahme recht haben, dass Rubens vermeintlicher Unfall in Wirklichkeit ein Anschlag auf sein Leben war."

„Alle Drohbriefe, über die wir aktuell reden, haben einen vergleichbaren Formulierungsstil?"

„So ist es, Richard. Wir haben bei allen drei E-Mails ganz genau das gleiche Muster."

Ein Klopfen an der Bürotür unterbrach die Diskussion. Richard stand auf, ließ den Hauptkommissar herein, dankte ihm für sein Kommen und führte ihn zum Besprechungstisch.

„Es ist also so weit?", waren Pelkers erste Worte nach der allgemeinen Begrüßung.

„Ja, heute Vormittag haben wir das erwartete Leserschreiben erhalten." Hamann schob den Ausdruck über den Tisch. „Unsere These der Provokation wurde damit wohl bestätigt."

„Gibt es zusätzliche Informationen, die uns helfen, den Absender zu identifizieren?", fragte Pelker, während er die kurze Nachricht las.

„Leider nicht, aber Sie können gern einen Ihrer Spezialisten den Mailverkehr untersuchen lassen."

„Es befindet sich bereits ein Beamter bei Ihrer IT, Herr Achtelik. Bitte geben Sie dort Bescheid, dass man ihm vollen Zugriff auf alle notwendigen Daten gewährt."

Richard stand auf und ging kurz zu seiner Sekretärin ins Nachbarzimmer. Als er sein Büro wieder betrat, hörte er gerade noch, wie Bertram zu Hauptkommissar Pelker sagte: „Ab sofort, denke ich."

Ein um Unterstützung bittender Blick Sophies ließ ihn fragen: „Reden Sie gerade über den Personenschutz?"

„Ja", antwortete Pelker ihm. „Herr Bertram scheint der Meinung zu sein, dass Frau Dr. Renger ab sofort von einem meiner Männer begleitet und bewacht werden muss."

„Lassen Sie uns das Vorgehen dazu bitte am Ende unserer Besprechung festlegen. Zuerst sollten wir vielleicht die Gelegenheit nutzen, alle Informationen, die wir mittlerweile gesammelt haben, auszutauschen."

Pelker und Hamann nickten zustimmend. Bertram verzog seinen Mund zu einer unzufriedenen Grimasse. Sophie lächelte dankbar.

„Herr Bertram, da Hauptkommissar Pelker so freundlich war, zu uns nach Köln zu kommen, schlage ich vor, dass wir mit unseren Neuigkeiten beginnen."

Nach einem kaum merklichen Zögern kam sein Chefredakteur der Aufforderung nach: „Angeregt durch die Ermordung von Richter Probst und den wahrscheinlichen Anschlag auf mich, haben wir uns Gedanken gemacht, wer möglicherweise Personen angreift, die öffentlich gegen Verkehrsrowdys Stellung beziehen. Nach unserer Einschätzung könnten wir es mit einem kriminellen Fan oder einem Mitglied der Cruiser-Szene zu tun haben. Dr. Probst war gegen diese Szene aktiv, indem er ein sehr hartes Urteil gegen zwei Raser verhängt hat. Und ich habe mit meiner Kolumne sicher etwas Verärgerung in der Szene verursacht." Bertram machte eine kurze Pause, woraufhin Richard ihm aufmunternd zunickte. „Zusammen mit Herrn Pelker ist es Sophie und mir gelungen, zwei weitere Verkehrsunfallopfer der letzten zwölf Monate zu identifizieren, die ebenfalls vor ihrem Tod gegen Verkehrsrowdys aktiv waren. – Bitte seht es uns nach, dass wir uns bei der Recherche auf Unfälle mit Todesfolge beschränkt haben; alle gemeldeten Verkehrsunfälle zu untersuchen, hätte uns zeitlich überfordert. Diese zwei Verkehrstoten sind eine Radiojournalistin aus Berlin und die Mutter einer ebenfalls mit ihrem Wagen verunglückten Abiturientin aus der Nähe von Hamburg."

„Das klingt zumindest schon einmal nach einem Anfang", lobte Richard aufmunternd.

„Leider ist es uns bislang noch nicht gelungen, brauchbare Indizien für eine Fremdeinwirkung bei den Unfällen der beiden Damen zu finden", ergänzte Pelker. „Richter Probsts Tod wurde ganz eindeutig durch Fremdeinwirkung verursacht, allerdings haben wir auch hier immer noch keine Spur des Täters ermittelt, und damit keinen Verdächtigen."

„Also ist dieser Weg aktuell eine Sackgasse. Ärgerlich."

„Und wie sieht es an der Front der Cruiser-Szene aus?" Hamanns Frage richtete sich an Bertram.

„Vor ein paar Tagen ist es mir gelungen, ein Mitglied der Kölner Szene als Informanten zu gewinnen."

Pelkers volle Aufmerksamkeit schien geweckt zu sein. Militärisch aufrecht sitzend sah er Ruben Bertram erwartungsvoll an.

„Nein, ich werde jetzt keinen Namen nennen; das musste ich versprechen." Offenbar war auch Bertram die Veränderung in der Haltung des Hauptkommissars aufgefallen. „Herr Pelker, ich gebe Ihnen alle Informationen weiter, die meinen Informanten nicht direkt in Gefahr oder vor den Richter bringen."

„In welche Gefahr?"

„Aufgedeckt und von seinen Clubmitgliedern in einen Unfall verwickelt zu werden."

„Übertreiben Sie da jetzt nicht ein wenig, Herr Bertram?"

„Vielleicht überzeuge ich Sie ja noch von meiner Einschätzung." Ruben schilderte in großen Teilen das, was Bernhard ihm während der ersten beiden Gespräche mitgeteilt hatte. Vor allem wiederholte er dessen Befürchtung, dass gerade immer mehr risikoaffine, wenn nicht sogar kriminell veranlagte, Nachwuchs-Cruiser die Szene veränderten und übernahmen. Er beschrieb das Kommunikationstool im Darknet, dessen Ähnlichkeit mit dem Spieleklassiker ‚Cannonball IT' und die damit realisierte deutschlandweite Vernetzung aller Clubs.

„Dass die Kommunikation in einem PrivateRoom stattfindet, haben auch wir mittlerweile herausgefunden. Aber dass dieser sich im Darknet befindet – davon sind wir nicht ausgegangen."

„Das weist auf ein gewisses Maß krimineller Energie hin, nicht wahr?", fragte Ruben.

Der Hauptkommissar nickte. „Was sagt Ihr Spitzel? Stammt dieses Tool von den eher aggressiv auftretenden Neulingen? Es scheint ja für ihre Aktivitäten besonders hilfreich zu sein."

„Nein, das schließt er aus. Der zeitliche Zusammenhang muss Zufall sein. Er erwähnte, das Tool gäbe es seit etwa einem Jahr. Ich glaube, dass es den Anstieg der rücksichtslosen Fahrer in die Cruiser-Szene früher gab als das Internet-Tool."

Die Anwesenden dachten einen Moment über Bertrams Informationen nach.

Richard kam ein Gedanke: „Möglicherweise gibt es doch einen Zusammenhang und das neue Tool ist die Folge der Entwicklung in der Cruiser-Szene."

„Ja, die Idee hatte ich auch schon. Vielleicht hat jemand die Veränderung der Szene beobachtet und instrumentalisiert jetzt diese Idioten. Vielleicht lässt sie jemand zu seinem eigenen Vergnügen gegeneinander antreten."

„Das klingt aber ziemlich nach Fiktion, Ruben", kam es sofort von Peter Hamann."

„Nein, nein", widersprach der Hauptkommissar. „Ganz so schnell möchte ich den Gedanken nicht verwerfen. Nehmen wir doch einfach einmal an, es gäbe eine solche Person im Hintergrund. Dann könnte sie ein begeisterter Fan von Autorennen sein, von illegalen Autorennen auf öffentlichen Straßen. Diese Idee würde ich gern weiterverfolgen, da ich ein paar Aufnahmen eines solchen Fans besitze. Diese Person, die ich meine, war bei fast allen Rennen, von denen meine Kollegen Zeugen wurden, anwesend. Leider achtet derjenige, ich gehe davon aus, dass es ein Mann ist, sehr erfolgreich darauf, sein Gesicht keiner Kamera zu zeigen."

„Versuchen das die anderen Besucher solcher Rennen nicht ebenfalls?", fragte Sophie.

„Nein, das ist auch eigentlich nicht notwendig. Nach meiner Einschätzung erfährt die Polizei von höchstens zehn Prozent aller Rennen. Die meisten der sporadisch teilnehmenden Zuschauer sind also zu Recht völlig sorglos. Und wenn Beamte bei einer vermeintlichen Rennveranstaltung erscheinen, können sie meistens nicht wirklich viel tun. Sie nehmen höchstens die

Personalien der Anwesenden auf und müssen sie dann gehen lassen."

Sophie fragte weiter: „Von diesem Einen haben Sie keine Personalien?"

„Nein. Und das genau macht ihn für mich verdächtig. Diese Person ist ein Phantom für uns. Wir wissen nur, dass sie recht groß ist, etwa 1,80 bis 1,85 Meter, schlank, mit leicht gebückter Haltung. Sie trägt immer einen weiten Kapuzenpullover, mit dem sie ihren Oberkörper und Kopf so gut verhüllt, dass es sogar eine Frau sein könnte. Eine ungewöhnlich große Frau allerdings."

„Spannend!"

Richard wollte diesem Gedankengang gerade weiter nachgehen, als Bertram ihn mit einer Frage an Sophie unterbrach: „Passt die Beschreibung zu deinem Freund aus Berlin?"

Alle Augen richteten sich schlagartig erst auf den Fragesteller dann auf die Befragte.

„Er trägt keine Hoodys."

„Sophie, das war eine ernstgemeinte Frage von mir."

„Als du ‚Cannonball IT' erwähnt hast, habe ich natürlich darüber nachgedacht. – Aber nein, er kann nicht das Phantom sein."

„Passt die Beschreibung?", wiederholte Bertram.

Sie zögerte kurz und antwortete dann bedrückt: „Ja, im Prinzip schon."

„Sie würde auch auf mich passen", sprang Richard ihr zur Seite.

„Sie passt auf einen erklecklichen Prozentsatz der deutschen Männer", bestätigte der Hauptkommissar. „Leider haben wir keine Aufnahme, die einen Rückschluss auf das Alter unseres Phantoms zulässt."

„Könnt ihr uns bitte aufklären, um welchen Freund es sich handelt und warum du diese Frage überhaupt stellst, Ruben." Peter Hamann war Richard lediglich zuvorgekommen.

„Ruben meint einen meiner Freunde, der eine Version von ‚Cannonball IT' modifiziert hat, um sie mir zu schenken. Wenn er das Spiel für mich anpassen konnte, war er vielleicht ebenfalls in der Lage, es für die Cruiser-Szene zu erweitern und es ihr für die Organisation ihrer illegalen Aktivitäten zur Verfügung zu stellen."

„Genau das meine ich", bestätigte Bertram.

Die Antwort bereits ahnend, lehnte sich Richard nach vorne und sah Sophie ernst an. „Würdest du uns bitte sagen, von wem wir reden."

„Maximilian van de Bergh heißt er. Sein Unternehmen hat ‚Cannonball IT' auf den Markt gebracht."

„Oh, dann sitzt er ja an der Quelle", kam es von Bertram. „Valentin und ich haben schon gemutmaßt, dass dein Freund den Sourcecode irgendwo aus dem Internet gehackt haben muss, um das Spiel so zu modifizieren, wie du es uns am Sonntag gezeigt hast."

„Nur weil er das Spiel für mich verändert hat, bedeutet das nicht, dass er irgendetwas mit der Cruiser-Szene zu tun hat."

„Wie gut kennst du Herrn van de Bergh wirklich?", fragte Richard eindringlich.

Sophies Antwort kam sehr schnell: „Gut genug, um sicher zu sein, dass er niemanden ermorden würde. Darum geht es hier doch, oder?"

„Das modifizierte Spiel war die reine Liebeserklärung", gab Bertram leise von sich; so leise, dass es wahrscheinlich nur Richard verstand, der direkt neben ihm saß.

„Frau Dr. Renger hat sicher recht mit Ihrer Einschätzung. Wahrscheinlich konstruieren wir hier Zusammenhänge, die es gar nicht gibt." Kriminalhauptkommissar Pelker versuchte ganz offensichtlich, Objektivität in das Gespräch zu bringen. „Vielleicht können Sie, Frau Dr. Renger, Ihren Freund darauf ansprechen, wer Zugriff auf den Sourcecode hat. Wie heißt sein Unternehmen?"

„Der Name seiner Firma ist ‚Play IT!'."

„Aha. Spätestens jetzt rächt sich, dass ich keine Kinder habe; von diesem Computerspielehersteller habe ich noch nie gehört. – Ich werde mich etwas schlaumachen müssen."

Richard war sich sicher, dass Pelker nicht nur ‚Play IT!', sondern vor allem Maximilian van de Bergh selbst genau unter die Lupe nehmen würde. „Was machen wir jetzt mit dem Personenschutz für Sophie?", kam er auf die anfängliche Frage zurück.

„Richard, du weißt, dass ich niemanden benötige, der auf mich aufpasst. Ich werde selbst meine Augen offen halten."

Er betrachtete sie ernst und entschied dann: „Meine Herren, Sie haben es gehört. Für den Moment verzichtet Frau Renger auf zusätzlichen Schutz. – Wenn wir damit für heute alles besprochen haben, schlage ich vor, dass wir uns morgen am Nachmittag wieder hier zusammenfinden. Passt das bei Ihnen, Herr Pelker?"

Der Hauptkommissar nickte.

Sophies Wohnung in Köln

Es war bereits nach 21:00 Uhr, als Sophie Renger Max auf seinem Handy anrief. Dieses Telefonat musste sie viel zu früh führen, sie hatte ihm noch nicht verziehen.

„Sophie?" Seine Stimme klang ungläubig und gleichzeitig erfreut.

„Hallo Max."

„Ich freue mich sehr, dass du dich meldest."

Eine kurze Pause entstand. Auch wenn sie sich vor dem Telefonat genau zurechtgelegt hatte, was sie ihn fragen wollte, wusste sie jetzt nicht, wie sie damit anfangen sollte.

„Ich hätte Freitagfrüh nicht fahren dürfen, Sophie. Viel lieber wäre ich jetzt bei dir."

Das war ein gutes Stichwort, fand sie. „Du warst besorgt, Max. Das verstehe ich. – Hast du herausbekommen, wer über euren Server das Video ins Netz gestellt hat?"

„Nein. Leider ist es mir nicht gelungen, anhand der Protokolle eine Identifizierung durchzuführen. Aber ich bin mir sicher, dass sich jemand von außen Zugriff auf unsere Infrastruktur verschafft hat. Im Moment sind wir dabei, alle Sicherheitsmaßnahmen zu überprüfen und zu verschärfen."

„Also muss es überhaupt keiner deiner heutigen Mitarbeiter gewesen sein?"

„Nein, definitiv nicht. Die letzten Tage habe ich genutzt, mir darüber Gedanken zu machen, warum jemand so etwas tun sollte. Man hätte mir auch anders schaden können. Warum ausgerechnet diesen kurzen Ausschnitt einer Fahrt von mir veröffentlichen und dann auch noch unter dem Hashtag #Unfallflucht? Es gibt nicht viele Menschen in meinem Umkreis, denen ich von ihrer Persönlichkeitsstruktur her und aufgrund ihres technischen Knowhows eine solche Aktion zutraue."

„Und zu welchem Ergebnis bist du gekommen? Warum hat man dir das angetan?"

„Es war eine Nachricht an dich, Sophie. Jemand muss gewusst oder zumindest angenommen haben, dass diese Aufnahmen früher oder später in deine Hände fallen würden."

Sophie hörte ihm still zu und versuchte, seinen Gedankengang nachzuvollziehen.

„Ich glaube, dass er seine Spuren nur so gut verwischt hat, dass man ihn selbst zwar nicht findet, aber doch den Link zu meinem Server. Du solltest darauf kommen, dass ich das Video aufgenommen habe. Du solltest mich damit konfrontieren."

Immer noch blieb Sophie stumm.

„Ich weiß nur nicht, wie dieser Jemand wissen konnte, dass ich es war, der dich angefahren hat. Man sieht zwar dein Motorrad und es ist erkennbar, dass ich dich überhole, aber mehr nicht. Die Kamera war nach vorne gerichtet und konnte deinen Sturz nicht aufnehmen."

Sophie dachte eine Weile über Max' Bemerkung nach. „Er kann es eigentlich nur zufällig herausbekommen haben; über die Zeitstempel der Aufnahme vielleicht."

„Dann muss er aber ziemlich gut über den Zeitpunkt und Verlauf deines Unfalls Bescheid gewusst haben."

„Das ist nur eine der Schwachstellen bei deiner Erklärung des Motivs, Max. Ich habe auch noch nicht verstanden, warum jemand daran interessiert sein sollte, dass ich die Wahrheit erfahre."

„Vielleicht weil er meint, dich beschützen zu müssen. Auf jeden Fall muss er gewusst haben, dass wir uns kennen."

„Über unsere E-Mails?"

„Ja, wahrscheinlich. Ich bin erstaunt, dass sich jemand offenbar auf wirklich alle Daten in meiner Firma Zugriff verschaffen konnte. Es fehlen sogar Personalakten, zumindest eine."

„Ihr seid eine Firma von Computercracks. Entsprechend hoch müsste doch alles gesichert sein, oder?"

„Die meisten meiner Mitarbeiter sind zwar exzellente Spieleentwickler, haben aber nicht die geringste Neigung dazu, als kriminelle Hacker tätig zu werden. Ich selbst bisher auch nicht, aber vielleicht ändere ich meine Meinung dazu ja noch."

„Entschuldige bitte, Max. So hatte ich es nicht gemeint."

„Ich weiß, Sophie. Ich bin nur etwas frustriert, oder desillusioniert. – Außerdem habe ich Angst, dass du mir nie verzeihen wirst, was ich getan habe."

Sophie überhörte den letzten Satz. „Was wirst du tun, um zukünftig solche Attacken zu verhindern."

„Im Moment isolieren wir erst einmal alles. Netzwerk war gestern. Es ist furchtbar, ein entsetzlicher Rückschritt, aber notwendig, um die Zugriffe auf sensible Daten besser kontrollieren zu können. Damit haben wir etwas mehr Zeit, ein neues Sicherheitskonzept zu entwickeln und umzusetzen."

„Und was unternimmst du wegen des Videos?"

„Nichts. Es hat ja bereits den Schaden angerichtet, für den es gedacht war. – Die Aufnahme aus dem Internet entfernen zu wollen, würde viel zu viel Aufsehen erregen."

„Wenn du nicht herausfinden kannst, wer eure Infrastruktur gehackt hat, so hast du doch möglicherweise einen Verdacht?"

„Die eine Personalakte, von der ich sicher weiß, dass sie aus unserer IT verschwunden ist, weist auf eine Spur hin. Sie lässt mich vermuten, dass der Hacker ein Entwickler ist, den ich Ende letzten Jahres entlassen habe. Seine Personalakte kann erst nach den letzten Gehaltszahlungen und der Steuermeldung gelöscht worden sein, sonst wäre es der Buchhaltung früher aufgefallen. Also muss dieser Entwickler nach seinem Ausscheiden aus meiner Firma einige Monate damit gewartet haben."

„Fehlt ausschließlich seine Personalakte?"

„Das kann ich noch nicht sicher sagen, wir vergleichen gerade die Backups mit den Online-Beständen. Da ich ein altmodischer Mann bin, haben wir noch Backups auf ausgelagerten Bändern, an die der Hacker nicht herangekommen ist."

„Warum sollte jemand seine eigene Personalakte löschen, nachdem er bei euch entlassen wurde? Macht er sich damit nicht selbst verdächtig?"

„Gekränkter Stolz wegen seiner Entlassung? Vielleicht hat er nie vorgehabt, mir zu schaden oder etwas zu tun, das mich nach ihm forschen lässt."

„Und warum hat er es dann doch getan?"

„Das kann ich dir nicht sagen."

„Ist er einer von der Personengruppe, der du solche Aktionen moralisch und technisch zutraust?"

„Moralisch vielleicht. Technisch ganz eindeutig."

„Kannst du nachvollziehen, ob er sich den Sourcecode des Spiels ‚Cannonball IT' heruntergeladen hat?"

„Ich gehe davon aus, dass er es tun konnte und auch getan hat. Es wurden ungewöhnliche Zugriffe auf dem Server protokolliert, auf dem die letzten Versionen vor Markteinführung gespeichert sind. Glücklicherweise scheint er nur an diesem einen Spiel interessiert gewesen zu sein. Da wir es nicht mehr vermarkten, ist der wirtschaftliche Schaden gering.“

„Wie ist der Name dieses ehemaligen Mitarbeiters?“

„Sophie, bitte!“

„Max, vertrau mir. Ich versuche dir zu helfen. Wie ist sein Name?“

Nach kurzem Zögern antwortete er: „Henry Schneider.“

Sophie dankte ihm und verabschiedete sich dann schnell. Sie würde ihre drei Musketiere direkt am nächsten Morgen auf Henry Schneider ansprechen. Wenn er tatsächlich ein begnadeter Hacker war, dann kannten sie ihn bestimmt.

Den Chat mit Timo, Linus und Pascal wollte Sophie Renger in Ruhe von zuhause aus führen. In der Redaktion musste niemand etwas von ihrer Recherche erfahren, Ruben hielt Max ja sowieso schon für schuldig. Sie hatte Bescheid gegeben, dass sie sich etwas verspäten würde. Nun wartete sie ungeduldig darauf, dass sich einer ihrer Jungs im PrivateRoom anmeldete. Die Nerds waren eher keine Frühaufsteher und Sophie rechnete nicht vor 9:30 Uhr mit der ersten Nachricht aus Berlin.

„Guten Morgen, Musketiere, ich brauche eure Hilfe“, schrieb sie, vor ihrem aufgeklappten, alten Laptop am Küchentisch sitzend.

Nach etwa zehn Minuten war Athos online und antwortete: „Guten Morgen, Treville. Die anderen beiden holen gerade Kaffee. Ich hoffe, dein Problem hat noch fünf Minuten Zeit.“

Sophie stand auf und nahm sich ebenfalls einen frischen Kaffee. Als sie sich wieder zurück an den Küchentisch setzte, waren auch Porthos und Aramis online.

„Es sind alle da“, schrieb Athos. „Du kannst loslegen.“

Sophie musste lächeln, während sie sich in Erinnerung rief, wie ihre drei Jungs üblicherweise ihren Tag begannen. Neben dem Kaffee aus der Kantine stand wahrscheinlich eine große Schachtel Donuts auf dem Schreibtisch von Pascal und eine Familienpackung Süßigkeiten neben Timo. Die beiden schienen essen zu können, was sie wollten, ohne zuzunehmen, während Linus den ganzen Tag fast überhaupt nichts zu essen schien.

„Ich vermisse euch", antwortete Sophie und sah förmlich vor sich, wie Timo, alias Athos, errötete. „Ist bei euch alles in Ordnung?"

„Alles gut", kam kurz und knapp von Porthos, alias Pascal.

Sophie fasste das als Signal auf, dass es für ihre Musketiere genug Smalltalk gewesen war und schrieb: „Gestern habe ich zufällig den Namen eines Mannes aufgeschnappt, den ihr bestimmt kennt. Ich gehe davon aus, dass es sich bei ihm um einen sehr bewanderten Hacker handelt."

„Dann kennen wir ihn", schrieb Aramis, alias Linus. „Wie heißt er?"

„Henry Scheider."

„Ja, das ist einer aus der Szene", schrieb Aramis.

„Kennt ihr ihn persönlich?"

Keine einzige Antwort erschien. Wahrscheinlich diskutierten die drei gerade, was sie Sophie schreiben sollten.

„Ab und zu trifft man sich mal an den üblichen Plätzen", schrieb Porthos nach einer Weile. „In welchem Zusammenhang hast du seinen Namen denn aufgeschnappt?"

Sophie antwortete nicht. Stattdessen schrieb sie: „Ich wüsste gern, was für ein Mensch er ist."

„Einer wie wir wahrscheinlich", antwortete Porthos.

Offenbar hatte Pascal für die drei die Kommunikation übernommen. Sophie stellte sich vor, wie er leicht gekrümmt an seinem Schreibtisch hing und hinter ihm Timo und Linus standen und Antwortvorschläge machten.

„Schreibt ihr demnächst einen Artikel über ihn?", schrieb Porthos. „Hat er etwas angestellt?"

„Das kann ich noch nicht sagen", antwortete Sophie. „Bisher ist einfach nur sein Name aufgetaucht. Ist er gut? So gut wie ihr, wenn es darum geht, Informationen im Internet zu finden?"

„Ja", antwortete Porthos kurz.

„Wie sieht er aus?"

„Welche Spur verfolgt ihr?"

„Es geht immer noch um die Cruiser-Szene und Verkehrsrowdys."

„Soweit ich weiß, fährt er Fahrrad", kam von Porthos.

„Ist er etwa 1,80 Meter groß und schlank?"

„Das kann hinhauen", antwortete Athos. „Soll ich nach einem Foto von ihm suchen und es dir schicken? Der Typ ist sehr kamerascheu, obwohl er nicht schlecht aussieht. Für dich ist er aber uninteressant, Treville. Henry Schneider steht nicht auf Frauen."

Redaktion der Rheinischen Allgemeinen in Köln

Eine sehr unscharfe Fotographie von Henry Schneider fand Sophie Renger bereits in ihrem Postkorb vor, als sie sich an ihrem Schreibtisch im Redaktionsbüro der Rheinischen Allgemeinen für den Tag einrichtete.

Niemand hatte sie oder ihren kleinen Porsche während der kurzen Fahrt von Rodenkirchen zur Kölner Innenstadt angegriffen. Die Sorgen von Ruben und Richard waren absolut übertrieben. Wenn sie richtig lagen und Max van de Bergh etwas mit den Anschlägen zu tun hatte, würde ihr am allerwenigsten etwas passieren; davon war sie überzeugt. Max würde ihr nichts antun. Wenn er mit seinem Verdacht gegen Henry Schneider recht hatte, dann hatte dieser sich offenbar noch nicht dafür entschieden, gewaltsam gegen die Junior-Journalistin Sophie Renger vorzugehen. Vielleicht durchschaute er ja auch den Namenswechsel unter dem Artikel von Rubens Kolumne. Wenn er so gut war, wie Pascal es behauptete, war es ja auch denkbar, dass er sich bei der Rheinischen Allgemeinen eingehackt hatte. Dann wusste er möglicherweise sogar, dass der Artikel eigentlich aus der Feder von Ruben stammte. In diesem Fall wäre Ruben in Gefahr und nicht sie selbst.

Mit einem Blick über die Schulter vergewisserte sich Sophie, dass ihr Chef wohlbehalten in seinem kleinen Glaskastenbüro saß.

Aber vielleicht liefen sie mit ihren Annahmen und Vermutungen ja auch in die Irre. War es tatsächlich denkbar, dass ein Fan von Autorennen Morde beging, damit diese illegalen Wettfahrten weiterhin ungestraft stattfinden konnten?

Sophie wählte Max van de Berghs Handynummer. Als er sich meldete, stand sie auf und verließ mit ihrem Telefon das Großraumbüro.

„Guten Morgen, Max. Ich habe noch Fragen an dich, die ich gestern nicht gestellt habe.“

„Hallo Sophie. Seit unserem Telefonat denke ich unentwegt an dich; ich möchte dich unbedingt sehen. Außerdem habe ich etwas entdeckt, über das ich mit dir sprechen muss, aber nicht am Telefon. Bitte komm zu mir nach Berlin; ich kann hier im Moment nicht weg.“

Erwartete Max tatsächlich, dass sie zu ihm nach Berlin fuhr? Nach allem, was sie über ihn herausgefunden hatte?

Wenn sie auch nicht glaubte, dass er der Irre war, der Menschen mittels fingierter Verkehrsunfälle tötete, war sie sich dennoch nicht sicher, ob es ihr guttat, ihn zu besuchen. „Ich kann mich nicht so einfach auf den Weg nach Berlin machen“, erwiderte sie.

„Ich buche dir ein Flugticket. Bitte, Sophie.“

Seit ihrem kurzen Chat mit den Musketieren dachte sie über eine Reise nach Berlin nach, allerdings nicht, um Max zu sehen. Gern wollte sie persönlich mit Timo, Linus und Pascal über Henry Schneider sprechen. Irgendetwas war am Morgen unausgesprochen geblieben, aber sie wusste nicht was. Beim Chatten hörte sie die Melodien ihrer Gesprächspartner nicht, genauso wenig wie beim Telefonieren. Diese Melodien halfen ihr oft dabei, Stimmungen einzuschätzen und Lügen oder Halbwahrheiten zu entlarven. Außerdem hatte sie noch keine Gelegenheit gehabt, das Grab Lars Voigts zu besuchen und sich von ihm zu verabschieden.

Sophie konzentrierte sich wieder auf die Fragen, auf die sie sich Antworten von Max erhoffte. „Weißt du, ob Henry Schneider einen Führerschein besitzt?"

„Das kann ich dir nicht sagen. Zu uns in die Firma ist er auf jeden Fall immer mit dem Fahrrad gekommen. Das war einer der Punkte, über die ich mich aufgeregt habe: Jeden Tag hat er sein Rad mit ins Büro genommen. Es stand immer an seinen Schreibtisch gelehnt. Jedes Mal, wenn ich den Raum betreten habe."

„Mh, dann besitzt er wohl kein eigenes Auto."

„Das weiß ich nicht. Ich habe ihn nie in einem Auto gesehen."

„Dann hat er wahrscheinlich auch gar kein Interesse an schnellen Wagen und Autorennen."

„An virtuellen Flitzern und Rennen schon. Er hat sich mir gegenüber als extremer Fan von ‚Cannonball IT' geoutet. Heute Nacht habe ich mich an sein Vorstellungsgespräch erinnert. Seine Fähigkeiten haben mich damals sofort beeindruckt, ich wollte ihn in jedem Fall einstellen. Aber er hat das wohl gar nicht mitbekommen. Stattdessen hat er unentwegt mein erstes Spiel gelobt, wahrscheinlich um mir zu schmeicheln. Ich habe vorher und auch danach nie wieder jemanden getroffen, der ‚Cannonball IT' so im Detail kannte wie Henry Schneider."

„Außer dir selbst, nehme ich an."

„Ja, außer mir selbst natürlich."

Eine Pause entstand, während der Sophie überlegte, ob sie sein Angebot für ein Flugticket annehmen konnte.

„Du stellst merkwürdige Fragen."

„Du weißt doch, Recherche ist mein Beruf."

„Wir sollten wirklich möglichst bald miteinander sprechen, Sophie", versuchte er es noch einmal. „Komm zu mir nach Berlin."

„In Ordnung, ich versuche es", antwortete sie. „Vielleicht schaffe ich es irgendwann im Laufe der nächsten Woche. Sonntagabend muss ich für die Rheinische Allgemeine noch in die Oper gehen, Montag bespreche ich dann die weiteren Termine mit meinem Chef."

„Ein flexibles Flugticket schicke ich dir noch heute zu. Du musst es nur noch auf den richtigen Flug ausstellen lassen. Bitte gib mir Bescheid, wann ich dich vom Flughafen abholen darf. – Ich freue mich auf dich."

Fast hätte Sophie Renger die Besprechung in Richards Büro vergessen, so vertieft war sie in ihre Suche nach Henry Schneider im Internet. Unerwartet stand Ruben neben ihr und forderte sie auf, ihn ,zu Achtelik' zu begleiten. Nach einem Umweg in den Druckerraum erreichten sie genau in dem Moment die Tür zu Richards Büro, in dem Kriminalhauptkommissar Pelker aus dem Aufzug ausstieg. Gemeinsam betraten sie das Büro des Verlegers. Richard saß bereits mit Hamann in der Besprechungsecke und winkte sie zu sich. Sophie legte ein paar zusammengefaltete Blätter Papier vor sich auf die Tischplatte und setzte sich neben Richard. Erstaunt bemerkte sie, dass sie genau die gleiche Sitzordnung eingenommen hatten wie bei der Besprechung am Vortag.

„Wer möchte heute anfangen?", fragte Richard. „Herr Pelker, Sie vielleicht?"

„Gern. Wie ich gestern schon angekündigt habe, lag der Schwerpunkt meiner Ermittlungen der letzten Stunden auf Herrn van de Bergh und seinem Unternehmen ‚Play IT!'. Herr van de Bergh scheint ein erfolgreicher Geschäftsmann zu sein. ‚Play IT!' ist auf dem internationalen Markt mit mehreren Computerspielen vertreten und der jährliche Umsatz liegt bei mehr als einhundert Millionen Euro, soweit meine Kollegen von der Wirtschaft es ermitteln konnten."

„Er ist nicht nur ein guter Geschäftsmann, er entwickelt seine Spiele zum Teil auch noch selbst."

Sophie war klar, dass Ruben diese Tatsache nur erwähnt hatte, weil er Max immer noch für den Hauptverdächtigen hielt.

„Das war die helle Seite von Herrn van de Bergh. Aus polizeilicher Sicht gibt es auch eine weniger helle Seite. Herrn van de Bergh wurde mehrfach wegen zu schnellen Fahrens, unverantwortlich schnellen Fahrens, die Fahrerlaubnis entzogen. Dank guter Anwälte ist es ihm mindestens genauso oft gelungen, sich aus derartigen Verfahren ohne Verurteilung herauszuziehen. – Seine Fahrweise ließe es durchaus zu, ihn mit der Cruiser-Szene in Verbindung zu bringen."

„Mir gegenüber hat er offen zugegeben, gern schnell zu fahren", sagte Sophie. „Aber ich bin fest davon überzeugt, dass er weder in der Cruiser-Szene aktiv ist noch ein Fan illegaler Autorennen."

„Sophie, ich glaube du bist befangen, wenn es darum geht, Max van de Bergh einen guten Leumund auszustellen", wandte Ruben ein.

„Herr Bertram, Sophie kennt Herrn van de Bergh am besten von uns allen. Vielleicht sollten wir auf ihre Meinung vertrauen und uns bemühen, noch weitere Verdächtige zu identifizieren."

Erfreut nahm Sophie wahr, dass Richard sich erneut hinter sie und ihre Einschätzung stellte. „Gestern habe ich mit Max telefoniert; er ist davon überzeugt, dass ein ehemaliger Mitarbeiter versucht, ihm zu schaden."

„Und womit versucht er das?", fragte Ruben.

„Es hat zum Beispiel jemand Mitschnitte seiner schnellen Autobahnfahrten im Internet öffentlich verfügbar gemacht; diese Aufnahmen hat Max ausschließlich erstellt, um sie für sein neues Computerspiel zu verwenden."

„Und wieso schadet ihm das?"

„Das ist etwas komplizierter zu erklären; es liegt an den Hashtags." Sophie versuchte, schnell über Rubens Frage hinwegzugehen. „Max hat festgestellt, dass sich jemand unbefugt Zugriff auf einige Server seiner Firma verschafft hat. Der Server, auf dem die Fahrtaufnahmen gespeichert sind, ist lediglich einer davon. Zusätzlich wurde auch der Sourcecode von ‚Cannonball IT' unerlaubt heruntergeladen. Und die Personalakte eines ehemaligen Mitarbeiters wurde einige Monate nach seinem Ausscheiden gelöscht. Das alles muss durch Zugriff von außerhalb der Firma passiert sein."

„Aus der gelöschten Personalakte schließt er darauf, dass dieser ehemalige Mitarbeiter der Hacker ist?" Hamann schaute skeptisch.

„Das ist doch logisch, oder?"

„Aber dass er dann auch derjenige ist, der ihm schaden will?"

„Ich hatte angenommen, dass alle seine Softwareentwickler in der Lage wären, in fremde Server einzudringen und Datenbanken zu hacken, aber Max hat mich davon überzeugt, dass ein normaler Spieleentwickler solche Fähigkeit weder benötigt noch besitzt."

„Aber dieser eine ehemalige Mitarbeiter, dessen Personalakte fehlt, schon?"

„Ja, nach Max' Meinung ganz eindeutig. – Um seine Einschätzung zu hinterfragen, habe ich mit ein paar Freunden in Berlin gesprochen, die mir bestätigt haben, dass dieser Mann durchaus dazu in der Lage wäre, von außen auf Max' Server zuzugreifen. Vor allem, wenn er sich vielleicht von innen heraus bereits die notwendigen Schleichwege dafür aufbauen konnte."

„Von wem sprechen wir, Frau Dr. Renger?" mischte sich an diesem Punkt Thomas Pelker ein. „Lassen Sie uns doch bitte konkret werden. Wie ist der Name dieses Hackers?"

„Der ehemalige Mitarbeiter heißt Henry Schneider."

„Henry Schneider, wohnhaft in Berlin? Haben Sie noch mehr Informationen für mich?"

„Ich werde Max van de Bergh bitten, Ihnen alles zur Verfügung zu stellen, das er über ihn weiß", antwortete Sophie und verteilte die Ausdrucke der unscharfen Fotografie Henry Schneiders.

„Gibt es weitere Neuigkeiten, über die wir sprechen müssen?"

Niemand reagierte auf Richards Frage.

„Gut, dann sehen wir uns am Montag wieder, schlage ich vor." Richard schien es eilig zu haben, die Redaktion zu verlassen. „15:00 Uhr erneut hier in meinem Büro."

Niemand widersprach und die Besprechung war beendet.

Köln – Ersatzspielstätte der Oper Köln und Redaktion der Rheinischen Allgemeinen

Allmählich wurde es aber wirklich Zeit, dass Richard erschien, dachte Sophie Renger. Die Uhr auf ihrem Mobiltelefon zeigte 17:50 Uhr. Wenn sie jetzt nicht gleich das StaatenHaus betraten und ihre Plätze einnahmen, würden sie die Oper verpassen. Außerdem fror sie; immerhin war es November und sie hatte sich, Richards Geschmack entsprechend, für den Opernbesuch ein elegantes Kleid angezogen. Sophie war verärgert, gleichzeitig machte sie sich Sorgen um Richard. Irgendetwas musste passiert sein; er hatte sich noch nie verspätet, wenn sie miteinander verabredet gewesen waren.

Ein weiteres Mal versuchte sie, Richard auf seinem Handy zu erreichen. Wieder nahm er den Anruf nicht an. Dann eben keine Oper heute Abend, dachte sie resigniert. Er hatte die Eintrittskarten bei sich; ohne ihn würde auch sie die Saisoneröffnung der Oper Köln verpassen.

Gerade wollte sie ein letztes Mal seine Nummer wählen, als Richard schnellen Schrittes über den Platz vor dem Staaten-Haus auf sie zu eilte.

„Es tut mir leid, Sophie", rief er ihr atemlos zu. „Guten Abend und vielen Dank, dass du auf mich gewartet hast. Bitte entschuldige meine Verspätung. Die Erklärung der Umstände, die mich aufgehalten haben, muss wohl bis zur Pause warten."

„Schön, dass du endlich da bist. – Wir schaffen es wahrscheinlich gerade noch, wenn wir jetzt sofort hineingehen."

Richard fingerte die Eintrittskarten aus seiner Manteltasche, ergriff Sophies Hand und lief mit ihr zusammen durch die beeindruckende erste Halle des Gebäudes. Die aufmerksame Dame an der Garderobe streckte ihnen bereits ihre Garderobenmarken entgegen, während sie sich noch ihrer Mäntel entledigten. Ohne weiteren Aufenthalt gingen sie schnellen Schrittes zur Eingangstür von Saal 1. Der große Raum war nur noch schwach beleuchtet. Eine leise Entschuldigung zu ihren Sitznachbarn murmelnd, nahmen sie ihre Plätze ein.

Gerade noch rechtzeitig vor dem Beginn der Veranstaltung hatten sie es geschafft. Die Saaltüren schlossen sich, das Licht wurde bis auf ein Mindestmaß gedämpft, das Publikum klatschte, aber der Vorhang für die Kölner Uraufführung der Oper ‚Benvenuto Cellini' öffnete sich nicht. Stattdessen trat ein einzelner Mann vor den Vorhang und sprach ein paar ernste Sätze über die Pariser Anschläge der letzten Tage. Seinen Worten folgte eine orchestrale Version der französischen Nationalhymne. Sophie drehte sich zu Richard, entspannt saß er neben ihr und schien sich auf die Aufführung zu freuen. Wahrscheinlich formulierte er bereits im Kopf die ersten Worte seiner Rezension. Vielleicht hätte sie vorab mit ihm sprechen sollen, ihn darüber informieren, dass sie selbst die Kritik über diesen Abend schreiben wollte. Aber dann hätte er sie möglicherweise nicht begleitet.

Der Vorhang öffnete sich und die Aufführung begann. Schnell wurde Sophie in den Bann der Musik gezogen. Auf diesen Abend hatte sie sich gut vorbereitet, noch einmal wollte sie nicht auf Richards Wissen angewiesen sein. Als die Pause eingeläutet wurde, freute sie sich darauf, mit ihm die letzten zwei Stunden Revue passieren zu lassen. Seine Begeisterung, seine Erfahrung und sein Verständnis für Oper, Ballett und klassische Musik würde sie sich auch in zwanzig Jahren nicht aneignen können, aber dieses Mal hoffte sie, wenigstens ein paar seiner Anmerkungen über das, was sie gerade gemeinsam gesehen und gehört hatten, nachvollziehen zu können.

„Weißt du, dass diese Oper zu ihrer Anfangszeit als unaufführbar galt?", fragte er, als sie zusammen im Foyer standen. „Franz Liszt hat sie letztendlich für die Öffentlichkeit gerettet, indem er eine gestraffte Fassung erschuf."

„Ganz offensichtlich ist das nicht die Fassung, die heute aufgeführt wird."

„Ja, wir erleben eine ehrgeizige Inszenierung in Originallänge." Richard lächelte sie an. „So habe ich etwas länger das Vergnügen deiner Gesellschaft."

„Darf ich dir als Gegenleistung für deine Geduld mit mir und der Oper ein Glas Champagner ausgeben?"

„Das ist ein sehr freundliches Angebot. Aber darin sehe ich eher meine Aufgabe."

Richard entschuldigte sich und Sophie sah ihn in die Menge vor dem Bartresen eintauchen. Nach wenigen Minuten kehrte er mit zwei goldgelb gefüllten, langstieligen Gläsern zurück.

„Gefällt dir die Inszenierung?", wollte sie von ihm wissen, nachdem sie miteinander angestoßen hatten.

„Nicht uneingeschränkt", war seine diplomatische Antwort. „Heute scheint mir der Chor das Highlight zu sein."

„Der Chor? Darauf wäre ich nie gekommen." Um Zeit zu gewinnen, nippte Sophie an ihrem Champagner. „Ich hätte es vorher ansprechen sollen, Richard: Ruben Bertram hat mich aufgefordert, die heutige Opernkritik selbst zu verfassen."

Er lachte. „Ich habe mich schon gefragt, warum du so nervös neben mir sitzt."

„Dann bist du mir nicht böse, dass ich es dir nicht vorher gesagt habe?"

„Nein, dazu hattest du ja kaum eine Gelegenheit. – Außerdem hat der Junge recht damit. – Aber falls du ein wenig Unterstützung benötigst, stehe ich dir gern zur Seite."

Sophie nickte und sie verabredeten, direkt nach der Aufführung zusammen in die Redaktion zu fahren. Dort wollten sie gemeinsam den Artikel schreiben, um ihn noch rechtzeitig für die Montagsausgabe in den Druck zu geben.

„Wodurch bist du eigentlich vorhin so lange aufgehalten worden? Ein paar Sekunden später und wir wären nicht mehr hineingelassen worden."

„Mein Wagen hat mich im Stich gelassen. Noch in Rodenkirchen ist sein Motor während der Fahrt ausgegangen. Trotz vieler Versuche ist es mir nicht gelungen, ihn wieder zu starten."

„Gut, dass ich dieses Mal mit dem eigenen Wagen gekommen bin und du nicht auch noch bei mir vorbeifahren musstest."

„Es tut mir wirklich leid, dass ich dich habe warten lassen."

„Das ist nicht schlimm, aber du hättest mir Bescheid geben können. Ich habe mir Sorgen gemacht."

Scheinbar als Reaktion auf ihren letzten Satz lächelte Richard sie an. Dann zog er entschuldigend die Schultern hoch und erklärte: „Als ich eingesehen habe, dass der Wagen mich nicht zur Oper bringen wird, bin ich ausgestiegen, um zum nächsten Taxistand zu gehen. Ich nahm an, das ginge schneller, als ein Taxi zu rufen. Leider muss ich beim Aussteigen mein Handy im Auto liegen gelassen haben, was ich aber erst festgestellt habe, als ich es brauchte. Am Taxistand hat nämlich leider kein Wagen auf mich gewartet."

„Dann haben wir ja Glück gehabt, dass du es noch rechtzeitig geschafft hast. – Soll ich nachher mit dir zusammen zu deinem Wagen fahren? So bekommst du dein Handy wieder und kannst auch schnell versuchen, ob der Motor wieder anspringt. Vielleicht hat er sich ja erholt und du kannst den Wagen zurück in deine Garage fahren."

„Das ist überhaupt nicht notwendig, meine Liebe. Wenn wir mit dem Artikel fertig sind, wird es sehr spät sein. Ich kann morgen früh zu Fuß zu meinem Wagen gehen, er steht ja nicht weit weg von meinem Haus. In den Stunden bis dahin werde ich es genießen, einmal telefonisch nicht erreichbar zu sein."

„Herr Achtelik, einen Moment bitte." Der langjährig bei der Rheinischen Allgemeinen tätige Mitarbeiter des Sicherheitsdienstes hatte Richard beim Betreten des Redaktionsgebäudes erkannt und sprach ihn an. „Die Polizei war hier und hat nach Ihnen gefragt. Die beiden Beamten haben mich gebeten, Ihnen auszurichten, Sie mögen sich umgehend bei ihnen melden." Er kramte in den Notizen auf seinem Schreibtisch und reichte Richard eine Visitenkarte. „Diese Karte haben die Polizisten mir dagelassen."

Sophie Renger warf einen Blick auf die Vorderseite. „Kriminalpolizei? Um diese Uhrzeit?"

„Vielleicht habe ich meinen Wagen so abgestellt, dass er eine Einfahrt versperrt oder den Verkehr behindert. Ich war zu sehr in Eile, um darauf zu achten."

Sophie wunderte sich über Richards schnell ausgesprochene Vermutung. Aus diesem Grund würde die Kriminalpolizei ihn wohl kaum mitten in der Nacht persönlich aufsuchen, vor allem nicht im Verlag. „Soll ich dich erst einmal in Ruhe telefonieren lassen und später in dein Büro kommen?"

„Nein, Sophie, begleite mich ruhig direkt", sagte Richard scheinbar unbesorgt. „Das Gespräch mit der Polizei wird bestimmt nicht viel Zeit in Anspruch nehmen."

In seinem Büro angekommen, nahm Richard ihr erst den Mantel ab und bat sie, in der Besprechungsecke Platz zu nehmen, bevor er zum Telefonhörer griff und die Telefonnummer auf der Visitenkarte anrief.

Sophie konnte lediglich seinen Teil des Gesprächs verstehen, der mit der Zusicherung endete: „Ja, ich werde in der Redaktion auf Sie warten."

„Die Polizei hat mich tatsächlich wegen meines Wagens gesucht", informierte er Sophie, nachdem das Telefonat beendet war. „Es scheint so, als wäre er in einen Unfall verwickelt worden."

„Sie fahren einen schwarzen Wagen der Marke Maserati mit dem Kennzeichen K-RA 1?"

Kriminalkommissar Kirchner war zusammen mit einem Uniformierten in Richards Büro geführt worden. Nach einer kurzen Begrüßung begann er sofort mit seinen Fragen. Sophie Renger saß am Besprechungstisch und beobachtete die drei Männer, die auf halber Strecke zwischen Richards Schreibtisch und der Bürotür stehen geblieben waren.

„Sollen wir uns nicht erst einmal setzen?"

„Wir möchten nicht noch mehr Zeit verlieren und sind eigentlich auch ganz froh, zwischendurch einmal nicht sitzen zu müssen. – Es war nicht einfach, Sie zu finden, Herr Achtelik, aber dringend notwendig. – Also, nennen Sie einen schwarzen Maserati mit dem Kennzeichen K-RA 1 Ihr Eigen?"

„Ja, einen solchen Wagen besitze ich."

„Sind Sie heute mit ihm gefahren?"

„Das bin ich, sogar zweimal. Heute Morgen war ich damit unterwegs nach Aachen und heute Nachmittag wollte ich mit ihm zum StaatenHaus in Deutz fahren. Leider hatte ich aber eine Panne und musste den Wagen in Rodenkirchen am Straßenrand stehen lassen. Bisher gehe ich davon aus, ihn dort immer noch geparkt vorzufinden."

„Wo und wann genau haben Sie Ihr Auto heute Nachmittag abgestellt?"

„Würden Sie mir bitte erst einmal erklären, warum es so dringend war, mir heute Abend noch diese Fragen zu stellen? Und warum die Kriminalpolizei mit mir spricht und nicht die Verkehrspolizei? Ich habe Sie vorhin am Telefon so verstanden, dass mein Wagen angefahren wurde."

„Ihr Wagen war in einen Unfall verwickelt; das war es, was ich Ihnen gesagt habe. Allerdings ist er nicht angefahren worden, er selbst und sein Fahrer haben den Unfall verursacht."

„Aber das ist ausgeschlossen! Es kann unmöglich mit meinem Wagen ein Unfall verursacht worden sein. Ich habe ihn abgestellt, weil sein Motor streikte. – Wann soll der Vorfall passiert sein?"

„Zwischen 17:20 Uhr und 17:30 Uhr heute Abend. Die Zeugenaussagen variieren etwas."

„Um diese Uhrzeit herum muss ich mein Fahrzeug gerade erst abgestellt haben. Und es fuhr nicht mehr, wie ich bereits mehrfach erwähnt habe. Sein Motor ging auf dem Weg nach Deutz einfach aus und ließ sich nicht mehr starten. Glücklicherweise konnte ich den Wagen noch in eine Parklücke rollen lassen. Es muss sich um einen anderen Maserati handeln, der den Unfall verursacht hat."

„Wo und wann genau haben Sie Ihren Wagen abgestellt, Herr Achtelik?", wiederholte Kirchner.

„Wann genau, weiß ich nicht. – Es muss kurz nach 17:00 Uhr gewesen sein, als ich zuhause losgefahren bin. Nach etwa einem halben Kilometer ging der Motor aus und widersetzte sich meinen Versuchen, ihn wieder zu starten. Da ich in die Oper musste, habe ich mich entschieden, nicht beim Hersteller-Service anzurufen, sondern den Wagen stehen zu lassen und mir ein Taxi zu nehmen. Ich kam gerade noch rechtzeitig beim StaatenHaus an. – Wahrscheinlich habe ich mein Auto zwischen 17:10 Uhr und 17:20 Uhr verlassen.“

„Ich verstehe. Welche Uhrzeit war Ihr ,gerade noch rechtzeitig‘?“

„Wenige Minuten vor 18:00 Uhr bin ich vor der Oper eingetroffen. – Meine Mitarbeiterin Frau Dr. Renger und ich waren dort verabredet; die Rheinische Allgemeine hat vorgesehen, morgen eine Rezension der heutigen Premiere zu veröffentlichen, wofür es jetzt langsam zu spät wird. Der Artikel muss dringend fertig werden und in den Druck gehen.“

Kirchner ignorierte den Hinweis darauf, dass Richard etwas anderes zu tun hatte, als seine Fragen zu beantworten. „Frau Dr. Renger, können Sie die Ankunftszeit von Herrn Achtelik bezeugen?“

Sophie nickte. „Ja, sie stimmt. Wir haben es in letzter Sekunde in die Aufführung geschafft.“

Der Kriminalkommissar ließ sich ihre Kontaktdaten geben und bedankte sich. Als Sophie aufstehen und gehen wollte, bat Richard sie, zu bleiben. Kirchner quittierte das mit einem Schulterzucken.

„Herr Achtelik, können Sie mir bitte beschreiben, welchen Weg Sie gefahren sind und wo genau Sie Ihren Wagen abgestellt haben?“, wandte sich der Polizist wieder an Richard.

„Selbstverständlich: Ich wohne in der Künstlerkolonie in Köln-Rodenkirchen, dort steht der Wagen in meiner Garage, wenn ich ihn nicht nutze. Ich habe den Weg die Uferstraße entlang genommen und bin dann in die Barbarastraße in Richtung Innenstadt abgebogen. Die Rodenkirchener Hauptstraße habe ich nicht mehr erreicht, bevor der Motor streikte. Mein Wagen steht also irgendwo in der Barbarastraße, auf der rechten Seite auf dem Parkstreifen."

„Dort haben wir ihn tatsächlich vorgefunden."

„Wie kommen Sie dann darauf, dass er in einen Unfall verwickelt war?" Richard schien langsam ungeduldig zu werden.

„Wies Ihr Wagen äußerliche Beschädigungen auf, als Sie mit ihm zuhause losgefahren sind?"

„Nein, das tat er nicht. Und auch nicht, als ich ihn in der Barbarastraße abgestellt habe. Ich kann es nur wiederholen: Lediglich der Motor arbeitete nicht, wie er sollte."

„Ich verstehe. Allerdings gibt es Zeugen, die beobachtet und zu Protokoll gegeben haben, dass nur gut hundert Meter von Ihrem Haus entfernt auf der Uferstraße mit genau Ihrem Wagen ein Unfall passiert ist. Ein Fahrradfahrer wurde angefahren, ist gestürzt und wurde teilweise überrollt. – Einer der Zeugen hat ein Foto geschossen, welches das Nummernschild Ihres Maseratis zeigt. Der Wagen, der aufgrund dieses Fotos als Ihrer identifiziert werden konnte, ist, ohne anzuhalten, vom Unfallort in Richtung Barbarastraße weitergefahren. Der Fahrer muss den Unfall bemerkt haben, der Wagen hat durch den Zusammenstoß einen erheblichen Schaden erlitten."

„Dieser Fahrer war nicht ich", erwiderte Richard verärgert klingend. „Ich habe den Wagen unbeschädigt abgestellt und mich auf den Weg nach Deutz gemacht."

„Wie geht es dem Fahrradfahrer?", stellte Sophie die für sie im Moment wichtigste Frage.

„Leider hat er das Krankenhaus nicht mehr lebend erreicht. Er ist auf dem Weg dorthin im Krankenwagen verstorben."

„War er so schwer verletzt?"

„Der Fahrradfahrer hat im Zusammenhang mit dem Unfall einen Herzinfarkt erlitten. Dies und seine erheblichen inneren Verletzungen haben zu seinem schnellen Tod geführt."

„Wie furchtbar!" Sophie war aufgestanden und hatte einen Schritt auf Richard zu gemacht. Sie wusste selbst nicht, warum sie meinte, ihm schützend zur Seite stehen zu müssen.

Kriminalkommissar Kirchner sah sie kurz an, wandte sich dann wieder an Richard: „Herr Achtelik, hat Ihnen jemand dabei geholfen, Ihren Wagen in die Parklücke zu schieben?"

„Nein, das war nicht notwendig. Und ich habe auch niemanden auf der Straße gesehen, den ich darum hätte bitten können. Glücklicherweise ist die Barbarastraße etwas abschüssig und der Seitenstreifen war über eine ausreichende Länge frei; ich konnte meinen Wagen einfach rückwärts in die Parklücke hineinrollen lassen."

„Dann gibt es wahrscheinlich auch keinen Zeugen für Ihre Panne?"

„Das kann ich nicht sagen."

„Haben Sie später noch dem Pannendienst Bescheid gegeben?"

„Nein. Ich hatte keine Zeit, auf einen Mechaniker von Maserati zu warten, da die Oper um 18:00 Uhr begann und sich die Karten für uns beide in meiner Tasche befanden. Morgen wollte ich noch einmal versuchen, den Wagen zu starten, um ihn dann vielleicht selbst zur Werkstatt zu fahren."

„Ich verstehe, Sie hatten es heute eilig."

„Nein, Herr Kirchner. Sie missverstehen mich. Von meinem Zuhause bin ich sehr frühzeitig losgefahren. Eilig hatte ich es erst, nachdem mein Wagen mitten auf der Strecke stehengeblieben ist."

„Ist Ihnen ähnliches schon einmal passiert? Ist der Wagen anfällig für eine solche Panne?"

„Nein, diese Erfahrung habe ich heute zum ersten Mal gemacht."

„Ich verstehe", wiederholte Kirchner und schrieb sich ein paar Sätze in sein Notizbuch.

„Bezweifeln Sie, dass Herr Achtelik den Wagen in der Barbarastraße abstellen musste?", fragte Sophie.

„Frau Dr. Renger, das bezweifle ich ganz und gar nicht. Mit meinen Fragen versuche ich lediglich herauszufinden, in welchem Zustand der Wagen war, als er abgestellt wurde, und wann genau dies passiert ist."

„Mehr kann ich Ihnen dazu leider nicht sagen", kam es nun von Richard. „Wenn Ihnen das für heute Nacht reicht, würde ich gern die nächste halbe Stunde dafür nutzen, zusammen mit Frau Dr. Renger den Artikel über die Opernaufführung zu schreiben und rechtzeitig für die Montagsausgabe in den Druck zu geben. Wir erstellen hier eine Tageszeitung und sind immer etwas unter Zeitdruck."

„Ich glaube, wir sind für heute Abend auch durch", erwiderte Kirchner zu Sophies Überraschung. „Morgen Vormittag um 10:00 Uhr möchte ich Sie gern noch einmal sprechen. Bitte kommen Sie zur Polizeiwache; die Adresse steht auf der Visitenkarte mit meiner Telefonnummer. Bitte bringen Sie dann auch alle Wagenpapiere mit, damit wir die Identifizierung abschließen können."

„Was passiert mit dem Maserati?"

„Den Wagen haben wir bereits abgeschleppt, er ist auf dem Weg zur Spurensicherung."

Richard blieb stumm.

„Gut, dann sehen wir uns morgen. Frau Dr. Renger, es wäre sehr freundlich, wenn Sie Herrn Achtelik zur Wache begleiten könnten. Wir benötigen auch von Ihnen noch eine Unterschrift unter Ihrer Aussage."

„Ja, natürlich."

Die beiden Polizisten verabschiedeten sich. Richard schloss langsam die Tür hinter ihnen und wandte sich danach an Sophie: „Ich habe diesen Unfall nicht verursacht. Mein Wagen war absolut unbeschädigt, als ich ihn auf dem Weg nach Deutz abgestellt habe."

„Das glaube ich dir, Richard."

Einen Moment sah er sie prüfend an, dann atmete er tief ein und sagte: „Du solltest jetzt die Rezension schreiben."

Polizeiinspektion 2 in Köln

Nervös betrat Richard Achtelik die Räume der Polizeiwache. Trotz seines Protests hatte Sophie sich damit durchgesetzt, ihn zuhause abzuholen und mit ihm zusammen zur Polizei zu fahren. Kriminalkommissar Kirchner und dessen Kollege erwarteten sie bereits in einem karg eingerichteten Büro in der ersten Etage des modernen Baus in Rodenkirchen.

„Lassen Sie uns zuerst zum Wagen gehen, damit Sie ihn in Augenschein nehmen und mir bestätigen können, dass er Ihr Eigentum ist", schlug Kirchner nach einer knappen Begrüßung vor. „Wir dürfen allerdings nichts berühren, da die Spurensicherung ihre Arbeit noch nicht beendet hat. Bitte achten Sie darauf."

„Haben Ihre Kollegen mein Handy im Wagen gefunden? Ich muss es gestern dort liegengelassen haben. Da es sich um mein Geschäftshandy handelt, benötige ich es dringend."

„Soweit ich weiß, hat die Spurensicherung bisher kein Mobiltelefon sichergestellt", antwortete Kirchner, während er ihnen voraus die Treppe ins Erdgeschoss hinunterlief. „Aber wir können noch einmal nachfragen, wenn wir bei den Kollegen sind."

Den kurzen Weg über den Hof zu einer langgestreckten, flachen Halle brachten sie wortlos hinter sich. Sophie hielt sich wenige Schritte hinter ihm und Kommissar Kirchner.

„Erkennen Sie den Wagen wieder?", fragte dieser, nachdem sie die Halle betreten hatten und unvermittelt vor einem schwarzen Maserati standen.

Der Wagen sah nach seinem Fahrzeug aus. Wie viele Maseratis dieser Farbe und Ausstattung mochte es in Deutschland wohl geben? Ohne die geöffnete Tür zu berühren, beugte sich Richard ein wenig in den Innenraum, um einen Blick auf den Fahrersitz zu werfen. „Ja, es ist mein Auto, definitiv. Der Fahrersitz wurde extra für mich vom Sattler etwas angepasst."

„Gut, die Fahrgestellnummer stimmt nämlich auch mit derjenigen überein, die uns die Zulassungsbehörde übermittelt hat", antwortete ihm Kirchner in leicht ironischem Ton. „Dann sind wir uns ja einig."

„Weshalb haben Sie überhaupt Wert auf diese unnötige ‚Gegenüberstellung' gelegt?"

Sophie, die einmal um den Wagen herum gegangen war, stand jetzt dicht neben ihm. „Richard, du solltest dir die Beifahrerseite ansehen", flüsterte sie ihm zu und sah ihn dabei ernst an.

„Ja, lassen Sie uns gemeinsam einmal um den Wagen gehen, damit wir auch in Bezug auf die Schäden, die beim gestrigen Unfall passiert sind, den gleichen Wissensstand haben", bestätigte Kirchner Sophies Vorschlag. Offenbar hatte er ihre leise gesprochenen Worte verstanden.

Der Kriminalkommissar machte zwei langsame Schritte zur Frontseite des Maseratis und blieb schräg davor stehen, noch auf der Fahrerseite des Wagens. „Sie hatten Ihr Fahrzeug in einer Parklücke auf der rechten Seite der Barbarastraße geparkt, Herr Achtelik, nicht wahr? Von der Straße aus konnte man also lediglich diese Seite sehen."

Kirchner setzte seine gemächliche Umrundung des Maseratis fort und blieb schräg rechts vor dem Wagen stehen. Sein Blick war jetzt auf Front und Beifahrerseite des Wagens gerichtet. „Von hier aus sieht der Wagen nicht mehr ganz so perfekt aus."

Richard stellte sich neben ihn und begutachtete die beträchtlichen Beschädigungen der Karosserie, die sich ihm nun offenbarten. Die rechte Frontpartie war gesplittert und der Kotflügel stark eingedrückt. Zusätzlich zogen sich lange Kratzer leicht absteigend bis zur Heckpartie des Wagens hin. Es war deutlich zu sehen, dass die Dellen durch einen heftigen Zusammenstoß entstanden sein mussten, die Kratzer wahrscheinlich durch einen harten Gegenstand, der heftig an der Wagenflanke entlang gezogen worden und dabei herabgesunken war.

„Der Motor ist übrigens sofort angesprungen, als die Kollegen die Zündung betätigt haben", setzte Kirchner seine Bestandsaufnahme fort.

Aufmerksam sah Sophie Renger in Richards Gesicht. Nichts an seiner Miene zeigte ihr, ob er die Unfallschäden gerade zum ersten Mal gesehen hatte oder ob er sie bereits vom Vortag kannte. Nach wenigen Sekunden wendete er sich vom Wagen ab und fragte den Polizeitechniker, der abwartend neben dem Wagen stand: „Können Sie mir bitte sagen, ob ein Mobiltelefon in dem Wagen gelegen hat, als er hier ankam?"

Der Angesprochene warf erst einen kurzen Blick auf Kirchner und antwortete dann: "Bisher haben wir kein Handy gefunden und wir haben den Innenraum schon sehr gründlich untersucht. Wenn es also nicht im Kofferraum steckt, gehe ich davon aus, dass sich kein Handy im Wagen befunden hat."

„Merkwürdig."

Zum ersten Mal wirkte Richard besorgt, dachte Sophie. Wieso war ihm der Verlust seines Handys wichtiger als die gerade vor Augen geführte Tatsache, dass mit seinem Wagen ein tödlich verlaufener Unfall verursacht worden war?

„Wenn es nicht im Wagen liegt, muss ich mein Mobiltelefon beim Aussteigen verloren haben. Ist in der Barbarastraße ein Handy gefunden worden?"

„Nicht von den Kollegen, die den Wagen sichergestellt haben – sonst wüsste ich es", antwortete Kirchner. Nach einer kurzen Pause setzte er hinzu: „Der Schaden an Ihrem Wagen scheint Sie nicht übermäßig zu überraschen, Herr Achtelik."

„Wie sollte er das, nachdem Sie mir bereits mitgeteilt haben, dass mein Fahrzeug in einen schweren Unfall verwickelt war, Herr Kirchner", antwortete Richard. „Die Schäden passen genau zu dem von Ihnen geschilderten Verlauf." Sophie hatte den Eindruck, dass er nur mühsam seinen gewohnten, ruhigen und höflichen Ton beibehielt.

„Nun gut, dann lassen Sie uns zurück in mein Büro gehen. Dort wartet noch einiges an Fragen und Papierkram auf uns."

Im Büro des Kriminalkommissars angekommen, fiel Richard Achteliks Blick auf die Titelseite der Montagsausgabe der Konkurrenz. Er war sich sicher, dass die aktuelle Ausgabe dieser Tageszeitung vorhin noch nicht auf Kirchners Schreibtisch gelegen hatte.

Sie titelte:

Richard Achtelik wegen Unfallflucht von der Polizei vernommen
Radfahrer stirbt noch am Unfallort – Maulkorb für die eigene Redaktion – Was verschweigt uns die Rheinische Allgemeine über ihren Eigentümer?

Kirchner, der die Zeitung ebenfalls bemerkt hatte, nahm sie hoch und warf sie demonstrativ in den Papierkorb, der neben seinem Schreibtisch stand. „Bitte entschuldigen Sie", sagte er knapp und forderte seine beiden Besucher auf, Platz zu nehmen, während er selbst sich ebenfalls setzte. „Es ist ausgeschlossen, dass diese Information von einem meiner Kollegen an die Presse gegeben wurde."

„Selbstverständlich. Das hätte ich auch nie angenommen." Obwohl er sich sicher war, dass der Hinweis an die Presse nur von einem der Polizeibeamten hatte kommen können, wollte

Richard nicht weiter auf den Artikel der Konkurrenz eingehen. Der Besuch der Polizei in der Redaktion der Rheinischen Allgemeinen war kurz vor Redaktionsschluss der Montagsausgabe erfolgt. Wie also hätte die Konkurrenz rechtzeitig davon erfahren können, wenn nicht durch einen der Polizisten?

Er legte seinen Führerschein und die Fahrzeugpapiere vor sich auf den Rand von Kirchners Schreibtisch und sah den Polizisten auffordernd an. „Dieses Blatt wird sicher nicht der einzige Marktbegleiter der Rheinischen Allgemeinen bleiben, der Ihren gestrigen Besuch in der Redaktion ausschlachtet – es ist ein harter Wettbewerb. Sie sehen, dass ich einiges zur Schadensbegrenzung zu tun habe. Bitte haben Sie Verständnis dafür, dass ich kurzfristig wieder an meinen Arbeitsplatz zurückkehren muss."

„Herr Achtelik, ich habe den Eindruck, dass Sie sich der Ernsthaftigkeit der Situation nicht bewusst sind. Mit Ihrem Fahrzeug wurde ein Unfall verursacht, durch den ein anderer Verkehrsteilnehmer zu Tode kam. Der Unfallfahrer hat Fahrerflucht begangen und im Moment habe ich außer Ihrer Aussage keinen Beleg dafür, dass jemand anderes als Sie dieser Fahrer war."

„Zur Zeit des Unfalls muss ich bereits im Taxi gesessen haben."

„Wir haben den Taxifahrer gefunden, der Sie nach Deutz zum StaatenHaus gefahren hat. Sein Taxameter belegt eine Fahrtzeit von 17:38 Uhr bis 17:54 Uhr."

„Das bestätigt doch meine Aussage."

„Diese Angabe belegt lediglich, dass Sie ihren Wagen abgestellt und ein Taxi genommen haben. Wenn der Unfall zwischen 17:20 Uhr und 17:30 Uhr passiert ist, könnten Sie auf Basis der Zeitangaben des Taxameters durchaus der Unfallfahrer gewesen sein, Herr Achtelik."

„Aber ich war es nicht. Der Unfall muss passiert sein, nachdem ich das Fahrzeug abgestellt hatte. Jemand muss den

Wagen direkt danach gestohlen und den Fahrradfahrer angefahren haben. Eine andere Erklärung gibt es nicht."

„Sie behaupten also weiterhin, den Wagen zwischen 17:10 Uhr und 17:20 Uhr ohne äußere Beschädigung in der Barbarastraße abgestellt zu haben?"

„Das behaupte ich nicht. Es war so."

„Können Sie mir dann bitte erläutern, was Sie in der Zeit bis 17:38 Uhr getan haben?"

„Ich habe versucht, ein freies Taxi zu finden. Leider standen am Taxistand an der Hauptstraße keine Wagen, deshalb habe ich dort gewartet. Das wird der Taxifahrer, der mich mitgenommen hat, sicher bestätigen. Ich hatte mein Mobiltelefon im Wagen vergessen; ich konnte nicht in der Taxizentrale anrufen."

„Der Taxifahrer hat tatsächlich zu Protokoll gegeben, dass Sie bereits auf ihn gewartet haben."

Richard atmete erleichtert durch.

„Ihnen ist sicher klar, dass diese Bestätigung Ihnen nicht hilft. Sie können auch erst wenige Sekunden dort gestanden haben, bevor das Taxi kam."

Richard blieb stumm. Was sollte er noch sagen, das er nicht bereits mehrfach dem Polizisten gegenüber geäußert hatte?

„Außerdem habe ich noch ein Problem", setzte Kirchner das Verhör fort. „Der Unfall ist von einem in nördlicher Richtung fahrenden Wagen verursacht worden, also auf dem direkten Weg von Ihrem Haus zur Barbarastraße. Wenn jemand den Wagen in der Barbarastraße gestohlen hat und damit trotz des zuvor noch streikenden Motors weggefahren ist, warum war er dann nicht in der anderen Richtung auf der Uferstraße unterwegs? Haben Sie dafür eine Erklärung, Herr Achtelik?"

Wie war das möglich? Verzweiflung stieg in ihm auf. „Nein, dafür habe ich keine Erklärung."

„Ich auch nicht", bestätigte Kirchner. „Möchten Sie Ihre Aussage von gestern Abend vielleicht noch einmal überdenken, bevor Sie diese unterschreiben und wir sie in die Akte aufnehmen?"

„Es ist exakt so passiert, wie ich es gestern bereits zu Protokoll gegeben habe. Ich muss meine Aussage nicht überdenken." Richard hörte selbst, dass seine Stimme nicht mehr so beherrscht klang, wie er es sich wünschte.

Sophie legte beruhigend eine Hand auf seinen Arm.

„In Ordnung. Wir werden also versuchen, Zeugen zu finden, die Ihre Aussage bestätigen, Herr Achtelik. – Haben Sie vor, in den nächsten Tagen zu verreisen?"

„Nein, natürlich nicht. – Auch wenn ich unschuldig bin, ist mir bewusst, Herr Kirchner, dass ich es Ihrer Besonnenheit zu verdanken habe, dass ich noch nicht verhaftet wurde. – Dafür danke ich Ihnen. – Selbstverständlich stehe ich Ihnen jederzeit für weitere Fragen zur Verfügung, bis der Fall aufgeklärt ist."

„Gut, dann haben wir hierzu das gleiche Verständnis."

Redaktion der Rheinischen Allgemeinen in Köln

Die nächsten Stunden in der Redaktion konnte sich Sophie Renger kaum auf einen der Artikel konzentrieren, die Ruben noch von ihr erwartete. Richard hatte sich ohne viele Worte von ihr verabschiedet und in sein Büro zurückgezogen. Fieberhaft überlegte sie, wie sie die Polizei dabei unterstützen konnte, den wahren Unfallfahrer zu finden und zu überführen.

Natürlich war es möglich, dass Richard einen Unfall verursachte, aber es war doch unvorstellbar, dass er sich dann seiner Verantwortung nicht stellte. Allerdings hätte sie ein solches Verhalten Maximilian auch nicht zugetraut und von ihm wusste sie, dass er es getan hatte. Und wieso war der Unfall auf genau der Strecke und in der Fahrtrichtung passiert, die Richard zuvor zurückgelegt hatte? Wäre es nicht logischer gewesen, wenn der Fahrradfahrer von einem nach Süden fahrenden Wagen an- und überfahren worden wäre? Zumindest durch einen Dieb des Maseratis? Immerhin hatte Richard den Wagen nördlich von der Unfallstelle abgestellt. Und wie hatte ein Dieb den Wagen denn überhaupt zünden und wegfahren können, wenn es Richard selbst nur wenige Minuten zuvor nicht gelungen war, den Motor wieder zu starten?

Und was war das mit seinem verschwundenen Handy? Es gab doch Schlimmeres als ein abhanden gekommenes Mobiltelefon. Sie wählte Richards Mobilfunknummer, sofort landete sie in seiner Mailbox. Er hatte sein Handy also bisher nicht bei seinem Provider als gestohlen gemeldet; seine Nummer war noch nicht deaktiviert worden.

Sophie meldete sich beim PrivateRoom ihrer drei Musketiere an und stellte fest, dass lediglich Linus online war. „Hallo Aramis", schrieb sie. „Wie geht es euch in Berlin?"

„Hallo Treville", kam es umgehend zurück. „Schön, von dir zu lesen. Bei uns ist gerade tote Hose. Athos und Porthos haben beide Urlaub und ich langweile mich hier ganz allein im Büro."

„Dann darf ich dich um etwas bitten?"

„Natürlich. Ich hoffe, dein Wunsch stellt ein paar Anforderungen an mein Können. Von Friedrich kommt gerade überhaupt nichts Herausforderndes."

„Ist es möglich festzustellen, wo sich ein bestimmtes Handy befindet, wenn man nur dessen Mobilfunknummer kennt?"

„Im Prinzip schon. Ist das Handy eingeschaltet?"

„Vielleicht. Aber die SIM-Karte ist wohl nicht entsperrt. Zumindest bin ich direkt in die Mailbox weitergeleitet worden."

„Dann ist die Nummer auf jeden Fall noch aktiv. Das ist gut."

„Kannst du es orten?"

„Nicht direkt. Aber ich kann versuchen, ein paar Datenbanken des Providers anzuzapfen. – Die Lokalisierung wäre einfacher, wenn die SIM genutzt würde."

„Aber es geht auch so?"

„In jedem Fall, solange das Handy noch eingeschaltet ist. Gib mir mal die Nummer, ich probiere es mit einer stillen SMS. Vielleicht wissen wir dann sehr schnell, wo sich das Handy aktuell befindet.“

Sophie war sich sicher, dass nicht jede der Aktionen, die Linus zum Lokalisieren von Richards Handy plante, vom Provider oder dem Gesetzgeber zugelassen war. Dennoch tippte sie Richards Handynummer ein. „Auch wenn ich gar nicht wissen möchte, wie du es machst, wäre ich dir dankbar, wenn du herausfinden könntest, wo sich das Handy seit gestern 17:00 Uhr befunden hat. Die Bewegungsdaten wären toll, möglichst genau.“

„In Ordnung. Gib mir ein paar Stunden, maximal bis morgen. Ich melde mich wieder, sobald ich etwas habe.“

Noch bevor Sophie sich bedanken konnte, hatte Linus sich abgemeldet.

Sie kontrollierte ihren E-Mail-Account, der dreiundzwanzig neue Nachrichten zeigte. Eine von ihnen stammte von Max. Sophie öffnete die E-Mail und sah, dass er ihr ein BusinessClass Ticket von Köln nach Berlin und zurück geschickt hatte. Außer dem Ticket bestand der Inhalt nur aus dem Wort ‚Danke‘. Nachdenklich starrte sie auf die Nachricht; die Entscheidung, ob sie das Flugticket wirklich nutzen würde, wollte sie jetzt noch nicht treffen. Um 15:00 Uhr sollte das nächste Treffen mit Kriminalhauptkommissar Pelker stattfinden, bis dahin hatte sie ein paar Stunden Zeit. Sophie beschloss, nach Rodenkirchen zu fahren und selbst ein paar Erkundigungen bezüglich des Unfalls mit Richards Maserati einzuziehen.

Wenige Minuten vor dem verabredeten Termin mit Thomas Pelker klopfte Sophie Renger an Richards Bürotür. Nach kurzem Zögern öffnete sie die schwere Holztür und trat ein. Richard saß auf seinem Schreibtischstuhl, den Rücken ihr und dem Raum zugewandt. Bewegungslos starrte er aus dem

breiten Fenster hinaus auf die fast schon dunkle Stadtland-
schaft. Sehr leise, düstere Klaviermusik drängte sich in Sophies
Bewusstsein.

„Entschuldige bitte, ich bin etwas zu früh", machte sie sich
bemerkbar.

„Komm zu mir, Sophie, und nimm dir die Zeit, einmal in
Ruhe aus dem Fenster zu blicken." Richard wartete, bis sie neben ihm stand. „Die Welt da draußen dreht sich noch genauso
wie gestern um diese Zeit, auch wenn meine persönliche Welt
plötzlich stehen geblieben zu sein scheint."

„Was ist passiert, seitdem wir heute Morgen gemeinsam bei
der Polizei waren?"

„Die Redaktion der Kölner Nachrichten hat mit ihrer Schlag-
zeile über mich ganze Arbeit geleistet. Seit heute Mittag finden
sich Berichte unterschiedlichster Medien im Internet, die nicht
weniger behaupten, als dass ich der Unfallflucht bereits so gut
wie überführt worden sei. Als Reaktion darauf haben die wichtigsten fünf Werbekunden von uns ihren Vertrag gekündigt.
Der Kundenservice wird überschüttet von Zuschriften und Anrufen aufgebrachter Leser sowie Abonnement-Kündigungen. –
Wenn es so weiter geht, müssen wir unsere Auflage erheblich
reduzieren und die Rheinische Allgemeine versinkt in der Be-
deutungslosigkeit."

„Aber das ist doch sicher nicht die erste Krise dieser Art. Ruben hat mir von ganz anderen Shitstorm-Attacken erzählt."

„Das ist wahr, aber es wurde noch nie meine Integrität an-
gezweifelt, die Integrität des Eigentümers und damit der
grauen Eminenz hinter der Zeitung. Bisher hat es immer geholfen, wenn ich persönlich mich gegen die Angriffe auf die Rheinische Allgemeine verwahrt habe. Mein Wort hatte Gewicht. –
Jetzt bin ich es selbst, der im Kreuzfeuer steht. Ich bin der
Grund, weshalb unsere Leser und Werbekunden in Scharen
unsere Zeitung im Stich lassen. – Wer soll hier schlichten?"

„Die Wahrheit."

„Wen interessiert die Wahrheit noch, wenn sich einmal in allen Köpfen festgesetzt hat, dass Richard Achtelik mit seiner Luxuslimousine einen armen, alten, fahrradfahrenden Mann überfahren und sterbend liegen gelassen hat?"

„Aber das hast du nicht getan." Sophie war sich sicher, den Satz ohne fragenden Unterton ausgesprochen zu haben; während ihrer ergebnislosen Suche nach Zeugen, die Richards Aussage bestätigen konnten, hatte sich ein Gedanke entwickelt, den sie gleich besprechen wollte.

Richard schien ihren Tonfall anders gehört zu haben. „Nein, ich habe es nicht getan", schrie er fast und stand abrupt von seinem Stuhl auf. Wütende Akkorde umwehten ihn in Sophies Empfindung. „Und zumindest von dir, Sophie, hatte ich erwartet, dass du mir glaubst."

Die Atmosphäre im Raum knisterte, als Ruben Bertram zusammen mit Hamann und Pelker das Büro des Verlagschefs betrat. Sophie und Achtelik hatten sich offenbar gerade gestritten. Wortlos gingen beide zum Besprechungstisch hinüber und setzten sich. Mit einer stummen Geste bat Achtelik die Neuankömmlinge, ebenfalls Platz zu nehmen.

„Ich danke Ihnen und euch, dass ihr die heutige Verabredung eingehalten habt; ich hoffe sehr, dass der Grund keine Sensationslust ist", sagte er mit einem sarkastischen Unterton in der Stimme.

Natürlich wusste Ruben sofort, worauf sich Achteliks Bemerkung bezog. Ein Blick in die Runde belehrte ihn, dass wohl alle den Artikel in den Kölner Nachrichten gelesen hatten.

„Auch wenn das hoffentlich nicht notwendig ist, versichere ich jetzt einmalig, dass die Vorwürfe gegen mich absolut unbegründet sind. Es ist zwar mein Wagen, der in den Unfall verwickelt war, aber nicht ich bin der Fahrer gewesen."

Betretenes Schweigen folgte auf Achteliks Aussage.

„Mehr Worte werde ich dazu auch nicht verlieren. – Welche Fortschritte macht Ihre Ermittlung, Herr Pelker?"

Der Kriminalhauptkommissar sah kurz fragend in die Runde und räusperte sich. „Nun, wir haben uns beim letzten Mal ja nach dem Hinweis von Herrn van de Bergh getrennt, ein Henry Schneider habe sich möglicherweise unerlaubt Zugriff auf die Server der Firma ‚Play IT!' verschafft."

„Ja, und auf den Sourcecode des Spiels ‚Cannonball IT'", ergänzte Sophie.

„Genau", bestätigte Pelker. „Außerdem hat uns Herr Bertram von der Anwendung im Darknet berichtet, welche der Cruiser-Szene eine Plattform für die Organisation illegaler Rennen bietet."

„Unter anderem dafür, wenn ich es richtig verstanden habe."

„Genau", bestätigte Pelker erneut. „Meine Abteilung ist beiden Hinweisen nachgegangen."

„Mit welchen Ergebnissen?", fragte Hamann.

„Wie einige von Ihnen sicher wissen, hat die Kriminalpolizei eine umfangreiche Spezialtruppe, die sich ausschließlich mit Cyberkriminalität beschäftigt. Ein Teil dieser Kollegen wird häufig angesprochen, wenn wir es mit Verbrechen zu tun haben, die im Darknet geplant und vereinbart wurden oder vor deren Durchführung Geschäfte im Darknet stattgefunden haben. Ich habe einen dieser Spezialisten gebeten, sich mit einem meiner ehemaligen Mitarbeiter der Sonderermittlungskommission ‚Illegale Straßenrennen' zusammenzusetzen und dem Hinweis von Herrn Bertram nachzugehen."

„Konnten sie in diesen PrivateRoom im Darknet einbrechen?" Sophie wurde hellhörig.

„Nein, das konnten sie nicht. Aber glücklicherweise haben die norddeutschen Kollegen einen Informanten in der Hamburger Cruiser-Szene, der uns nach gutem Zureden Zugriff auf das System gegeben hat. Dass wir bereits einige der Details kannten, hat ihn überrumpelt. Nach dieser Erkenntnis fiel ihm die Zusammenarbeit mit uns offenbar nicht mehr so schwer."

„Also gibt es eine solche Plattform?", wollte Sophie wissen. „Haben Sie die Anwendung selbst gesehen?"

„Herr Bertram hat sie gut beschrieben", antwortete Pelker. „Die Anwendung stellt umfangreiche Funktionen für Verabredungen zwischen den einzelnen Clubs zur Verfügung und sieht dabei aus wie ein harmloses Computerspiel."

„Wie ‚Cannonball IT'?"

„Ja, offenbar sehr ähnlich, nach der Auskunft der jüngeren Kollegen."

Ruben blickte zu Sophie, die nachdenklich auf einem Blatt Papier herumkritzelte. „Haben Ihre Kollegen Hinweise darauf gefunden, wer diese Anwendung erstellt und der Cruiser-Szene zur Verfügung gestellt hat?", wollte sie wissen.

„Nein. Nicht einen einzigen. Der Junge muss sich im Darknet wirklich gut auskennen."

„Was ist aus dem Verweis auf Henry Schneider geworden?", fragte Ruben.

„Nun, dieser junge Mann ist es sicher wert, etwas genauer unter die Lupe genommen zu werden. Sein Name hat durchaus Gewicht in der Hacker-Szene."

„Hat sich Maximilians Verdacht bestätigt?", wollte Sophie sofort wissen.

„Das kann ich so nicht sagen. Aber Henry Schneider ist auf jeden Fall eine Art Star. Es scheint kaum einen Server zu geben, in den er noch nicht eingebrochen ist, keine Information, die er nicht lesen, löschen oder verändern kann, wenn er es möchte."

„Also kann Max mit seiner Vermutung richtig liegen." Sophie war wieder ganz bei der Sache. „Aber hat Henry Schneider Verbindung zur Cruiser-Szene?"

„Leider haben wir das von unseren Informanten nicht bestätigt bekommen, nicht direkt." Pelker schüttelte leicht den Kopf. „Henry Schneider ist wohl nur wenigen Hackern persönlich bekannt. Er ist scheu und meidet intensive soziale Kontakte, mit einer einzigen Ausnahme: Wir haben erfahren, dass er Teil einer kleinen Hardcore-Fangemeinde des Spiels ‚Cannonball IT' ist. Offenbar ist diese exklusive Gruppe eine Art Freundeskreis oder Familienersatz für ihn. Wer ihn erreichen möchte, muss es über einen dieser Fans tun; an Henry Schneider kommen nur die wenigstens Hacker direkt heran."

„Ein Sonderling also."

„Ja, wahrscheinlich", bestätigte Pelker. „In jedem Fall einer mit einer außerordentlichen Begabung für alles rund um Computer."

„Und offenbar auch mit einer außerordentlichen Begeisterung für Autorennen." Sophie wollte nicht lockerlassen, Maximilian van de Bergh zu entlasten.

„Ja, das sieht so aus, Frau Dr. Renger", bestätigte Pelker. „Vielleicht beschränkt sich diese Begeisterung allerdings auf virtuelle Autorennen. Herr Schneider hat nie einen Führerschein gemacht und folgerichtig ist auch kein Auto auf ihn zugelassen."

„Wenn er ein Hacker ist, fürchtet er sich ganz offensichtlich nicht vor illegalen Aktivitäten", warf Sophie ein. „Vielleicht hat er auch ohne Führerschein das schnelle Fahren mit echten Sportwagen liebgewonnen."

„Oder er ist nicht unser Mörder und Totschläger", schloss Ruben den Gedanken ab. „Sophie, nur weil du Maximilian van de Bergh von der Liste der Verdächtigen streichen möchtest, kannst du nicht die Augen vor den Ermittlungsergebnissen von Herrn Pelker verschließen."

Ein nachdenklicher Blick traf ihn. „Vielleicht sollten wir die Möglichkeit in Betracht ziehen, dass es zwei unterschiedliche Personen sind, die wir suchen", schlug Sophie vor. „Vielleicht ist der Mann, der die Cruiser-Szene mit dem abgewandelten Spiel unterstützt, nicht derselbe wie derjenige, der die Anschläge auf die öffentlichen Gegner dieser Szene durchführt."

„Ja, darüber haben meine Kollegen und ich auch schon diskutiert", bestätigte Pelker.

„Dann könnte Henry Schneider aus lauter Liebe zu dem Spiel ‚Cannonball IT' eine Weiterentwicklung für reale Rennen erstellt haben. Er erweitert damit quasi sein Spielfeld und nutzt die Cruiser als Spielfiguren. – Ein Anderer, vielleicht selbst ein begeisterter Fahrer illegaler Autorennen, versucht, ganz unabhängig von Schneiders Aktivitäten, der Cruiser-Szene alle Steine aus dem Weg zu räumen."

Amüsiert beobachtete Ruben Sophies Begeisterung für diese Annahme. Was sie dabei offenbar übersah, war, dass sie dann keinerlei Anhaltspunkte mehr für die Identität des Mörders hatten. Es konnte jedes Mitglied der Cruiser-Szene sein. „Gehen wir einmal davon aus, dass Henry Schneider der Schöpfer des erweiterten Spiels ist. Wer ist dann der Andere?"

„Das ist eine gute Frage, Herr Bertram", merkte Pelker an. „Unser Phantom, also die Person, die wir bei fast allen illegalen Rennen unter den Zuschauern fotografiert, aber bisher nicht identifiziert haben, ist dann wahrscheinlich Henry Schneider. Von der Statur her würde es passen, soweit man das bei den schlechten Aufnahmen sagen kann."

„Also verlieren wir mit dieser Annahme unsere einzige Spur, die bisher auf den Gewalttäter gewiesen hat?" Endlich beteiligte sich auch Achtelik wieder an ihren Überlegungen.

„So ist es", bestätigte Pelker. „Wenn wir richtig damit liegen, dass es zwei unabhängig voneinander agierende Täter sind, fallen wir zurück auf Los."

„Vielleicht nicht", murmelte Achtelik.

Ruben beobachtete, wie Sophie den Verleger anlächelte. Offenbar hatte sie den Streit von vorhin bereits vergessen. „Ich denke, ich weiß, was du sagen willst, Richard", sprudelte es aus ihr heraus. „Warum gehen wir nicht einmal davon aus, dass es zwar zwei Täter gibt, diese aber nicht unabhängig voneinander agieren? Möglicherweise räumt der Gewalttäter die Steine nicht für die Cruiser-Szene aus dem Weg, sondern für Henry Schneider."

„Wieso sollte er das tun?", fragte Hamann.

„Sophie meint, dass der Gewalttäter vielleicht ein guter Freund von Henry Schneider ist", sprang Achtelik ein. „Dieser gute Freund sorgt mit seinen Anschlägen dafür, dass weiterhin ausreichend Verrückte illegale Rennen veranstalten können. Nur so ist Schneider in der Lage, sein auf die Realität erweitertes Computerspiel weiterzuspielen."

„Irre!" Ruben stellte erstaunt fest, dass auch er zu lächeln angefangen hatte.

„Aber eine Möglichkeit, der man nachgehen sollte", meinte Pelker, ebenfalls mit so etwas wie einem zufriedenen Grinsen auf den Lippen. „Gut! Was wissen wir denn über diesen guten Freund? Und was wissen wir über seine gewalttätigen Aktivitäten?"

„Fangen wir mit den Anschlägen an, die wir ihm zuschreiben." Ruben griff nach Sophies Block und fing an, sich Notizen zu machen, während er sprach. „In jedem Fall schreiben wir ihm den Mord an Dr. Thomas Probst zu. Er war der Richter, der das harte Urteil gegen zwei der Verrückten ausgesprochen hat."

„Definitiv." Pelker nickte. „Außerdem haben Sie ja noch zwei weitere Verkehrstote identifiziert, die sich gegen illegale Autorennen engagiert haben: Elisabeth Brandner, die Mutter des Verkehrsopfers in Hamburg, und diese Radio-Journalistin aus Berlin. Wie hieß sie noch gleich?"

„Beatrice Ludwig", assistierte Sophie.

„Richtig! Meine Abteilung hat untersucht, ob es zwischen diesen drei Personen irgendwelche Verbindungen gab. Außer ihrem gemeinsamen Engagement gegen Verkehrsrowdys haben wir nichts gefunden."

„Wann genau sind die drei verunglückt?"

„Beatrice Ludwig ist am Freitag, den 14. November 2014 außerhalb Berlins tödlich verunglückt", antwortete Pelker. „Gegen 15:30 Uhr."

Ruben wunderte sich zwar, dass der Kriminalhauptkommissar Datum und Uhrzeit auswendig kannte, notierte sie sich aber ohne jede Bemerkung neben dem Namen ‚Beatrice Ludwig'."

„Bevor sie fragen: Elisabeth Brandner ist am Freitag, den 24. April 2015 gegen 18:00 Uhr tödlich verunglückt, der Unfall passierte wenige Kilometer von ihrer Wohnung entfernt an der Autobahnausfahrt Quickborn. – Und über den Tod von Dr. Probst haben Sie selbst berichtet. Er wurde am Freitag, den 23. Oktober 2015 gegen 19:00 Uhr vor seinem Haus in Meerbusch getötet."

Erneut machte sich Ruben Notizen. „Haben wir weitere Unfälle, die wir unserem ‚guten Freund' zuordnen wollen?"

„Was ist mit deinem?", schlug Hamann vor.

„Mein Unfall kann auch das Ergebnis eines Kinderstreichs gewesen sein."

„Nehmen Sie ihn bitte in die Liste auf", forderte Pelker Ruben auf.

„In Ordnung: A57 in Köln, am Montag, den 27. Juli 2015 gegen 23:00 Uhr." Er notierte die Daten neben seinem eigenen Namen. „Noch weitere Vorschläge?"

„Die Kollegen der Sonderkommission ‚Illegale Autorennen' haben für mich eine Auswertung gemeldeter Rennen der letzten vierundzwanzig Monate durchgeführt. Den Schwerpunkt haben sie gelegt auf Vorfälle, bei denen Rennen von Fremden provoziert wurden."

„Spontane Rennen auf öffentlichen Straßen?"

„Ja, vorwiegend. – Natürlich machen diese der Polizei gemeldeten Rennen nur einen Bruchteil aller tatsächlich stattgefundenen Wettfahrten aus; von den meisten werden wir nie etwas erfahren. Darüber sind wir uns wahrscheinlich alle einig."

„Gibt es in Ihrer Auswertung Vorfälle, die in unsere Liste gehören?" Neugierig sah Ruben Pelker an, der auf seine Frage hin ein Blatt Papier aus seiner Jackentasche nahm.

„Beim Durchsehen der Aufstellung der Kollegen bin ich an drei Anzeigen hängengeblieben. Ich kann nicht genau sagen, warum, aber diese drei möchte ich in jedem Fall unserer Liste hinzufügen."

„Ich notiere."

„Der erste Vorfall hat zu einem Unfall geführt, glücklicherweise gab es nur eine Leichtverletzte. Auf der Autobahn 81 zwischen der Schweizer Grenze und Stuttgart haben sich am Samstag, den 14. Juni 2014 nachmittags zwei Sportwagen mit Schweizer Kennzeichen über mehr als fünfzig Kilometer ein Rennen geliefert. Der örtlichen Polizei ist es leider direkt nach dem Rennen nicht gelungen, die beiden ‚Rennfahrer' und ihre Wagen zu stoppen. Allerdings sind beide Kennzeichen bekanntgeworden, da jemand eine Aufnahme des Rennens im Internet veröffentlicht hat. Einer der Wagen wurde bereits Tage vor dem Ereignis in der Schweiz als gestohlen gemeldet. Er wurde etwa zwei Wochen nach dem Rennen auf einem deutschen Rastplatz in der Nähe von Kassel entdeckt."

Ruben notierte sich Ort, Datum und Uhrzeit.

„Die zweite Anzeige wurde wegen eines Vorfalls auf dem Kreisverkehr zur A555 im Kölner Süden erstellt. Darüber haben Sie bestimmt auch berichtet. Am Samstag, den 23. August 2014 gegen 23:00 Uhr hat auf diesem ‚Bonner Verteiler' eine Gruppe von vier Wagen ein privates Rennen ausgetragen. Es ist niemand zu Schaden gekommen, drei der vier Fahrer wurden von der Polizei gestoppt. Der einzige Teilnehmer mit einem gestohlenen Wagen ist unerkannt entkommen."

Auch hierzu notierte sich Ruben Datum und Uhrzeit.

„Bei Nummer drei handelt es sich um ein spontanes Rennen auf der A7 zwischen Hamburg und Hannover. Provoziert wurde es von dem Fahrer einer Corvette, weitere Angaben zu ihm oder dem Kennzeichen seines Wagens haben wir nicht. Zu Protokoll gegeben wurde der Vorfall von einem Audi-Fahrer, der sich von dem Fahrer der Corvette genötigt fühlte. Es ist kein Unfall passiert, der Audi-Fahrer hat rechtzeitig von der Wettfahrt abgelassen und, leider erst einen Tag später, bei der Polizei eine Anzeige gegen Unbekannt erstattet."

„Wann hat dieses Rennen stattgefunden?"

„Dieses Rennen wurde am Freitag, den 2. Oktober 2015 gegen 20:30 Uhr ausgetragen."

„Warum hat der Mann sich überhaupt bei der Polizei gemeldet?", fragte Ruben irritiert.

„Er hat befürchtet, während der Fahrt geblitzt worden zu sein. Offenbar hoffte er, durch die Anzeige einem möglichen Führerscheinentzug entgegenwirken zu können."

„Ob es Zufall ist, dass die meisten der Ereignisse abends stattgefunden haben und an einem Freitag oder am Wochenende?" Sophie lehnte sich weit über den Tisch, um Rubens Notizen besser lesen zu können.

„Ja, das ist auffällig, nicht wahr?", bestätigte Pelker. „Außerdem scheint häufig oder immer ein gestohlenes Fahrzeug beteiligt gewesen zu sein".

„Aber die Ereignisse sind über ganz Deutschland verteilt", merkte Achtelik an. „Wenn bei allen Vorfällen dieselbe Person beteiligt war, muss sie viel unterwegs sein."

„Vielleicht beruflich", mutmaßte Hamann.

„Das glaube ich eher nicht", widersprach Sophie. „Für mich sieht es so aus, als hätte unser ‚guter Freund' einen Job, der es ihm erlaubt, freitags gar nicht oder nur bis zum Mittag zu arbeiten. – Wenn er die Rennen während seiner Dienstreisen provozieren würde, müssten doch auch andere Wochentage in unserer Liste vorkommen."

„Die Aufstellung ist mit Sicherheit nicht komplett", merkte Pelker an.

„Wann ist dein Unfall passiert, Sophie?" Ruben fand es an der Zeit, auch diesen Unfall, von dem er wusste, dass er von einem Raser verursacht worden war, zu hinterfragen.

„Mein Unfall gehört nicht in diese Kategorie."

„Ist er von der Polizei aufgenommen worden?", wollte Pelker wissen.

„Ja, aber als Unfallursache wurde die mangelhafte Beherrschung eines schnellen Motorrads durch eine Frau wie mich festgestellt."

Ruben sah Sophie irritiert an. „Irgendwie habe ich die Geschichte aber schon einmal anders gehört."

„Ruben, mein Unfall gehört wirklich nicht in die Liste."

„Warum nicht? Du hast mir erzählt, dass du sehr schnell unterwegs warst und von einem noch schnelleren Wagen rechts überholt, geschnitten und touchiert worden bist."

„Das passt zu unseren Kriterien, Frau Dr. Renger", bestätigte Pelker.

„Aber der Fahrer hat sich bei mir entschuldigt. Er ist nicht der ‚gute Freund' von Henry Schneider, den wir suchen. Und der Wagen war sein Eigentum."

„Sophie, muss ich es den anderen sagen?", fragte Richard sanft.

Sie schüttelte den Kopf und seufzte leise. „Maximilian van de Bergh hat meinen Unfall verursacht", sagte sie in trotzigem Tonfall.

Entgeistert lehnte sich Ruben in seinem Sessel zurück. Wenn er bisher schon angenommen hatte, nicht viel von Frauen zu verstehen, dann war er jetzt definitiv davon überzeugt. Wie konnte Sophie dem Mann schöne Augen machen, der sie krankenhausreif gefahren und auf der Autobahn liegen gelassen hatte?

Sie schien seine Gedanken gelesen zu haben. Immer noch trotzig sagte sie zu ihm: „Ich habe davon nichts gewusst, als ich ihn kennengelernt habe."

„Nur für das Protokoll, Frau Dr. Renger: Maximilian van de Bergh ist ein guter Bekannter von Ihnen und bevor Sie sich kennengelernt haben, hat er einen Unfall verursacht, bei dem Sie verletzt wurden?"

„Schwer verletzt sogar", ergänzte Ruben. „Und er hat auch noch Unfallflucht begangen."

„Sie hätten ihn anzeigen sollen, nachdem Sie es erfahren haben." Pelker war sichtlich irritiert.

„Die Polizei hat mir nach dem Unfall ja noch nicht einmal geglaubt, dass es weitere Unfallbeteiligte gab. – Ich werde Max nicht anzeigen."

„Haben Sie schon einmal darüber nachgedacht, dass es vielleicht gar kein Versehen von Herrn van de Bergh war?", mischte sich Hamann ein. „Vielleicht macht es ihm Spaß, andere Verkehrsteilnehmer in Gefahr zu bringen. Vielleicht ist Herr van de Bergh doch der Gewalttäter, den wir suchen."

„Nein, das ist er nicht", antwortete Sophie bestimmt. „Auch wenn Henry Schneider ein ehemaliger Mitarbeiter von Max ist, die beiden sind bestimmt nicht als Freunde auseinander gegangen. Max hat ihm gekündigt."

„Bitte haben Sie Verständnis dafür, dass wir Herrn van de Bergh weiterhin als Verdächtigen sehen müssen", sagte Pelker bestimmt zu Sophie. „Er erfüllt alle Anforderungen, die wir bisher für den Täter definiert haben: Er ist zeitlich flexibel, ein Freund schneller Autos und zu schnellen Fahrens. Außerdem hat er den Erfolg seines Unternehmens mit einem Autorennen-Spiel begründet, welches mittlerweile der Cruiser-Szene als Anwendung im Darknet zur Verfügung steht."

„So müsste ich es auch sehen, wenn ich ihn nicht kennen würde."

„Das ist doch alles kein Zufall", bekräftigte Ruben Pelkers Worte.

„Ihr solltet nicht vergessen, dass der Hinweis auf Henry Schneider von Max kam. Ohne ihn hätten wir nie etwas von Henry Schneider erfahren."

‚Genau', dachte Ruben. ‚Vielleicht bietet Maximilian van de Bergh uns mit seinem ehemaligen Mitarbeiter nur einen Verdächtigen an, um selbst aus der Schusslinie zu geraten. Damit ist für mich noch lange nicht ausgeschlossen, dass der gute van de Bergh der alleinige Täter ist.'

Keiner der Anwesenden sagte etwas.

„Sind wir dann für heute fertig?", fragte Richard nach einer Weile.

„Nein", antwortete Sophie schnell. „Einen Gedanken möchte ich noch mit euch teilen." Sie machte eine Pause und vergewisserte sich, dass ihr alle aufmerksam zuhörten. „Wir haben doch als Provokation in der letzten Samstagsausgabe einen erneuten Artikel gegen Verkehrsrowdys gedruckt. Außer einer Zuschrift, die Vergeltung wegen angeblicher Verleumdung androht, ist bisher nichts passiert."

Alle blieben stumm und warteten darauf, dass Sophie ihren Gedankengang weiter ausführte.

„Auch wenn ich heute Nachmittag keine Zeugen für Richards Version der Geschichte gefunden habe, glaube ich ihm, dass er den gestrigen Unfall nicht verursacht hat. – Ist es nicht möglich, dass dieser Unfall die angekündigte Vergeltung ist? Schlimmer hätte man Richards Ruf und damit seinem Lebenswerk, der Rheinischen Allgemeinen, nicht schaden können als mit der Verleumdungskampagne, die durch die Kölner Nachrichten in Gang gesetzt wurde."

Sophies Gedanke überzeugte Ruben sofort. Gebannt sah er sie an. Aus dem Augenwinkel heraus beobachtete er, dass Achtelik angespannt auf eine Reaktion der Anwesenden wartete.

„Dieses Mal begeht er keinen Mord, sondern Rufmord", stimmte Ruben begeistert zu. „Das passt zu seinem Vorwurf der Verleumdung. Unser ‚guter Freund‘ agiert mittlerweile nach dem Motto ‚Auge-um-Auge‘, scheint mir.“

„Ja, er variiert die Durchführung seiner Anschläge“, bestätigte Pelker. „Das ist mir auch aufgefallen.“

Achtelik hatte sich wieder etwas entspannt, wie Ruben feststellte. Aufmerksam hörte er den Ausführungen des Kriminalhauptkommissars zu.

„Die Ermordung von Dr. Probst wurde mit höchster Brutalität durchgeführt. Nach den Aussagen des Gerichtsmediziners wurde er zwischen dem an der Front eines SUVs installierten Metallgitter, ähnlich einem amerikanischen Bullenfänger, und seinem Garagentor fest eingeklemmt, geradezu zerquetscht. Man kann hier eine Parallele zu seinem extrem harten Urteilsspruch ziehen, der die beiden Raser hinter Gitter gebracht hat.“

„Mit etwas Fantasie geht das wohl“, stimmte Ruben zu.

„Ihr Unfall, Herr Bertram, war etwas perfider geplant“, setzte Pelker seine Ausführungen fort. „Sie haben mehrfach angeprangert, dass die Raser leichtfertig Unfälle verursachen, bei denen Unbeteiligte zu Schaden kommen oder sogar sterben. Also hat der Täter dafür gesorgt, dass auch Sie einen Unfall verursachen, ohne jede Fremdeinwirkung, allein durch Ihre Schuld und Selbstüberschätzung als Fahrer. – Wenn Frau Dr. Renger sich nicht die Mühe mit den Aufnahmen der Überwachungskamera gemacht hätte, würden wir alle heute noch davon ausgehen, dass Sie selbst den Unfall verschuldet haben.“

„Ja, und in der Droh-E-Mail stand sinngemäß, dass Ruben aus einem Glashaus mit Steinen auf harmlose Autofahrer wirft.“ Hamann blätterte in seiner Mappe nach den ausgedruckten Drohnachrichten.

„Das klingt tatsächlich plausibel. Aber bei den Unfällen der beiden Frauen ist er so noch nicht vorgegangen, oder?“

„Das kann ich erst sagen, wenn ich auch bei ihnen diesem Gedanken nachgegangen bin. Vielleicht passt es dort ebenfalls; die eine ist in einer Kurve von der Straße abgekommen, die andere hat einen Alleebaum gerammt. Beide haben scheinbar durch zu hohe Geschwindigkeit ihren Unfall selbst verschuldet."

Wohnung von Maximilian van de Bergh in Berlin

Eigentlich hatte er schon Feierabend, aber natürlich waren sie wieder unterbesetzt, weil einer der Kollegen sich krankgemeldet hatte. Ergeben griff Polizeimeister Schlick nach seiner Mütze und lief zusammen mit seinem dienstälteren Kollegen zum Streifenwagen. Ein Notruf hatte sie erreicht: ein Bewohner eines modernen Neubaus in Berlin-Kreuzberg hatte gemeldet, dass bereits seit Stunden aus der Etage seines Nachbarn Geräusche zu hören seien, die ihn annehmen ließen, der Motor eines der dort geparkten Wagen sei versehentlich nicht abgestellt worden. Auf sein Klingeln hin habe ihm niemand geöffnet, deshalb bitte er nun die Polizei um Hilfe. Kopfschüttelnd hatten die beiden Beamten den merkwürdigen Hilferuf zur Kenntnis genommen.

Schlick hoffte, dass die Feuerwehr bereits anwesend war, wenn sie eintrafen. Falls er Glück hatte und sich alles als Hirngespinst des Nachbarn herausstellte, konnte er in dreißig Minuten wieder zurück auf der Wache sein, seinen Bericht schreiben und nur wenige Minuten später mit seinem geliebten Rennrad nach Hause radeln.

In Gedanken an den Feierabend, suchte Schlick die Straße nach dem richtigen Haus ab. Hier konnte es noch nicht sein, der besorgte Nachbar hatte von einem Neubau gesprochen. Als sie die langgestreckte Rechtskurve hinter sich gelassen hatten, wurde auf der linken Straßenseite ein imposantes fünfstöckiges Betongebäude mit großen Fensterriegeln sichtbar. Das Erdgeschoss war um zwei Autostellplätze zurückversetzt, die Etagen darüber öffneten sich mit großen, überstehenden Balkonen zur

Straße. Erstaunt stellte Schlick fest, dass auf jeder Etage zwischen den Balkonen freie Flächen zum Parken vorgesehen waren. Im dritten und vierten Stock standen jeweils zwei Autos auf ihnen und verdeckten die breiten, silberfarbenen Türen des Lastenaufzugs, die in den unteren Etagen sichtbar waren. Jetzt verstand Schlick die merkwürdige Nachricht des Nachbarn. Und er wusste auch genau, dass er sich eine solche Unterkunft niemals würde leisten können.

Ein einzelnes Löschfahrzeug der Berliner Feuerwehr parkte vor dem Haus, halb auf der Straße und halb auf den freien Stellplätzen unterhalb der Balkone. Zwei Feuerwehrleute kamen von der Eingangstür des Neubaus auf die beiden Polizisten zu. Begleitet wurden sie von einem älteren Herrn, der, wie er schnell bekanntgab, derjenige war, der aus Sorge um seinen Nachbarn die Polizei gerufen hatte.

„Seine Wohnung ist ganz oben, direkt über meiner", sagte er, lehnte sich so weit er konnte zurück und zeigte an der Fassade hinauf.

Von unten war für Schlick nichts Auffälliges zu erkennen.

„Wir sind auch gerade erst eingetroffen", informierte ihn einer der Feuerwehrmänner, der sich als Brandmeister Ziechmann vorstellte. „Mehr als an der Tür zu klingeln, haben wir noch nicht getan. Leider hat sich niemand gemeldet. Von hier aus ist weder Rauch zu sehen noch sonst etwas festzustellen, dass uns dazu veranlasst, mit Gewalt einzudringen."

„Besitzen Sie einen Schlüssel für die Wohnung Ihres Nachbarn?", fragte Schlick den alten Mann.

„Nein. So gut kennen wir uns nicht in diesem Haus."

„Wie kommt man in die oberste Etage? Geht das nur über den Lastenaufzug?"

„Es gibt auch einen Personenaufzug, der direkt in der Wohnung hält. Aber man braucht einen eigenen Schlüssel dafür."

„Mit Ihrem Schlüssel können wir also nicht bis in die Wohnung von Herrn Bergh fahren?"

„Von Herrn van de Bergh", verbesserte der alte Mann ihn. „Und nein, das können wir selbstverständlich nicht. Ich würde auch nicht wollen, dass plötzlich ein Fremder durch den Aufzug meine Wohnung betritt."

„Wo ist die Treppe?", fragte der Brandmeister. „Jetzt, da wir hergekommen sind, möchte ich auch auf der obersten Etage nach dem Rechten sehen. Es muss eine Möglichkeit geben, ohne Aufzug nach ganz oben zu gelangen beziehungsweise im Brandfall von oben zur Straße zu flüchten."

„Ja, vom Garten aus kann man über eine schmale Feuertreppe nach oben steigen. Aber sie ist nicht frei zugänglich, nehme ich an."

Alle fünf Männer drängten sich durch ein schmales Metalltor, das neben dem Haus in den Garten führte. Schlick war erstaunt, wie klein die freie Fläche hinter dem Haus war. Gegeneinander versetzt und in den höheren Etagen immer weiter zurückgebaut schien zu jeder der zwei Wohnungen pro Etage jeweils eine große Terrasse zu gehören. Die verbliebene Gartenfläche verdoppelte gerade noch die Terrassenflächen der beiden Erdgeschosswohnungen. Die Stahltreppe, die der alte Mann erwähnt hatte, war mittig in die Rückseite des Hauses eingelassen. Eine enge Spindel drehte sich von Stockwerk zu Stockwerk und bot über schmale Stege allen Wohnungen einen Fluchtweg von der jeweiligen Terrasse aus. Der Haustürschlüssel des alten Mannes öffnete das kleine Tor, welches das Ende der Wendeltreppe sicherte.

Schlick folgte Ziechmann und stieg langsam die enge Treppe hinauf. Die schwere Montur des vor ihm gehenden Feuerwehrmanns schliff an beiden Seiten das Geländer entlang. Nicht schwindelfrei, versuchte Schlick seinen Blick nicht nach unten wandern zu lassen, stattdessen konzentrierte er sich auf die grelle Feuerwehrjacke schräg vor ihm. Auf der Höhe der fünften Etage angekommen, endete die Treppe in einem Steg, der auf die Terrasse der linken Wohnung führte. Zur rechten Seite, auf der statt einer Terrasse eine Art Wintergarten zu sehen war, gab es keinen Übergang. Wieder auf festem Boden angekommen, atmete Schlick erleichtert auf. Ein kurzer Pfad aus Granitplatten führte vom Stahlsteg in einem sanften Bogen zu einer etwa fünfzehn Quadratmeter umfassenden Holzterrasse. Die gläserne Terrassentür, die einen Blick in das dahinterliegende Wohnzimmer der linken Wohnung zuließ, war abgeschlossen, wie der Feuerwehrmann durch einen kurzen Druck gegen den Rahmen feststellte.

„Der Nachbar hat recht: Ich höre etwas, das wie ein laufender Motor klingt", sagte Schlick.

Um besser horchen zu können, nahm Ziechmann den Helm ab; nach einem kurzen Moment nickte er. „Die Wagen standen auf den anderen Etagen vorne, auf der Straßenseite. Von hier aus müssen wir also durch die Wohnung hindurch gehen, um zu ihnen zu gelangen."

„Ich habe von unten auf dieser Etage kein Fahrzeug gesehen."

Der Feuerwehrmann ging zurück auf den Stahlsteg und lehnte sich so weit in Richtung der rechten Seite des Hauses vor, dass Schlick allein beim Zusehen schwindelig wurde.

„Hier oben auf dieser Etage gibt es wahrscheinlich nur eine Wohnung", rief Ziechmann. „Deshalb wurde auch nur der eine Zugang zur Feuerleiter angebracht. Auf der anderen Seite stehen Fahrzeuge, wenn ich es richtig sehe. Das ist eine Luxusgarage, kein Wintergarten. Und ich glaube, ich kann Rauch sehen, auch wenn ich keinen rieche."

„Dann müssen wir hinein. Schaffen Sie das?"

„Natürlich, für die Notfalltüröffnung bin ich doch da."

Auf einen Ruf des Brandmeisters hin, stieg auch der zweite Feuerwehrmann die Treppe hoch, eine schwere Axt geschultert. „Hier oder besser auf der anderen Seite?", fragte Ziechmanns Kollege, als er die Terrasse erreicht hatte.

„Gib mir die Axt. – Dort drüben stehen die Wagen, also versuche ich es direkt dort."

Mit leichtem Gruseln sah Schlick zu, wie der Brandmeister mit der schweren Axt in der rechten Hand von der Feuertreppe aus auf die Umrandung des Wintergartens stieg. Nach einem kräftigen Schlag mit dem schweren Werkzeug zersplitterte eines der Fenster vor ihm. Zwei weitere Hiebe zertrümmerten das Glas so weit, dass Ziechmann die Hand hindurchstrecken und einen Griff betätigen konnte. Sofort als das Fenster geöffnet war, konnte Schlick Auspuffgase riechen; auch das Geräusch des laufenden Motors war stärker geworden. Ziechmann reichte seinem Kollegen die Axt, nahm erneut seinen Helm ab, zog die sperrige Jacke aus und quetschte sich durch das gekippte Fenster. Mit einem Schritt war er aus dem Sichtfeld der draußen verbliebenen Männer verschwunden.

Schlick eilte zurück zur Terrassentür, um von dort vielleicht etwas im Inneren der Wohnung erkennen zu können. Hustend riss Ziechmann nach wenigen Sekunden die Tür von innen auf.

„Bring Sauerstoff", schrie er seinen Kollegen an. „Und ruf einen Rettungswagen. Wir haben hier einen Selbstmörder."

Noch bevor Schlick etwas fragen oder tun konnte, verschwand Ziechmann wieder in der Wohnung. Nach weniger als einer Minute kam er schwankend und erneut hustend mit einem Mann auf den Armen zurück auf die Terrasse. Schlick nahm eine der Planen von den abgedeckten Loungemöbeln und wollte sie als Unterlage auf den Holzboden der Terrasse legen, aber er war zu langsam; der Brandmeister hatte den leblosen Körper bereits vor sich auf den Boden gleiten lassen und mit Wiederbelebungsmaßnahmen begonnen.

„Kann ich irgendetwas tun?"

„Wenn der Notarzt nicht gleich kommt, können Sie mich in ein paar Minuten hier ablösen", antwortete Ziechmann zwischen zwei Atemstößen.

„Und drinnen?"

„Nicht ohne Sauerstoff", war die kurze Antwort.

Noch bevor der Notarzt auf der Terrasse angekommen war, hatte Ziechmanns Kollege, ausgestattet mit einem Sauerstoffgerät, die Wohnung betreten und den Motor des Wagens, in dem Maximilian van de Bergh gesessen hatte, abgestellt. Dank intensiven Lüftens entwichen langsam die Auspuffgase und Schlick durfte die Wohnung betreten. Ziechmann hatte es richtig eingeschätzt, es gab nur eine Wohnung auf dieser Etage, oder, besser gesagt, eine Wohnung und eine Luxusunterkunft für exakt vierzehn Automobile. Offenbar hatte Maximilian van de Bergh keine Kosten gescheut, seinen Fuhrpark sauber und trocken in seiner Nähe zu wissen. Die komplette rechte Hälfte der Etage bestand aus einem einzigen großen Raum mit direktem Zugang zum Lastenaufzug. Dieser Saal schien ausschließlich seinen Automobilen vorbehalten zu sein. Neben modernen Alltagsautos fanden sich dort auch Wagen, die Schlick noch nie auf Berliner Straßen gesehen hatte. Einer davon war ein silberner Aston Martin, in dem der Wohnungsbesitzer offenbar stilvoll Selbstmord begangen hatte. Trotz der ausdauernden Wiederbelebungsmaßnahmen des Brandmeisters konnte der Notarzt nur noch den Tod des Mannes feststellen. Sein Ableben hatte wahrscheinlich bereits vor mehr als einer Stunde stattgefunden.

Im Bericht der Spurensicherung konnte Schlick später lesen, dass Maximilian van de Bergh einen Schlauch an einem der Auspuffrohre des Aston Martin V8 Vantage befestigt und diesen in das Wageninnere geführt hatte, um dort zusammen mit einer teuren Flasche Cognac auf sein Ableben zu warten. Dieses mit einem 380-PS-Motor ausgestattete Fahrzeug war in den Siebzigern des letzten Jahrhunderts gebaut worden, lange vor der serienmäßigen Ausstattung aller Fahrzeuge mit einem Katalysator. Damit hatte sich der Aston Martin perfekt dazu geeignet, den Tod seines Besitzers mittels ausreichender Zufuhr von Kohlenmonoxid herbeizuführen

Der Gerichtsmediziner fand neben einer geringen Menge Alkohol auch eine erhebliche Menge Betäubungsmittel in van de Berghs Mageninhalt und Blut.

Für Schlick stand schnell fest, dass der Wohnungsbesitzer, der doch offensichtlich alles besessen hatte, von dem ein Mann nur träumen konnte, aus für ihn unersichtlichen Gründen Selbstmord begangen hatte. Einen Abschiedsbrief hatte Schlick in der Wohnung nicht gefunden. Verwandte, die man benachrichtigen konnte, gab es laut Auskunft des Melderegisters ebenfalls nicht. Lediglich ein nicht abgeschickter Brief an eine Sophie Renger in Köln, der eine irritierende Mischung aus Entschuldigung und Liebesbekenntnis enthielt, gab Schlick einen Hinweis auf einen Menschen, der sich für das Ableben des offensichtlich sehr zurückgezogen lebenden Mannes interessieren könnte. Nach langem Zögern entschloss er sich, Frau Renger über den Suizid Maximilian van de Berghs zu informieren. An ihrer Reaktion erkannte er, dass er den Inhalt des Briefes richtig gedeutet hatte.

Redaktion der Rheinischen Allgemeinen in Köln

Die Nacht, die Sophie Renger hinter sich hatte, war ein einziger Albtraum gewesen. Die ersten Stunden nach dem Anruf aus Berlin hatte sie damit verbracht, sich die Schuld an Max' Tod zu geben. Ohne Unterlass hatten sich ihre Gedanken im Kreis gedreht: Immer wieder hatte sie überlegt, ob sie irgendwelche Andeutungen von ihm überhört hatte, warum sie seine Verzweiflung nicht gesehen hatte, ob sie seine Tat hätte verhindern können. Und plötzlich war es ihr klar geworden: Sie trug an nichts die Schuld. Die Information, Max habe Selbstmord begangen, war nicht richtig. Die Polizei irrte sich, Max hatte sich nicht das Leben genommen, jemand anderes musste ihn getötet haben. Sophie war sich absolut sicher. Aber wer konnte es gewesen sein? Und warum? Es musste einen Zusammenhang geben zwischen Maximilians Tod und den Anschlägen, die sie gerade untersuchten. Was hatte er herausgefunden, das er ihr nicht mehr hatte mitteilen können?

Müde und traurig betrat sie das Großraumbüro der Redaktion der Rheinischen Allgemeinen, dort sah sie Ruben bereits an seinem Schreibtisch sitzen. Vielleicht sollte sie ihn direkt darum bitten, die nächsten Tage freizubekommen, auch wenn Maximilian sie nicht mehr in Berlin erwartete. Am liebsten wäre sie sofort losgeflogen, um vor Ort dafür zu sorgen, dass die Polizei nicht länger von einem Suizid ausging. Jemand hatte Max ermordet und die Polizisten mussten ihre Einschätzung der Situation revidieren. Ohne weitere Zeit zu verlieren, mussten sie aktiv werden und Maximilians Mörder suchen, bevor alle Spuren verwischt waren.

Sophie dachte an das Flugticket, das Max ihr am Vortag geschickt hatte. Allein dieses Ticket war Beleg genug dafür, dass er sich nicht selbst umgebracht haben konnte. Er hatte sich auf sie gefreut. Und es war ihm wichtig gewesen, sie kurzfristig in Berlin wiederzusehen, weil er ihr etwas hatte mitteilen wollen, wofür ihm das Telefon ungeeignet erschienen war. Vielleicht war es genau die Information, die ihn das Leben gekostet hatte.

Morgen würde sie nach Berlin fliegen. Zu spät für Max, dieser Gedanke drängte sich sofort in den Vordergrund, aber vielleicht nicht zu spät, um seinen Mörder zu überführen. Notfalls würde sie auch länger bleiben als ursprünglich geplant, so lange, wie es notwendig war, um Maximilians Mörder auf die Spur zu kommen. Ruben musste Verständnis dafür haben.

Als sie ihren Laptop aufklappte, sah sie, dass im PrivateRoom der Musketiere eine Nachricht auf sie wartete. Aramis war zwar nicht online, hatte ihr aber folgendes geschrieben: „Die von dir genannte Handynummer ist seit Sonntag, etwa

17:45 Uhr, nicht mehr aktiviert worden. Seitdem hat sich kein Handy mehr mit dieser SIM an einem Funkmast angemeldet. Vielleicht wurde die Karte zerstört. Die Bewegungsdaten von 17:00 Uhr bis 17:45 Uhr habe ich dir als Datei angehängt."

Auf ihre Musketiere war Verlass, dachte Sophie. Sie bereute, sie nicht intensiver eingebunden zu haben, um Max bei seiner Suche zu unterstützen. Aufgeregt lud sie die pdf-Datei auf ihren Rechner und öffnete sie. Zu ihrem Erstaunen enthielt sie keine Liste mit GPS-Daten, sondern drei Kartenausschnitte Köln-Rodenkirchens, auf denen Linus sich die Mühe gemacht hatte, die Bewegungen zwischen 17:00 Uhr und 17:45 Uhr nachzuzeichnen. Sie druckte die Karten aus und legte sie nebeneinander auf ihren Schreibtisch. Im ersten Moment waren die breiten Streifen und die Zeiten, die dort eingetragen waren, verwirrend, aber dann verstand sie das System. Erleichtert atmete sie auf, als sie erkannte, dass ihr Vertrauen in Richards Aufrichtigkeit berechtigt gewesen war. Sein Handy, wahrscheinlich gemeinsam mit seinem Wagen, musste sich einige Minuten in der Barbarastraße befunden haben, bevor es zurück in die Uferstraße und später erneut in die Barbarastraße bewegt worden war. Die Aufzeichnung der Bewegungen ließ genau diesen Schluss zu.

Natürlich würden sie die Auswertung der Handydaten nicht offiziell verwenden können, aber vielleicht konnte man sie dem Kriminalhauptkommissar wenigstens zeigen, natürlich ohne die Quelle der Daten offenzulegen. Als Sophie sich zu Rubens Glaskasten umdrehte, um ihn darauf anzusprechen, stellte sie fest, dass er sein Büro verlassen hatte. Scheinbar recherchierte er für einen Artikel, ohne sie dabeihaben zu wollen. Sophie ärgerte sich, dass sie durch die Aufregungen der letzten Tage nicht dazu gekommen waren, ihre neuen Aufgaben in der Redaktion festzulegen. Spätestens, wenn sie aus Berlin zurückgekehrt war, wollte sie endlich selbstständig als Journalistin arbeiten. Offenbar war Ruben jetzt wieder mobil genug, um seine Außentermine auch ohne sie wahrzunehmen.

Eine Weile dachte sie darüber nach, wie sie den Tag bis zum Redaktionsmeeting in Richards Büro hinter sich bringen konnte, ohne ständig an Max erinnert zu werden. Sie entschied sich, noch einmal nach Rodenkirchen an den Ort des Unfalls mit Richards Wagen zu fahren. Vielleicht fand sie ja heute Spuren oder Zeugen, welche die Polizei übersehen hatte. Wenn sie herausfand, wer Richards Wagen gefahren hatte, kannte sie möglicherweise auch Maximilians Mörder.

Bevor sie das Großraumbüro verließ, griff Sophie noch einmal zu ihrem Telefon. Seit Tagen hatte sie nicht mehr an Marcel Bruns gedacht, aber jetzt verspürte sie das dringende Bedürfnis, sich zu vergewissern, dass es ihm gut ging. Erleichterung verdrängte ihre Sorge, als er sich auf das zweite Klingeln hin meldete.

„Ist alles in Ordnung bei dir?", fragte er sofort, nachdem Sophie ihren Namen genannt hatte. Offenbar hatte er ihrer Stimme angehört, wie aufgewühlt sie im Moment war.

„Ja, mir geht es gut. – Ich rufe auch nur an, um genau das von dir zu hören, Marcel."

„Bei mir ist alles in Ordnung. Du kennst mich doch, mich kann so schnell nichts aus dem Gleichgewicht bringen."

„Ist dir in der letzten Zeit etwas Ungewöhnliches passiert?"

„Nein, Sophie, überhaupt nichts. Muss ich mir wegen irgendetwas Sorgen machen?"

„Nein, das musst du nicht. Aber pass bitte gut auf dich auf, vor allem, wenn du auf der Straße unterwegs bist."

„Ist wirklich alles in Ordnung bei dir, Sophie?"

Marcels sanfte Stimme zu hören, tat gut. Sie konnte der Versuchung nicht widerstehen, ihn zu fragen: „Hast du vielleicht am Wochenende Zeit für einen Kaffee mit mir? Ich komme morgen nach Berlin und würde dich gern sehen."

Als Ruben Bertram Sophie zur mittlerweile täglichen Besprechung bei Achtelik abholen wollte, stellte er fest, dass sie noch nicht ins Büro zurückgekehrt war. Vorhin hatte er nur kurz die Redaktion verlassen und bei seiner Rückkehr fand er ihren Schreibtisch verwaist. Sie hatte ihn vorher nicht darüber informiert, was sie vorhatte, und auch keine Nachricht für ihn hinterlassen. Die Aktion gegen Achtelik musste nicht die letzte Bosheit des Attentäters gewesen sein; besorgt machte sich Ruben ohne Sophie auf den Weg nach oben zum Büro des Verlegers.

Er erreichte die oberste Etage des Redaktionsgebäudes genau in dem Moment, in welchem Pelker und Hamann an die Tür des Verlagschefs klopften. Achtelik öffnete und Ruben sah Sophie hinter ihm im Büro stehen. Erleichtert und gleichzeitig verärgert und irritiert sah er sie an; ihre geröteten Augen zeigten, dass sie geweint hatte.

„Ist etwas vorgefallen, von dem wir wissen sollten?", fragte er, sofort nachdem sie sich gesetzt hatten.

Sophie vermied es, ihn anzusehen.

Achtelik antwortete, zuerst an Pelker gewandt: „Wenn es Ihnen, Herr Kriminalhauptkommissar, recht ist, fangen heute wir mit den Neuigkeiten an."

Pelker nickte stumm.

„Sophie, möchtest du?"

Die Angesprochene zögerte kurz und nickte dann. „Ich denke, dass es mir heute gelungen ist, ausreichende Beweise dafür zu finden, dass Richard uns die Wahrheit über den letzten Sonntag gesagt hat."

„Haben Sie den Unfallfahrer identifiziert?" Der Kriminalhauptkommissar war sofort hellhörig geworden.

„Nein, das leider noch nicht. Aber Richards Geschichte stimmt: Er hat seinen Wagen in der Barbarastraße abgestellt. Dort ist er kurze Zeit später von jemand anderem erneut gestartet und weggefahren worden. Der Dieb ist mit dem Maserati zurück in die Uferstraße gefahren und hat die erste Gelegenheit genutzt, einen Unfall zu verursachen. Danach hat er den Wagen erneut in der Barbarastraße abgestellt."

„Das ist die Version der Geschichte, so wie sie von Herrn Achtelik zu Protokoll gegeben wurde", sagte Pelker ungeduldig. „Wie sehen Ihre Beweise dafür aus?"

„Wenn ich es Ihnen ausdrücklich erlaubte, wären Sie dann offiziell in der Lage, die Bewegungsdaten meines Handys zu erhalten?" Achteliks Frage wunderte Ruben.

„Wenn gegen Sie kein zwingender Verdacht wegen eines Verbrechens vorliegt?" Pelker dachte eine Weile darüber nach. „Ich bin mir nicht sicher."

„Vielleicht versuchen Sie es, nachdem Sie alle Informationen erhalten haben, die Frau Renger heute zusammengetragen hat. – Sophie, ich bin mir sicher, dass der Kriminalhauptkommissar mit deinen Ergebnissen vernünftig umzugehen weiß."

Auf die Aufforderung Achteliks hin, legte Sophie drei DIN A4 Blätter mit Kartenausschnitten auf den Tisch und schob sie zu Thomas Pelker. Ruben, der neben dem Polizisten saß, konnte erkennen, dass die Seiten außerdem mit breiten, bunten Pfeilen bedruckt waren.

„Diese Karten umfassen das Gebiet, in dem sich die SIM von Richard am letzten Sonntag in der Zeit von 17:00 Uhr bis 17:45 Uhr befunden hat. Die bunten Pfeile stellen die Bewegungen dar, die zwischen zwei längeren Stopps oder abrupten Richtungswechseln stattgefunden haben. Die Breite der Pfeile basiert auf der Ungenauigkeit der Ortung über mehrere Funksender."

Ruben beugte sich zusammen mit Pelker über die Karten. Nach einem kurzen Moment sortierte sie der Polizist in eine andere Reihenfolge, sodass sie zeitlich passend von links nach rechts nebeneinander lagen.

„Ich verstehe", begann Pelker. „Diese Karte zeigt die Fahrt in nördlicher Richtung von Ihrem Haus, Herr Achtelik, in die

Barbarastraße. Hier endet der Pfeil, also hat sich das Handy eine Weile nicht mehr bewegt."

„Genau", stimmte Achtelik zu. „An dieser Stelle ist der Motor meines Wagens ausgegangen und ließ sich von mir nicht mehr zünden. Ich habe mein Auto dann rückwärts in eine Parklücke rollen lassen, bin ausgestiegen und weggegangen, um ein Taxi zu nehmen. Die Zeitstempel bestätigen meine Angaben. – Beim Verlassen des Wagens habe ich mein Handy im Wagen liegengelassen, statt es einzustecken."

Pelker nickte. Dann deutete er auf die zweite Karte. „Hier, etwa fünf Minuten später, bewegt sich Ihr Handy und damit aller Voraussicht nach Ihr Wagen in südlicher Richtung zurück zur Uferstraße."

„Ja", bestätigte Sophie kurz. „Und ein gutes Stück die Uferstraße entlang Richtung Süden. Die Bewegungsdarstellung auf der zweiten Karte endet zu dem Zeitpunkt, an dem der Wagen gewendet wurde."

„Nach den Zeitstempeln zu urteilen, hat er am Wendepunkt nicht haltgemacht, sondern ist sofort wieder Richtung Norden zurück in die Barbarastraße gefahren", ergänzte Pelker und zeichnete mit seinem rechten Zeigefinger den Pfeil auf der dritten Karte nach.

„Auf diesem Rückweg in die Barbarastraße ist also der Unfall passiert", mischte sich Ruben ein. „Abgestellt wurde der Wagen dann um genau 17:43 Uhr und 36 Sekunden, wenn ich es richtig lese."

„Nicht unbedingt", korrigierte Sophie. „Dieser Zeitstempel gibt die letzte Einwahl der SIM ins mobile Netz an. Vielleicht stand der Wagen da bereits ein paar Minuten in der Parklücke. Der Dieb hat sich eventuell Zeit damit gelassen, alle Spuren seiner Anwesenheit zu entfernen und ist dabei auf das Handy gestoßen. Aus dieser Aufzeichnung der Bewegungsdaten wissen wir nur, dass er gegen 17:43 Uhr das Telefon ausgeschaltet oder die SIM aus dem Telefon genommen hat."

„Ich schicke meine Kollegen sofort noch einmal in die Barbarastraße, damit sie nach der SIM und dem Mobiltelefon suchen", sagte Pelker und griff nach seinem Diensthandy.

„Damit kämen sie zu spät." Sophie griff in die Tasche, die neben ihr stand, und nahm eine durchsichtige Tüte mit einem demolierten Mobiltelefon heraus. „Es muss in einem der Papierkörbe in der Barbarastraße gelegen haben. Sie wurden gerade ausgeleert, als ich dort ankam, und die freundlichen Müllmänner haben mir erlaubt, die bereits herausgenommenen Mülltüten zu durchsuchen."

„Hast du auch die SIM gefunden?"

„Nein, aber wahrscheinlich hat der Dieb sie eher in der Kanalisation verschwinden lassen als in einem Papierkorb zusammen mit dem Handy."

Ruben wunderte sich über Sophies Begabung, wie eine Kriminelle zu denken. Vermutlich lag sie richtig mit ihrer Annahme.

„Ich nehme an, dass ich nicht danach fragen soll, wie Sie an die Bewegungsdaten gekommen sind." Pelker sah streng zu Sophie. Nur die ganz zarte Andeutung eines Lächelns auf seinen Lippen verriet Ruben, dass der Hauptkommissar gar nicht undankbar über ihre Unterstützung war.

Stumm sah Sophie ihn an. Ihr Lächeln war deutlicher zu erkennen.

„Du hast der Polizei doch noch mehr mitgebracht", erinnerte Richard sie.

Sophie legte ihr eigenes Handy auf den Tisch und spielte die folgende Sprachnotiz ab: „Guten Tag, mein Name ist Helena Fried, wohnhaft in der Uferstraße in Rodenkirchen", erklang die zarte, aber klar verständliche Stimme einer älteren Dame. „Am letzten Sonntag bin ich gegen 17:30 Uhr mit meinem Hund in südlicher Richtung entlang der Uferstraße spazieren gegangen. Dabei habe ich beobachtet, wie ein schwarzer Wagen ebenfalls in südlicher Richtung an mir vorbeigefahren ist.

Auf der gegenüberliegenden Straßenseite kam ein Radfahrer auf uns zu. Nachdem der Wagen den Radfahrer passiert hatte, etwa fünfzig Meter von mir entfernt, hat er hektisch und mit quietschenden Reifen auf der Straße gewendet, um dann ein zweites Mal, jetzt in nördlicher Richtung, an mir vorbeizufahren. Ich bin noch ein paar Schritte weitergegangen, bis ich hinter mir die Geräusche eines Unfalls und ein paar Schreie gehört habe. Als ich mich umgedreht habe, sah ich den Fahrradfahrer am Boden liegen und den schwarzen Wagen davonfahren."

„Sie haben also nicht gesehen, wie der Unfall passiert ist?", hörte man Sophie fragen.

„Nein. Ich habe mich erst danach umgedreht."

„Würden Sie denn den Fahrer des Wagens wiedererkennen? Er ist ja auf Sie zugefahren."

„Nein, ich habe mich so über seinen Fahrstil geärgert, dass ich vergessen habe auf sein Aussehen zu achten."

„Würden Sie denn den Wagen wiedererkennen?"

„Sie haben mir doch vorhin ein paar Fotos gezeigt", hörten sie die Stimme der älteren Dame. „Es war eindeutig ein solcher Wagen."

Sophie hielt die Sprachnotiz an und erklärte: „Ich habe Frau Fried Fotos eines Maseratis gezeigt. Das gleiche Modell, wie du es fährst, Richard."

Als Sophie die Sprachaufzeichnung weiterlaufen ließ, hörte Ruben sie Frau Fried fragen: „Wären Sie so freundlich, Ihre Aussage auch der Polizei gegenüber zu wiederholen?"

„Selbstverständlich!"

Sophie stellte die Sprachnotiz ganz ab und steckte ihr Handy wieder ein. Sie schob einen Zettel zu Kriminalhauptkommissar Pelker. „Name und Anschrift der Zeugin", sagte sie. „Ich soll Ihnen ausrichten, dass Frau Fried am besten vormittags zwischen zehn und zwölf zuhause zu erreichen ist."

Ruben konnte sich ein breites Grinsen nicht verkneifen. „Wer weiß, was Sophie noch findet, wenn wir sie ein weiteres Mal zur Unfallstelle schicken", neckte er Pelker.

„Frau Dr. Renger, ich weiß nicht, was ich zur Entschuldigung meiner Kölner Kollegen sagen soll. – Vielen Dank in jedem Fall an Sie. Ich werde mich darum kümmern, dass Ihre Ergebnisse an die richtige Stelle bei der Polizei gelangen." Zu Achtelik gewandt setzte er hinzu: „Ich denke, dass damit in jedem Fall der Verdacht gegen Sie ausgeräumt sein sollte."

„Danke." Achtelik nickte jovial. „Schade, dass wir damit keinen Schritt weitergekommen sind, was die Identifizierung des Täters angeht."

„Vielleicht ist das nicht mehr notwendig." Pelker räusperte sich und sah mit ernster Miene zu Sophie. Gespannt wartete Ruben auf seine nächsten Worte.

„Meine Berliner Kollegen haben mir heute Morgen berichtet, dass unser Hauptverdächtiger Maximilian van de Bergh sich gestern das Leben genommen hat. Er wurde in einem seiner Wagen erstickt aufgefunden. – Frau Dr. Renger, Sie sind ja noch in der letzten Nacht von den Kollegen direkt informiert worden."

Sophie nickte und endlich hatte Ruben eine Erklärung, weshalb sie vorhin so verweint ausgesehen hatte.

„Er hat es nicht getan", sagte sie sehr betont und sah zum Hauptkommissar. „Max war weder unser Attentäter, noch hat er sich selbst das Leben genommen."

„Wie können Sie sich da so sicher sein, Frau Dr. Renger?"

„Ich kannte ihn, Herr Pelker", antwortete sie wieder sehr betont. Nach einer kurzen Pause setzte sie ihre Antwort fort: „Max hatte etwas herausgefunden, über das er mit mir sprechen wollte, aber nicht am Telefon. Er hat mir ein Flugticket geschickt, morgen wollte ich zu ihm fliegen."

Erstaunt hob Ruben die Brauen.

„Du warst nicht im Büro, als ich heute Morgen mit dir darüber sprechen wollte", verteidigte sich Sophie.

„Haben Sie eine Vorstellung davon, was er herausgefunden haben kann."

„Nein, leider nicht."

Eine Pause entstand, während der alle nachzudenken schienen.

„Vielleicht hat Maximilians Tod aber auch nichts mit unserer Aktion gegen die Verkehrsrowdys zu tun", sagte Sophie langsam.

Ruben beobachtete sie erstaunt und wartete darauf, dass sie ihren Gedanken laut fortsetzte.

„Irgendwie habe ich den Eindruck, dass die Männer in meinem engeren Umfeld aktuell gefährlich leben. Vielleicht bin ich der Grund für ihren Tod."

„Was meinst du damit, Sophie?", fragte Achtelik.

„Als ich noch in Berlin gearbeitet habe, hatte ich für ein paar Monate eine Beziehung mit einem Kollegen, Lars Voigt. Wir haben uns getrennt, als ich nach meinem Unfall im Krankenhaus lag. – Lars ist vor zehn Tagen in Berlin Opfer eines Verkehrsunfalls geworden."

„Ja, ich erinnere mich, dass du es erwähnt hast", bestätigte Ruben.

„Dass Maximilian van de Bergh und ich uns ebenfalls nahestanden, habt ihr euch ja längst gedacht. – Auch er ist nun tot."

„Im weitesten Sinn ebenfalls durch ein Auto gestorben", merkte Ruben an und bereute es bereits, bevor er seinen Satz ganz ausgesprochen hatte.

„Und wer Gerüchten Glauben schenkt, könnte den Eindruck haben, dass auch Richard und ich uns sehr nahestehen", beendete Sophie ihren Gedanken. „Der Anschlag auf ihn zielte glücklicherweise auf seinen Ruf und nicht auf sein Leben."

„Es handelt sich hierbei auch lediglich um ein Gerücht, das jeder Grundlage entbehrt", betonte Achtelik.

„Also Anschläge aus Eifersucht und nicht wegen eines Engagements gegen Verkehrsrowdys?", fasste Ruben ihre Schlussfolgerung zusammen.

„Ich weiß es nicht. – Mir kam heute Mittag diese Idee. Lars Voigt hätte sich nie einfach so über den Haufen fahren lassen. Er war mindestens genauso gut darin, auf sein Leben zu achten, wie ich."

„Fällt dir jemand ein, dem du den Mord an ihm zutraust?"

„Nein. Seit Stunden zermartere ich mir das Hirn. – Normalerweise bin ich ganz gut darin, Menschen einzuschätzen. Es müsste in jedem Fall jemand aus meinem engeren Umfeld sein."

Pelker sah sie nachdenklich an. „Ich werde die Kollegen in Berlin bitten, den Tod Maximilian van de Berghs so zu untersuchen, als gingen sie nicht länger von Selbstmord aus. Vielleicht findet sich etwas, das Ihre Theorie stützt, zumindest die, dass er nicht freiwillig gestorben ist."

„Danke." Sophie sah erst zu Achtelik, dann zu Ruben. „Ich hoffe, du kannst für ein paar Tage auf mich verzichten. Ich werde in jedem Fall morgen nach Berlin fliegen."

Ruben versicherte sich mit einem Blick bei Achtelik und antwortete dann: „Natürlich, Sophie. Nimm dir so viel Zeit, wie du brauchst."

„Das nächste Treffen findet auf Zuruf statt, schlage ich vor." Mit diesen Worten seines Arbeitgebers war die Besprechung beendet. Im Hinausgehen hörte Ruben, dass Achtelik Sophie leise fragte, ob er sie nach Berlin begleiten dürfe, was sie allerdings sofort ablehnte.

Berlin – 25. November tagsüber

Eine weitere schlaflose Nacht lag hinter Sophie Renger. Bis zur letzten Sekunde hatte sie gezögert, in das Flugzeug nach Berlin zu steigen, und nun drehten sie bereits seit über einer Viertelstunde Kreise über dem Flughafen Tegel, da der Pilot wegen dichten Nebels noch keine Landeerlaubnis erhalten hatte.

Was erwartete sie, in Berlin zu erreichen? Für eine Aussprache mit Max kam sie zu spät. Und ein Besuch an Lars' Grab, würde auch keine ihrer Fragen beantworten.

Ihre Überlegungen wurden von ihrem Sitznachbarn unterbrochen, der bereits zum wiederholten Mal versuchte, ihre Aufmerksamkeit zu erregen.

„Kann ich Ihnen irgendwie helfen?", fragte Sophie.

„Machen Sie sich keine Sorgen?", lautete die unsichere Antwort des blassen Herrn neben ihr. „Seit der letzten Durchsage des Piloten hat sich keine der Stewardessen mehr bei uns sehen lassen."

„Wir sind im Landeanflug. Da müssen auch die Stewardessen ihre Sitzplätze eingenommen haben."

„Aber es herrscht doch dichter Nebel in Berlin", flüsterte er ängstlich. „Bei dem Versuch einer Landung werden wir verunglücken."

Auf eine solche Idee wäre Sophie nie gekommen. Erstaunt sah sie ihren Sitznachbarn an. „Natürlich werden wir das nicht tun", flüsterte sie eindringlich zurück und legte kurz ihre Hand auf seinen Arm.

Das Bedürfnis ihres Sitznachbarn, ihr seine Angst mitzuteilen, führte Sophie vor Augen, dass jeder Mensch ab und zu Hilfe benötigte, auch sie selbst. Allein würde sie Maximilians Mörder nicht finden. Bei der Überlegung, wen in Berlin sie zu ihrer Unterstützung ansprechen konnte, fielen ihr neben Marcel nur ihre drei Musketiere ein. Diese drei Jungs hatten ihr noch keine Bitte abgeschlagen und immer hilfreiche Antworten geliefert. Noch am selben Tag wollte sie ihnen einen Besuch abstatten.

„Ich habe versucht, mich anzumelden", entschuldigte sich Sophie Renger, als Marcel ihr mit nassen Haaren und nur in ein Handtuch gewickelt die Tür öffnete.

Ihm war keine sichtbare Verlegenheit anzumerken, als er sie hereinbat und sofort in die WG-Küche führte, aber Sophie hörte seinem Klang in ihrem Inneren ein gewisses Unwohlsein an.

„Schön, dich zu sehen", begrüßte er sie, ihre Umarmung erwidernd. „Du kommst früher, als ich dich erwartet habe. Setz dich erst einmal und gib mir ein paar Minuten, damit ich mir etwas anziehen kann."

Nachdem sie Marcel auf seinem Handy nicht erreichen konnte, hatte Sophie sich am Flughafen einen Leihwagen genommen und war direkt zu seiner Wohnung gefahren. Schon wieder hatte sie sich Sorgen um ihn gemacht. Nach ihrer Erinnerung fanden die meisten seiner Physiotherapiebehandlungen erst am Nachmittag statt. Er hätte also den Anruf auf seinem Handy annehmen können, wenn es ihm gut ginge. Sie hatte versuchen müssen, ihn zuhause anzutreffen, um sich zu überzeugen, dass ihm nichts passiert war.

Erleichtert sah sie sich in seiner Küche um. Ganz offensichtlich war er wohlauf, vielleicht hatte sie ihn mit ihrem Anruf bei etwas gestört. Neugierig musterte sie die Veränderungen in der Küche. Eine neue weibliche Note sprach aus der Füllung einiger Regale. Marcel schien seinen Mitbewohner gegen eine Mitbewohnerin eingetauscht zu haben.

Mit Jeans und Pullover bekleidet und immer noch barfuß kam er zurück in die Küche. Lächelnd sah Sophie ihn an.

„Du hast zwar angekündigt, diese Woche nach Berlin zu kommen, aber ich dachte, du meldest dich vorher noch mal."

„Du bist nicht ans Handy gegangen, als ich es vom Flughafen aus versucht habe."

Marcel lächelte nun auch und die Brandung, die ihn leise umgab, erklang wieder gleichmäßig und ruhig. Entschuldigend zuckte er mit den Schultern.

„Wie heißt sie? Du musst sie nicht vor mir verstecken."

„Wen meinst du?"

„Die Besitzerin von dem hier." Sophie zeigte auf einige der neuen, sehr farbigen Schüsseln und Handtücher.

„Oh das. Nein, nein, keine Freundin! Udo ist ausgezogen, also hatte ich ein Zimmer frei. Maria kommt aus Brasilien und hat einen ganz eigenen Einrichtungsstil. Du solltest ihr Zimmer sehen! Heute Abend ist sie bestimmt zuhause, dann wirst du sie kennenlernen. Du hast doch hoffentlich ausreichend Zeit für mich mitgebracht."

„Musst du nicht arbeiten?"

„Heute habe ich nur eine Behandlung um 15:00 Uhr. Für dich sage ich diesen Termin einfach ab. Gestern hast du am Telefon so traurig geklungen."

„Das musst du nicht tun. Ich habe einiges, das ich heute erledigen möchte. Aber ich freue mich darauf, danach in Ruhe mit dir reden zu können."

„Darauf freue ich mich auch. Du hast mir gefehlt, Sophie."

Sie umarmte ihn ein weiteres Mal und verkniff sich jeden Kommentar.

„Hast du etwas vor, bei dem ich dich begleiten kann?"

Sophie blickte Marcel an und dachte über sein Angebot nach. „Würdest du mich morgen vielleicht auf einen Friedhof begleiten? Ich weiß noch nicht, wo Lars Voigt begraben wurde, aber ich möchte mich in jedem Fall von ihm verabschieden. Du erinnerst dich vielleicht aus meinen Erzählungen an seinen Namen; es wird mir leichter fallen, wenn du mich begleitest."

„Wir können das auch heute hinter uns bringen". Ohne auf ihre Antwort zu warten, ging Marcel in sein Zimmer zurück, um sich Socken und Schuhe anzuziehen. „Den Ort seiner Grabstätte erfährst du bestimmt im Internet."

Sophie folgte ihm und sah, dass wirklich kein Frauenbesuch ihn davon abgehalten hatte, sie in sein Zimmer einzuladen. Stattdessen lagerten dort eine ganze Reihe von Fahrrädern und Fahrradteilen, die Sophie zuvor noch nie gesehen hatte und die jetzt den größten Teil des Raums blockierten. „Hast du einen Fahrradhandel eröffnet?", fragte sie ihn, ohne auf seinen Vorschlag einzugehen.

„Nein, aber irgendwie hat sich das hier so angesammelt, seitdem du Berlin verlassen hast. – Ich wollte noch aufräumen, bevor du kommst. Bis heute Abend schaffe ich einen Teil davon in den Keller."

„Was hältst du davon, wenn du das gleich machst und danach deine Therapiesitzung durchführst? Ich besuche erst einmal meine ehemaligen Kollegen und wir treffen uns gegen 18:00 Uhr wieder hier. Dann können wir den Abend gemeinsam verbringen. Zum Friedhof will ich heute noch nicht fahren. Es gibt noch so viele Fragen, die ich vorher beantworten muss."

Die ‚Agentur für Marktrecherche' war immer noch nicht in den Neubau umgezogen. Als Sophie Renger die alte Eingangshalle betrat, erkannte der Pförtner sie sofort wieder. Er hätte sie sogar ohne Ausweis hereingelassen, aber auf ihre Bitte hin rief er Linus an, damit dieser sie abholte.

„Endlich ein Besucher", begrüßte der verwaiste Musketier sie, während sie zusammen in den Aufzug stiegen. „Konntest du mit meiner Auswertung der Handydaten etwas anfangen?"

„Du hast damit den Ruf meines neuen Chefs gerettet", antwortete Sophie. „Wenn du möchtest, schenkt er dir dafür sicher ein lebenslanges Abonnement der Rheinischen Allgemeinen."

„Auf Papier?", fragte Linus so fassungslos, dass Sophie in lautes Gelächter ausbrach.

Ihr altes Büro hätte sie kaum wiedererkannt. Ihr Schreibtisch war nicht entfernt, sondern ganz an die Wand gerückt und mit großen Monitoren zugestellt worden. Ein Beamer hing an der Decke und die Hälfte der Fenster waren mit braunem Packpapier zugeklebt worden.

„Was ist denn hier passiert?", wunderte sie sich.

„Pascal hat die beiden Wochen vor seinem Urlaub etwas umdekoriert. Mich stört es nicht, also habe ich es so gelassen."

„Wann kommt er wieder ins Büro."

„In zehn Tagen. Timo kommt am Montag wieder, allerdings fragt er schon die ganze Woche, ob es vielleicht bereits vorher etwas Dringendes zu tun gibt. Ich glaube, er langweilt sich im Urlaub; so wie ich hier bei der Arbeit."

Sophie setzte sich auf eine freie Kante ihres alten Schreibtischs und überlegte, welche Antworten sie von Linus wohl erwarten konnte. Er war derjenige der drei Musketiere, der sich am meisten zurückhielt, wenn es um soziale Interaktion ging. Sophie mochte ihn, auch wenn sie nie dahintergekommen war, ob er selbst zu solchen Empfindungen in der Lage war.

„Glaubst du, dass Friedrich unsere Abteilung auflösen wird, wenn wir in das neue Gebäude umziehen? Ich habe gehört, die haben ein unglaubliches Equipment in der Cyber-Spezialtruppe."

„Würdest du gern dorthin wechseln?"

„Es ist nichts mehr, wie es war, als wir dich noch als unseren Chef hatten: Einer für alle – alle für einen. Das ist vorbei. Wir sind kein Team mehr. Jeder macht nur noch sein eigenes Ding."

Eine leise Flötenmelodie klang traurig durch Sophies Kopf. Fast wäre sie zu Linus gegangen und hätte ihn zum Trost in die Arme geschlossen.

„Linus, du fehlst mir auch. Ihr alle fehlt mir. Die Zeit, die ich mit euch verbracht habe, werde ich mein Leben lang nicht vergessen. Wir waren ein gutes Team. – Eigentlich habe ich immer angenommen, dass Timo derjenige von euch wäre, der traurig darüber ist, dass ich nicht mehr bei euch bin."

Linus sah sie eine Weile stumm an. „Timo hat dich gestalked, wusstest du das?", sagte er plötzlich.

Sophie sah ihn erstaunt an.

„Er wollte immer genau wissen, was du unternimmst. Und mit wem."

„Schon als ich noch in Berlin war?"

„Ja, vom ersten Tag an, als du hier bei uns aufgekreuzt bist."

Ein leiser Schauder lief über Sophies Rücken. Vielleicht lag sie mit ihrer These, Lars und Max seien ihretwegen gestorben ja doch nicht falsch. Aber Timo als brutaler Mörder? Nein, das war unvorstellbar.

„Hast du gesagt, dass Timo am liebsten schon wieder hier wäre, statt seinen Urlaub bis zum Ende durchzuhalten?"

„Ja, offenbar sitzt er nur zuhause herum. – Friedrich hat uns alle gezwungen, jeweils zwei Wochen frei zu nehmen. Ich bin ab nächster Woche dran."

„Kannst du Timo erreichen?"

„Ich bin mir sicher, dass wir ihn im PrivateRoom erwischen. Er chattet mich ständig an." Linus drehte sich zu seinem Arbeitsplatz und gab sein Passwort ein. Der PrivateRoom erschien auf dem Desktop, Athos war online. „Treville lässt dich grüßen", tippte Aramis. „Sie steht neben mir in unserem Büro."

„Im Ernst?", kam umgehend von Athos. „Ich wäre ebenfalls gekommen, wenn ich rechtzeitig davon erfahren hätte."

Sophie nahm sich einen freien Bürostuhl und rollte damit zu Linus' Schreibtisch.

„Frag ihn, woher er von mir und Maximilian van de Bergh wusste", bat sie Linus. Er gab ihre Frage ein.

„Du hast uns doch die Aufgabe gegeben, nach dem Video oder ähnlichem zu suchen, das deinen Unfallgegner identifiziert", antwortete Athos nach einer kurzen Pause.

Linus schüttelte irritiert den Kopf.

„Lass Timos Antwort mal so stehen", bat ihn Sophie. „Kannst du sehen, ob Pascal auch im Chat ist?"

„Ist er nicht, sonst würde es uns angezeigt."

„Bitte frag Timo, woher er von Lars Voigt und mir wusste."

„Muss ich nicht. Ich fürchte, das habe ich ausgeplaudert."

„Und woher wusstest du es?"

„Ich war neugierig, was du gemacht hast, bevor Friedrich dich zu uns geschickt hat. Deshalb habe ich mir die Unterlagen über dich auf Friedrichs Laptop angesehen."

Diese Information musste Sophie erst einmal verarbeiten. Also hatte Friedrich die ganze Zeit von der Beziehung seiner beiden Mitarbeiter gewusst.

„Weißt du, ob Friedrich irgendetwas unternommen hat wegen Lars Voigts Tod? Hat er die Polizei bei ihren Ermittlungen unterstützt?"

„Es war doch ein Verkehrsunfall, soweit ich gehört habe."

Sophie stand auf, nahm Linus am Arm und ging mit ihm die wenigen Schritte zum Fenster, weg von seinem Computer. „Linus, kannst du dir vorstellen, dass Timo gegen irgendjemanden gewalttätig werden kann?", fragte sie ihn eindringlich.

Wieder sah er sie irritiert an.

„Zwei der Männer, mit denen ich eine Beziehung hatte, während ich hier in der Agentur gearbeitet habe, sind in den letzten Tagen tödlich verunglückt – ich habe wirklich Angst, dass Timo etwas damit zu tun hat", erklärte sie ihre Frage.

„Ich bin bei solchen Dingen nicht gut. Das solltest du ihn direkt fragen."

Da waren sie wieder, die Defizite ihrer Nerds. So versiert sie am Computer waren, so unsicher verhielten sie sich in zwischenmenschlichen Belangen. Eigentlich traute Sophie es Timo nicht zu, Mordanschläge zu verüben, aber in ihrem Kopf spukte ein Satz hin und her, den Timo in einem ihrer letzten Chats über Maximilian van de Bergh geschrieben hatte: ‚Setz dich am besten nie mit ihm in einen seiner Wagen'. Max war in einem seiner Wagen gestorben. War das wirklich ein Zufall?

„Kennt einer von euch Henry Schneider persönlich?", fragte sie und folgte Linus zurück an seinen Schreibtisch.

„Ich nicht wirklich. Habe ihn mal irgendwo getroffen, hat aber keinen bleibenden Eindruck bei mir hinterlassen."

„Und Timo?"

„Wir können ihn fragen."

Sophie nickte und Linus tippte die Frage ein.

„Nein, ich kenne ihn nur dem Namen nach – immerhin ist er ein Idol für einige in unserer Szene", kam umgehend die Antwort.

„Frag Timo bitte, ob er weiß, wie er Henry Schneider erreichen könnte."

Linus wollte etwas sagen, tippte aber stattdessen stumm Sophies Frage ein.

„Ich habe gehört, er ist ausschließlich über die Hardcore-Fangemeinde von ‚Cannonball IT' zu erreichen", antwortete Athos.

Diese Information kannte Sophie bereits, sie hatte sie nur von Timo lesen wollen.

„Ich würde es also über Linus oder Pascal versuchen", ergänzte Athos seine Antwort.

„Gehört Timo nicht dazu?" Sophie blickte zu Linus.

„Nein."

„Bist du dir sicher?"

„Absolut."

Sie nahm ihm die Tastatur aus der Hand und schrieb: „Hier ist Treville. Wir glauben, dass Henry Schneider für diverse tödliche Unfälle verantwortlich ist. Die Polizei versucht deshalb, ihn zu finden. Solltest du also wissen, wo er wohnt oder sich gerade aufhält, sag es mir bitte."

„Ich kenne Henry Schneider nur dem Namen nach", wiederholte Athos. Kein weiteres Wort folgte.

Sophie beobachtete Linus, der aber keinerlei Anzeichen von Besorgnis zeigte. Sie reichte ihm die Tastatur zurück. „Es ist natürlich möglich, dass Pascal und Henry Schneider sich persönlich kennen. Hat Pascal das jemals erwähnt?"

„Ich glaube nicht."

„Bitte frag Timo."

„Davon hätte er uns bestimmt erzählt, das wäre ein Ereignis", kam als Antwort von Athos.

Irgendwie kam sie so nicht weiter, obwohl sie davon überzeugt war, bereits alle Informationen zu besitzen, die sie benötigte. Konnte tatsächlich einer ihrer drei Musketiere mit Henry Schneider im Kontakt sein und für ihn die fürchterlichen Anschläge geplant und durchgeführt haben? Linus, der scheinbar ganz entspannt neben ihr saß? Timo, der offenbar die geringste Verbindung zu Henry Schneider besaß? Pascal, der schüchterne, freundliche Nerd? Vielleicht würde ein entspanntes Gespräch mit Marcel ihr helfen, alle Steine in die richtigen Lücken fallen zu lassen, so dass sich endlich das vollständige Bild zeigte.

Sophie bedankte sich bei ihren beiden Musketieren und versprach, sich am nächsten Tag wieder zu melden.

Einer Intuition folgend, lenkte sie ihren Leihwagen zurück nach Tegel, statt direkt zu Marcels Wohnung zu fahren. In Berlin-Tegel befand sich der Betrieb des Gebrauchtwagenhändlers, von dem sie ihren kleinen, grünen Porsche gekauft hatte. In seinen Büroräumen hatte sie damals den offenen Karton gefälschter Nummernschilder gesehen, der es ihr erlaubt hatte, ihre aggressive Preisvorstellung für ihr neues Auto bei ihm durchzusetzen.

Als Sophie Renger die Halle voller ‚Gebrauchtwagen für gehobene Ansprüche' betrat, redete Wichterich gerade vehement auf ein Ehepaar mittleren Alters ein, das sich offenbar für einen italienischen Sportwagen interessierte. Theatralischer

Orgelklang umschwirrte ihre Gedanken, noch ehe der Autohändler sich zu ihr umgedreht hatte.

„Darf ich mich hier etwas umsehen, während Sie noch beschäftigt sind?", rief sie und winkte ihm dabei zu.

Für eine Sekunde setzten die Orgelklänge aus, um dann deutlich gedehnter und ernsthafter fortzufahren.

Nach nur wenigen Minuten hatte Wichterich das Interessentenpaar verabschiedet und kam auf Sophie zu. „Meine Teure, was verschafft mir die Ehre?", fragte er und gab ihr die Hand. „Möchten Sie mich wieder über den Tisch ziehen?"

Offensichtlich hatte er sie nicht vergessen. Das konnte ihr nur helfen, bei dem, was sie heute mit ihm besprechen wollte.

„Erwarten Sie in der nächsten Zeit noch weitere Käufer oder darf ich ein paar Minuten Ihrer Aufmerksamkeit in Anspruch nehmen?"

„Auf Sie werde ich doch schon aufmerksam, sobald Sie sich im selben Raum mit mir befinden", strapazierte er wieder Sophies Gelassenheit. „Wie geht es dem kleinen, grünen Meisterwerk?"

„Der Porsche schnurrt, alles bestens. – Können wir uns irgendwo völlig ungestört unterhalten? Ich habe eine Frage an Sie."

„Ich wüsste nicht, dass ich Ihnen noch etwas schuldig wäre nach unserer letzten Verhandlung", antwortete er und demonstrierte damit seine Abwehrhaltung Sophie gegenüber.

„Nein, das sind Sie nicht. Es ist nur eine Frage, die Sie mir beantworten können oder eben auch nicht. – Ich brauche Ihre Hilfe, deshalb bin ich hier."

Wichterich sah sie abschätzend an. „Gehen wir nach oben in mein Büro. Sie kennen den Weg ja schon."

Sophie war sich sicher, dass er intensiv auf ihren Po starrte, während sie vor ihm die Treppe nach oben auf die Galerie stieg. Fast meinte sie, seine Hände auf ihrer Jeans zu spüren.

„Hier?", fragte sie und ging auf das erste Büro zu.

Der Autohändler quetschte sich an ihr vorbei und schloss die Tür auf. Nachdem sie sich beide gesetzt hatten und Sophie jedes angebotene Getränk dankend abgelehnt hatte, sah Wichterich abwartend zu ihr.

„Sie sind sicher einer der erfahrensten Gebrauchtwagenhändler Berlins und kennen die gesamte Branche vor Ort. Aus diesem Grund bin ich mit meiner Frage zu Ihnen gekommen. Außerdem besteht seit meinem Kauf des Porsche auch eine Art Vertrauensverhältnis zwischen uns."

Wichterich lächelte sie süffisant an.

„Wenn ich bei Ihnen nicht nur einen schnellen Wagen, sondern auch ein passendes Nummernschild dazu kaufen wollte, würden Sie mich dann nach meinen Ausweispapieren fragen?"

Wichterichs Lächeln erlosch, genauso wie sein Orgelklang. In höchster Alarmbereitschaft saß er ihr gegenüber und starrte sie wortlos an.

„Nichts von dem, was wir besprechen, wird diesen Raum verlassen", versuchte Sophie ihn zu beruhigen. „Ich habe im Sommer mein Wort gehalten und werde das auch weiterhin tun."

„Für jeden Wagen, den ich kaufe oder verkaufe, gibt es einen gültigen Vertrag."

„Also muss jeder Käufer einen gültigen Personalausweis vorlegen?"

„Selbstverständlich."

Sophie dachte nach, während Wichterich sie weiterhin abwartend musterte.

„Ich suche den Käufer eines wahrscheinlich amerikanischen Sportwagens, vielleicht einer Corvette, der sich möglicherweise den Gang zur Zulassungsbehörde sparen wollte. Ich habe sehr private Gründe, weshalb ich diesen Mann suche."

„Da werde ich Ihnen nicht helfen können."

Wieder ließ Sophie eine Pause eintreten. Wichterich gab die ersten Anzeichen von Ungeduld zu erkennen.

„Ja, ich verstehe Ihren Standpunkt", sagte sie, um Zeit zu gewinnen. „Wenn ich Ihnen aber einen Namen nenne, würden Sie es mir dann bestätigen, falls dieser Mann bei Ihnen einen Wagen gekauft hat?"

Wichterich legte seine Hände auf die Tastatur auf seinem Schreibtisch und forderte Sophie auf, ihm den Namen zu verraten. „Danach will ich Sie hier nie wieder sehen", fügte er mit gepresster Stimme hinzu.

„Timo Rommerskirch."

Das Nicken des Autohändlers kam nach etwa einer Minute intensiven Suchens in seinen Dateien. „Schon ein paar Tage her, eine dunkelgraue Corvette, matt lackiert, getunt, ein echter Renner, bar bezahlt", sagte er. „Und zwei Sets Nummernschilder hat er mitgenommen."

Düsseldorf – 25. November nachmittags und abends

Nervös beendete Hauptkommissar Thomas Pelker sein Telefonat. Zum zweiten Mal schon hatten sie von Bertram die Information erhalten, dass kurzfristig ein illegales Autorennen stattfinden sollte. Die heutige Veranstaltung war in Düsseldorf geplant, dieses Mal wollte Pelker selbst dabei sein. Vielleicht würde ihnen ja endlich ihr häufig fotografiertes Phantom ins Netz gehen. Vier Zivilfahnder der Sonderkommission ‚Illegale Autorennen' waren bereits auf dem Weg nach Volmerswerth; sie hatten allerdings die Order erhalten, sich noch nicht unter die Menge zu mischen, ehe nicht auch Pelker an der bekannten Strecke auf der Abteihofstraße entlang des Rheindeichs angekommen war.

Die ersten auf dem Grünstreifen geparkten Wagen entdeckte Pelker bereits bevor er den Deich erreicht hatte. Er parkte sein Zivilfahrzeug hinter dem letzten Auto und ging zu

Fuß weiter. Nachdem er an etwa zehn Wagen entlang gegangen war, öffneten sich vor ihm die Türen eines VW Passats und seine vier Kollegen stiegen aus.

„Seid ihr sicher, dass sie euch noch nicht entdeckt haben?", fragte Pelker, immer noch nervös, zur Begrüßung.

Der Teamleiter beruhigte ihn.

„Gebt mir zehn Minuten Vorsprung. Mein Gesicht erkennen sie hoffentlich nicht mehr. Ich möchte in Ruhe sehen, ob unser Phantom anwesend ist, bevor ihr dazukommt."

„Also sollen wir das Rennen nicht vorzeitig auffliegen lassen?"

„Nein, heute geht es mir darum, diesen einen besonderen Zuschauer zu fassen, falls er anwesend ist."

„Weißt du, was er für ein Fahrzeug fährt? Irgendwie muss er ja hergekommen sein."

„Nein. Abgesehen von ein paar unscharfen Fotos seiner Statur haben wir nichts von ihm. Also gebt mir bitte ausreichend Zeit, einmal durch das Publikum zu gehen und nach ihm zu suchen."

Nach einem Nicken des Teamleiters stiegen alle vier Zivilfahnder wieder in ihren Wagen ein und Pelker konnte sich allein der Kurve nähern, hinter der er die inoffizielle Rennstrecke vermutete. Während seiner gesamten Zeit als Leiter der Sonderkommission hatte er nicht einmal an einem der Außeneinsätze teilgenommen. Zu Anfang war er viel zu häufig als Gesicht der Polizei in der Presse gewesen und seine Kollegen fürchteten, sein Wiedererkennungspotenzial sei damit zu groß. Seit dem letzten Interview waren mittlerweile sechs Monate vergangen und Pelker hoffte, mit seiner Mütze tief ins Gesicht gezogen niemanden mehr aufzuschrecken.

Je weiter er vorwärtskam, desto nervöser wurde er. Als er die Gerade der Abteihofstraße vor sich hatte, erblickte er auf einer Strecke von etwa einhundertfünfzig Metern zwanzig aufgemotzte Wagen, die sich langsam in Zweierreihen formierten und mit kurzen Abständen hintereinander stehen blieben. Um besser sehen zu können, stieg er auf den Rheindeich und schlängelte sich durch das noch weit verteilte Publikum.

Das Rennen schien noch nicht angefangen zu haben. Menschen liefen zwischen den Wagen her, ein Teil der Fahrer der vorderen Wagen war sogar noch einmal ausgestiegen. Zusammen mit anderen Schaulustigen drängte sich Pelker parallel zur Reihe der wartenden Wagen vorsichtig zur Startlinie vor, die mit zwei Pylonen markiert war. Ein untersetzter Mann mit einer Fahne in der Hand ging von Wagen zu Wagen und schien die Fahrer dazu aufzufordern, sich für das Rennen fertig zu machen. Die ersten Motoren heulten auf, die Stimmung unter den Zuschauern wurde aufgeregter.

Gerade als Pelker überlegte, ob er es noch wagen konnte, zwischen den wartenden Wagen hindurchzugehen, um sich von der gegenüberliegenden Seite aus einen Gesamtüberblick vom Publikum auf dem Rheindeich zu verschaffen, fiel sein Blick auf eine hochgewachsene, schlanke Figur, deren Hinterkopf vollständig von der Kapuze eines dunklen Hoodys umhüllt war. Das konnte das gesuchte Phantom sein. Aufgeregt versuchte Pelker sich der Person zu nähern, um sie besser in Augenschein nehmen zu können. Zeitgleich kam das Publikum um ihn herum in Bewegung und drängte sich enger nach vorne zur Rennstrecke. Pelker wagte nicht, seinen Blick von der vermummten Figur vor sich zu nehmen; er konnte lediglich hören, wie die ersten beiden Wagen mit heulenden Motoren und quietschenden Reifen losfuhren und die anderen Wagen an die Startlinie vorrückten. Langsam schoben sich immer mehr Menschen zwischen ihn und das mögliche Phantom. Pelker fluchte leise und fing an, sich rücksichtslos durch die Menge zu drängen. Unruhe entstand, Zuschauer drehten sich nach ihm um und beschimpften ihn. Das Phantom schien zu spüren, dass jemand hinter ihm her war: Mit zwei großen Schritten erreichte der hochgewachsene Mann die Straße unterhalb des

Rheindeichs, knapp neben den noch auf ihr Startsignal wartenden Wagen.

Mittlerweile war sich Pelker sicher, dass er den gesuchten Fan vor sich hatte; es konnte nicht anders sein. Der Mann verhielt sich völlig anders als die anderen Beobachter des Rennens. Er hatte sich weder mit den um ihn herum Stehenden unterhalten, noch schien er etwas zu Essen oder zu Trinken dabei zu haben. Er war ein Einzelgänger, der sich ausschließlich auf das Rennen konzentrierte und darauf, selbst nicht entdeckt und erkannt zu werden.

Pelker drängte sich durch die ganz vorne stehenden Zuschauer und gelangte nur wenige Meter hinter dem Phantom auf die Abteihofstraße. Der hagere Mann vor ihm drehte sich nicht um, ging aber immer schnelleren Schrittes die Wagen entlang in Richtung Startlinie. Pelker folgte ihm und versuchte aufzuholen. Dass er das Phantom verfolgte, war nicht mehr zu übersehen. Einige der Zuschauer pfiffen und riefen etwas, aber glücklicherweise stellte sich ihm keiner in den Weg. Kurz bevor Pelker nach dem Mann im Hoody greifen konnte, lief dieser los und drängte sich zwischen den wartenden Wagen hindurch. Pelker folgte ihm, immer mit einem Auge darauf achtend, nicht von den langsam nachrückenden Wagen angefahren zu werden.

Die gegenüberliegende Seite der Straße war von einem Zaun begrenzt. Hier konnte ihm das Phantom nicht mehr entkommen. Hintereinander rannten sie den schmalen Streifen zwischen Zaun und Wagenreihe entlang. Fast hatten sie schon die Startlinie erreicht; die Wagen, die in Zweierreihen auf ihr Signal warteten, wurden immer weniger. Pelker beschleunigte seinen Lauf und erwischte mit seiner rechten Hand die Kapuze des Phantoms. Der Hochgewachsene drehte sich nach ihm um und schlug ihm seine linke Faust ins Gesicht. Pelker taumelte und ließ die Kapuze los. Das Phantom spurtete zurück auf die Abteihofstraße, sicher wollte es zurück zum Rheindeich gelangen, um in der Menschenmenge unterzutauchen. Pelker rappelte sich hoch und wollte ihm gerade folgen, als er sah, wie die letzte Reihe der wartenden Wagen ihr Startsignal erhielt. Keiner der beiden vermeintlichen Rennfahrer schien auf den kurzen Kampf neben ihren Wagen geachtet zu haben. Beide Boliden schossen los. Der auf der Deichseite fahrende Wagen erwischte das Phantom und prallte so heftig mit ihm zusammen, dass die schlanke Figur schräg über seine Kühlerhaube geschleudert wurde. Mit einem dumpfen Ton prallte der Körper knapp hinter dem Wagen auf den Asphalt. Der Unfallwagen hielt quietschend an, während sein Gegner hinter der nächsten Kurve verschwand. Schreiend sprang der Fahrer aus seinem Wagen; wütend lamentierte er, dass man ihn seiner sicheren Siegeschance beraubt habe.

Entsetzt lief Pelker zu dem hinter dem Unfallwagen liegenden Mann. Gleichzeitig zog er seinen Polizeiausweis aus der Jackentasche und hielt ihn hoch. „Kriminalpolizei, bitte machen sie Platz", rief er und kniete sich neben den leblosen Körper. „Rufen Sie bitte sofort einen Krankenwagen. Ist ein Arzt anwesend?"

Niemand meldete sich. Fast jeder der Zuschauer hatte sein Handy gezückt und fotografierte die Szene. Sicher würde es nicht lange dauern, bis das öffentliche Leiden dieses jungen Mannes im Internet zu verfolgen war, schoss es Pelker durch den Kopf.

„Rufen Sie einen Krankenwagen!", schrie er noch einmal und konzentrierte sich dann auf den Verunglückten.

Ein etwa Mittezwanzigjähriger lag halb auf dem Rücken, halb auf der rechten Seite. Sein Kopf war blutverschmiert und wurde nicht länger von der Kapuze bedeckt. Pelker sah auf wirre blonde Haare und in ein kindliches, erschrocken wirkendes Gesicht. Fieberhaft versuchte er, am Hals des jungen Mannes einen Puls zu fühlen, konnte aber kaum eine trockene Stelle dafür finden. Ein nicht enden wollender Strom warmen Blutes lief aus einer Wunde knapp unter dem Kinn; bei dem Unfall musste eine Schlagader verletzt worden sein. Panik und Wut erfassten Pelker: Der junge Mann verblutete in seinen Armen, während diverse Handys auf ihn gerichtet waren und den nahenden Tod aufnahmen.

„Wo bleibt der Krankenwagen", schrie er.

Zu seiner Erleichterung schirmten ihn jetzt seine Kollegen gegen die Gaffer ab. Einer der Zivilfahnder hatte sich dünne Gummihandschuhe angezogen und kniete nun ebenfalls neben dem Verunglückten. „Ich übernehme das", hörte Pelker. „Der Krankenwagen wird auch gleich da sein."

Der blonde, junge Mann hatte den Unfall auf der Rennstrecke nicht überlebt. Die Wiederbelebungsmaßnahmen wurden noch im Krankenwagen eingestellt. Der Eintritt des Todes wurde vom Notarzt für Dienstag, den 24. November um 18:23 Uhr vermerkt.

Bis kurz vor 20:00 Uhr saß Thomas Pelker in seinem Büro der Kriminalinspektion 1 und schrieb an seinem Bericht. Mehrmals formulierte er die Aufzählung der Ereignisse um, bis er zufrieden war mit der Darstellung seiner eigenen Verantwortung am tödlichen Unfall von Henry Schneider.

Berlin – 25. November abends

Noch während Sophie Renger den kleinen Kia rückwärts in eine freie Lücke auf dem Seitenstreifen einparkte, entdeckte sie Timo. Direkt vor der Eingangstür zu dem Haus, in dem Marcel wohnte, stand er, beobachtete die vorbeifahrenden Autos und schien auf jemanden zu warten. Sophie stieg aus ihrem Leihwagen und drückte leise die Fahrertür ins Schloss. Als sie sich Timo näherte, drehte er sich zu ihr um und erkannte sie. Eine zurückhaltende Blockflötenmelodie umfing sie.

„Sophie, ich habe auf dich gewartet."

„Was machst du hier, Timo?"

„Irgendwie verlief unser Chat vorhin merkwürdig."

„Und warum wartest du ausgerechnet hier auf mich?"

„Weil ich angenommen habe, dich hier anzutreffen, bei Marcel. Er hat dich doch jedes Mal begleitet, wenn wir abends zusammen unterwegs waren."

Sophie ärgerte sich über sich selbst. Natürlich wusste Timo, dass Marcel ihr Freund gewesen war, während sie zusammen mit den drei Musketieren in der Agentur gearbeitet hatte. – Aber Marcel ging es noch gut, ihm war in den letzten Wochen nichts zugestoßen. Dabei musste es unbedingt bleiben, sie musste ihn in jedem Fall aus allem heraushalten.

„Es tut mir leid, aber ich kann dich nicht mit hinauf bitten. Marcel ist wahrscheinlich noch gar nicht wieder zurück."

„Er ist oben in der Wohnung."

„Dann können wir uns heute Abend erst recht nicht in Ruhe dort unterhalten. Soll er alles mitbekommen, was wir miteinander zu besprechen haben?"

Nachdenklich sah Timo sie an. Sein Flötensolo war für Sophie kaum noch hörbar. „Wo steht dein kleiner Porsche? Wir können zu mir fahren."

„Nein, nicht mehr heute. Es war ein anstrengender Tag. Wir können morgen in Ruhe reden."

„Bitte, ich fühle mich gar nicht wohl nach unserem Chat." Timo sah sie mit traurigem Hundeblick an.

Was sollte Marcel oder ihr schon passieren, wenn sie ein paar Schritte mit diesem wunderlichen jungen Mann ging, von dem sie einmal angenommen hatte, ihn zu kennen und zu verstehen.

„In Ordnung, lass uns eine Runde gehen." Sanft nahm sie ihn am Arm und schob ihn ein paar Schritte weg von Marcels Zuhause und weg von ihrem Leihwagen.

„Bist du böse auf mich?" Timo war bei seiner Frage stehen geblieben, traute sich aber offenbar nicht, Sophie ins Gesicht zu sehen.

„Nein, ich bin nur etwas irritiert. Du hast mich gestalked, Timo."

„Ich wollte dich doch nur besser kennenlernen, Sophie. Du warst immer so nett zu uns, zu mir." Timo ging wieder weiter und lenkte seine Schritte auf den Eingang eines kleinen Parks zu.

„Wenn man jemanden kennenlernen will, dann spricht man mit ihm, aber man spioniert ihn nicht heimlich aus."

„Ist es nicht genau das, was wir alle in der Agentur tagtäglich tun?"

„Aber doch nicht bei Freunden, Timo."

Jetzt sah er sie an. „Wir sind also immer noch Freunde?"

Sophie antwortete nicht.

„Habe ich etwas getan, das dich verletzt hat?"

„Außer dem Stalking, meinst du?"

Eine kurze Pause entstand, während der sie durch das niedrige Tor den dunklen Park betraten. Feiner Kies knirschte unter ihren Schuhen, als sie langsam weitergingen.

„Hast du Lars Voigt etwas angetan?"

„Nein", antwortete Timo rasch und seine Flötenmelodie erlosch vollständig.

Sophie spürte, dass er auf der Hut war. Wahrscheinlich hatte er sie gerade angelogen. „Ich glaube dir nicht."

„Für seinen Tod bin ich nicht verantwortlich. Es war ein Verkehrsunfall."

„Aber irgendetwas hast du getan, Timo. Ich habe es deinem ‚Nein' angehört, dass du mich belogen hast."

„Es war nur so eine Idee, die Pascal und ich ausgeheckt hatten, nachdem Lars Voigt uns mehrfach in der Kantine dumm kam."

„Was habt ihr getan?"

„Wir haben seinen privaten E-Mail-Account und seine Kreditkarte gehackt. Das war alles. Kinderkram eigentlich, aber irgendwie wollten wir es ihm heimzahlen, dass er sich über uns und auch über dich lustig gemacht hat."

Sophie wusste nicht genau weshalb, aber sie glaubte ihm.

„Hattet ihr auch einen Grund, euch an Maximilian van de Bergh zu rächen?"

„Nein. – Wenn du das Video meinst, damit hatten wir nichts zu tun."

Wahrscheinlich wusste Timo gar nicht, dass Max gestorben war, fiel Sophie ein. Es war erst zwei Tage her und vielleicht hielt die Polizei es noch geheim, solange die Ermittlungen nicht abgeschlossen waren.

„Warum hast du eine gebrauchte Corvette gekauft und gefälschte Nummernschilder dazu?"

Timo blieb abrupt stehen. „So etwas habe ich nie getan." Wieder war seine Melodie erloschen.

„Irgendjemand mit deinem Namen hat es aber getan, Timo. Und er konnte deinen Personalausweis dafür vorzeigen."

„Ich war das nicht. Wenn ich eine Corvette fahren wollte, würde meine Mutter mir einen Neuwagen kaufen. Allerdings müsste ich erst einmal einen Führerschein machen; den habe ich nämlich gar nicht! – Traust du mir so etwas wirklich zu? Gefälschte Nummernschilder? Was soll ich damit vorgehabt haben? Glaubst du, ich hätte Lars Voigt über den Haufen gefahren?"

Sophie hatte Timo noch nie so aufgelöst erlebt. Sein Ärger wirkte auf sie echt, absolut ungespielt. Trotzdem wünschte sie, sie stünde jetzt mit ihm im Licht der Straßenlaternen und nicht in einem dunklen Park. „Wir können heute Abend nicht weiterreden, Timo. Ich muss in Ruhe über alles nachdenken, was ich in der letzten Zeit erfahren habe. Morgen melde ich mich bei dir, versprochen."

Ihr schien, als blicke Timo an ihr vorbei auf den Eingang des Parks. Noch bevor sie sich richtig verabschieden konnte, hatte er sich umgedreht und war losgerannt, tiefer in die Dunkelheit hinein.

Nein, sie würde ihm ganz bestimmt nicht folgen. Der Eingang des Parks lag verlassen nur wenige Meter vor ihr. Erleichtert trat Sophie wieder auf den beleuchteten Bürgersteig und lief die Straße entlang zu Marcels Haus. Noch bevor sie die Haustür erreicht hatte, fiel ihr auf, dass irgendetwas an ihrem Leihwagen nicht stimmte. Der kleine Kia stand nur wenige Meter weiter am Straßenrand und die Reifen auf der Beifahrerseite waren vollkommen platt. Sophie ging hinten um den Wagen herum und stellte fest, dass auch die Reifen der Fahrerseite keine Luft mehr enthielten. Wer machte denn so etwas? Die Reifen mussten durchstochen worden sein, während sie sich mit Timo unterhalten hatte. Sie wollte sich schon wegdrehen, als sie feststellte, dass auch die Kühlerhaube nicht so aussah, wie sie sollte. Irgendetwas schien mit einem dicken Stift darauf geschrieben worden zu sein. Sie schaltete die Taschenlampe ihres Handys ein und sah, dass in Großbuchstaben auf dem roten Lack der Kühlerhaube stand:

,DU WIRST BEREUEN, WAS DU MIR ANGETAN HAST!'

Ohne darüber nachzudenken, fotografierte sie mehrmals mit ihrem Handy die Drohung. Man wusste nie, ob ein wasserfester Stift genutzt worden war, kam ihr amüsiert in den Sinn, als ihr klar wurde, was sie gerade tat. Nun gut, den ersten Schrecken hatte sie wohl bereits überwunden.

„Was ist los mit dir, Sophie?", fragte Marcel, während sie sich bemühte, möglichst gelassen bei ihm in der Küche zu sitzen und den Wein zu trinken, den er ihr gerade eingeschenkt hatte. Von dem demolierten Leihwagen hatte sie ihm noch nichts erzählt. Sie hatte es nicht erzählen wollen, da es dann für sie beide zur Realität wurde. Zuerst musste sie für sich allein entscheiden, wie sie damit am besten umging.

„Gib mir noch ein paar Minuten", bat sie ihn.

„Kann es sein, dass ich einen deiner drei Musketiere vor der Tür gesehen habe?"

„Ja, Timo hat auf mich gewartet."

„Habt ihr euch nicht in der Agentur gesehen?"

„Nein. Er hat Urlaub. Nur Linus war dort."

„Habt ihr beiden irgendein Problem miteinander?"

„Ich weiß es nicht." Sophie stand auf und ließ sich von Marcel in die Arme nehmen. Es schien ihr, als würde seine leise Brandung sie sanft umschließen. Sie wurde ruhig.

„In den letzten zwei Wochen sind zwei Freunde von mir hier in Berlin gestorben", sagte sie leise.

„Deshalb dein Anruf gestern?"

„Ich musste wissen, dass es dir gut geht."

„Bin ich in Gefahr?"

„Ich weiß es nicht."

„Du solltest mit jemandem über das reden, was dich so beschäftigt. Jemandem, der die ganze Situation kennt. Du kannst nicht alle Probleme allein lösen, Sophie."

Sie wusste, dass er richtig damit lag. „Ich werde Richard anrufen, meinen Verleger in Köln. Vielleicht kannst du mithören und mir danach ebenfalls einen Rat geben."

Richard meldete sich erst nach dem fünften Klingelton. „Geht es dir gut, Sophie?" fragte er, als er ihre Stimme hörte.

„Ich bin gerade bedroht worden. Und ich weiß nicht von wem oder weshalb. Ich brauche jemanden, mit dem ich darüber sprechen kann."

„Befindest du dich jetzt an einem sicheren Ort?"

Sophie Renger sah zu Marcel und bejahte die Frage.

„Kannst du bitte einen Moment in der Leitung bleiben. Ich werde versuchen, den Hauptkommissar mit hereinzunehmen."

Sophie deckte das Telefon mit ihrer Hand ab und sah Marcel fragend an. „Alles in Ordnung bei dir?", flüsterte sie.

Er nickte.

„Hier Pelker", klang es leise unter ihrer Hand hervor.

„Gut, es hat geklappt", stellte Richard zufrieden fest und Sophie legte ihr Handy zwischen sich und Marcel auf den Tisch.

„Guten Abend und vielen Dank für Ihre Zeit", begrüßte sie Thomas Pelker. „Ich sitze aktuell in der Küche meines guten Freundes Marcel Bruns in Berlin. Er hört auch mit."

„Und Sie haben eine Drohung erhalten?", kam Pelker sofort auf den Grund ihres Telefonats zu sprechen. Offenbar hatte Richard es ihm bereits verraten. „Dann schießen Sie mal los, Frau Dr. Renger."

„Wie gestern angekündigt, bin ich heute Morgen nach Berlin geflogen. Am Flughafen Tegel habe ich mir einen Leihwagen genommen. Bei diesem Wagen wurden heute Abend vor der Tür von Marcel Bruns' Wohnung alle vier Reifen zerstochen und eine Nachricht für mich auf die Kühlerhaube geschrieben."

„Welche Nachricht?", fragte Pelker ungeduldig.

„Du wirst bereuen, was du mir angetan hast!"

„Ist heute bei Ihnen in Berlin etwas vorgefallen?"

„Nein. Deshalb wollte ich ja mit Richard und Ihnen sprechen. Ist bei Ihnen etwas passiert, auf das sich die Drohung beziehen könnte?"

Pelker wand sich, das hörte Sophie sogar am Telefon. „Wir halten die Information im Moment eigentlich noch unter Verschluss", sagte er schließlich. „Aber wahrscheinlich wird es sowieso mittlerweile vielfach im Internet gepostet worden sein: Wir haben Henry Schneider gefunden, aber leider ist er tot."

„Was ist passiert?", fragte Richard sofort und kam Sophie damit zuvor.

„Wir hatten die Information, dass heute Nachmittag in Düsseldorf ein illegales Rennen ausgetragen werden sollte. Also bin ich mit einigen Zivilermittlern zusammen zum vorgesehenen Austragungsort gefahren, um unser Phantom zu erwischen. Es war dort und, wie bereits erwartet, war es Henry Schneider.“

„Und was ist schiefgelaufen?“, fragte dieses Mal Sophie.

„Er hat versucht, vor mir zu flüchten, und ist dabei vor einen der startenden Wagen gelaufen. Seine Verletzungen waren derart schwerwiegend, dass ich ihm nicht helfen konnte; er ist noch im Krankenwagen verstorben.“

„So wie sie das sagen, klingt es merkwürdig, Herr Pelker“, merkte Sophie an.

„Henry Schneider ist lediglich achtundzwanzig Jahre alt geworden. Er würde noch leben, wenn ich nicht versucht hätte, ihn zu verhaften.“

„So dürfen Sie nicht denken“, sagte Richard mit sanfter Stimme. „Nicht Sie tragen die Verantwortung für das, was passiert ist, sondern er selbst.“

„Das werden die weiteren Ermittlungen zeigen.“ Mit diesen Worten war klar, dass Pelker nicht mehr über den Unfallhergang sprechen wollte.

„Aber warum bekommst ausgerechnet du dafür die Schuld zugewiesen, Sophie?“, fragte Richard.

„Ich denke, weil ich heute erwähnt habe, dass wir Henry Schneider suchen.“

„Wem gegenüber?“

„Bei meinen drei Musketieren, zumindest bei Timo Rommerskirch und Linus Büsicke. Linus habe ich im Büro besucht und mit Timo haben wir gechattet.“

„Dann muss einer von ihnen dich bedroht haben“, schloss Richard.

„Ja, wahrscheinlich. Mittlerweile bin ich fest davon überzeugt, dass einer meiner Musketiere mit Henry Schneider

Kontakt hatte und unser Attentäter ist. Aber ich weiß nicht welcher. Es kann auch Pascal Brandt gewesen sein. Ich nehme an, dass meine Erwähnung Henry Schneiders ihm nicht verborgen geblieben ist. Entweder hat er den Chat mitgelesen, oder einer der beiden anderen hat ihn darüber informiert. – Die drei Nerds nennen sich nicht umsonst ‚Die drei Musketiere‘.“

„Einer für alle, alle für einen?“, fragte Pelker.

„Genau. Es können auch alle drei gemeinsam sein.“

„Bevor wir weiter darüber spekulieren, wer unser Täter ist, möchte ich auf das Wesentliche kommen: Wie können wir Sophie vor ihm oder ihnen beschützen?“

„Ich brauche keinen Schutz, Richard.“

„Doch, selbstverständlich müssen wir sie beschützen“, mischte sich zum ersten Mal Marcel ein.

„Und Sie wahrscheinlich auch, Herr Bruns“, ergänzte Richard. „In jedem Fall so lange, bis wir den Täter überführt und gefasst haben.“

„Frau Dr. Renger, ich schlage vor, dass Sie morgen früh zurückfliegen. In Köln können meine Leute deutlich besser auf Sie aufpassen als in Berlin.“

„Aber der Täter befindet sich in Berlin.“

„Sind Sie sicher? Wird er sich auch noch in Berlin befinden, wenn Sie nach Köln zurückgekehrt sind?“ Die Ironie in Pelkers Stimme war unüberhörbar. „Ich werde dafür sorgen, dass Sie morgen früh Begleitung zum Flughafen Tegel erhalten; wir müssen nur noch sehen, in welches Flugzeug wir Sie so kurzfristig bekommen. Und in Köln am Flughafen hole ich Sie persönlich ab. Es gibt noch viel, über das wir reden müssen.“

„Und Herr Bruns – was machen wir mit ihm?“, fragte Richard.

„Auch für ihn werde ich Personenschutz organisieren“, antwortete Pelker. „Es wäre sehr hilfreich, Herr Bruns, wenn Sie Ihren Bewegungsradius in den nächsten Tagen etwas einschränken könnten.“

Köln – 26. November

Noch lange nach dem Telefonat hatten sich Sophie Renger und Marcel über die Ereignisse der letzten Wochen unterhalten. Eigentlich war es hauptsächlich sie gewesen, die gesprochen hatte, während er zuhörte. Sophie war dabei klargeworden, dass die Polizei sie niemals zuverlässig vor ihren Musketieren schützen konnte. Sie würde sich der Gefahr stellen müssen.

Der Polizeibeamte, der sie zum Flughafen begleitete, hatte pünktlich um 9:00 Uhr bei Marcel geklingelt. Bevor sie losgefahren waren, hatte Sophie erleichtert festgestellt, dass ein Zivilfahrzeug der Polizei vor dem Haus parkte und ihr Leihwagen bereits zur Spurensicherung transportiert worden war. Pelker hatte alle seine Zusagen eingehalten; Marcel wurde rund um die Uhr bewacht.

Der Flug nach Köln war ereignislos gewesen, kein Warten auf die Landeerlaubnis und kein ängstlicher Sitznachbar. Vor dem Flughafen hatte ein dunkelblauer VW Passat mit zwei Zivilfahndern auf sie gewartet und nicht, wie angekündigt, Thomas Pelker selbst.

Die beiden Beamten setzten Sophie vor dem Redaktionsgebäude der Rheinischen Allgemeinen ab, sahen ihr nach, während sie hineinging, und fuhren dann davon.

Thomas Pelker empfing sie an der Anmeldung. „Wie war Ihr Flug, Frau Dr. Renger?", begrüßte er sie freundlich. „Es ist schön, Sie wohlbehalten wieder in Köln zu sehen."

„Vielen Dank für die Eskorte. Das wäre aber wirklich nicht notwendig gewesen."

Pelker enthielt sich jeder Antwort, während sie gemeinsam mit dem Aufzug hinauf zur Chefetage des Verlags fuhren.

Richard schloss Sophie erleichtert in die Arme. Dann schob er sie eine Armlänge von sich weg und musterte sie kritisch. „Du siehst müde aus", gönnte er sich als einzigen Kommentar.

„Mir geht es gut und ihr alle macht viel zu viel Aufhebens um mich."

Pelker wollte widersprechen, aber Richard unterbrach ihn mit einer Handbewegung. Dann öffnete er die Tür zu seinem Vorzimmer und bat seine Sekretärin, die Herren Hamann und Bertram heraufzurufen.

„Ich denke, wir möchten gern alle erfahren, was genau in Berlin vorgefallen ist", erklärte er das Einberufen der Besprechung.

Pelker nickte.

Während sie auf das Eintreffen der beiden noch fehlenden Teilnehmer warteten, bat Richard sie ohne viele Worte an den Besprechungstisch und bot ihnen Kaffee an. Noch bevor sie ihre Tassen gefüllt hatten, gesellten sich Ruben und Peter Hamann zu ihnen.

„Gut, dann lasst uns anfangen", schlug Richard vor.

Mit einer Geste von ihm aufgefordert, erzählte Sophie alles, was ihr von ihrer kurzen Reise nach Berlin erwähnenswert schien. Im Anschluss daran schilderte der Hauptkommissar noch einmal sein unglückliches Zusammentreffen mit Henry Schneider.

„Wow, und alles innerhalb weniger Stunden", resümierte Ruben. „Was heißt das denn nun für unsere Suche nach dem Attentäter? Ich bin mir sicher, dass Ihre Kollegen, Herr Pelker, bereits die Wohnung von Henry Schneider in Augenschein genommen haben."

„Ja, sie waren gestern noch bei der Adresse, bei der er gemeldet war. Besonders interessiert haben sich die Kollegen für das Arbeitszimmer seiner Unterkunft. Sie haben mir ein Foto davon geschickt, einen solchen Raum habe ich noch nie zuvor gesehen. Die Fenster sind mit einer Art Wachs- oder Packpapier zugeklebt, jeder nur vorstellbare Platz ist mit technischem Equipment zugestellt. Lediglich der Schreibtisch in der Mitte des Raums sah aufgeräumt aus, als die Kollegen kamen, fast, als wäre er extra für einen Besuch von uns geleert worden."

„Haben die Beamten verwertbare Unterlagen gefunden? Wissen wir jetzt, ob Henry Schneider etwas mit den Attentaten zu tun hatte?"

„Ausschließen können wir es noch nicht. Die Kollegen haben mittlerweile einen seiner Server geknackt und den Beleg dafür gefunden, dass die Plattform der Cruiser-Szene von ihm gepflegt und zur Verfügung gestellt wurde. Diese Annahme von uns stimmt also: Henry Schneider hat die Cruiser-Szene genutzt, um sein geliebtes Computerspiel ‚Cannonball IT' in die Realität auszuweiten."

„Ich glaube nicht, dass er auch der Attentäter war. Die Drohung wurde nach seinem Tod auf meinen Leihwagen geschrieben."

„Ja, er muss also zumindest jemanden gehabt haben, der ihm geholfen hat."

„Vielleicht sollten wir uns deine drei Musketiere jetzt einmal genauer ansehen, Sophie", schlug Ruben vor. „Stell sie uns doch bitte vor. Was weißt du über sie?"

Alle Augen richteten sich auf Sophie.

„Die drei heißen Pascal Brandt, Linus Büsicke und Timo Rommerskirch. Sie sind alle Mitte Zwanzig und extrem gute IT-Spezialisten. Durch ihr gemeinsames Informatik-Studium an der Universität Berlin haben sie sich kennengelernt und angefreundet, wenn der Begriff bei ihnen überhaupt richtig ist. Mein damaliger Chef, Ludger Friedrich, hat sie noch von der Uni abgeworben, also direkt nach ihren Abschlüssen eingestellt, weil er mit ihnen eine eigene Investigativ-Abteilung innerhalb seines Bereiches aufbauen wollte."

„Was für ein Bereich?", fragte Ruben, aber Pelker schüttelte den Kopf. Wahrscheinlich wusste er mittlerweile sehr genau, wo Sophie zuvor angestellt gewesen war.

„Nach meinem Unfall hatte ich das Vergnügen, drei Monate diese Abteilung leiten zu dürfen."

„Es sind also ebenfalls Hacker", vermutete Ruben. „Genauso wie Henry Schneider."

„In jedem Fall war er ihnen bekannt", antwortete Sophie lediglich.

„Gut, erzähl bitte weiter, Sophie." Richard wollte Rubens Neugier offenbar etwas zügeln.

„Pascal Brandt ist das Kind von zwei Softwareentwicklern, wohnt noch zuhause und hat eine Schwester. Soweit ich weiß, ist er weder liiert, noch hat er einen Führerschein. Von einer engen Beziehung zu seiner Familie ist mir nichts bekannt; die drei Musketiere schienen während meiner Zeit bei ihnen so etwas wie eine Ersatzfamilie für Pascal zu sein. – Linus Büsicke wohnt ebenfalls noch bei seinen Eltern, etwas außerhalb Berlins. Er ist Einzelkind und nach meinem Eindruck eigentlich auch ein Einzelgänger. Seine Eltern sind Juristen und offenbar selten zuhause. Er fährt täglich die etwa fünfzig Kilometer in die Stadt zur Arbeit, besitzt sowohl einen Führerschein als auch ein eigenes Auto. Ich weiß nicht, ob er eine Beziehung hat oder jemals eine haben wollte. Mein Eindruck ist, dass die drei Musketiere sein einziges soziales Experiment darstellen. – Timo Rommerskirch schließlich ist der unauffälligste unter ihnen. Er ist ebenfalls ein Einzelkind, allerdings von seiner Mutter liebevoll umsorgt. Sie hat ihm eine komfortable Wohnung in Berlin-Wilmersdorf eingerichtet, die für die drei Musketiere ihr privates Hauptquartier bildet. Er ist der empathischste von den dreien, immer auf der Suche nach einer gutaussehenden Frau, aber zu schüchtern, sie auch anzusprechen. Wie ich gestern von ihm erfahren habe, besitzt er weder einen Führerschein noch ein Auto."

„Damit käme als mordender Verkehrsrowdy doch nur Linus Büsicke in Frage."

Hamanns Zusammenfassung kam Sophie reichlich naiv vor. „In der Theorie mag das stimmen", antwortete sie. „In der Praxis traue ich es nach wie vor keinem von ihnen zu. – Aber lasst uns weiter die Fakten auf den Tisch legen. Wie wir ja bereits wissen, dreht sich irgendwie alles um das Spiel ‚Cannonball IT'. Wer, glaubt ihr, ist Mitglied der Hardcore-Fangemeinde, zu der Henry Schneider gehörte?"

„Linus Büsicke", mutmaßte Ruben.

„Genau, und außerdem Pascal Brandt."

„Also kannten diese beiden Henry Schneider wahrscheinlich persönlich."

„Angeblich nicht – nach ihrer eigenen Auskunft."

„Wir gehen doch immer noch davon aus, dass auch der Tod Lars Voigts etwas mit dem Ganzen zu tun hat", bemerkte Ruben. „Wo ist seine Verbindung zu diesem Spiel?"

„Ich glaube nicht, dass es eine gibt", antwortete Sophie. „Wenn sein Tod ebenfalls von unserem Attentäter verursacht wurde, dann aus einem anderen Grund."

„Eifersucht vielleicht? Bei Timo Rommerskirch?"

„Lassen Sie uns die bekannten Unfallopfer einmal im Hinblick auf ‚Cannonball IT' analysieren", schlug Pelker vor. „Maximilian van de Bergh ist der Schöpfer dieses Spiels und war Henry Schneider offenbar auf der Spur. Sein Tod war damit fast zwangsläufig."

Sophie sah irritiert zum Hauptkommissar. Eine solche Formulierung hatte sie von ihm nicht erwartet.

„Außerdem war er auch noch ein Freund von Ihnen, Frau Dr. Renger, und er hat Ihren Unfall verursacht", fuhr er fort. „Von Lars Voigt wissen wir bisher nur, dass Sie ebenfalls eine Beziehung mit ihm hatten. Richtig?"

Ruben nickte anstelle von Sophie, die anderen hielten sich zurück.

„Dr. Thomas Probst war nicht mit Ihnen bekannt, oder?"

„Richtig, das Vergnügen hatte ich nicht", antwortete Sophie süffisant.

„Und die beiden Damen, Elisabeth Brandner und Beatrice Ludwig, kannten Sie auch nicht?"

„Nein."

„Gut, dann erklären sich die Anschläge auf diese drei Opfer eindeutig mit ihrem Engagement gegen die Cruiser-Szene. Mit ihren Aktionen haben sie gegen die Interessen Henry Schneiders gearbeitet."

„Und was ist mit Ruben und Richard?", provozierte Sophie den Hauptkommissar.

„Ihr Einverständnis vorausgesetzt, würde ich die beiden ebenfalls in die Kategorie der Cruiser-Feinde einsortieren."

„Dann ist Lars Voigt vielleicht doch einfach Opfer eines normalen Unfalls geworden."

„Wenn nicht auch bei ihm ein gestohlener Wagen genutzt worden wäre, könnte man es annehmen", widersprach Pelker ihr.

„Sophie, vielleicht hast du recht mit deiner Befürchtung, dass es alle drei Musketiere sind, die für ihre eigenen Interessen und die von Henry Schneider mordend unterwegs waren."

Irgendwie schien Ruben dieser Gedanke zu gefallen. „Einer für alle – alle für einen", wiederholte er.

„Das ist doch Quatsch!" widersprach sie ihm „So etwas funktioniert nicht bei derartig furchtbaren Taten und schon gar nicht über eine Zeit von mehr als einem Jahr. – Mittlerweile halte ich Timo Rommerskirch für unschuldig."

„Warum?", wollte Pelker wissen.

„Weil eine aufgemotzte Corvette unter seinem Namen gekauft wurde."

„Und das entlastet ihn?" Neugierig sah Richard sie an.

„Zusammen mit der Corvette hat der Käufer auch zwei Sets gefälschter Nummernschilder gekauft. Wer würde so etwas unter seinem richtigen Namen tun?"

„Jemand, der einen gewissen Hang zur Illegalität hat, wie zum Beispiel ein Hacker, und keinen Führerschein besitzt."

Sophie war froh, dass Pelker sie noch nicht gefragt hatte, wie sie zu der gerade offengelegten Information gelangt war.

„Hatten wir nicht einen Vorfall mit einer Corvette?", erinnerte sich Hamann.

„Wir müssen uns dringend um die Alibis der drei Jungs kümmern. Zu den eben aufgeführten Attentaten haben wir doch eine Liste mit den Tatzeitpunkten erstellt." Pelker kramte in seiner Jackentasche.

„Vom Flughafen Berlin aus habe ich heute Morgen mit Ludger Friedrich telefoniert. Er hat mir bestätigt, dass eigentlich alle drei Musketiere von Anfang an freitags kaum anwesend waren. Das hat sich geändert, als ich die Abteilung übernommen habe, aber nach meinem Weggang hat es sich wieder so eingeschliffen. Offenbar waren sie dann sogar montags manchmal nicht im Büro anzutreffen. Da Timo, Pascal und Linus dennoch mehr als genug Stunden anwesend waren, hat er nie etwas gegen diese inoffizielle Arbeitszeitregelung unternommen."

„Und im Moment haben Timo Rommerskirch und Pascal Brandt Urlaub?"

„Genau, sie hätten also alle die Gelegenheit gehabt, die Unfälle zu provozieren beziehungsweise die Morde zu begehen."

„Timo war mit mir zusammen, als mein Leihwagen für die Drohung genutzt wurde."

„In Ordnung, dann schränken wir den Kreis auf die beiden anderen ein."

„Und die Nachricht war sehr emotional, sehr persönlich. Eher als hätte jemand einen geliebten Menschen verloren und nicht nur einen Kumpel, ein Vorbild oder ein soziales Experiment."

„Ja, das ist mir auch aufgefallen", bestätigte Pelker. „Für einen Bekannten oder Kumpel würden die meisten von uns wohl
nicht morden."

„Henry Schneider ‚steht nicht auf Frauen', hat Timo einmal
erwähnt. Ob die Schwester von Pascal Brandt uns wohl sagen
kann, ob er ebenfalls schwul ist?" Sophie wandte sich an Pelker.
„Haben Sie vielleicht ihre Kontaktdaten?"

Die nächsten fünfzehn Minuten zog sich der Hauptkommissar in Richards Vorzimmer zurück, um zu telefonieren. Als er
wieder das Büro des Verlegers betrat, war seinem Gesichtsausdruck nichts abzulesen. Allerdings meinte Sophie einen leisen,
triumphalen Trompetenklang zu vernehmen, nachdem er sich
zu ihnen an den Besprechungstisch gesetzt hatte.

„Und?", fragte Richard ungeduldig.

„Ada Brandt konnte zwar von keinen homosexuellen Beziehungen ihres Bruders berichten, hat aber von einigen ihrer
Freunde entsprechende Signale erhalten. Es gab offenbar eine
Zeit, in der sie versucht hat, ihren Bruder an eine ihrer Freundinnen zu vermitteln. Ihr Bruder hat aber wohl damals mehr
Interesse an dem männlichen Teil ihres Freundeskreises gezeigt."

„Pascal Brandt", konstatierte Ruben. „Der Einzige, mit dem
du gestern nicht gesprochen hast."

Sophie versuchte, sich an die Melodien ihrer drei Musketiere
zu erinnern. Da sie fast immer mit allen dreien gleichzeitig zusammen gewesen war, hatte sie sich nie die Einzelmelodien gemerkt. Aber gestern hatte sie erst mit Linus und dann mit Timo
gesprochen; beide wurden von reinen Flötentönen begleitet.
Also waren die Gitarrenklänge von Pascal ausgegangen. Und
sie hatten manchmal sehr aggressiv geklungen, waren aber
meistens von den sanften Flötentönen fast vollständig über-
deckt worden.

„Es ist Pascal", sagte sie überzeugt. „Ich hätte es viel eher
wissen können."

Dieser Wagen schaltete sich entsetzlich. Pascal Brandt fuhr sowieso nicht gern Autos mit Gangschaltung, aber dieser hier war wirklich die Steigerung aller technologisch zurückgebliebenen Schrottkarren. Die Kupplung war lang und stellte hohe Anforderungen an die Kraft und Beweglichkeit des linken Beins des Fahrers. Und die Schaltung war hakelig und auch noch irgendwie unsymmetrisch angeordnet. Pascal verstand nicht, warum es irgendjemanden gab, der sich für ein Automobil aus dem letzten Jahrhundert, letzten Jahrtausend sogar, begeistern konnte. Wieso bezahlte jemand Geld für eine Technologie, die älter war als er selbst? Und wahrscheinlich auch noch viel Geld, nach Sophies Erzählungen.

Sophie. Er hatte sie absolut falsch eingeschätzt. Wie hatte er übersehen können, wie dumm sie war, wie sentimental. Außerdem waren ihm ihr Egoismus und ihre Begierde, hinter die Geheimnisse anderer Menschen zu kommen, viel zu spät aufgefallen. Hätte er früher bemerkt, dass sie sich mit seinen Feinden verbündete, wäre Henry jetzt vielleicht noch am Leben. Er hätte ihn möglicherweise rechtzeitig warnen können.

Pascal war so wütend. Noch nie in seinem Leben hatte er derartig tiefe Gefühle für einen Menschen verspürt. Bei Henry hatte er das Gefühl gehabt, einen Zwilling von sich gefunden zu haben: Sie waren sich in vielem so ähnlich gewesen. Nie hatte Henry ihn weggestoßen, nie war ihm seine Begeisterung zu viel gewesen; er war der einzige Mensch, der in Pascal nicht nur einen weltfremden Freak gesehen hatte, den man dulden und ausnutzen, aber niemals lieben konnte.

Jetzt war Henry tot.

Und Sophie trug die Schuld daran.

Vielleicht trug sie nicht allein die Schuld an allem, was passiert war, aber er hatte ihr vertraut. Und sie hatte ihn belogen und betrogen.

Vielleicht war es dumm gewesen, sie gestern zu warnen. Aber er war so wütend gewesen, als er im Chat gelesen hatte, dass sie an der Jagd auf Henry aktiv beteiligt war. Hatte sie tatsächlich geglaubt, sich in seinem PrivateRoom unterhalten zu können, ohne dass er es mitbekam? Hielt sie ihn für so blöd? Gut, dass sie überhaupt kein Verständnis für die Arbeit hatte, die er und die anderen beiden täglich durchführten. Sie war so naiv, wenn es um Computer ging. Bereits mit der Installation des Links für den PrivateRoom der drei Musketiere hatte er ihren Laptop verwanzt und wusste seitdem immer, was sie tat. Aber trotzdem war er viel zu spät dahintergekommen, wie nah sie ihm gekommen war, ihm und Henry. Vielleicht hatte sie ja doch recht damit, ihn für blöd zu halten.

Ganz egal, wofür sie ihn hielt, es war nicht mehr relevant. Sie trug die Schuld an Henrys Tod, deshalb musste auch sie sterben! So schnell es ging, am besten noch heute.

Es war so einfach gewesen, sie im Auge zu behalten. Personenschutz, wie süß! Als er mitbekam, dass sie am nächsten Tag nach Köln zurückfliegen würde, hatte er die wichtigsten Sachen aus seinem Arbeitszimmer zusammengepackt und sich für immer von seinem alten Zuhause verabschiedet. Seine Eltern würden sowieso frühestens in ein paar Tagen merken, dass er nicht mehr da war; vielleicht erst, wenn die Polizei sie darauf aufmerksam machte.

Er hatte sogar noch einen Platz in derselben Maschine bekommen, die auch Sophie gebucht hatte.

Pascal lachte kurz auf.

Die Polizei hatte keine Chance gegen ihn. Er würde sich nicht vor ein Auto jagen lassen, er nicht. Er würde den Bullen immer einen Schritt voraus sein.

Warum hatte Henry sein Können nicht genutzt, um besser auf sich selbst aufzupassen? Warum hatte er die Bedrohung, erwischt zu werden, nie ernstgenommen? Warum war das Ganze für ihn nur ein Spiel gewesen?

Sophie war BusinessClass geflogen und er Economy. Er hätte sich ebenfalls BusinessClass leisten können – die

Kreditkarte von Lars Voigt wurde zu seinem Erstaunen immer noch akzeptiert – aber dann hätte er mit Sophie zusammen im vorderen Teil des Flugzeugs gesessen. Da die Polizisten sie erst als letzten Passagier hatten einsteigen lassen, hatte nicht eine Sekunde die Gefahr bestanden, dass sie ihn entdeckte. Am Kölner Flughafen war sie sofort wieder von zwei Polizisten in Empfang genommen worden – wen sollte es täuschen, dass die beiden keine Uniform trugen? Er selbst hatte sich entspannt in ein Taxi gesetzt und zu Sophies Adresse in Köln-Rodenkirchen fahren lassen.

Das elektrische Tor zu ihrem Parkplatz zu öffnen und ihren Wagen zu stehlen, war ein Kinderspiel gewesen. Wenn er Glück hatte, verbrachte sie den ganzen Tag in der Redaktion und würde es gar nicht merken, dass ihr Porsche nicht mehr im Hof vor ihrem Haus stand. Wenn sie das nächste Mal ihren Wagen startete, würde es ihren Tod bedeuten. Das Urteil über sie hatte er längst gefällt.

Er wusste, dass er auf diese Weise Henry auch nicht wieder zurückbekam, aber er hatte wenigstens die Genugtuung, ein paar seiner Fehleinschätzungen der letzten Monate mit Sophie zusammen in Luft aufzulösen.

Sie würde in ihrem geliebten Auto sterben. Für Achtelik hatte er auch darüber nachgedacht, sich dann aber dafür entschieden, lediglich seinen Ruf zu zerstören. Das war es doch, was seine Zeitung tagtäglich mit den Fans illegaler Autorennen tat.

Aber Sophie musste sterben. Für sie durfte es keine Chance geben, ihrer gerechten Strafe zu entgehen. Eine Bombe, die an die Zündung ihres geliebten Autos angeschlossen war, würde sie in tausend Stücke zerreißen. Kein schöner Tod, hoffte er. Eigentlich ein viel zu schneller Tod, aber es ging nicht anders, wenn er kein weiteres Risiko eingehen wollte.

Mittlerweile hatten sie es wahrscheinlich verstanden. Möglicherweise hatte die Polizei längst seine Zimmer im Haus seiner Eltern durchsucht. Sie würden dort nichts finden, das ihnen weiterhalf. Er hatte immer alles nur in seinem Computer gespeichert, nicht in der Cloud, nicht auf einem Stick oder einem anderen beweglichen Medium. Sein Gedächtnis, seine Strategien, seine Pläne, alles fand sich einzig und allein auf dem Laptop, den er gerade neben sich auf dem Beifahrersitz liegen hatte. Sie würden nichts finden, was ihn der Morde überführte, aber sie würden dennoch wissen, dass er es gewesen war. Sie durften es wissen. Nein, sie sollten es sogar wissen. Es spielte keine Rolle mehr, außer dass es seine Liebe zu Henry dokumentierte.

Henry war tot. Der einzige Mensch, der ihm je etwas bedeutet hatte, war tot. Was hielt ihn noch in Deutschland oder auf diesem Kontinent? Sobald er beobachtet hatte, wie Sophie zusammen mit ihrem furchtbaren, grünen Auto und am besten auch der halben Stadt in die Luft geflogen war, würde er sich auf den Weg in ein neues Leben machen. Ihr Tod würde vielleicht seine Wut lindern und es ihm damit ermöglichen, noch einmal von vorne anzufangen.

Der Typ, der ihm vorhin beim Einbau der Bombe geholfen hatte, kannte ihn nur als Richie Rich. Nachdem dieser Simpel erfahren hatte, wie hoch seine Belohnung sein würde, hatte er im Darknet sofort seine Unterstützung angeboten und sogar seine Garage in Köln-Niehl zur Verfügung gestellt. Dieser grüne Porsche war so auffällig, dass Pascal gern das Angebot einer geschlossenen Garage in Anspruch genommen hatte, um in Ruhe eine Bombe zu basteln und sie an dem Wagen zu befestigen. Und die Werkzeug-Ausstattung des Typen war nicht schlecht gewesen.

Jetzt war die Bombe also sorgfältig neben dem Motor innen an das Chassis geklebt und die Zündvorrichtung wartete darauf, Strom von der Batterie zu erhalten. Ein Funke würde genügen, damit das Auto explodierte, hatte der Typ gesagt.

Pascal musste lediglich die Drähte mit der Batterie verbinden und Sophie musste danach nur noch den Wagen starten.

Gern hätte er noch Timo gefragt, warum er ihm in den Rücken gefallen war, aber dafür hatte sich in Berlin keine Gelegenheit mehr ergeben. Er hatte ihn mit Sophie zusammen gesehen, als er seine Warnung an sie übermittelte. War er selbst nicht immer ein perfekter Freund und Musketier für Timo gewesen? Er hatte doch alles das erledigt, für das Timo selbst nicht genug Mut hatte: Lars Voigt, Maximilian van de Bergh. – Naja, wenn er ehrlich war, hätte er Maximilian van de Bergh auch ohne Timos Hass auf ihn getötet. Mit seinen Recherchen war er Henry schon viel zu nahe gekommen. Gebettelt hatte der große Spieleunternehmer, als ihm klar geworden war, wer Pascal war und was er vorhatte. Ein Verlierer, trotz seines genialen Spiels.

Vielleicht wäre Henry noch am Leben, wenn es dieses Spiel nie gegeben hätte. Aber dann hätte er selbst Henry vielleicht auch nie kennengelernt. Jetzt war Henry tot, wegen Maximilian van de Bergh, wegen dieses Polizisten und wegen Sophie. Van de Bergh hatte dafür bereits bezahlt, die anderen beiden würden es noch tun.

Die Fahrt über die Autobahn von Rodenkirchen zur Garage dieses geldgierigen Typs war ein einziger Stau gewesen. Um die Fahrt zurück angenehmer zu gestalten, hatte der Simpel ihm empfohlen, die Innere Kanalstraße entlangzufahren, bis zur Moschee, und sich dann langsam nach links Richtung Rheinuferstraße vorzuarbeiten. Er würde das hinbekommen, auch wenn diese entsetzliche Karre natürlich kein Navigationssystem besaß.

Vorsichtig bog Pascal von der Amsterdamer Straße auf die Innere Kanalstraße ab. Fast wäre er vorhin schon zu früh abgebogen, aber der fehlende Grünstreifen hatte ihm verraten, dass es die falsche Straße war.

Lauter Verrückte fuhren um ihn herum, hatte er den Eindruck. Der grüne Porsche war doch nun wirklich nicht zu übersehen, aber irgendwie schienen alle viel zu dicht an ihm vorbeizufahren. Nervös wischte Pascal sich mit seinem Ärmel den Schweiß von der Stirn. Mit einer Bombe, die dazu geeignet war, ein ganzes Gebäude zum Einsturz zu bringen, war er bisher noch nie durch den dichten Verkehr einer Großstadt gefahren. Und wenn es nach ihm ging, durfte dieses Vergnügen auch einmalig bleiben. Vorsichtig fuhr er auf der mittleren Spur die Straße entlang, akribisch hielt er sich an die Geschwindigkeitsbegrenzung. Wenn er es richtig sah, hatte er in ein paar hundert Metern die Moschee erreicht und musste sich dann links halten.

Eine Gruppe aufgemotzter, hässlicher Autos hatte ihn umkreist. Bei jeder roten Ampel nahmen sie ihn in die Mitte, je ein Wagen rechts und links, einer vor ihm, einer hinter ihm. Was sollte das? Was wollten diese Idioten von ihm? Er würde sich auf keinen Fall von ihnen provozieren lassen. Einen Unfall durfte er nicht riskieren, nicht mit einer Bombe unter der Haube.

Er verstand gut, welchen Spaß Henry dabei gehabt hatte, solche Chaoten für sein Spiel zu instrumentalisieren. Es war so leicht gewesen, sie zu Wettfahrten und illegalen Rennen zu animieren. Wahrscheinlich standen sie alle den ganzen Tag irgendwo am Fließband und verdienten gerade einmal so viel, wie ihre hässlichen Karren an Unterhalt verschlangen. Aber ihre Männlichkeit davon abhängig machen, wie schnell ihr Auto fuhr oder wie grell die Felgen glitzerten!

Pascal versuchte, die Spur zu wechseln. Der aufgemotzte Wagen neben ihm hupte und fuhr so dicht auf seinen Vordermann auf, dass der Porsche sich nicht in die Reihe der fahrenden Autos einfädeln konnte.

Pascal ging vom Gas und versuchte sich hinter die Gruppe der motorisierten Machos fallen zu lassen. Der Wagen hinter ihm hupte und fuhr so dicht bei ihm auf, dass er sofort wieder schneller fuhr.

An der nächsten Ampel würde er versuchen, ihnen davonzufahren. Pascal sah bereits die Moschee neben sich und wusste, dass er dringend links abbiegen musste. Er gab Gas und drängte sich in dem Moment, in dem die Ampel gelb zeigte, gefährlich dicht zwischen den links neben ihn fahrenden, aufgemotzten Wagen und den davor fahrenden Minivan. Als die Ampel auf Grün umsprang, fuhr der Van an, Pascal trat aufs Gas und wollte sich rechts an ihm vorbeiquetschen. Plötzlich stand der Wagen vor ihm wieder, der Fahrer musste den Motor abgewürgt haben. Pascal konnte nicht mehr rechtzeitig bremsen und fuhr hinten auf den Minivan auf. Noch bevor er ein Dankesgebet dafür aussprechen konnte, dass bei seinem Porsche der Motor und somit die Bombe hinten saßen, sah er im Rückspiegel, dass die Fahrer der beiden aufgemotzten Wagen hinter ihm seine Notlage nicht gesehen hatten und mit dem Schwung des schnellen Starts ungebremst mit ihren Lieblingsspielzeugen in den Porsche hineinknallten.

Die Explosion, die im selben Moment den kleinen grünen Sportwagen und die zwei aufgefahrenen Autos zerfetzte, ließ im Umkreis von etwa fünfzig Metern alle Fenster bersten. Sechsundvierzig Menschen, die das Pech gehabt hatten, sich in oder außerhalb eines Autos in der Nähe des grünen Porsche 911T Coupé aufzuhalten, mussten mit mehr oder weniger schwerwiegenden Verletzungen in mehreren Krankenhäusern Kölns behandelt werden.

Dicht vor der Villa Malta platziert, hätte die Bombe wahrscheinlich ausgereicht, nicht nur das Leben Sophies, sondern auch ihr Kölner Zuhause gänzlich zu zerstören.

Pascal Brandt und sein Laptop hatten keine Chance, die Explosion zu überleben. Der Polizei gelang es dennoch im Laufe der nächsten Monate, ihm einen Großteil der Verbrechen nachzuweisen, die sich auf Kriminalhauptkommissar Pelkers Liste angesammelt hatten.

ANMERKUNG

Seit Ende 2017 sieht das deutsche Strafgesetzbuch zusammen mit dem deutschen Bußgeldkatalog höhere Strafen für die Organisation und Teilnahme an illegalen Autorennen vor.

Die verschärfte Gesetzgebung legt fest, dass Gerichte verbotene Straßenrennen nicht mehr als Ordnungswidrigkeit, sondern als Straftat werten müssen. Im Einzelnen bedeutet das:

- Für die Ausrichtung oder Durchführung eines verbotenen Autorennens oder die Teilnahme daran können drei Punkte in Flensburg anfallen, eine Freiheitsstrafe von bis zu zwei Jahren oder eine Geldstrafe sowie der Entzug der Fahrerlaubnis.
- Findet eine Gefährdung von Leib oder Leben oder fremden Sachen von bedeutendem Wert statt, erhöht sich die maximale Freiheitsstrafe auf fünf Jahre.
- Wird eine Person schwer verletzt oder stirbt sie sogar, erhöht sich die maximale Freiheitsstrafe auf zehn Jahre, minimal ein Jahr; in minder schweren Fällen sind sechs Monate bis fünf Jahre Freiheitsstrafe möglich.

Auch eine Beschlagnahmung der Autos, mit denen Betroffene illegale Autorennen gefahren sind, ist nun möglich.

Trotz dieser Erhöhung der möglichen rechtlichen Konsequenzen werden auf deutschen Straßen nach wie vor Unbeteiligte aufgrund von illegalen Autorennen gefährdet, verletzt oder sogar getötet.